W0251654

THE WOLFF LEGACY

Hacked REVENGE

Biographie

Éprise de littérature depuis son plus jeune âge, Élodie Solare est fascinée par la puissance des mots et l'art de la narration. Ses romances, nourries par sa passion pour les histoires d'amour complexes et les films d'action, sont un subtil mélange de sensualité, d'intrigues et de rebondissements. Ses héros, dotés de personnalités fortes, se battent pour leurs convictions et nous entraînent dans des aventures où l'amour est la clé de tout.

De la même autrice aux éditions Addictives

The Wolff Legacy. Stolen Secret
The Wolff Legacy. Forbidden Fights

ÉLODIE SOLARE

THE WOLFF LEGACY

Hacked REVENGE

addictives

À toutes les femmes de ma vie.

AVERTISSEMENT

Ce roman traite de sujets pouvant heurter la sensibilité de certains. Pour retrouver la liste des *trigger warnings* sans être spoilé, reportez-vous à la fin du livre.

Si d'une manière ou d'une autre, vous vous reconnaissez ou reconnaissez l'un de vos proches dans l'une des situations décrites, des numéros d'urgence et d'accompagnement sont indiqués également à la fin de ce livre.

PROLOGUE

Xander
Mai
Manhattan, États-Unis

Toujours le même cauchemar.

Nuit après nuit, sans rien pouvoir y faire.

J'ai beau savoir que ce n'est qu'un rêve, je suis incapable de m'en extraire une fois qu'il est lancé. Comme un hamster, bloqué dans une roue. Courir. Encore et encore. Sans pouvoir arrêter. Et pourtant, faire du surplace. Englué dans l'horreur.

Comme chaque fois, la scène débute avec mes deux grands frères, radieux, devant la piste de danse du X Factory.

Liam sourit à la gent féminine, avec son air de tombeur imparable, et Noah, plus posé, observe les nombreux clients du club.

– Tiens, prends ce verre, me dit mon aîné en me tendant de la vodka. Allez, cul sec !

Nous fêtons mon anniversaire. 17 ans aujourd'hui. Je pense qu'ils ont décidé que j'étais un homme à présent.

Pour être tout à fait franc, je préférerais être à la maison, devant mon ordinateur. Contrairement à mes frères, je n'aime pas la foule et le bruit. Cependant, ils prennent tant de plaisir à me faire « découvrir la vie » que je n'ai pas eu le cœur de leur dire non.

J'attrape le shooter. Mon premier.

Normalement, je n'ai pas le droit d'être accoudé à ce bar. C'est interdit aux moins de 21 ans, mais Noah flirte depuis des mois avec la propriétaire des lieux, dont la plupart des activités sont complètement illégales.

Tout comme celles de ma famille.

Nous sommes des cambrioleurs, de père en fils. Nous devrions créer une entreprise et l'appeler « Wolff & Sons enterprise » ou encore « The Wolff Legacy ». L'idée m'arrache un sourire. Enfin… pour l'instant, je ne fais pas partie de la bande, et je ne suis pas pressé. Les heures consacrées à préparer un « coup », le stress, la montée d'adrénaline que mes frères décrivent avec joie, quand c'est le moment de passer à l'action… Rien dans tout cela ne me donne envie.

Seulement, c'est une affaire familiale, alors…

– Allez, m'encourage Liam, t'es un adulte maintenant.

Je secoue la tête et les observe. Je ne peux m'empêcher de les comparer. Leurs physiques et tempéraments sont diamétralement opposés. Liam est blond comme un Viking nordique, Noah, aussi brun que moi, avec la peau mate méditerranéenne de maman. Seules leurs prunelles vertes prouvent qu'ils sont frères.

J'avale d'une traite le liquide du shooter et sens ma gorge s'enflammer. Une quinte de toux me secoue et je dois me tenir au comptoir pour ne pas tomber à la renverse.

Je rêve ! Je rêve, mais le goût, enfin sa réminiscence, est quand même…

– … dégueulasse.

Liam me rattrape avant que je ne parte en arrière et me cale sur mon tabouret en se moquant de moi.

– Quelle chochotte !

– Ça va aller, me rassure Noah en le fusillant du regard.

Que ne donnerais-je pas pour que le rêve s'arrête ici. C'est un beau souvenir. Mes frères, toujours à se chercher des poux, et pourtant si complices. Moi, à les prendre pour des dieux tout-puissants tant ils sont à l'aise dans leurs baskets. Tout leur sourit… souriait.

Je les regarde tour à tour.

Une tête de mule. Liam.

Et un chef de meute. Noah.

Le premier adore me faire tourner en bourrique quand le second me défend en permanence. Je sais toutefois que les deux seraient prêts à risquer leur vie pour me protéger.

Je les aime ! Est-ce ainsi pour toutes les fratries, ce sentiment d'appartenance, d'amour inconditionnel, ou est-ce propre aux Wolff ?

– Eh, t'as repéré les minettes, là-bas ? s'exclame Liam en me filant un coup de coude dans les côtes.

Je me tourne dans la direction indiquée, passe une main dans mes boucles pour me donner une contenance et découvre un groupe de copines installées à quelques mètres de nous. Un enterrement de vie de jeunes filles, vu les tenues rose bonbon et couronnes en plastique doré qu'elles portent.

– Pour une fois que tu n'es pas sur tes lignes de code, profites-en pour perdre ta virginité !

– Va te faire foutre, Liam.

Mes frères ont deux caractères affirmés, personne ne leur résiste et ils sont toujours entourés de femmes superbes. Je n'ai ni l'envie ni le besoin de les challenger ou de comparer la taille de mon sexe avec eux. Et puis, rencontrer quelqu'un dans ce genre de club, ce n'est pas mon truc. Je ne maîtrise pas les « codes » de la drague.

Certaines images deviennent floues, comme une chaîne télé cryptée. Le scénario s'accélère.

Je me retrouve dans les bras de l'une des jeunes femmes. Elle murmure à mon oreille. Son parfum est agréable. Cependant, elle parle d'elle, encore et encore.

Liam embrasse une jolie rousse.

Noah danse avec Tatiana, la proprio du club. Est-il amoureux ?

Le club ferme.

Nous voici dans la rue. Finalement, je me suis amusé, même si j'ai abusé de la vodka.

La terre tangue.

– Quelle putain de soirée ! m'écrié-je d'une voix beaucoup trop aiguë.

Sans comprendre comment, je me retrouve dans le véhicule flambant neuf de Noah. Liam tente d'attacher ma ceinture, tandis que je me répète en boucle : « Ne pas vomir dans la Lexus, ne pas vomir… »

– T'as perdu ! s'exclame Liam en tendant la main vers Noah.

La voiture décolle. Nous pourrions atterrir sur la Lune à cette vitesse, comme dans un épisode de Fast and Furious, *l'un des films préférés de Liam.*

Oh… « Ne pas vomir, ne pas vomir… »

Je bataille avec la ceinture pour me détacher et me précipite hors de l'habitacle, pour finir par dégobiller sur mes chaussures neuves.

Mince, maman va me passer un savon.

– On ferait mieux de le ramener chez les parents.

Non ! Non ! Non ! Jusque-là, le rêve était sympa. Si, pour une fois, Noah ne décidait pas de rentrer à la maison. Si, je parvenais à me concentrer assez fort pour changer le cours de l'histoire.

Trop tard.

Montgomery Place. Maison familiale.

J'adore – adorais – cet endroit. Nous sommes si soudés chez les Wolff. Il y a toujours des rires, des engueulades sans conséquence – sang latin oblige – et des repas gargantuesques mélangeant recettes allemandes, espagnoles et américaines.

Pourquoi ne s'aperçoit-on de notre bonheur que lorsqu'il disparaît ? Quand on nous l'arrache…

Avachi sur l'épaule de Liam, je l'entends demander à Noah :

– Tu te souviens quand on faisait le mur pour se taper les sœurs Bishop ?

– Ferme-la ! aboie Noah.

Voilà, c'est là que tout bascule. Je veux sortir de ce putain de cauchemar. J'en connais la fin. Réveille-toi, Xander, main-te-nant !

– Quoi ? ronchonne Liam, vexé.

– L'alarme n'est pas activée.

– Maman a oublié. Comme d'hab.

De nouveau, le temps s'accélère. Je cours dans la roue du hamster. Toujours dans le même sens. Toujours plus vite. Toujours droit dans le mur.

– Mes garçons ? s'élève une voix douce et musicale depuis l'entrée de la cuisine.

Aïe, nous l'avons réveillée. Mamá. Paloma.

Notre mère est minuscule en comparaison de ses quatre géants de mari et de fils. Pourtant, elle a beau ressembler à la chanteuse Camila Cabello, menue et gracieuse, aucun de nous ne lui tient tête. Elle a dû développer un tempérament de feu pour discipliner trois garnements débordant d'énergie.

– Noah, vous ne deviez pas dormir dans ton appartement ?

– Junior n'avait pas son doudou, intervient Liam en m'adressant un clin d'œil.

Maman m'observe. Je tente de me tenir droit, comme elle nous a appris. La pièce ondule à cause de l'alcool. J'ai honte qu'elle me voie comme ça. Une profonde tendresse illumine ses traits. Mon ventre se tord. Elle m'aime. Son amour m'inonde.

À l'instant présent, je la déçois, j'en suis certain.

– Allez vous coucher, nous intime maman.

– Mamá, nous allons ranger…

– Non, ce n'est pas le moment ! s'énerve-t-elle.

Paloma semble soucieuse. Je me sens mal, je ne suis pas habitué à la chagriner. Je veux lui dire que je suis désolé, que je n'aurais pas dû boire autant, mais un bruit de pas précipités, venu de dehors, attire mon attention et celle de mes frères.

– Chut ! murmure Noah en pressant son index sur ses lèvres.

Je secoue la tête pour repousser les effets de l'alcool et agrippe instinctivement la main de maman.

– Noah, c'est…

Liam n'a pas le temps de terminer sa phrase qu'une déflagration assourdissante fait exploser la porte blindée, arrosant l'entrée d'éclats de bois tranchants.

– Police ! Personne ne bouge !

Casquée et arme au poing, une équipe du SWAT envahit notre maison.

– À plat ventre !

– Oh, no ! Dios mío ! hurle maman dans sa langue natale.

Mon cœur a un raté, mon pouls s'emballe. Je dois l'emmener à l'étage. Elle sera en sécurité là-haut.

– Bureau fédéral. À plat ventre, mains sur la tête.

En tentant de déterminer si nous avons le temps de monter ou pas l'escalier, je vois mon père apparaître sur le palier.

– Ne bougez pas ! nous intime Noah dans mon dos, maîtrisant parfaitement ses émotions, malgré le tumulte.

Une partie des intrus se précipitent dans ma direction, et je cherche à distinguer ce que fait mon père sur la dernière marche.

– Vos mains ! Montrez vos mains !

Ce dernier sort de l'ombre et lève les bras. La lumière des lampes torches des forces de l'ordre accroche un objet dans son poing droit.

– Individu armé. Individu armé.

Une détonation envahit mon univers. Comme s'il implosait. Mon père dégringole l'escalier et atterrit à mes pieds. Je vois le SIG Sauer, serré dans sa main large.

Maman tente de rejoindre l'amour de sa vie.

– Jakob…

Les cris des agents couvrent sa voix si douce. Des ordres, des aboiements. Un second coup de feu, plus proche, fait presque éclater mes tympans. Je voudrais protéger mes oreilles.

Derrière la gueule fumante de l'arme, je distingue celui qui a tiré. Il ouvre de grands yeux, presque surpris.

Maman s'écroule et j'ai juste le temps de rattraper sa tête avant qu'elle ne tape le sol.

– Paloma !

– Mamá !

– Maman !

Noah. Liam. Notre père. L'univers hurle autour de moi.

Je croise le regard de Noah. Il va faire quelque chose, non ?

Et, Liam ?

Putain, ils sont les grands frères, non ? Ne pouvaient-ils pas anticiper ce drame ?

– Jakob Wolff. Vous avez le droit de garder le silence, et…

Tout devient flou. Les flics. Noah. Liam. Mon père menotté. Plus rien ne compte sauf la tête de maman posée sur mes genoux. Un liquide chaud s'insinue entre mes doigts.

– Mamá ?

Des bulles écarlates s'échappent de son cou. Je presse ma main sur la plaie et cherche de l'aide du regard. Nous sommes plongés dans le noir. Il n'y a plus que maman et moi. Dans un monde ouaté. Les sons sont étouffés.

Seule la peur demeure.

Allez, réveille-toi, Xander ! C'est juste un cauchemar, tu es dans ta chambre d'adolescent, c'est l'heure de descendre prendre ton petit déjeuner. Des pancakes fumants t'attendent sur la table de la cuisine.

Je m'allonge contre ma mère, pour la protéger de mon corps, je la presse contre moi. Ses convulsions passent de sa peau à la mienne. Puis deviennent de faibles tremblements.

Non, tout ceci n'est pas en train d'arriver ! Non !

Une odeur métallique monte à mon nez. Le sang englue mes mains et mon visage.

L'univers molletonné vire au rouge et les sons réapparaissent, comme si quelqu'un venait d'appuyer sur le bouton de la télécommande.

– Xander, m'appelle Noah.

– Xander ! crie Liam.

Une longue plainte m'échappe…

Comme un loup qui hurle dans la nuit. Un long hurlement sans fin…

L'espace autour de moi devient un chaos tourbillonnant. Je ne vois que deux personnes. Maman. Et l'homme face à nous, son arme au poing, ses yeux clairs écarquillés. De surprise ? De peur ? De haine ?

Enculé. Enculé de flic.

Mamá ?

Ses yeux grands ouverts nous fixent. Nous. Ses trois fils adorés. Ces trois hommes qui n'ont rien fait pour la sauver.

Son regard se voile.

Je sens sa vie la quitter, me quitter, et avec elle, une partie de moi-même s'en va.

Non, pas encore une fois ! Non, je refuse cette fin horrible.

Je me secoue dans tous les sens.

Si j'ouvre les yeux, Paloma sera toujours vivante. Ce sera un simple rêve idiot.

Un cauchemar dans un autre cauchemar ?

Maman… Maman est morte.

Je me réveille en sursaut, le cœur battant à tout rompre, couvert de sueur. La réalité m'envahit lentement, me ramenant à l'orphelinat, à cette petite chambre froide bien loin de celle où j'ai grandi.

C'est bon ! Les images s'estompent.

Pourtant, quelque chose ne va pas. Il y a toujours des ombres mouvantes autour de moi. Je secoue la tête pour complètement émerger et comprendre ce qu'il m'arrive.

Trois spectres sont penchés au-dessus de mon lit, leurs visages tordus par des rictus amusés. Je veux me redresser, mais mon corps est lourd, engourdi par les calmants et somnifères que les médecins me forcent à ingurgiter depuis des semaines pour réguler mes crises d'angoisse. Depuis cette nuit où…

L'un des mecs qui me surplombent, probablement le leader, me pousse violemment contre le matelas. Ses mains serrent mes épaules, et son souffle âcre est désagréable sur mon visage.

– Alors, le grand Alexander, on appelle sa mooomaaan ? s'amuse-t-il avec un sourire mauvais.

Je tente de me débattre. Mes mouvements sont lents, comme si je nageais dans du goudron. Les médicaments ont vidé mes muscles de leur force habituelle. Il ne reste pas grand-chose d'Alexander Lukas Wolff.

Je ne suis plus un loup. Juste un agneau prêt pour l'abattoir.

Lâche-moi, Mike, voudrais-je crier, me rappelant son prénom. Je reste muet.

Depuis le drame, les mots qui se forment dans mon crâne ne passent plus la barrière de mes lèvres. J'ai tellement hurlé en serrant maman contre moi, que ma voix a disparu en même temps que mon ancienne vie.

Je me contente de secouer la tête pour que Mike me laisse tranquille.

Je me déteste, j'ai l'impression de supplier.

Cette faiblesse ferait honte aux miens.

Si Mike m'attaquait seul, d'homme à homme, je pourrais lutter, malgré les médocs, seulement deux autres gars font pression sur mes bras et mes jambes, leurs doigts enfoncés dans ma chair, empêchant toute tentative de résistance.

– Quoi ? Je ne t'entends pas, ricane celui qui maintient mes chevilles, parle plus fort.

Si je pouvais juste libérer un bras et leur en coller une. Je me suis entraîné avec mes frères, boxe française, anglaise, je sais me défendre. Enfin, je savais…

Le plus trapu de mes assaillants, avec une cicatrice sur le sourcil, sort un couteau de sa poche. Il joue avec sous mes yeux, le faisant tourner entre ses doigts. Il se penche, sa bouche contre mon oreille. Il murmure quelque chose que je ne saisis pas complètement, pourtant le ton et le regard me suffisent à comprendre la menace implicite. Il effleure la lame contre ma joue, descend lentement vers ma gorge, puis plus bas, s'arrêtant juste avant l'élastique de mon pantalon de pyjama.

– On pourrait vraiment t'faire du mal, si on l'voulait, dit-il, ses yeux brillants d'une lueur malsaine. Ou alors beaucoup de bien.

Leurs rires étouffés me glacent. La tension est palpable.

Les souvenirs de ma mère, de sa mort, et de ma propre impuissance se mélangent à la terreur actuelle. Les images se superposent, rendant la situation encore plus insupportable. Les calmants ralentissent mes pensées, embrouillent mes perceptions. Malgré tout, une rage sourde bouillonne en moi.

Je veux me lever et les massacrer à coups de poing.

Mais mon corps refuse de m'obéir.

– Peut-être qu'on devrait lui montrer ce que ça fait d'être un gentil garçon à sa maman, suggère l'un de mes agresseurs, une lueur sadique dans les yeux.

Sa main descend à mon entrejambe et malaxe mon sexe avec brutalité.

Le geste me répugne et ma vulnérabilité, encore plus.

– Souviens-toi, Xander, on peut te faire n'importe quoi. À n'importe quel moment, chuchote le leader à l'oreille, ses doigts serrant à présent mon cou.

Un vertige me prend, je manque d'air et la panique m'enveloppe.

Pas de sortie.

Pas d'échappatoire. Mon esprit se bat pour rester conscient, pour ne pas se laisser submerger par les médicaments et l'effroi.

Une odeur de vodka monte à mon nez. Une réminiscence

olfactive. Un hoquet soulève mon estomac et je penche la tête pour vomir.

– Ah! L'enfoiré, il pue! crache celui à la cicatrice avec un sourire dégoûté.

Ils ricanent, satisfaits de leur domination. Pour eux, c'est un jeu, une façon de montrer leur pouvoir sur un mec qui les dépasse d'une tête. Dans la vraie vie, dans les rues de New York, sans les médocs engluant ma volonté, ils se seraient écrasés devant ma stature, héritage de la génétique Wolff. Mais dans ce centre de placement pourri, où l'administration m'a jeté après l'arrestation de mon père, je suis sur leur terrain. Certains vivent ici depuis des années, après être passés par des familles d'accueil et d'autres foyers.

Dans un ultime effort, je lève les bras, repousse de toutes mes forces Mike et réussis à me dégager de leurs prises. Je saute sur mes pieds. Mes jambes tremblent. Je me concentre et parviens à ne pas retomber.

– On va te défoncer, sale encu… !

La porte s'ouvre brusquement, et une lumière aveuglante envahit la pièce.

Une silhouette se découpe dans l'embrasure – l'un des surveillants de nuit.

– Que se passe-t-il, ici ?

Mes assaillants reculent immédiatement et disparaissent dans un recoin de la chambre. Ma porte-fenêtre est ouverte. Ils s'échappent par le balcon.

Je reste là, pantelant, une coulée de lave brûlant tout au creux de mon ventre.

– Crise d'angoisse, Wolff? demande le surveillant.

Je secoue la tête.

– OK, alors recouche-toi.

Même si je suis affaibli, même si je suis drogué, je me fais la promesse silencieuse que ces trois mecs vont payer. Quand je serai libre, car je sais que Noah ne me laissera pas moisir dans cet enfer, Mike et sa bande vont le regretter.

Tandis que je referme la fenêtre et me glisse dans mon lit, assis dos au mur pour voir arriver le danger, une image bien nette de l'homme qui a tué ma mère flotte devant mes yeux. Taille moyenne. Regard bleu sous des sourcils épais. Cheveux clairs.

Oui, et un jour, je serai assez fort pour la venger, elle aussi!

1

Xander
Six mois plus tard

15h30.

Mes frères doivent arriver dans moins d'une heure.

Les papiers sont signés, Noah a réussi à obtenir ma garde en remuant ciel et terre.

Je sors aujourd'hui de cet enfer aux murs gris et aux couloirs froids.

Sept mois que je suis enfermé ici, sans prononcer un mot.

Chaque journée est une lutte contre l'indifférence et la cruauté. Les dortoirs surpeuplés sont des champs de bataille, où la loi du plus fort règne en maître. Les cris des adolescents, certains si jeunes, résonnent ; des cris de colère, de peur, et parfois de douleur. La nourriture est insipide, et les éducateurs, débordés ou insensibles, ferment souvent les yeux sur les abus et les violences.

Les rares moments de détente sont ternis par les menaces constantes de harcèlement. Les nuits sont les pires heures, plongées dans l'obscurité et le silence, seulement brisées par les cauchemars et les pleurs étouffés des autres enfants.

Je n'ai dormi que d'un œil depuis que Mike et ses potes m'ont rendu visite. Assis dans mon lit, ma lampe de chevet allumée, toujours sur le qui-vive.

J'ai les idées claires, je ne prends plus les calmants qui m'engourdissaient et me rendaient vulnérable. Les surveillants, surchargés et désillusionnés, ne se sont même pas aperçus que je planquais les pilules sous ma langue avant de les cracher dans les toilettes.

Parfois, sans les anxiolytiques, les crises d'angoisse terrassent ma volonté, et je me retrouve à genou, ma gorge si serrée que l'air ne passe plus. Je refuse pourtant d'être drogué et incapable de me défendre, même si je dois rester recroquevillé au sol, telle une épave.

Je ne sais pas si j'aurais tenu un mois de plus.

J'ai hésité à m'enfuir. Nous sommes en plein New York, ç'aurait été facile de disparaître. Seulement, Noah et Liam géraient déjà le jugement de papa, les allers-retours au tribunal, l'enterrement de maman, je n'allais pas en plus leur créer des problèmes supplémentaires avec l'administration.

Le plus dur ?

L'absence d'affection, de chaleur humaine. Être loin de ma famille a été une torture. J'ai toujours vécu entouré des miens.

L'amour de maman. La protection de mes frères. Cela m'a rendu faible !

Mais, c'est fini.

Je regarde de nouveau la montre noire à mon poignet, une Ice-Watch qui appartenait à maman et qui ne me quitte plus.

J'ai le temps. Avant de partir, d'être libre, j'ai un compte à régler.

Je me dirige vers la salle multimédia, un endroit que j'ai appris à connaître par cœur. Grâce à Angus, l'un des quelques travailleurs sociaux qui croient encore en leur métier, et à mes compétences en informatique, cette pièce est devenue mon sanctuaire secret, un lieu où je m'évadais virtuellement.

C'est ici que j'ai perfectionné mes talents de hacker. Pas grâce aux ateliers ! Non ! Grâce aux tutos en ligne. Incroyable ce que l'on peut apprendre, si l'on sait où chercher.

Et, c'est ici que ma vengeance prendra forme. Enfin, la première de ma liste.

Je jette un coup d'œil à l'intérieur. Personne. Les cours sont terminés à cette heure-là. La plupart des jeunes sont affalés devant la télévision ou s'entraînent dans la salle de musculation. Je m'installe face à mon ordinateur préféré, celui au fond de la pièce, dans le coin de droite. Cette place me permet d'observer tout ce qui se passe autour de moi sans que personne puisse voir mon écran. J'allume et attends patiemment que le vieil Asus veuille bien démarrer. Les machines sont vieillottes, mais la connexion Internet est excellente.

Mes doigts pianotent sur le clavier avec une précision froide. Je bloque le logiciel de protection qui verrouille certains sites « interdits » et sécurise ma navigation. L'adrénaline et la détermination me guident. J'ai tout préparé durant les trois dernières semaines. Les preuves montées de toutes pièces, les liens vers des sites du darknet, l'historique falsifié. Il ne me reste plus qu'à transférer toutes ces informations sur les profils Web de mes agresseurs et à envoyer un signalement anonyme aux autorités.

Je commence par le leader, Mike. J'ai piraté ses données personnelles, Google Drive et autres espaces de stockage, je connais ses mots de passe et tous ses petits secrets. Ses films de cul préférés. Ses réseaux sociaux. Ses échanges de mails avec sa sœur aînée qui vit en Alaska. En quelques minutes, je pénètre dans son système puis enregistre des fichiers dans son cloud. Des images horribles, dégoûtantes, qui m'ont empêché de dormir durant des jours. Pourtant nécessaires et assez incriminantes pour attirer l'attention des autorités.

Je répète le processus pour les deux autres garçons, mes mouvements deviennent de plus en plus fluides, comme une danse macabre. Enfin, je prépare l'envoi des e-mails en expéditeur caché au FBI et à l'agence qui enquête sur les crimes en ligne contre les enfants.

Chaque mot est soigneusement choisi pour alerter la police sans me mettre en danger. Je passe par une dizaine de serveurs différents. Impossible de me tracer. Anonymat garanti.

Je répugne un instant à terminer mon action, un doute me traverse. Juste une courte hésitation. La vengeance prend toutefois le dessus. Ces enfoirés doivent payer pour les tortures qu'ils m'ont infligées.

J'inspire profondément avant d'appuyer sur « envoyer ».

Puis, je sors un énorme aimant de mon sac à dos et le colle à l'emplacement sous lequel se trouve le disque dur. Ce n'est pas la méthode la plus sûre pour détruire des données. Je fais avec les moyens du bord.

16 h 15.

C'est l'heure.

Je me lève, quitte la salle et retourne à l'accueil du foyer.

Mon cœur se serre. Mes deux frères sont là. Ils m'attendent. La vue de leurs sourires inquiets me remue les tripes.

– Xander, s'écrie Liam en m'attrapant à bras-le-corps et m'écrasant contre lui de toutes ses forces.

Quand il me repose, je confie mon baluchon à Noah et leur fais signe de patienter.

Du coin de l'œil, j'ai remarqué Mike dans le couloir derrière moi. Je marche d'un pas décidé vers lui. Je n'ai plus de merde dans le sang, mon pas est bien plus assuré, et Mike beaucoup moins en voyant débouler ma carcasse d'un mètre quatre-vingt-dix sur lui.

Il se force à ne pas reculer, pourtant la crainte se lit dans ses yeux écarquillés, et il jette des coups d'œil autour de lui, cherchant ses acolytes.

– Alors, Wolff, tu te la pètes parce que tes frères sont là ! se moque-t-il pour dissimuler sa peur.

Mordre avant d'être mordu. La jungle. La loi du plus fort.

Je m'approche encore, chaque pas accentuant la tension. Le regard acéré, je lui adresse un sourire glacial et me penche à son oreille. Un infime doute traverse mon esprit. Vais-je réussir à m'exprimer ?

– Tu viens d'en prendre pour dix piges, murmuré-je de ma voix éraillée.

Mike sursaute, surpris de m'entendre après des mois de mutisme. Son visage passe de la confusion à l'incrédulité, une lueur d'inquiétude commençant à percer dans ses yeux.

– De quoi parles-tu ?

Je ne réponds pas. Mon silence est plus éloquent que n'importe quelle explication. D'ici à ce soir, les ICAC Task

Force, des policiers formés à traquer les délinquants sexuels, vont venir les chercher, lui et ses petits copains.

Devant mon mutisme, il lâche un rire forcé, une tentative pathétique de masquer sa nervosité grandissante.

– T'as porté plainte parce qu'on t'a tripoté la nouille ?

La rage bouillonne en moi, une vague brûlante prête à déferler, mais je relâche mes muscles en serrant les poings avant de les desserrer lentement. Je fais non de l'index sous son nez, sans me départir de mon air satisfait.

– Tu as plus de deux cents vidéos pédopornographiques sur ton ordi, Mikey.

Ses yeux s'arrondissent.

Ah, voilà, il panique enfin ! Les gars de l'orphelinat m'appellent le geek. Il sait que je suis un as.

– Va te faire foutre…

Je l'ignore et parcours un mètre vers mes frères, avant de revenir vers lui, la mâchoire crispée.

– Si un jour, tu as le malheur de croiser de nouveau ma route, sifflé-je entre mes dents, je te tue !

Je maîtrise le tremblement de mes mains. Noah et Liam, étrangers à cette scène qu'ils observent de loin, m'attendent toujours, et ce coup-ci, je les rejoins sans hésitation. Nous sortons, je monte dans la voiture, sentant enfin un poids quitter mes épaules.

– Prêt ? demande Noah, son regard plein de compréhension. On laisse toute cette merde derrière nous.

– Prêt ! réponds-je d'une voix faussement déterminée.

Il ne me fait pas remarquer que je lui adresse la parole pour la première fois depuis la mort de notre mère. Il se contente de me sourire. Soulagé. Heureux de retrouver son petit frère.

Même si ce petit frère-là n'existe plus vraiment.

Nous nous éloignons du grand bâtiment en briques, et j'arrive enfin à respirer sans trop de difficulté.

Vais-je guérir ? Me reconstruire ?

Je suis prêt à affronter ce qui m'attend aux côtés de mes frères. Seulement, tout au fond de moi, je sais qu'une noirceur s'est créée. Comme une tumeur qui me bouffe les tripes.

Il faudra bien qu'un jour, je l'extirpe.

Pas aujourd'hui, Noah est si ravi de me sortir d'ici et Liam commence déjà à blaguer.

– Alors, ce camp de vacances, sympa ?

Je lui souris.

Aujourd'hui, je veux bien avoir l'air heureux.

Pour eux.

2

Kristen

Devant le miroir, j'ajuste ma longue robe, les mains tremblantes.

La mousseline est d'un bleu profond, avec des perles scintillantes qui captent la lumière de la lampe de mon bureau. La jupe fluide s'étend jusqu'au sol, et la découpe du bustier met en valeur mes épaules.

Pour une fois, je me sens belle et presque adulte.

En fait, depuis ma cérémonie de Première Lune, un rite sacré dans la communauté de ma mère durant laquelle les filles accèdent au statut de femmes, je suis considérée comme une adulte par les membres natifs américains de ma famille.

Mais de ce côté-ci de ma vie, à tout juste 16 ans, je ne suis qu'une adolescente.

Une ado qui, ce soir, va vivre l'un des moments les plus importants de son existence.

J'inspecte brièvement autour de moi. Ma chambre est parfaitement rangée, comme toujours, à l'exception des livres de biologie et de médecine qui s'entassent sur le bureau. *Anatomie de Gray, Principes de biochimie de Lehninger*… Mes manuels de chevet, ceux qui me rappellent ce que je veux devenir : médecin. Un jour, je soignerai les gens, sans distinction, qu'ils soient blancs, noirs ou autochtones. Un métier stable pour fonder ma propre famille. Un mari, des enfants, et même un chien. Une vie normale, simple.

C'est tout ce que je demande.

Pour l'instant, je me contente de coller des Post-it partout sur le mur derrière mon ordinateur. Avant, j'y notais mes objectifs : « avoir mon diplôme de fin d'études avec mention », « rentrer à la fac de médecine de Seattle ». Désormais, ils sont couverts de rappels : « payer la facture d'électricité », « appeler le docteur pour mon père » ou encore « envoyer les formulaires d'aide financière pour l'université avant la date limite ». C'est la seule manière que j'aie trouvée de ne pas oublier toutes les tâches que je dois gérer en plus de mes cours.

La sonnette retentit en bas et mon cœur rate un battement. John est là.

John J. Sandler est devant chez moi !

– Papa, tu ouvres ? crié-je en entrebâillant la porte.

Je consulte une dernière fois mon reflet. Un peu de mascara. Un peu de gloss. Est-ce suffisant ?

Respire, Kristen ! Respire !

– Papa ?

Pas de réponse. Je soupire et descends précipitamment les escaliers, en évitant de trébucher sur les objets éparpillés. Ma chambre est un sanctuaire de calme et d'ordre. Le reste de la maison, un bazar sans nom. Cette semaine, je n'ai pas eu le temps de m'en occuper, entre le lycée, la confection des dîners, les allers-retours à la réserve et les préparatifs pour le bal d'hiver.

Dans le salon, mon père est affalé sur le canapé, les yeux fixés sur l'écran de la télévision, un verre à la main. Il ne lève même pas la tête quand je passe devant lui. Depuis des mois, et notre déménagement précipité avant la rentrée scolaire, il ne gère plus rien. Les bouteilles vides de bière et de whisky s'accumulent sur la table basse, preuve silencieuse de sa dérive.

Dépression, a asséné le médecin sans plus d'explication. J'espère que je saurai montrer plus d'empathie envers mes patients dans mon futur métier.

Avant, papa était si différent, attentif, toujours…

Non, ça ne sert à rien de ressasser le passé !

Ce soir, je veux juste oublier tout ça, chasser ces pensées sombres, ne serait-ce que pour quelques heures.

Je lisse ma tenue, respire pour trouver le courage et ouvre la porte.

John ! Resplendissant dans son costume noir parfaitement ajusté. Sa cravate est assortie à ma robe, d'un beau lapis-lazuli qui fait ressortir ses yeux bruns. Il m'adresse un sourire éclatant, digne d'un top model, et pour un instant, toutes mes inquiétudes s'évaporent.

– Bonsoir Kristen.

Ah, cette voix so sexy.

– Bon… Bon… soir John.

Bravo, ô, toi, petit génie qui ne trouve même pas ses mots.

Son regard glisse sur moi. Je suis un peu gênée lorsqu'il s'arrête sur ma poitrine, et je deviens toute rouge, avant de me souvenir que mon cavalier a presque 19 ans. Nous ne sommes plus des gosses.

– Tu es magnifique, murmure-t-il, ses yeux s'accrochant aux miens.

– Toi… Toi aussi.

Mon cœur bat la chamade alors qu'il me tend une petite boîte contenant un corsage de fleurs blanches.

Je n'arrive toujours pas à y croire. John, le capitaine de l'équipe de hockey, celui dont toutes les filles rêvent, m'a choisie pour l'accompagner au Winter Formal. Moi, Kristen, celle qui a sauté deux classes, éternellement plongée dans ses livres pour atteindre les meilleurs scores aux tests et obtenir une bourse. Celle souvent ignorée des autres élèves, car différente. Jamais je n'aurais pensé attirer l'attention de quelqu'un comme lui.

John ouvre délicatement le présent, s'avance tout contre moi et épingle les fleurs à mon bustier, frôlant involontairement mon sein droit.

– Merci, dis-je, la voix montant dans les aiguës.

J'accroche à mon tour une boutonnière, une rose blanche, sur le revers de sa veste.

– Ton père veut que je…

En parfait gentleman, John souhaite se présenter au *chef de famille*.

Ce dernier est déjà trop alcoolisé, et ça fait un moment que j'ai endossé ce rôle à sa place. Je bloque l'entrée de la maison, l'air de rien, et attrape mon manteau.

– Non, allons-y. Il est… occupé, lui expliqué-je.

– Mes parents aussi travaillent beaucoup. Ils n'ont jamais le temps.

Nous échangeons un sourire complice – style *tous les adultes sont pareils* – avant de nous tourner vers sa voiture, une Mustang flambant neuve. La peinture rouge brille sous les lampadaires de la rue, juste à côté de notre Ford grise, terne et plus toute jeune. Non, ses parents et les miens n'ont vraiment rien à voir.

Il m'ouvre la portière et je me glisse sur le siège passager, humant son parfum boisé au passage. Alors que nous nous éloignons de la maison, je jette un dernier coup d'œil à la silhouette de mon père, se découpant à la fenêtre du salon. Toujours absorbé par la télévision, il n'a même pas remarqué mon départ.

– Et on décolle, annonce John, en posant une main réconfortante sur la mienne.

Un frisson me parcourt et mon esprit vagabonde. Comment me suis-je retrouvée avec ce garçon qui vient d'un autre monde que le mien ?

Je me remémore la première fois où il m'a parlé, dans les couloirs du lycée. J'étais perdue dans mes pensées, rarement joyeuses, quand il est venu à ma rencontre, un sourire éclatant sur le visage.

« Salut. Kristen, c'est bien ça ? avait-il demandé. »

Sympa qu'il se souvienne de mon prénom. Nous côtoyions la même école primaire, quand nous avions une dizaine d'années, et j'avoue que j'avais déjà le béguin pour lui à l'époque. Entre-temps, mon père et moi sommes partis vivre sur la côte Est, loin de ma ville natale, et notre retour à La Conner ne date que du mois d'août.

Alors, quand la semaine dernière, il m'a proposé d'être sa cavalière pour le bal de fin du premier semestre, j'ai trouvé ça complètement fou.

J'ai hésité à accepter, car John jouit d'une réputation de tombeur et surtout parce que, depuis notre déménagement, les habitants nous regardent bizarrement, papa et moi, comme des étrangers. Et puis, je me suis dit : « Carpe Diem ». Ou plutôt *uh-shuh-wh chuhd* dans la langue de ma mère. Je veux me sentir normale, juste une adolescente sortant avec un mec super canon. Peut-être que John voit quelque chose en moi que les autres ignorent.

Alors que nous roulons vers le lieu du bal, une vague d'excitation me submerge. Les filles de ma classe vont être vertes de jalousie. Habituellement, je m'en fiche, pourtant un peu de mise en lumière ne peut pas me faire de mal.

J'ai vraiment un quotidien merdique, passer du bon temps me changera un peu !

Nous arrivons bientôt devant le gymnase de La Conner High School, transformé pour la soirée en salle de réception.

– Pas mal, s'exclame mon cavalier. On va s'éclater.

Des guirlandes scintillantes décorent l'entrée, et une arche de ballons dorés et noirs accueille les étudiants vêtus de tenues élégantes. Je prends une profonde inspiration avant de sortir de la voiture. John cale son bras autour de mes épaules, sûrement pour me réchauffer, car l'automne est encore plus froid que d'habitude. Son geste tout simple me donne du courage et je lui emboîte le pas, mes talons cliquetant contre le trottoir.

À l'intérieur, la musique résonne, un mélange de tubes pop, de Maroon 5 à Ariana Grande, en passant par Drake. Les lumières tamisées et les décorations colorées créent une ambiance magique. Je vois des groupes d'amis rire et se trémousser en rythme, beaucoup nous saluent quand nous les croisons, et je me sens moins exclue. Même si, comme souvent, je suis l'une des rares représentantes du peuple autochtone, alors que la tribu Swinomish de ma mère vit à moins de cinq kilomètres.

John m'entraîne vers la piste de danse, et malgré mes inquiétudes initiales quant à ma capacité à suivre ses mouvements, je me laisse emporter par la musique. Je ris, oubliant mes soucis et mes insécurités. Mon cavalier est un excellent danseur, et sa confiance m'aide à me détendre.

– Bouge pas, me murmure-t-il à l'oreille, je vais chercher un truc à boire.

Je me retrouve à observer les autres élèves en attendant son retour. Je vois des visages familiers, certains souriants, d'autres plus réservés. Mon regard s'arrête sur une table autour de laquelle se trouvent des membres de l'équipe de hockey. Les coéquipiers de John. Ils me fixent, leurs expressions indéchiffrables.

– Pour toi, *gente dame*, annonce mon chevalier servant en me tendant un verre avec une moue espiègle.

– Merci, réponds-je en trinquant.

La première rasade me brûle la gorge.

– J'ai ajouté ma petite touche personnelle au punch des professeurs, s'amuse John.

J'hésite à lui dire que je ne bois jamais d'alcool, je ne veux pas qu'il me considère comme une chouineuse.

– C'est… bon.

Le début de soirée se déroule comme dans un rêve. Nous dansons encore, parlons avec certains des élèves, qui parfois me regardent comme un oiseau exotique, et enchaînons les selfies pour immortaliser l'instant.

– Viens prendre l'air, j'ai trop chaud.

John m'attrape par le coude et m'entraîne vers l'extérieur, deux nouveaux verres à la main. Une fois dehors, il s'approche, ses yeux fixés sur ma bouche.

– Ça fait un moment que je voulais être seul avec toi, m'avoue-t-il en posant nos boissons sur un muret.

Intimidée, je ne trouve pas les mots et me contente d'ânonner :

– Hein, hein.

Il empaume ma joue, penche sa tête et m'embrasse. Mon pouls accélère et, l'espace d'un instant, je ne sais pas comment réagir. Bien sûr qu'en acceptant son invitation, j'avais très envie qu'un truc comme ça arrive, mais c'est mon premier vrai baiser. J'ai déjà eu des *bisous* un peu baveux d'Andrew, un ancien copain dans le Queens, et de Tyee, qui habite à côté de chez ma mère, au village Swinomish.

Là, c'est différent.

C'est plus… sensuel ? Excitant ?

Le baiser s'approfondit, la langue de John passe mes lèvres et entame une danse enivrante avec la mienne. C'est un moment parfait, l'un de ceux que je veux garder en mémoire pour toujours.

Quand sa paume se cale sur mes reins avant de descendre sur l'arrondi de mes fesses et de me serrer contre son corps puissant, je me raidis.

– Je… hum… J'ai un peu froid, bégayé-je en devinant son excitation contre mon pubis.

– Oh mince, désolé.

Il recule, retire sa veste et la pose sur mes épaules.

– Rentrons.

Au lieu de retourner sur la piste de danse, il m'emmène vers la table de ses amis.

– Je vous présente Kristen, annonce-t-il.

– Salut, me répondent-ils en chœur.

– C'est ton vrai prénom ? ajoute le plus costaud de l'équipe, Bishop, je crois bien.

– C'est-à-dire ?

– Ben… ton nom d'Indienne…

Je presse mes lèvres pour ne pas lui rappeler qu'on n'utilise plus ce mot depuis des années, que c'est un terme péjoratif… Ai-je envie de passer pour une rabat-joie auprès des amis de John en leur faisant un cours d'Histoire ?

– Native américaine, le sermonne ce dernier en lui donnant un coup de coude.

– Ouais, OK. Allez, c'est quoi ton vrai prénom ?

– Mon second prénom est Choolena.

– Ça veut dire quoi ?

Cette manie que les gens ont de réclamer la signification des prénoms natifs américains ! S'est-il déjà demandé ce que voulait dire Bishop ?

Gros débile ou mini zizi !

– Petit Oiseau, finis-je pas expliquer.

Le grand costaud part dans un fou rire retentissant. Je me redresse, prête à m'énerver.

John passe un bras autour de ma taille, ce qui me calme direct, et me glisse :

– J'adore, tu seras donc mon joli petit oiseau.

Les heures défilent. Normalement, mon couvre-feu est avant vingt-deux heures. Tant pis, je suis certaine que papa s'est endormi dans son fauteuil. Carpe Diem.

Lorsque la soirée touche à sa fin, John et moi retournons à la voiture. Mes pieds sont fatigués d'être enfermés dans leur prison de satin, mais je suis heureuse. Avant d'ouvrir ma portière, John me donne un nouveau baiser, m'écrasant contre la tôle rouge carmin. Coincée par son corps puissant, je me sens étrange, déboussolée. J'ai chaud, mon ventre se crispe et mon entrejambe…

Je le repousse légèrement. Je ne crois pas être prête pour ce genre de sensations, même si je les trouve très agréables. Ça m'intimide un peu.

– En voiture, mon petit oiseau.

John met une station country et pose sa main sur ma jambe. La voix nasillarde de Chris Stapleton[1] emplit l'espace et je me laisse bercer en observant la ville. Le trajet de retour est déroutant. J'ai beaucoup apprécié cette soirée, cependant une certaine nervosité commence à s'installer au creux de mon ventre. Est-ce sa main qui ne cesse de monter sur ma cuisse ou quelque chose dans le regard de mon cavalier qui a changé ?

Nous arrivons devant ma maison, et John coupe le moteur. J'observe la façade sombre et silencieuse, un contraste

1. Christopher Alvin Stapleton est un célèbre auteur-compositeur-interprète, guitariste et producteur états-unien de musique country.

saisissant avec l'agitation et la lumière de la soirée. Je ne suis pas pressée de rentrer, j'y serai accueillie par le néant habituel et devrai peut-être aider mon père à regagner sa chambre en titubant.

Je tourne la tête vers le jeune homme à ma gauche. Il me sourit. Il est si beau.

Il se penche vers moi, et mon cœur s'emballe.

– J'ai passé une soirée incroyable, Kristen, murmure-t-il, sa voix empreinte d'une intensité que je ne reconnais pas.

– Moi aussi, John. Merci pour tout.

– Je n'ai pas envie de te quitter.

Il s'approche, et je sens son souffle contre ma peau. Avant que je puisse réagir, ses lèvres se posent sur les miennes. Ses mains glissent sur mes épaules, puis descendent le long de mes bras, me tirant plus près de lui. Au début, c'est doux, puis rapidement, le baiser devient plus insistant.

– Tu sais, Kristen, dit-il en rompant le contact, ses yeux bruns plongeant dans les miens, je n'ai jamais rencontré quelqu'un comme toi. Tu es spéciale.

Ma gorge se serre. *Spéciale.* Ces mots résonnent en moi, touchant une corde sensible. Entendre cela de la part de la star du lycée est à la fois flatteur et bouleversant. Pour une fois, j'ai l'impression d'être *spéciale* dans le bon sens du terme.

– Merci.

Il sourit et caresse doucement ma joue.

– Je veux que cette nuit soit parfaite pour toi, pour nous, murmure-t-il, ses lèvres effleurant ma mâchoire, mon cou, puis mon décolleté.

– John, je…

Mon cœur s'emballe, pris entre l'excitation et l'incertitude. Ses paroles sont comme du miel, sucrées et réconfortantes. Il m'embrasse encore, plus passionnément cette fois. Ses mains explorent mes cheveux, mes épaules, avant de descendre les bretelles de mon bustier.

– John, je… je ne suis pas sûre, commencé-je à dire, mais il pose un doigt sur ma bouche.

– Chut, murmure-t-il. Fais-moi confiance.

Il continue de susurrer des mots doux à mon oreille. Ses mains parcourent mon corps avec une ardeur qui me fait frissonner.

Ce garçon… Non, ce *jeune homme* a envie de moi.

Je me laisse emporter par le moment, par l'idée d'être désirée.

Ses caresses deviennent plus pressantes. Mon esprit est en ébullition. Une partie de moi savoure l'attention, une autre crie de confusion. Ses mains explorent plus loin, remontant ma jupe et une vague de panique me submerge.

– Attends, John, murmuré-je.

J'hésite à lui dire que je suis encore vierge. Que nous pourrions temporiser un peu, que…

Il se redresse et plonge son regard dans le mien :

– Je t'aime, Kristen.

Ces trois mots – « je t'aime » – résonnent en moi comme une mélodie envoûtante.

– Je ne vois que toi depuis la rentrée scolaire.

Ses mains sont partout maintenant, impatientes, exigeantes.

– J'ai tellement envie de toi. Tu es si belle.

Je veux croire qu'il est sincère, que cette nuit est vraiment exceptionnelle pour lui aussi.

Alors, malgré mes doutes, je laisse tomber mes défenses et ses doigts glisser sous ma robe.

3

Xander
Quelques années plus tard

Mon téléphone vibre sur la table, le nom de Liam s'affichant une fois de plus. Je l'ignore. Quelques secondes de répit. L'écran s'allume. Une notification de message non lu.

> Xander, réponds à ce foutu téléphone.

Je serre les dents, les muscles de ma mâchoire tendus. Un second SMS.

> Allez, donne-nous des news.

Je mords l'intérieur de ma joue jusqu'au sang avant de jeter l'appareil sur le lit.

Non ! Je ne dois pas répondre, même si une part de moi en crève d'envie. C'est juste une autre tentative inutile de me ramener à une vie que je ne reconnais plus. Depuis des mois, je ne donne pas de nouvelles à mes proches et leurs nombreux messages sont restés sans réponse. Ils ne lâchent pourtant pas l'affaire, bien que je les aie prévenus que je partirais après le dernier casse.

De toute manière, je n'étais qu'un poids pour eux. Je suis certain que c'est mieux comme ça.

Je refoule le spleen et me reconcentre.

Assis dans cette chambre d'hôtel depuis soixante-douze heures, le panneau « Ne pas déranger » accroché sur la poignée de la porte, je garde les rideaux tirés, plongeant la pièce dans la pénombre. La lueur bleutée de mon ordinateur portable est la seule source de lumière, clignotant sporadiquement alors que les lignes de code des programmes défilent à l'écran. Depuis trois jours, les logiciels, que j'ai mis des mois à paramétrer, moulinent pour venir à bout des sécurités du NYPD et du DMV.

Ma première action, la plus simple, a été de forcer le serveur de l'avocat de mon père et de découvrir l'identité de l'ordure responsable de la mort de ma mère.

Mason Spears, matricule 7456, police de New York, service cambriolages, bureau des détectives.

J'ai tenté de me souvenir de son visage en répétant « Mason Spears » à haute voix, comme une litanie. Au début, je parvenais à visualiser uniquement sa silhouette compacte et la bouche fumante de son arme. Puis, la couleur claire de ses iris est remontée de ma mémoire, sa peau très pâle et ses sourcils épais.

Bientôt, je saurai exactement à quoi il ressemble et je le regarderai les yeux dans les yeux !

Pour le localiser et connaître tous les détails de sa vie, je dois pirater les principales administrations américaines. Le service des ressources humaines du NYPD me fournira son dossier, son affectation, son adresse. La sécurité sociale et le département des véhicules à moteur, le DMV, me permettront de savoir où sa carte grise est enregistrée. Pour éviter toutes erreurs, je veux croiser les informations. Des Mason Spears, il y en a sûrement des dizaines sur le territoire américain.

Les normes anti-intrusion des centres de données gouvernementaux sont bien plus élevées que celles d'un simple cabinet d'avocats, incluant des protocoles de cryptage de niveau militaire. C'est pour cette raison que cela me prend tellement de temps. Je dois identifier les vulnérabilités afin de pénétrer les serveurs en douceur. Se faire choper en train de les hacker signifie terminer sa vie derrière les barreaux. Je vais devoir utiliser toutes mes connaissances.

Le moindre faux pas pourrait me coûter cher.

Finir à Rikers n'est pas une option. Cette pensée me ramène à papa, enfermé sur cette île-prison, et mon cœur se crispe. Il refuse que je lui rende visite dans cet endroit glauque. Je n'ai pas beaucoup insisté. Pas une fois depuis qu'il a pris trente ans ferme, je n'ai croisé ses prunelles vertes, celles dont ses trois fils ont hérité. Sept longues années.

À quoi ressemble-t-il à présent ? Est-il toujours aussi imposant et fier que l'image gravée dans ma tête ?

Une scène, piochée tout au fond de ma mémoire, m'arrache un frisson. Jakob et Paloma m'apportent un énorme gâteau, si gros qu'ils doivent être deux pour tenir le plat. Des bougies brûlent dessus. Six. Papa repousse les doigts impatients de Liam pour qu'il ne gâche pas la décoration.

« Souffle, me demande maman, et fais un vœu ».

– Je *veux* que tu sois toujours vivante, marmonné-je à haute voix, les poings serrés.

Concentre-toi ! Arrête de laisser des idées te parasiter.

Je secoue la tête pour chasser les souvenirs.

L'atmosphère est lourde dans la chambre, presque suffocante. Le silence est interrompu seulement par le bourdonnement constant du ventilateur de mon ordinateur et les bruits de Manhattan en contrebas. À certains moments, les murs semblent se rapprocher, me rappelant les prémices de mes crises d'angoisse.

Cela fait des années que je n'ai pas été terrassé par l'une de ces attaques de panique, je parviens à les réguler grâce à des exercices de respiration. Mais, le stress peut me jouer des tours si je n'y prends pas garde.

Respire, tu touches au but.

Je fixe l'écran en inspirant profondément par le nez, hypnotisé par les chiffres et les lettres qui dansent. Mes yeux sont lourds, mais le sommeil est un luxe que je ne peux pas me permettre. De toute manière, chaque fois que je tente de me reposer, je revois le visage de ma mère, son air implorant. Depuis quelque temps, les cauchemars me hantent de nouveau. Nuit après nuit. Je m'endors avec peine et me réveille en sueur, le cœur battant. Même après toutes ces années, le souvenir reste aussi vivace que s'il s'était imprimé dans ma chair. Sa voix, son visage, son dernier sourire. La chaleur de son sang sur mes mains. Les images tournent en boucle dès que je ferme les yeux, comme une pellicule usée qui refuse de se briser…

Certainement, car mon anniversaire n'est plus que dans quelques semaines. Et celui de sa disparition aussi.

Pas *disparition*. Elle est *mor-te*. Je ne peux pas la *re-trou-ver*. Pas dans ce monde, en tout cas. Sauf, si… peut-être… quand tout cela sera terminé… je la rejoins.

Une vague de froid me traverse et je bondis sur mes pieds pour faire les cent pas dans les quelques mètres carrés à ma disposition. Le tapis est usé, effiloché, et les meubles bon marché tiennent par miracle. Seul ce motel a accepté de me louer une chambre sur une durée indéterminée en échange d'argent liquide et sans me demander de carte d'identité. Ici, personne ne se soucie de savoir qui je suis ou ce que je cache, tant que je paie. Un bon moyen d'échapper à mes frères, alors que je suis à quelques stations de métro de chez nous.

Mon téléphone, échoué sur la couverture, semble me faire des reproches.

« Réponds à ce foutu téléphone ! Donne-nous des news. »

Liam, Noah, et même Louise… Leurs noms flottent dans mon esprit, lourds de reproches.

Bien sûr, ils me manquent tous. Chaque foutue seconde loin d'eux me déchire.

Mes frères ont toujours été là pour moi, depuis le jour où tout a basculé. C'est pour cette raison que j'ai mis tant d'années à me décider *à couper le cordon*. Noah a endossé le rôle de père quand le nôtre a été écroué. Liam, quant à lui, a toujours voulu me protéger.

Louise, la Française qui a conquis le cœur de Noah, a été la première à comprendre mon besoin de partir. C'est à elle, notre ancienne – meilleure – rivale, que, presque malgré moi, j'ai confié mon mal-être.

Leur présence n'était plus un refuge. Elle m'étouffait. Elle me renvoyait au Xander d'avant, le benjamin calme, loyal. Je ne veux plus être *ce* Xander.

Eux, ils avancent. Ma vie s'est figée il y a sept ans.

Mon aîné a choisi d'être auprès de Louise. Ils sont heureux. Liam, quant à lui, est parti sur la côte Ouest. Je ne devrais pas leur en vouloir… Pourtant… Je ne peux pas non plus les suivre.

Ils oublient. Ils oublient que notre mère est morte. Morte dans mes bras, ses derniers souffles mêlés à mon désespoir. Ils oublient que chaque jour sans elle est une torture, une existence à moitié vécue. Moi, je ne peux pas tourner la page tant que cet homme respire.

Je ne *veux* pas !

Je… Je ne sais pas comment ils font pour continuer comme si rien ne s'était passé. Suis-je le seul à avoir cette rage roulée en boule dans le ventre, ses crocs acérés plantés dans mon cœur ?

Je soupire, un mélange de frustration et de tristesse.

Je me sens piégé entre deux mondes. Celui dans lequel mes frères évoluent, un monde dans lequel on peut éprouver de la joie et imaginer un futur. Et le mien, sombre et sans échappatoire, où la seule chose qui me maintient debout est la promesse de vengeance.

Mes frères veulent m'aider, mais ils ne comprennent pas ce besoin viscéral de justice qui m'empoisonne ! Cette mission est la mienne. Je dois aller jusqu'au bout.

Je ferme les yeux, espérant un instant de paix ; c'est pire. Les images sont plus vives, plus cruelles.

Je m'arrête devant le miroir, et je ne reconnais pas le visage face à moi. Mes yeux sont cernés, vides. La rage et la tristesse se mélangent dans mes veines, formant un cocktail toxique qui me consume lentement.

Rien n'a d'importance. Tout ce qui compte, c'est ce qui se passe sur l'écran de mon ordinateur.

Je reviens à la chaise, mes doigts tremblants effleurent les touches. Je clique pour ouvrir une énième fenêtre, vérifiant les progrès du logiciel de piratage. Encore quelques heures, peut-être moins, et j'aurai les informations dont j'ai besoin.

Les minutes s'égrènent lentement. L'attente devient insupportable.

Mes programmes continuent de chercher, fouillant les méandres des bases de données gouvernementales. Chaque seconde qui passe me rapproche de mon but. Trouver cet homme, ce policier, et le confronter. Lui faire payer pour ce qu'il a fait.

Je pioche dans le paquet de Takis Xtra Hot ouvert à ma droite. Depuis mon arrivée dans cet endroit miteux, je me nourris uniquement de chips et de gâteaux, arrosés de sodas. Un moyen de lutter contre la fatigue. Je me masse les tempes et écrase mon pouce et mon index sur mes paupières, les martyrisant. On dirait du papier de verre.

Soudain, mon ordinateur se met à biper. Je sursaute, rouvre les yeux et le fixe.

Une série de *pop-ups* apparaissent. Mon cœur s'accélère. Je me penche en avant, scrutant les données qui s'affichent. Je les décrypte rapidement, mes doigts parcourant le clavier pour vérifier et confirmer. C'est peut-être la piste que je cherche. Je m'immerge dans les renseignements, chaque détail me rapprochant un peu plus de mon objectif.

Oui, enfin. L'information est là. Je sais *où* trouver le détective Mason Spears.

Une vague d'émotions m'envahit – satisfaction, tristesse, rage. Surtout, une froide détermination.

Je me focalise sur la suite. Rien n'est gagné pour le moment. Je dois continuer à dérouler la pelote de haine et m'organiser. Mon père m'a tenu à l'écart de *ses affaires* sur demande de ma mère, mais par la suite, Noah m'a appris à élaborer un plan et à maximiser mes chances de succès. Nous étions les cambrioleurs les plus efficaces des États-Unis, rien ne résistait à mes frères et moi. Les banques, les casinos, les bijoutiers de luxe. Aucun faux pas.

Toujours adopter une approche méthodique.

À présent, Alexander Lukas Wolff doit disparaître. De toute manière, il est mort la nuit de mes 17 ans. Pour quelle raison mon cœur continue-t-il à battre ? Je ne sais pas. J'aurais dû prendre cette balle à la place de maman.

Des larmes de rage tentent de passer mes paupières. Je les ravale et retourne aux lignes sur l'écran. Les deux indications les plus importantes sont que le détective ne travaille plus à la police de New York et qu'il a déménagé à des milliers de kilomètres.

J'ouvre une page sur le darknet, tape mon nom de code, NighthawkHex, et commence à me créer ma nouvelle identité. Dans les recoins sombres du Web, tout est possible. Je me connecte à un site spécialisé dans les faux documents. Ce n'est pas la première fois que je l'utilise. Pas besoin de grand-chose. Une photo. Un numéro de sécurité sociale valide. Je commande ma carte d'identité sous le nom de Xander Miller. L'administration me connaît sous les prénoms Alexander Lukas. Miller est neutre. Les deux réunis constituent une identité passe-partout et je ne risque pas de me tromper quand on s'adresse à moi en gardant le surnom que me donnent mes frères depuis l'enfance.

Dans le chat en ligne, je demande si les documents peuvent être livrés dans une boîte postale que j'ai ouverte dans le bureau de poste d'East Broadway. La réponse est claire et précise : « Tu m'as pris pour Uber Eats ? » OK, je passerai au point de retrait dans le nord de New York quand mes préparatifs seront terminés.

Cette fois-ci, une simple carte ne suffira pas, comme celle que j'ai fait imprimer pour Liam avant son départ – Liam Ulv –, je dois aller plus loin. Je perds toute notion de temps, j'ai toujours adoré nous créer de nouvelles vies, pour chaque cambriolage, aux States, en France ou encore à Hong Kong.

C'est mon truc. Noah est l'organisateur, Liam le chauffeur, et moi, NighthawkHex, je suis l'un des meilleurs hackers au monde.

La tasse posée à ma droite est froide. Tant pis, j'ai besoin de caféine. Je l'avale d'une traite avec une grimace. Chaque détail doit être parfait, chaque pièce de ce puzzle impeccablement alignée. Louise nous a bien expliqué ; toujours penser au jeu d'échecs. La partie se joue sur le plateau et autour. Ne jamais rien négliger.

Mon cerveau carbure à toute vitesse. Les doutes ont disparu, je suis dans mon élément.

Mason Spears vit entre Seattle et la frontière canadienne.

Pourquoi un jeune homme de mon âge se rendrait-il là-bas ? Trouver du boulot ? Terminer ses études ?

Des tas de connexions se font, des idées naissent, des bonnes, des mauvaises.

En quelques clics sur le portail de la Penn State, l'université de Pennsylvanie, je deviens un étudiant. J'ai choisi celle-ci, car c'était la plus simple à pirater et que les accents de New York et Philadelphie sont quasi similaires. J'achète les identifiants d'un élève inactif via un forum clandestin et me crée un historique académique crédible en modifiant l'identité associée.

Je serai en master de sociologie.

Ne pas oublier l'adresse e-mail : xander.miller@psu.edu

Voilà !

Je me connecte à LinkedIn et me crée un profil pour l'universitaire passionné que je dois devenir. Je détaille de faux stages et expériences à l'étranger, Angleterre et Australie, pour renforcer mon authenticité. Comme je ne compte pas chercher un boulot, personne n'ira vérifier, encore moins aussi loin sur le globe. Sur X, je rejoins des groupes liés à la sociologie et à des activités de Philadelphie et sa région. Quelques tweets sur des articles académiques et des événements locaux.

Après plusieurs heures, je me recule enfin. Mon dos et mon cou sont douloureux.

J'examine mon travail. Parfait ! Xander Miller prend forme non seulement sur papier, mais également dans le monde numérique, avec un passé, des relations et une crédibilité que personne ne remettrait en question.

Ce qui existe sur le Net devient réel, les complotistes n'ont pas tort.

Je ressens une vague de satisfaction mêlée à une tension persistante. Tout revérifier, deux fois. Encore quelques achats, que j'effectue avec des cartes virtuelles jetables. Moins de traces.

Je me connecte à Kayak et lance une recherche de vol pour l'aéroport Tacoma. Hors de question que je réserve un jet privé, comme nous le faisons régulièrement. Je dois me glisser dans la peau de cet étudiant fauché de l'université publique. Le vol direct le plus proche est à six heures du matin, Alaska Airlines. Je serai à Seattle avant dix heures, heure locale.

Je jette un coup d'œil à ma montre. Oui, il me reste assez de temps pour récupérer les faux papiers vers South Bronx et filer à l'aéroport de Newark-Liberty.

Une fois à Seattle, comment me rendre à La Conner ?

Un mec sans argent prendrait le bus, même si la durée de trajet est deux fois plus longue. En plus, cela laisserait moins de traces que de louer un véhicule. Je me connecte donc au site des lignes Greyhound et réserve un billet.

Un dernier achat, et je pourrai dormir une heure ou deux, avant de quitter cette chambre merdique. Je tape Booking dans la barre de recherche et sélectionne un motel de moyenne gamme à La Conner.

Tout est prêt.

Je rabats l'écran de mon ordinateur et ferme les yeux un instant.

Que penseraient Noah et Liam de tout ça ?

Je balaie cette question d'un geste brusque. Il est trop tard pour reculer.

La vengeance est là, à portée de main.

Et je ne peux m'empêcher de sourire.

4

Xander

Le pilote positionne le Boeing 737 dans le ciel de Seattle pour entamer son atterrissage. En dessous, un tapis de vert éclatant, et pas mal de bleu profond. Entre les forêts denses et les nombreuses ramifications de l'océan Pacifique, qui mordent le littoral avec le détroit de Puget, je comprends enfin pourquoi cette ville s'appelle la Cité d'Émeraude.

La région paraît superbe, sûrement sauvage et authentique, mais je ne suis pas là pour jouer au touriste. Dès que les roues touchent le tarmac, je m'élance hors de l'avion, la pluie me frappant le visage. Je presse le pas, déterminé à sortir parmi les premiers pour être certain d'attraper mon bus.

Le vol a été horrible. Mon frère aîné refuse toujours de prendre des lignes commerciales, et je le comprends. Nos tailles imposantes nous empêchent d'être à l'aise dans des espaces aussi confinés et d'allonger nos longues jambes dans les sièges normaux. En plus, les ronflements incessants d'un vieil homme et les cris perçants d'un bébé m'ont privé de repos durant les six heures de trajet.

Pourtant, une fois installé à ma place dans le bus gris et bleu, le sommeil me fuit toujours.

Trop de choses en tête. Je répète les détails de ma nouvelle identité. Encore et encore, pour devenir réellement cet étudiant en sociologie de Penn State qui doit écrire sa thèse.

Les sièges sont confortables et une odeur de désinfectant flotte dans l'air. Autour de moi, le peu de passagers présents forme un microcosme hétéroclite. Une femme d'âge moyen lisant un roman de Stephen King à la couverture abîmée, un jeune homme avec des écouteurs vissés sur les oreilles dont s'échappent des notes de rap, un couple de touristes – je crois reconnaître certaines expressions italiennes – examinant une carte avec animation.

Mon regard se perd à travers la vitre sur laquelle j'ai posé mon front. Les lumières de l'aéroport de Tacoma s'éloignent alors que l'autocar quitte le parking et le bruit constant du moteur crée une symphonie monotone. Tout en récitant à voix basse les points à retenir par cœur – date de naissance, lieu, noms des parents fictifs – je contemple le paysage.

Nous allons suivre l'Interstate 5 presque tout le long du trajet vers le nord, en direction du Canada. Des conifères bordent l'autoroute, même en zone urbaine. Puis, les immeubles de verre et d'acier de Downtown Seattle apparaissent, avec la soucoupe volante du Space Needle qui flotte au-dessus. Rien à voir avec l'imposante *skyline* de New York. Pourtant, cette ville en plein essor abrite des entreprises prestigieuses comme Microsoft ou Amazon, et de nombreux buildings sont en construction. Je me dis que ce doit être agréable d'habiter ici, entre modernisme et nature préservée.

Le bus avance à un bon rythme, malgré la pluie incessante. Quand nous parvenons dans le comté de Skagit, je me rends compte que je n'avais pas vu autant d'arbres et de lacs depuis des années.

Finalement, nous arrivons dans la petite ville calme où est censée vivre ma cible, La Conner. L'arrêt est derrière le bureau de poste, au milieu de maisons de plain-pied en bois, à moins de dix minutes du motel que j'ai sélectionné. J'attrape l'énorme sac à dos de voyage posé sur le siège à ma droite et le glisse sur mon épaule. Toute ma vie tient dedans.

Je suis le seul passager à descendre.

Le crissement des roues dans le silence de l'après-midi, quand le véhicule redémarre, attire sur moi les regards de quelques habitants. Je jette un coup d'œil au GPS sur mon téléphone, parcours six cents mètres sur Washington Street et pousse la porte du La Conner Motel.

Cette ville semble tellement figée dans le temps que je m'attends à entendre tinter des clochettes.

– Bonjour, m'accueille une femme dans la quarantaine, sans se lever de derrière son bureau.

– Bonjour, j'ai réservé au nom de Xander Miller.

Elle ne vérifie pas sur son ordinateur, elle ne doit pas espérer beaucoup de clients aujourd'hui. Ou même toute l'année, vu la vétusté de l'endroit. Elle manœuvre son fauteuil roulant pour attraper les clés accrochées sur un tableau derrière elle et je comprends pourquoi elle ne s'est pas levée pour m'accueillir.

– Vous avez la chambre 105, au rez-de-chaussée, comme convenu, me précise-t-elle en me tendant le porte-clés. Soyez le bienvenu à La Conner.

Elle affiche un sourire avenant.

– Vous avez réservé pour cinq nuits. Comptez-vous rester plus longtemps ?

– Je ne sais pas encore. Merci.

Je lui tourne le dos, évitant ainsi qu'elle me demande si je suis ici pour le plaisir ou les affaires, et pars à la recherche de ma chambre.

Numéro 105. Face au parking. Une odeur de tabac froid m'accueille et m'arrache une grimace.

Puis, je vois le lit, et la fatigue des derniers jours me rattrape, comme si un poids venait de s'écraser sur mes épaules. Je claque la porte derrière moi, balance mon sac dans un coin et me laisse tomber sur le matelas.

Le néant me cueille.

***

J'ouvre un œil. La pièce dans laquelle je me trouve, avec ses murs crème et ses rideaux bordeaux, m'est inconnue. Je secoue la tête pour m'extraire du cauchemar dans lequel j'étais plongé, et tout me revient. Je suis arrivé à La Conner, après un périple de trois heures entre Seattle et cette petite commune du nord de l'État. Et, il est…

– Merde, j'ai dormi douze heures !

… six heures trente du matin.

Mon ventre émet un gargouillis bruyant. Je suis affamé, mais avant, je dois prendre une douche pour effacer les dernières traces de sommeil agité. Le jet gelé m'arrache un frisson, pourtant je n'augmente pas la température. Ça me remet les idées en place. Exit les images qui me hantent nuit après nuit. Ma première journée de chasse peut débuter. Je dois débusquer ma cible, tout en restant assez discret. Ce qui va me demander beaucoup de finesse, car, en arrivant hier, j'ai vu le panneau à l'entrée de la ville.

Bienvenue à La Conner
District historique
963 habitants

À Manhattan, au milieu de milliers de personnes, c'est facile de se noyer dans la masse. Ici…

Allez, je suis un Wolff ou pas ? Nous savons nous rendre invisibles en nous fondant dans le paysage.

Je me frictionne avec une serviette rêche, enfile une tenue passe-partout, attrape mon ordinateur et quitte la chambre. Sous la pluie. Encore.

Va-t-il pleuvoir tous les jours ?

À l'accueil, je croise la même femme qu'à mon arrivée.

– Monsieur Miller, bien dormi ?

– Bien, merci. Où puis-je trouver du café à cette heure-ci ?

Avec aisance, elle sort son fauteuil de derrière le comptoir, ses mains musclées maniant les roues avec dextérité. J'ouvre la porte devant elle pour lui faciliter l'accès à l'extérieur. Une fois sur le trottoir, elle pointe du doigt le nord.

– En remontant l'avenue Maple, et ensuite à gauche sur Morris, vous avez le Stompin' Grounds Coffee Co à trois minutes. Les seuls à ouvrir dès cinq heures trente. Dites que vous venez de la part de Beth.

– Merci… Beth.

Mon sac à dos sur l'épaule et la capuche de mon sweat rabattue sur la tête, je traverse le quartier endormi. Une banque, un drugstore, de belles maisons en bois peint, et sur la droite, au niveau d'un stop, une maison blanche avec quelques tables devant et un néon « OPEN » allumé. Je pousse la porte et découvre un grand comptoir en bois, une dizaine de tables et un tableau noir sur lequel quelqu'un a écrit à la craie :

Le café est la réponse. On se fout de la question.

– Bonjour. Installez-vous, je suis à vous tout de suite.

L'homme qui m'accueille en sortant des tasses d'un lave-vaisselle doit avoir pas loin de la soixantaine. La moyenne d'âge des habitants de la ville, si je me fie à ceux aperçus depuis mon arrivée.

– J'ai tout mon temps.

Étant le seul client, je décide de m'asseoir à une table proche de la baie vitrée qui donne sur le croisement de Morris et de la 6e nord. Je suis là pour observer, glaner des informations sans en avoir l'air. L'endroit est parfait, je vois les passants et la salle sans que personne puisse discerner mon activité sur mon ordinateur. J'ai beau avoir un filtre sur mon écran, on n'est jamais assez prudent. J'ouvre mon sac, en sors mon MacBook et l'allume. La connexion Wi-Fi est excellente. J'affiche un plan sur Maps et tente de m'orienter dans ce La Conner *virtuel*.

Mon motel et ce café sont à l'entrée de la ville. Ma première constatation est que si je dois fuir, je n'aurais pas beaucoup de choix. Seules deux routes relient cet endroit aux villes les plus proches et à l'autoroute 20. La Conner est bordée de champs à l'est et d'un bras d'eau à l'ouest, reliant Skagit Bay à Padilla Bay.

Si c'était un simple casse, je laisserais tomber. Ce bled est éloigné de tout, entouré d'eau et de forêts. Je…

– Alors, je vous sers quoi ?

Je retiens un sursaut et relève la tête vers le serveur. J'affiche un sourire décontracté en jetant un coup d'œil aux ardoises sur lesquelles sont énumérées les boissons chaudes et froides.

– Un americano, pour le moment. Le temps de m'ouvrir l'appétit.

– C'est noté, jeune homme.

Je retourne à ma carte des environs.

Peut-être devrais-je juste planter une balle entre les deux yeux du détective Spears et repartir, dès ce soir ?

Le problème, c'est que les policiers protègent les leurs, et que le meurtre d'un détective déclenchera des réactions en chaîne. Ils vont rouvrir toutes les affaires sur lesquelles cet agent a travaillé et ne cesseront pas de ronger leur os avant d'avoir trouvé le coupable. Je risque d'attirer l'attention sur notre famille. Mes frères n'ont rien à voir dans ce que je m'apprête à faire, ils ne sont même pas au courant. Néanmoins, ils ne mènent pas des vies bien rangées ; Noah continue ses cambriolages toujours plus spectaculaires, avec l'aide de Louise, et Liam…

Dieu seul sait dans quel bourbier il s'est encore fourré. Cependant, je mettrais ma main à couper que ce n'est pas légal.

Ils ont échappé à la justice une fois, grâce aux mensonges de mon père qui a dit que notre mère était son unique complice, mais cela risque de ne pas fonctionner à tous les coups. Je ne dois en aucun cas braquer les projecteurs sur nous.

À part ce point primordial, tout n'est pas encore clair dans mon esprit.

Jusqu'à hier, mon but était de trouver l'identité du meurtrier. À présent, je dois réfléchir, observer, planifier. Dès que je saurai où vit exactement Mason Spears, j'étudierai ses habitudes, ses liens avec la communauté, son train-train quotidien. Cela me permettra de découvrir ses petits secrets et ses faiblesses. A-t-il des ennemis ou des problèmes personnels ? Peut-être que cet enfoiré se tape la femme de son voisin ou picole comme un trou. Cela me simplifierait la vie, je pourrais faire passer sa mort pour un suicide ou un crime passionnel.

En tout cas, personne ne doit soupçonner le gentil Xander Miller, étudiant de Penn State, et relier sa disparition et ma présence.

Pour le moment, je ne suis qu'un étranger, nouvellement débarqué. En interagissant avec les habitants, j'établirai mes propres relations et routines qui serviront d'alibi lorsque je passerai à l'action.

Les clés de tout coup réussi, de *toute vengeance* réussie sont la préparation *et* la patience !

– Bonjour Ron, désolée d'être en retard.

Absorbé dans mes pensées, je ne lève même pas la tête en entendant une petite voix s'excuser.

– Pas grave. Tu sais bien que je dors très peu.

Sur la carte, je remarque que face à La Conner, sur une immense île, se trouve une réserve autochtone.

– C'est que… c'était compliqué ce matin.

Le bruit du percolateur finit par attirer mon attention, mais je ne vois que le vieil homme. La nouvelle arrivante doit être dans une arrière-salle, j'aperçois une porte entrouverte à droite du réfrigérateur à softs.

Je retourne à mes recherches. La forêt est si dense que je dois zoomer pour dénicher le village Swinomish. La région de Washington était connue pour sa culture native américaine et ses nombreuses tribus, d'ailleurs Seattle vient du nom d'un important chef. J'ai dû lire ça dans un guide touristique.

– Ne t'inquiète pas. Va apporter cet americano, et ensuite, tu m'aideras à ranger le stock.

– Merci, Ronald, tu es un amour.

Des pas s'approchent et un parfum fleuri emplit l'espace.

– Bonjour, voici votre americano.

Je lève la tête et tombe nez à nez avec un immense sourire, entouré d'une imposante chevelure… violette. La surprise m'empêche de remercier la serveuse quand elle dépose le mug devant moi.

– Je suis Kristen, annonce-t-elle, sans cesser de sourire. Souhaitez-vous commander à manger ?

Elle glisse l'une de ses mèches à la couleur improbable derrière son oreille avant d'ajouter en me fixant de ses yeux sombres en amande :

– Les pancakes sont excellents et notre spécialité, le Strawberry Danish, est à tomber à la renverse.

– Ne prenons pas de risque, alors, tenté-je de blaguer pour faire bonne mesure. Je vais rester sur les traditionnels pancakes.

Elle éclate d'un rire franc en faisant demi-tour.

J'aimerais être aussi gai et insouciant, pensé-je en contemplant Kristen et sa longue chevelure violette s'éloigner.

Puis, mon regard se détourne de la silhouette harmonieuse pour revenir à l'ordinateur devant moi, et je me souviens pourquoi je suis ici.

La joie communicative de la jeune femme s'estompe immédiatement.

Facile d'être heureuse dans cette petite ville calme.

Sûrement n'a-t-elle jamais eu à tenir sa mère mourante dans ses bras.

5

Kristen

J'ai horreur d'arriver en retard où que ce soit. Je suis la ponctualité incarnée, mais ce matin, l'univers s'est ligué contre moi. Panne de réveil, panne de ballon d'eau chaude, panne de batterie.

J'ai dû faire le trajet de chez moi jusque chez mon père, puis jusqu'au Stompin' Grounds Coffee Co en courant, les cheveux en bataille. J'ai perdu trente minutes.

Allez, il y a pire dans la vie que de démarrer la journée avec une douche gelée et une voiture capricieuse. En plus, mon patron, Ron, est un chic type, il ne me fera jamais de réflexion, connaissant ma situation plutôt… disons… compliquée.

– Voici vos pancakes myrtille et sirop d'érable, annoncé-je au jeune homme assis à côté de la baie vitrée.

– Merci, répond-il sans lever le nez de son ordinateur.

Je suis tentée de lui demander ce qu'il fait à La Conner de si bon matin, mais il m'ignore royalement. De plus, il n'est pas loin de sept heures et je dois préparer des tas de choses avant que les habitués commencent à affluer. Ils apprécient l'odeur du café fraîchement moulu quand ils franchissent le pas de la porte.

D'ailleurs, cette dernière s'ouvre déjà.

– Salut Kristen ! me lance Joe, un camionneur qui passe presque tous les jours avant de prendre la route vers la raffinerie de pétrole.

Il s'installe sur un tabouret devant le comptoir, en jetant un regard en biais à l'inconnu.

– Bonjour Joe. Le café noir habituel ? demandé-je en lui tendant déjà une tasse.

– Exactement. Tu me connais bien, dit-il avec un clin d'œil. As-tu de ton délicieux cake à la banane et aux noix ?

– Je crois que Ronald en a préparé.

Joe m'écoute à peine, son attention est attirée par le client au fond de la salle. La Conner est une petite ville où tout le monde se connaît. Un nouveau visage attise toujours la curiosité.

Du bruit me fait tourner la tête, et je vois un groupe d'ouvriers de la raffinerie entrer. Dans le comté, beaucoup d'habitants travaillent pour la compagnie Shell. Enfin, les habitants *blancs*, car la plupart des Swinomish sont cantonnés au casino et à quelques métiers mal rémunérés. Je m'empresse de prendre leurs commandes de café et de petit déjeuner. Ils s'installent à la plus grande table et parlent de leurs projets pour le week-end et de leurs familles. J'écoute avec intérêt, trouvant un réconfort dans ces bribes de vie partagées.

– Alors, Kristen, quand est-ce que tu nous laisses te payer un verre après le boulot ? plaisante Steve, l'un des ouvriers.

Par « nous », il veut dire « lui ». Il me propose régulièrement de sortir ensemble. Il est célibataire et a quelques années de plus que moi. La première fois, j'ai été surprise, car, même si les moins de 25 ans ne sont pas légion dans le coin, mon métissage et mon quotidien complexe rebutent pas mal de prétendants.

– Peut-être dans une autre vie ! réponds-je en riant. Dans celle-ci, je n'ai pas une minute à moi.

Joli bobard, car dans une autre vie, *ma vie rêvée*, je serais médecin et fiancée à un chirurgien célèbre dans le monde entier pour ses techniques d'intervention innovantes.

Steve hausse les épaules en prenant un air dépité et observe à son tour l'inconnu dont les jambes immenses, ramenées sur le côté, gênent le passage vers le fond de la salle et les toilettes.

Je profite d'avoir la cafetière à la main pour retourner vers la table de ce dernier.

– Voulez-vous plus de café ? lui demandé-je.

Ses prunelles vertes se posent sur moi et je m'y perds quelques secondes.

Waouh, je n'ai jamais vu des yeux aussi incroyables. Leur teinte indescriptible est magnifiée par les longs cils noirs qui les bordent et la courbure quasi parfaite de ses sourcils. J'ai l'impression que quelqu'un vient de zoomer sur ce regard, sublime, malgré la mélancolie que j'y devine.

– Oui, c'est gentil.

Sa voix basse et posée est agréable. Ce doit être un type calme et charmant, bien que pas très engageant.

J'aime bien essayer de deviner le tempérament des gens. Même si je ne dois pas être si bonne à cet exercice, vu mon fiasco côté relations depuis le lycée.

– Hum, nouveau en ville ? tenté-je, ne réussissant pas à museler ma curiosité.

– De passage pour quelques semaines, répond-il sans lever les yeux de son écran.

– À La Conner ?! m'exclamé-je, surprise.

Il acquiesce. J'hésite à creuser, quand je constate qu'il n'ajoute rien. Les touristes restent rarement plus de deux jours chez nous, le temps de prendre des photos *instagrammables* dans les champs fleuris et de tenter de visiter la réserve Swinomish, comme si c'était un zoo rempli d'animaux exotiques.

– Où logez-vous ? laissé-je échapper.

Je devine à son regard en biais que mon insistance lui déplaît, pourtant il me répond :

– Au motel en bas de la rue.

Ce n'est donc pas l'un de ces ingénieurs qui viennent régulièrement vérifier la sécurité de l'usine, sinon, il serait dans un établissement beaucoup plus classe. Je ne peux cacher une grimace.

– Quoi ? demande-t-il en fronçant les sourcils.

– Si c'est pour une nuit ou deux, ça va, sinon… c'est bruyant et pas très propre. Pour le même prix, vous pourriez avoir une chambre chez Libby. Elle a une jolie cabane qu'elle loue à la semaine, avec vue sur le canal.

Il passe une main dans ses boucles brunes épaisses, l'air de réfléchir, puis ses doigts fins et nerveux reviennent sur les touches de son ordinateur. Comme il reste muet, je me trouve comme une idiote et me sens obligée d'ajouter :

– Écoutez, je vous laisse ses coordonnées et vous verrez bien.

J'attrape une feuille sur mon carnet de commandes, y note l'adresse et le numéro de téléphone de Libby Hartmann et la pose sur la table.

– Merci, finit-il par dire du bout des lèvres, après un silence embarrassant.

Les yeux rivés sur l'écran, il me fait comprendre que je m'incruste un peu trop. Je récupère son assiette vide et retourne au comptoir, bien décidée à ne plus l'importuner.

La matinée passe en un tourbillon de mugs à remplir, de tartes à servir et de conversations légères avec les habitués et les clients de passage.

Holly, la femme de Ron, arrive à onze heures trente pour le *shift* du déjeuner.

– Salut toi, me lance-t-elle.

Je lui envoie un baiser du bout des doigts en guise de salut, retire mon tablier et me précipite à l'extérieur. Ma journée est chronométrée à la seconde près, surtout aujourd'hui où ma voiture a décidé d'être capricieuse.

Je ne peux m'empêcher de jeter un dernier coup d'œil à la silhouette élancée du jeune homme à l'ordinateur à travers la baie vitrée. Il est tourné vers moi, mais je ne sais pas s'il me regarde ou s'il est perdu dans ses pensées. En tout cas, il ne sourit pas.

J'accélère le pas. J'ai juste assez de temps pour passer chez moi, attraper mon sac de cours et avaler un encas rapide.

Quand j'arrive dans l'allée de ma minuscule maison en bois blanc, un papier froissé est accroché à l'essuie-glace de ma vieille Chevrolet avec quelques lignes difficilement déchiffrables.

Batterie chargée, ma chérie. Fonce.

Papa a toujours eu une écriture terrible, que je suis l'une des seules à comprendre. J'ai un petit pincement au cœur en pensant à lui. Depuis des années, il tente de rattraper ses erreurs passées en m'aidant autant qu'il peut. D'ailleurs, je sais déjà qu'un sandwich œuf dur mayonnaise m'attend sur la table de la cuisine.

Je cherche mes clés au fond de mon sac, ronchonne, les trouve, déverrouille la porte d'entrée, me prends les pieds dans un cube en bois vert qui traîne par terre – purée de scrogneugneu –, chope mon déjeuner et ressors.

Cinq minutes chrono. Un nouveau record. Une petite victoire à noter d'une pierre blanche.

– OK, Rusty, je crois en toi, cajolé-je ma voiture en grimpant dedans.

Le bas de caisse rouillé et la peinture écaillée témoignent des années de bons et loyaux services de la Chevrolet. Avec un peu de persuasion et quelques mots tendres, je réussis à la démarrer.

– Merci, ô mes ancêtres, dis-je aux esprits, comme me l'a enseigné ma mère.

En route vers le campus de Skagit Valley, je longe les champs de tulipes. Grâce à un hiver très doux, les plus précoces sont déjà sorties. La vue est magnifique, surtout avec le printemps qui approche, période où les fleurs éclatent en une palette de couleurs vives, une spécialité de notre région dont les visiteurs du monde entier raffolent.

En arrivant devant les bâtiments de briques ocre et de verre, je gare Rusty à côté de belles berlines bien entretenues et traverse la pelouse en direction de l'est, où se tiennent les cours de sciences de la santé. Je commence ma journée académique avec un cours d'anatomie et de physiologie.

Les salles de classe sont simples et bien équipées, et l'atmosphère est plutôt conviviale sur le campus. J'ai choisi cet endroit pour sa proximité avec La Conner, mais surtout, c'est la seule école d'infirmières abordable avec ma bourse et mes faibles revenus de serveuse. Ce n'est pas médecine, c'est certain… mais je serai tout de même au contact des patients.

À peine assise, la fatigue me rattrape. Il me manque des heures de sommeil. Depuis des années. Mes semaines sont interminables, mes journées bien trop remplies, mes nuits quasiment inexistantes.

– Bonjour mesdames et messieurs, nous salue le professeur Wilson en jetant sa sacoche sur son bureau. Aujourd'hui, nous étudions le système cardiovasculaire.

Il commence son monologue, en faisant les cent pas. Son mouvement répétitif m'hypnotise. Un coup à gauche, un coup à droite, un coup… Malgré mon intérêt pour le contenu enseigné, un bâillement involontaire m'échappe, juste au moment où le prof se tourne vers moi.

Il s'interrompt brusquement et me fixe de son regard courroucé.

– Excusez-moi, madame…

L'homme d'une cinquantaine d'années, avec ses cheveux grisonnants et son attitude sévère, lève un sourcil, l'air de me poser une question.

– ... Quintasket, professeur, lui rappelé-je mon nom de famille, le rouge aux joues.

– Madame Quintasket, vous ai-je coupée dans votre sieste ?

Je secoue la tête, essayant de rester calme.

– Mon cours sur la circulation sanguine et les mécanismes de régulation ne vous intéresse pas ? insiste-t-il.

– Si, si, bien sûr. Désolée, c'est juste que mes journées sont assez longues.

Il plisse les yeux, visiblement mécontent.

– Des journées longues, hein ? Peut-être devriez-vous revoir vos priorités. Il y a des étudiants qui auraient donné n'importe quoi pour être à votre place. Des étudiants qui n'ont pas coché la case « minorité » sur leur dossier d'inscription.

Un silence tendu s'installe dans la classe. Mes camarades regardent partout sauf vers moi, mal à l'aise. Mon visage se vide de son sang sous le coup de la colère qui réchauffe mon ventre. La fameuse case dont il parle est celle du quota instauré pour les minorités américaines. Oui, j'ai coché cette foutue case, sinon je n'aurais jamais eu d'aides de l'État ou de place dans cette école.

Je prends une profonde inspiration pour rester posée. Ce ne sont ni les premiers ni les derniers propos racistes que j'entends.

– Avec tout le respect que je vous dois, Dr Wilson, je travaille dur pour être ici.

Il lève un sourcil, un rictus de mépris apparaissant sur son visage.

– Ah oui ? Travailler dur… c'est ce que vous appelez dormir en classe ? Vous feriez bien de ne pas gâcher l'opportunité que vous avez. Il y a beaucoup de personnes plus méritantes qui n'ont pas eu cette chance et vos bourses.

Bourses qui paient à peine les frais d'inscription, hésité-je à lui hurler en pleine face. Je baisse la tête, cachant ma gêne derrière mes longues mèches colorées. Je serre les poings sous la table, sentant les regards des autres élèves peser sur moi. Cet homme ne comprend rien de ma vie, des sacrifices que je fais chaque jour.

Tais-toi, Kristen. La ferme !

– Je suis désolée que vous pensiez cela, mais je prends mes études très au sérieux et je ne compte pas gâcher cette opportunité.

Je ne voulais pas être infirmière, mais médecin ou pédiatre… Pourtant, obtenir mon diplôme me permettra de frôler mon idéal du doigt et de soigner quand même les gens.

Dr Wilson me toise encore un instant, puis détourne son attention, reprenant son cours comme si rien ne s'était passé. La tension reste palpable. Obligeant mes mains à ne pas trembler de frustration, je note minutieusement chaque mot sur mon ordinateur, sans oser relever la tête.

Même si j'espérais plus de la vie – beaucoup plus – lorsque j'étais jeune, je sais pourquoi je suis ici, et je sais que je mérite cette place autant que n'importe qui d'autre.

Après l'anatomie, je me rends à mon cours de pharmacologie. Mme Johnson nous explique les principes de base des médicaments, leurs effets sur le corps et les précautions à prendre. Nous discutons des différents types de molécules et de leurs usages.

Bien entendu, elle ne parle pas des herbes traditionnelles utilisées par mes ancêtres depuis des siècles à quelques kilomètres d'ici.

Ma grand-mère maternelle était une chamane et elle soignait les siens grâce à toutes sortes de plantes. Même si la médecine moderne n'aime pas cela, quand je serai infirmière, je m'inspirerai de certains remèdes connus des anciens. Pour l'heure, je n'ai plus la force de me battre contre les préjugés et de soulever ce détail en plein cours.

À dix-sept heures trente, quand tous les élèves se lèvent d'un même mouvement, j'ai les yeux qui me brûlent et un mal de crâne carabiné. Je me hâte vers le parking, où mon vieux tacot m'attend fidèlement.

– Rusty, j'ai eu une journée de merde, alors je compte sur toi pour être gentil.

Je troque mon sac à dos d'étudiante contre mon uniforme de serveuse du soir, un simple chemisier blanc avec un logo bleu de bateau de pêche. Je rebrousse chemin jusqu'au centre-ville de La Conner et pousse un soupir de gratitude en trouvant une place pour me garer juste devant le La Conner Pub & Eatery, communément appelé PubEat par les habitués.

En entrant dans la petite bâtisse en bois peinte en beige, je suis accueillie par l'atmosphère familière et chaleureuse du bar-restaurant. La musique douce et les conversations animées résonnent à travers la pièce, créant une ambiance sympa.

– Bonsoir Adolfo. Coucou Aurélia, salué-je le patron – barman, cuisinier, pêcheur – et sa femme – serveuse, comptable et chargée de communication – avant de m'atteler à préparer le service pour la soirée à venir.

Je suis épuisée avant même de commencer. Ce soir, le bar est particulièrement animé. Les habitués fidèles sont déjà installés au comptoir, certains discutant des derniers potins de la ville, d'autres échangeant des anecdotes autour d'un verre.

Je m'approche avec ma tablette et note les commandes, jongle habilement entre les tables, servant des bières locales pression et des cocktails sur la terrasse au bord de l'eau.

– Un Bloody Mary pour moi, me crie Lisette Farington, adjointe au maire.

Les heures passent rapidement dans le brouhaha des conversations et le cliquetis des verres. Je garde un œil attentif sur l'horloge, consciente du temps qui file et des responsabilités qui m'attendent à la maison. Nous sommes en semaine, le bar commence lentement à se vider vers vingt-deux heures trente. Les derniers clients terminent leurs verres et se préparent à partir. Les plus anciens fatiguent, et les autres, une minorité, travaillent demain. Je termine de nettoyer les tables, de ranger le bar et de préparer les dernières additions.

En quittant enfin le PubEat, je respire profondément l'air nocturne frisquet.

– Allez, Rusty, on rentre.

La fatigue pèse lourdement sur mes épaules et les cinq minutes de trajet me paraissent une éternité.

Une fois passée le pas de la porte de mon *home sweet home*, je traverse le couloir sans réveiller Barbara, ma petite voisine, qui dort sur le canapé, et ouvre avec précaution une première porte. Personne. Je souris. Je m'en doutais, c'est tous les soirs la même histoire. Je pousse la porte de ma propre chambre. La lumière tamisée venant de la rue éclaire mon lit duquel un minuscule visage émerge entre les draps. Je m'approche doucement, veillant à ne pas faire de bruit. Je m'assois au bord du matelas, prenant un moment pour observer le petit ange endormi.

Mon cœur se serre d'amour.

Wynonah est si jolie avec ses cheveux marron clair encadrant son visage poupon. Ses lèvres sont légèrement entrouvertes et sa respiration est régulière et apaisante.

J'aime regarder ma fille dormir.

Je dépose un baiser doux sur son front, la chaleur et la douceur de sa peau agissant comme un baume sur mes tracas de la journée. Elle sent l'huile d'amande douce. Elle murmure quelque chose dans son sommeil et bouge légèrement. Je tire la couverture pour la border, m'assurant qu'elle est bien au chaud. Je n'ai pas les moyens d'allumer le chauffage en dehors des mois d'hiver les plus froids.

Toutes les heures de travail, les cours d'infirmière que je m'acharne à suivre, tout ça, c'est pour elle.

Wynonah.

Je veux lui offrir un meilleur avenir, lui donner tout ce dont elle a besoin pour être heureuse. Je caresse tendrement sa joue, essayant de graver ce moment dans ma mémoire. Ce petit bout de chou de presque 6 ans est ma force et ma motivation.

– Maman, marmonne-t-elle en clignant des yeux.

– Chut, mon amour, rendors-toi.

Elle met son pouce dans sa bouche et plonge de nouveau dans les bras de Morphée.

Je me relève avec un dernier regard sur ma fille. Je tiens à peine debout, je n'ai pas la force de la porter jusqu'à son propre lit. Je quitte ma chambre, fermant la porte derrière moi avec précaution. En me dirigeant vers la pièce unique qui sert de salon, de salle à manger et de cuisine, j'ai tout à coup envie de pleurer. Pour elle, je me bats, jour après jour. Mais la peur est toujours présente, nichée au fond de mon cœur. Est-ce que j'en fais assez ? Est-ce que je vais réussir à tout gérer ?

Je me sens si las. Épuisée.

– Barbara, Barbara…

Je secoue l'épaule de la baby-sitter, la fille cadette de mes voisins.

– Tu peux rentrer. Merci et à demain.

Je reste sur le pas de la porte pour voir la jeune fille marcher comme une somnambule jusque chez elle.

Puis, je ferme, prends sa place dans le canapé cabossé et sombre aussitôt.

6

Xander

La brume matinale s'accroche encore aux cimes des arbres, lorsque je sors de ma chambre d'hôtel. Il doit faire cinq ou six degrés quand je me retrouve sur le parking humide, mon souffle formant de légers nuages dans l'air froid. Il a plu toute la nuit.

Je me penche pour serrer les nœuds de mes lacets et m'élance. Mon cœur bat déjà plus vite, pas en raison de l'exercice à venir, je cours plusieurs fois par semaine avec mes frères depuis des années, mais à cause de la mission qui m'attend.

Aujourd'hui, je commence à repérer les habitudes de Mason Spears.

Son adresse est gravée dans ma mémoire depuis que je l'ai lue sur l'écran de mon ordinateur. *Rue Caledonia.*

Je remonte le long de l'avenue principale, le bruit régulier de mes baskets sur le trottoir résonnant dans le calme de la ville à peine éveillée. Les boutiques sont fermées, les fenêtres des cafés voilées par la condensation, il est sept heures. Un chat roux traverse la route devant moi, disparaissant entre les ombres des bâtiments.

Je jette un coup d'œil à mon téléphone, accroché à mon biceps à l'aide d'un brassard en plastique. Le GPS m'indique la droite. Je bifurque dans une petite rue latérale. Le quartier résidentiel est tranquille, les maisons en bois et les jardins bien entretenus forment un cadre idyllique. D'ici quelques jours, je connaîtrai le trajet par cœur, ainsi que la plupart des recoins de cette bourgade qui s'étale sur à peine quelques kilomètres carrés.

La baraque qui m'intéresse, au numéro 606 bis, est modeste, peinte en blanc avec des volets bleus. Une vieille Ford Focus est garée dans l'allée. Je suis au bon endroit, la plaque d'immatriculation est bien celle que je cherchais.

Mon pouls accélère.

L'homme qui a tué ma mère dort peut-être paisiblement dans cette maison alors qu'*elle* croupit six pieds sous terre. Une vague de chaleur me traverse et je ne peux empêcher mes jambes de se diriger vers la porte. Une bile acide remonte dans mon œsophage à chaque pas. L'envie de défoncer l'entrée à coups de pied et de tuer ce mec *ici et maintenant* me submerge.

Je me vois le faire. Donner un coup d'épaule. Me précipiter à travers les pièces. Le trouver et lui ôter la vie sans aucun remords.

Je serre les poings, mes ongles s'enfonçant dans la paume de mes mains.

Calme-toi, Xander ! Ne fais pas n'importe quoi.

Je ne dois pas laisser la rage m'aveugler. Mes pensées tourbillonnent. Je dois continuer mes inspections pour savoir s'il vit toujours seul. Son dossier ne mentionne rien de particulier. A-t-il un chien qui donnerait l'alarme à la moindre intrusion ? Des gosses ? Une femme lovée contre lui…

Cette réflexion m'arrache à ma contemplation et je me détourne de la porte d'entrée.

Je refuse de faire des victimes collatérales, un terme odieux utilisé dans les minutes du procès pour désigner le meurtre de ma mère. Seul cet enfoiré de flic doit payer.

Je prends une profonde inspiration, essayant de calmer ma respiration erratique et me force à continuer mon jogging, faisant le tour du pâté de maisons pour l'observer sous différents angles. La colère gronde toujours en moi, une force brute qui menace de tout consumer. Je dois me maîtriser, être méthodique et ne pas laisser mes émotions dicter mes actions.

Je note mentalement les moindres détails. Une haie bien taillée entoure la propriété et toutes les autres, mais pas de grillage ou de mur de clôture. Je ne vois pas de caméras de sécurité installées aux coins de la maison, ni même dans la rue. La Conner est une ville de province tranquille, les habitants ne s'inquiètent pas des cambriolages, la mairie a donc économisé sur la vidéosurveillance. J'avais d'ailleurs déjà vérifié ce point sur le site Internet de la commune.

Je relève quand même un boîtier d'alarme accroché au bardage blanchi de la façade. Spears est un homme prudent, ce qui ne m'étonne pas, les policiers ont tendance à protéger leur territoire, ils connaissent les risques. Je vais devoir analyser la marque et le mécanisme de ce système. Ce ne sera pas la première fois que je fais ce genre de chose. Capteur de mouvement, détecteur d'ouverture, j'en ai piraté des biens plus sophistiqués pour pénétrer chez des milliardaires aux quatre coins du monde. Celui-ci ne me posera pas de problème.

Le quartier commence à s'éveiller.

Une très vieille femme sort de chez elle pour récupérer son journal sur le pas de la porte, me jetant un coup d'œil rapide avant de retourner à l'intérieur. Un homme en costume apparaît sur son perron et monte dans sa voiture, le moteur ronronnant doucement tandis qu'il s'éloigne.

Qu'ont-ils vu en regardant dans ma direction ? Un joggeur matinal qui profite des rues désertes pour se défouler ? Un inconnu, la capuche de son sweat rabattue, un peu suspect d'être dehors si tôt ?

Je dépasse la maison de Spears une deuxième fois et remarque que sur le cul de la Ford Focus est fixé un autocollant.

Police du comté de Skagit. À votre service.

À présent, les lumières sont allumées à l'intérieur. 7 h 25. Il ne se lève pas très tôt. Travaille-t-il de nuit au bureau du shérif local ? Ou durant la journée, pour le département de police plus imposant localisé à Mount Vernon ? Je n'ai pas encore trouvé cette information, son ancien dossier de la NYPD n'en fait pas mention. Certains États ont des bases de données centralisées et ne communiquent pas au niveau national avec les autres commissariats. Je dois encore creuser. Il me reste beaucoup de taf avant d'entreprendre quoi que ce soit. Je ne savais même pas si cet homme était toujours dans les forces de l'ordre, jusqu'à ce que je lise le slogan de la police du comté collé sur le pare-chocs.

Quand, à l'intérieur, une silhouette se dessine derrière les stores, j'accélère légèrement ma course. Je ne veux pas être repéré ni être de nouveau tenté en le voyant. Pas maintenant. Pas de cette façon. Si j'étais seul, je me foutrais de la prison ou d'être abattu, mais une seule erreur, et ce ne serait pas seulement moi, mais Noah et Liam que je mettrais en danger en attirant l'attention sur la fratrie.

Si je me fais coincer, ma fausse identité ne tiendra pas longtemps. Le FBI rouvrira l'enquête autour de la famille Wolff. Noah et Liam ont leurs vies, leurs histoires… et je ne pourrais pas vivre avec moi-même si je venais tout détruire par imprudence. L'image de leurs visages traverse mon esprit. J'ai beau leur en vouloir, ils m'ont toujours protégé, allant même jusqu'à se sacrifier.

Leur en vouloir?

Cette idée est si dérangeante, j'en perds l'équilibre un instant et me rattrape de justesse, évitant de me vautrer sur le trottoir.

Je viens de comprendre – non, de m'avouer – que malgré tout l'amour que je leur porte, je n'arrive pas à pardonner à mes frères d'avoir réussi à reconstruire leurs vies.

Un point de côté me plie en deux et je pose mes mains sur mes cuisses.

Ai-je repoussé le moment de les quitter, car j'espérais qu'ils allaient enfin se bouger? Qu'ils allaient me dire: « Viens, on va tuer l'enflure qui nous a pris notre mère? »

Je me force à respirer profondément. Je dois reprendre la course, ne pas rester planté au milieu de la rue.

Chacun ses choix. Chacun son destin.

Je me redresse et repars en footing, un peu plus calme.

Je repousse ces questionnements qui ne servent qu'à me faire perdre du temps et me reconcentre sur mon objectif. Pour frapper, je dois connaître chaque mouvement de ma cible. Tout doit être calculé pour que je ne sois pas soupçonné. Être patient. Attendre le moment parfait.

Chaque étape de ce plan doit être méticuleusement orchestrée.

Ma vengeance est une course de fond, pas un sprint, et travailler aux côtés de Noah et Liam, ces dernières années, m'a au moins enseigné que la mise en place d'un plan est quasiment plus importante que le passage à l'action.

Je continue mon jogging, retournant vers le centre-ville et mon hôtel miteux.

Une fois dans ma chambre, je me glisse sous une douche froide, en me remémorant le maximum de détails. Demain, je ferai le même trajet, sans l'aide de Maps. Mon projet nécessite de connaître ces rues comme ma poche et les habitudes de ma cible par cœur.

Mon ventre émet un gargouillis assez impressionnant. J'ai la dalle ! Le sport et le stress m'ont ouvert l'appétit, et je tenterai bien l'un de ces Strawberry Danish que m'a conseillé la serveuse hier. Le sourire lumineux de la jeune femme me revient. Oui, je vais retourner dans ce café en bas de la rue, ça fera très bien l'affaire. Surtout que le Wi-Fi dans ma chambre est catastrophique.

Dix minutes plus tard, je pousse la porte du Stompin' Grounds Coffee Co et un délicieux mélange d'odeurs de café, sucre et cannelle envahit mon nez. Nouveau bruit vraiment flippant de mon estomac.

– Bonjour, je suis à vous tout de suite, m'annonce une petite voix joyeuse depuis l'arrière-salle.

Je m'installe à la même table qu'hier et lance mon ordinateur.

– Navrée de vous avoir fait attendre.

Je lève la tête de mon écran et croise une paire d'yeux sombres. De nouveau, le grand sourire accueillant.

– Bonjour. Kristen, c'est ça ?

Elle acquiesce.

– Xander, me présenté-je.

Je m'oblige à passer pour le petit nouveau sympa, afin de m'intégrer à la communauté. Ainsi, les habitants s'habitueront à me voir dans leurs rues.

– Enchantée, Xander, répond-elle avant de me tendre la main, de manière très cérémoniale. Qu'est-ce que je vous sers, aujourd'hui ?

– Un de vos gâteaux à la fraise et un double expresso.

J'étudie son visage rond au teint olive, ses yeux en amande et son incroyable chevelure toujours aussi… violette. Sa tenue du jour mélange une longue robe blanche très sobre et des dizaines de colliers en perles de toutes les couleurs. Certains ressemblent aux bijoux que je réalisais à la maternelle pour la fête des Mères, d'autres sont d'inspiration ethnique.

– C'est noté…

Elle pince les lèvres avant d'ajouter :

– … dès que vous aurez lâché ma main.

Effectivement, éberlué par son look vraiment bariolé, j'avais gardé ses doigts enlacés.

– Oh, pardon.

– Vous me direz des nouvelles du cream cheese, me lance-t-elle par-dessus son épaule en s'éloignant.

Je suis du regard sa silhouette aux jolies formes avant de revenir à mon ordinateur. Je le déverrouille. Le plan de la région apparaît et les effets des courbes féminines s'évaporent dans mon esprit. Je n'ai pas le temps pour ces conneries.

Je dois réfléchir à beaucoup de points différents, dont une stratégie de fuite pour quitter rapidement La Conner en cas de raté dans l'exécution de mon projet. Cela nécessite de connaître parfaitement chaque itinéraire disponible, les horaires des transports, les planques potentielles et…

– Avez-vous contacté Libby ?

L'arrivée de Kristen avec un plateau sur l'avant-bras m'arrache un petit sursaut. Je me retiens de la rabrouer. Il faut que je me maîtrise, que je sois moins à cran. Je suis censé être un gars lambda, pas un mec en train de préparer un… crime. J'étais beaucoup plus calme et sûr de moi quand je travaillais aux côtés de mes frères. Mais à cet instant précis, avec Kristen, tout échappe à mon contrôle.

– Je comptais le faire ce matin. Les rideaux du motel sentent la cigarette et je ne sais pas depuis combien de temps la moquette n'a pas été nettoyée.

– Ne bougez pas, m'enjoint-elle en posant son plateau.

Elle sort son téléphone d'une large poche de sa robe avec un sourire énergique, visiblement ravie de prendre les devants.

Elle pianote et colle l'appareil à son oreille, sans me demander mon avis. Mon agacement monte en flèche. J'ai toujours détesté que les autres se mêlent de mes affaires, et je ne supporte pas l'idée que quelqu'un fasse des démarches à ma place.

Pourquoi est-elle si… envahissante ?

– Bonjour Libby, c'est Kitty.

Elle fronce les sourcils.

– Lib-by, c'est Kit-ty, insiste-t-elle en haussant la voix. Oui, ça va. Et vous ? Oui, papa aussi. Oui, elle aussi. Tout le monde se porte comme un charme.

Elle écoute, glousse et parle de plus en plus fort. Soit son interlocutrice travaille au milieu d'une piste d'aéroport bondée, soit elle est complètement sourde.

– Je vous… JE VOUS appelle pour savoir si la cabane est libre. Hein, hein… exactement… un jeune homme…

Elle me dévisage quelques secondes, rougit et se détourne.

– Hum… pas mal… du tout. En tout cas, il semble très bien sous tous rapports.

Je soupire intérieurement. La voilà qui me décrit comme une marchandise. J'espère qu'elle ne me refourgue pas à l'une de ses copines célibataires.

Elle marche jusqu'au comptoir, passe un coup de torchon tout en continuant sa discussion.

– Vous faites quoi comme travail ? me demande-t-elle de but en blanc.

Je serre les dents.

– Étudiant en dernière année de sociologie. Je suis là pour rédiger un mémoire de fin de cycle, articulé-je d'une voix dans laquelle perce mon irritation.

Elle répète mes propos.

– Vous restez combien de temps ?

Le temps de tuer le meurtrier de ma mère, suis-je tenté de répondre, agacé qu'elle prenne l'initiative d'appeler la propriétaire à ma place et par toutes ces questions.

Réaction idiote et inappropriée, puisque je dois m'intégrer dans cette ville.

Je respire profondément, enfile le masque du gentil Xander Miller et réponds donc sur un ton plus neutre :

– Quelques semaines…

Comme elle utilise le percolateur, le téléphone coincé entre l'épaule et l'oreille, je ne saisis pas la suite. Elle me regarde et tend son poing vers moi, le pouce en l'air.

– Super, termine-t-elle sa conversation. Oui, à ce week-end pour le poisson, pas de problème.

Elle sert un couple avant de revenir vers moi et de déposer un énorme gâteau avec des fraises d'un rouge éclatant et un mug.

– Libby Hartmann vous attend pour seize heures.

Elle me regarde avec une expression de satisfaction, comme si elle avait accompli un exploit. Malgré ma décision de jouer le jeu, cette satisfaction me hérisse.

– Vous faites ça souvent ?

Elle me dévisage, les yeux ronds, ne comprenant visiblement pas ma question. Je tempère mon exaspération et tente de formuler les choses autrement :

– Prendre les choses… en main ?

Ses joues s'embrasent.

– Oh, je suis navrée. Je… C'est vrai que j'ai tendance à vouloir aider sans qu'on me demande quoi que ce soit.

Je soupire intérieurement. Je ne suis pas un gars très sociable. Je ne l'ai jamais été, même avant le drame. Mes frères adoraient sortir, voir du monde, draguer. J'ai toujours préféré le calme de la maison, mes bouquins et mon ordi. Et cette jeune femme est, disons… envahissante. Même… si elle cherche juste à se rendre utile.

Sois agréable, Xander !

– Vous avez bien fait, me rattrapé-je. Je n'avais pas envie de rester une nuit de plus au motel.

– Ce n'est pas la faute de Beth, me précise-t-elle en parlant de l'hôtesse d'accueil en fauteuil roulant. Son patron refuse de faire les travaux d'amélioration nécessaires.

– Salut Kristen, nous coupe un homme habillé avec un t-shirt portant un logo Shell Petroleum.

– Bonjour Steve. Que désires-tu pour le petit déj ?

– Toi.

Je lève la tête et dévisage le gars. Pas très fin comme plan drague. J'espère qu'il ne sera pas insistant, je ne veux pas me mêler de leur histoire ni faire parler de moi à peine deux jours après mon arrivée.

J'attends de voir si la serveuse est gênée.

– Je n'en ai pas en boutique, navrée. Et, à part ça ? rétorque-t-elle.

Le prénommé Steve hausse les épaules, l'air de dire « tant pis ».

– Un latte et un sandwich pour ce midi, alors.

Pas besoin de jouer à Robin des Bois, ça m'arrange ! Je n'ai pas le goût de la bagarre comme mon frère Liam et je ne veux pas me mettre une partie de la ville à dos.

En observant de nouveau le t-shirt Shell de ce lourdaud de Steve, je repense à l'usine, à mes plans d'évasion, et zoome sur Maps. La Conner longe la rive droite d'un canal qui relie deux baies du Puget Sound. De l'autre côté de ce canal se trouve la réserve Swinomish sur l'immense île Fidalgo, recouverte de forêts. Bizarrement, au nord-est de l'île, alors que la réserve est certainement un lieu protégé, a été construite une énorme raffinerie. L'une des plus grosses des États-Unis selon Wikipédia.

Cette usine doit être surveillée jour et nuit, donc ce n'est pas un endroit où se cacher en cas de problème. En revanche, la réserve est idéale. Je change de calque sur Maps et fais apparaître les arbres et les reliefs. Un seul pont relie La Conner avec l'île, le Rainbow Bridge. Une seule route traverse la forêt de part en part, *poétiquement* appelée « la route de la Réserve ». Dès qu'on sort de l'axe principal, la végétation dense devient une protection, une planque idéale.

– Un peu plus de café ?

L'arrivée de Kristen me donne une idée. Je devine dans ses traits qu'elle a des origines natives américaines. Sûrement est-elle métissée ? D'ailleurs, Kristen est vraiment très belle avec ses prunelles noires et sa bouche en cœur.

Je secoue la tête pour chasser ces réflexions hors propos et reviens à mon idée première.

– Vivez-vous dans la réserve ?

La serveuse se crispe légèrement. Aïe, point sensible ?

– Non, j'habite en ville.

– Ah, OK… Je suis étudiant en sociologie. J'ai obtenu une bourse pour une étude de terrain portant sur…

Je me creuse la tête un quart de seconde pour me souvenir du sujet pompeux que j'ai inventé pour mon mémoire.

– … les interactions et dynamiques sociales entre les communautés des Premières Nations et les bourgades avoisinantes.

Ai-je réussi à pleinement justifier ma présence prolongée dans la région ?

J'observe le visage de Kristen si expressif et si facilement déchiffrable. Pour le moment, son sourire n'est pas redevenu aussi lumineux qu'à l'accoutumée.

– En face, vous avez la bibliothèque, finit-elle par dire en pointant du doigt une grande bâtisse de l'autre côté de la rue. Vous y trouverez pas mal de choses sur les *interactions* entre les Swinomish et les villes alentour.

La manière dont elle appuie sur certains mots me fait comprendre que la situation ne doit pas être si simple. Je n'insiste pas, même si les livres ne m'apprendront pas ce que je veux réellement savoir sur la réserve.

– Merci.

Elle se détourne et accueille de nouveaux arrivants, avec de grands gestes. J'espère ne pas l'avoir vexée.

Je hausse les épaules et retourne à mes recherches.

***

16 h. J'ai marché une quinzaine de minutes, le long de l'artère principale de La Conner, en remontant vers le nord. En approchant de l'adresse indiquée par Kristen ce matin, je m'attends à voir une cabane délabrée au bord de l'eau. À ma grande surprise, un charmant cottage en bois, peint en blanc et gris-bleu, se dresse devant moi, son toit pentu et ses nombreuses fenêtres lui donnant un aspect pittoresque.

La porte s'ouvre avant même que je n'atteigne le perron, et une vieille dame, tout en énergie, apparaît. Quel âge peut-elle avoir ? Des dizaines de rides marquent profondément son visage. Ses cheveux couleur neige sont relevés en un chignon impeccable, et elle porte un tablier à fleurs tout droit sorti d'une autre époque.

– Bonsoir, jeune homme ! Je suis Libby Hartmann, enchantée de faire votre connaissance.

Son accueil chaleureux et ses yeux pétillants de malice me prennent par surprise. Je me force à sourire en retour, un geste devenu rare pour moi.

– Bonsoir, madame Hartmann. Xander Miller.

– Oh, appelle-moi Libby, tout le monde le fait !

Elle rit, un son clair et agréable.

– Viens, entre donc, je vais te montrer ton logement.

L'intérieur de la maison principale est tout aussi charmant que l'extérieur, avec des meubles en bois clair, des tapis épais et des rideaux aux motifs floraux. Une odeur de biscuits fraîchement cuits flotte dans l'air.

Des images du passé et de notre maison familiale tentent de me parasiter, je les repousse de mon mieux.

La propriétaire me guide à travers les pièces d'un pas vif et me conduit à la cuisine au fond de laquelle une porte donne sur l'arrière. Je découvre un jardin bien entretenu qui descend en pente douce vers le canal et une petite structure en cèdre rouge.

– Cette cabane de pêcheurs était là avant la construction de la maison. Elle appartenait à mon grand-père. Quand mon époux est décédé, j'ai fait quelques travaux pour la louer et arrondir ma petite retraite.

C'est modeste, mais pratique, car isolé, avec une vue imprenable sur la marina et la réserve naturelle de l'autre côté de la voie fluviale. Je remarque une barque accrochée le long de la rive.

Libby ouvre la porte et me fait signe d'entrer. L'intérieur est simple et propre, avec des meubles rustiques et une grande baie vitrée donnant sur l'eau. Un petit poêle à bois trône dans un coin.

– J'espère que cela te convient, dit-elle avec un sourire plein de fierté.

Un pincement au cœur m'empêche de répondre immédiatement. Le lieu respire… la douceur de vivre.

– C'est parfait, la remercié-je avec un raclement de gorge.

Elle me fixe alors avec intensité, comme si elle pouvait voir au-delà de mon apparence stoïque.

– Tu viens de Philadelphie où on vit à cent à l'heure, c'est bien ça ? Ici, tout est au ralenti. Parfois, un endroit paisible peut faire des merveilles pour l'âme.

Je hoche la tête, incertain de ce qu'il faut répondre. Je ne recherche pas la paix, mais cela ne la regarde pas.

– Merci, je serai très bien ici, dis-je finalement. Pensez-vous que je puisse m'installer dès ce soir ?

– Oui, oui. Je te ferai un prix réduit spécial étudiant.

Elle sourit, satisfaite, et tapote légèrement mon bras. Cette dame n'a probablement pas beaucoup d'argent, et moi, au contraire, mes comptes en banque dans les îles Caïmans sont très bien fournis. J'ai l'impression de profiter d'elle et j'hésite à lui dire que je veux payer plein pot.

Seulement, Xander Miller est un élève boursier de Penn State, une école publique pour les étudiants fauchés. Je dois coller à mon personnage. Ce n'est pas le moment de faire dans le sentimentalisme.

– Allez, je vais préparer une verveine et des biscuits. Tu pourras me raconter un peu ce qui t'amène ici.

En espérant qu'elle ne se révélera pas trop envahissante, j'accepte son invitation.

Oui, je vais berner cette vieille dame charmante.

Je dois tous les berner !

7

Xander

J'ai réussi à m'échapper de chez Libby après plus d'une heure. Sa fameuse verveine n'étant pas du tout une tisane, mais une liqueur faite maison avec les plantes de son potager. Un truc imparable pour délier les langues. Heureusement, je sais tenir la mienne, j'ai des années d'expérience. Malgré toutes ses questions de vieille dame curieuse, j'ai retourné la situation. Assez facilement d'ailleurs, car Libby Hartmann est si pipelette, qu'elle a monopolisé la discussion. Heureusement, j'ai su jouer mon rôle d'étudiant naïf à la perfection, feignant une curiosité sincère pour son récit. Je connais dorénavant une bonne partie de sa vie. Plutôt intéressante, d'ailleurs. Elle et son mari ont voyagé sur toute la planète avec Médecins sans frontières.

À aucun moment elle n'a semblé percevoir le moindre faux pli dans mon personnage. Ça m'a presque surpris moi-même de tenir la comédie aussi longtemps, et un peu gêné ; ma logeuse est adorable et je la devine très seule à présent qu'elle est veuve et sans enfant.

Maintenant que j'ai rapatrié ma valise à la cabane, je dois trouver un restaurant. Avant que je parte, ma future logeuse m'a conseillé le Corner Pub & Eatery et ses plats familiaux, avec un clin d'œil énigmatique, et j'ai décidé de lui faire confiance.

Je descends donc la First Street et longe le canal et les boutiques du centre-ville, les sens en alerte. Je me sens à découvert. Hyper exposé.

Et si je croisais ma cible ?

Et si Mason Spears me reconnaissait ?

Cette idée m'arrache un long frisson désagréable.

Je tente de me calmer. Cet homme m'a vu quelques secondes à peine. Au milieu du chaos. Pourquoi se souviendrait-il de moi ? Il ne reconnaîtra pas le gamin de 17 ans chez qui lui et ses collègues ont fait irruption en pleine nuit, armés jusqu'aux dents. Mes traits ont beaucoup changé. Mon visage s'est creusé, j'ai pris cinq bons centimètres à l'orphelinat et mes muscles se sont développés quand j'ai commencé à boxer avec mes frères.

J'observe plus calmement les habitants que je croise, détourne un peu la tête quand j'ai un doute, et découvre un peu plus La Conner.

À bien y réfléchir, j'ai l'impression d'être dans l'un de ces téléfilms *small town*. Dans lequel le héros revient après des années dans sa ville natale, avec la ferme intention de ne pas y rester, et finalement, tombe amoureux et ne repart plus jamais. Une sorte de marketing très mièvre pour ces bourgades vieillissantes d'où tous les jeunes se barrent dès qu'ils en ont l'occasion.

Au numéro 702, le Corner Pub & Eatery est exactement ce que j'imaginais : une façade beige, de larges fenêtres derrière lesquelles pendent des néons « Bud » et « Corona », et une enseigne en bois sculpté. En poussant la porte de la taverne, je suis immédiatement enveloppé par la chaleur et les arômes alléchants de nourriture. Je n'ai avalé que de la junk food durant mes semaines d'isolation dans l'hôtel miteux de Manhattan, mais depuis que je suis arrivé ici, je dois bien avouer que je me régale.

Je parcours la salle du regard, cherchant une place libre. Nous sommes vendredi soir et j'aurais sûrement dû réserver.

Mon attention est rapidement attirée par une silhouette familière. Assise à une table près de la fenêtre, Kristen est plongée dans une conversation animée avec un groupe. Je me fige un instant, surpris de la voir ici, avant de me dire qu'elle est plus chez elle que moi.

Kristen semble être partout, et plus je la croise, plus

je m'interroge sur elle. Pourquoi une fille aussi vivante et énergique se satisfait-elle d'une petite ville comme La Conner ?

Qu'est-ce qui la retient dans ce bled paumé ?

Une serveuse s'approche de moi avec un sourire.

– Bonsoir, je m'appelle Aurélia, et je vais m'occuper de vous ce soir. Attendez-vous une autre personne ?

– Non, je dîne seul.

– Bien. Il fait plutôt bon ce soir, si vous le souhaitez, il nous reste de la place dehors, sous la pergola.

À l'arrière de la taverne, des tables donnent sur le canal et les bateaux de pêche. Je m'installe sur une chaise en bois qui grince légèrement sous mon poids.

– Puis-je vous apporter quelque chose à boire pour commencer ? me propose la serveuse en me tendant le menu.

– Oui, une bière, s'il vous plaît, réponds-je distraitement, mon regard revenant sans cesse vers la fenêtre derrière laquelle apparaît le profil de la jeune femme.

Alors qu'Aurélia s'éloigne, Kristen se lève, sort du restaurant et avance vers moi. Maquillage minimaliste parfaitement appliqué, tenue plus moulante que ce matin, elle est superbe avec ses cheveux remontés en un chignon flou.

Vient-elle me saluer ?

À ma grande surprise, elle contourne ma table et se dirige droit vers la serveuse. Elle échange quelques mots avec Aurélia, me jette un regard impénétrable, puis extirpe une tablette style iPad mini de la poche arrière de son jean et y note la commande de mes voisins.

OK, elle n'est pas une cliente ici ; elle y travaille. D'où le mystérieux clin d'œil de Libby. La vieille dame joue les entremetteuses. Seulement, je ne suis pas en quête d'une petite copine.

Après quelques minutes, c'est Kristen qui vient m'apporter ma bière.

– Alors ? Avez-vous trouvé ce que vous cherchiez sur notre tribu ?

Son ton paraît acerbe.

– Je me suis inscrit à la bibliothèque et j'hésite à aller faire un tour au journal local.

Elle pince la bouche.

– Je voulais vous remercier pour la cabane chez Libby.

Son visage s'illumine. Cette jeune femme ne doit jamais rester fâchée très longtemps.

– J'étais sûre que vous alliez lui plaire. Elle vous a fait le coup de la verveine ?

J'acquiesce. Après un court instant, durant lequel elle espère peut-être que je renchérisse, elle ajoute :

– Libby est comme une grand-mère. Elle a toujours été là pour moi.

Un voile mélancolique assombrit son visage avant qu'elle ne se secoue et affiche son sourire.

– Nous avons du flétan, pêché cette nuit par le propriétaire de la taverne. Le fish and chips est le meilleur de la région.

– Ça me va.

Les minutes passent, et je continue de siroter ma bière, essayant de me fondre dans le décor. Kristen travaille sans relâche. Elle se déplace avec une aisance naturelle, comme si elle faisait partie intégrante de l'ambiance du pub. Mon regard la suit involontairement, intrigué par cette énergie débordante.

Concentre-toi !

Je dois rester sur le qui-vive.

Je suis dans *sa* ville. Ma casquette des Philadelphia 76ers[1] enfoncée sur la tête, je garde un œil vigilant sur chaque personne qui entre et sort, mémorisant les visages et les interactions. Qui sait si Mason Spears n'est pas un habitué de ce pub ?

Comme je n'ai pas trouvé de compte Facebook ou Instagram dans lequel il étalerait sa vie privée aux yeux de tous, j'ai lancé quelques programmes informatiques de mon cru pour obtenir un accès à ses comptes bancaires. Les dépenses en carte de crédit sont comme les cailloux

1. Équipe de Philadelphie de basket en NBA.

du Petit Poucet, parfaites pour suivre quelqu'un à la trace. Pour le moment, mes tentatives sont restées vaines. Mais ce n'est qu'une question de temps.

La salle se vide peu à peu, les conversations se font plus rares et les rires s'estompent. Il semble que ma cible ne soit pas de sortie. Je ne sais pas si j'en suis soulagé ou irrité. Qui sait comment je réagirais en le voyant.

Vers la fin de la soirée, alors que les derniers clients s'apprêtent à partir, Kristen finit par s'approcher avec un air fatigué.

– Vous voulez un autre verre avant qu'on ferme ? demande-t-elle en posant son plateau sur la table.

Je secoue la tête.

– Juste l'addition, s'il vous plaît.

Elle acquiesce, puis, à ma grande surprise, tire une chaise et s'assoit en face de moi.

– Ça ne vous dérange pas si je m'installe un moment ? Mes pieds me tuent.

Mon premier réflexe est de dire « oui, ça me dérange », sentant mon espace personnel envahi, puis je me rappelle que Kristen pourrait être ma porte d'entrée pour la réserve. Le village natif américain n'est pas un lieu touristique que l'on visite moyennant l'achat d'un ticket comme dans certaines régions. Pourtant, je dois connaître les moindres recoins de cette île, et quoi de mieux qu'une guide autochtone.

– Pas du tout, dis-je en essayant de paraître détendu. Vous avez eu une sacrée journée.

– Oui, mais j'aime ça, répond-elle. Les heures passent plus vite quand on est occupé.

– Vous travaillez ici depuis longtemps ?

– Un moment maintenant. J'ai commencé pendant mes années lycée, et puis c'est devenu une sorte de deuxième maison.

Avec son visage poupin et sa coiffure excentrique, je ne parviens pas à lui donner un âge. Sûrement plus jeune que moi.

Elle me fixe avec curiosité.

– Et vous ? Pourquoi la sociologie ?

Elle a retenu les détails de notre discussion de ce matin. Elle écoute donc réellement quand elle pose des questions. Merde, va falloir que je brode.

– J'aime connaître les gens, savoir comment ils fonctionnent.

– Vous avez pourtant l'air d'un solitaire.

Surpris par sa clairvoyance, je mets quelques secondes à rebondir.

– Et vous d'une jeune femme très franche.

Elle hausse les épaules et fait une moue qui plisse ses yeux sombres, mimant un « je n'y peux rien ».

– Vous m'avez dit que vous alliez rester quelques semaines à La Conner ?

– Le temps de collecter suffisamment de données pour mon mémoire.

Elle m'observe. J'ai l'impression qu'elle me sonde avant de se décider à me proposer un truc.

– Les interactions et dynamiques sociales entre les communautés des Premières Nations et les petites villes avoisinantes, répète-t-elle à la manière d'une prof, en utilisant au mot près ceux que j'ai employés ce matin. Pourquoi ce sujet précis ?

Mettant de côté mes réflexions sur son incroyable mémoire, je lui sors le laïus que j'ai préparé.

– Je ne me suis jamais posé la question. Ça résulte peut-être du fait que mes parents sont Européens et viennent de deux cultures très différentes. Ma mère est Espagnole, et mon père est Allemand. J'ai grandi entre deux mondes, l'Europe et les États-Unis, essayant de comprendre et de naviguer entre ces identités distinctes.

Pour moi qui ne parle pas beaucoup, cette phrase est l'une des plus longues que j'ai prononcées depuis des mois.

Attention à ne pas trop livrer de mon vrai moi.

– Une mère latine et un père germanique ? Effectivement, ça devait être chaud, les réunions de famille, s'amuse Kristen.

Un dîner à la maison, plutôt agité, me revient en mémoire,

et je laisse planer quelques secondes avant de reprendre notre discussion.

– On peut dire ça. Cela m'a certainement poussé à chercher comment différentes communautés coexistent et interagissent.

– Rien à voir avec un souvenir de jeunesse où vous jouiez aux cow-boys et aux Indiens avec vos copains ?

Elle sourit, même si sa question est plus profonde que ce qu'elle laisse paraître.

– Non, je n'ai pas joué à ça avec mes fr…

Je me retiens à la dernière seconde de révéler un autre détail sur ma *vraie vie*.

– … camarades de la petite école. En tant qu'enfant d'immigrés arrivant d'Europe, peut-être ai-je fait un parallèle entre ceux qui ont débarqué il y a plus de deux cents ans et ont envahi les terres de vos ancêtres.

Je vois son expression changer, une étincelle d'intérêt dans ses yeux.

– Un *complexe de culpabilité historique* ?

Je reste la bouche ouverte, ne sachant comment rattraper cette bévue, jusqu'à ce qu'elle se mette à rire. OK, elle se moque de moi.

– Désolée, Xander, je vous taquine. Je comprends ce que vous ressentez. Surtout pour moi qui suis métisse et également tiraillée entre deux mondes.

Elle se lève et s'étire en bâillant.

– Peut-être pourrais-je vous montrer quelques aspects de notre culture que vous ne trouverez pas dans les livres ou les articles ?

J'acquiesce.

Il y a quelque chose de désarmant chez Kristen, une chaleur qui contraste avec la froide détermination lovée dans mon ventre depuis des mois. Je dois veiller à ne pas être pollué par cette légèreté. Rien ne doit me détourner de mon objectif.

– Demain ? Visite de la réserve, enchaîne-t-elle. Je passe vous prendre chez Libby vers dix heures. Je suis off, le matin.

Elle prend les choses en main, comme d'habitude. Cette fois-ci, sa manie de régenter mon planning m'arrange.

– Ce serait parfait. Merci.

– Allez, il est temps de fermer boutique.

Je hoche la tête, la regardant s'éloigner pour finir de ranger les derniers couverts sales. La lumière du bar se tamise, plongeant la pièce dans une douce pénombre. Je savoure cette petite victoire, me convainquant que je suis sur la bonne voie pour atteindre mon objectif.

Kristen m'offre une occasion inestimable, et je dois en tirer parti.

8

Kristen

Peut-il suffire d'une seule rencontre pour être charmée ? Je ne crois pas – *plus* – être particulièrement romantique, pourtant, depuis que je l'ai croisé avant-hier matin, je ne peux m'empêcher de penser au nouveau venu.

Regard Triste.

C'est le pseudonyme que j'ai donné à Xander. Dans ma tribu, nous avons tous des noms, disons *communs*, ceux hérités de la colonisation, et à côté, nous avons nos identités natives. Par exemple, ma mère s'appelle Cheryl et son prénom tribal est Tama, *Coup de Tonnerre*, et moi, Choolena, qui désigne un petit oiseau de l'île de Fidalgo.

Ista iyoksica.

Regard triste.

J'aurais pu lui trouver un surnom plus cool, comme *Pierre Précieuse* ou un truc comme ça, en rapport avec ses incroyables iris émeraude. Mais depuis deux jours que l'étudiant vient travailler au café dès l'aube, ce qui m'a le plus marquée est cette tristesse peinte sur son visage quand il pense que personne ne l'observe. J'ai l'impression que c'est ce qui m'attire chez lui, comme si j'avais envie de le voir sourire pour moi. Grâce à moi.

Est-ce pour cette raison que je lui ai proposé de l'accompagner aujourd'hui, alors que ma maison est en désordre, que j'ai des machines en retard et des heures de sommeil à rattraper ?

Non… J'aime faire découvrir ma culture.

Mais oui. À d'autres.

Je gare Rusty devant la maison de Libby, en demandant à toutes les petites voix dans ma tête de bien vouloir la fermer. La vieille Chevrolet émet un dernier grognement avant que je coupe le moteur. Je jette un coup d'œil à l'horloge du tableau de bord, qui est certainement l'une des seules choses qui fonctionnent correctement dans cette voiture, et constate que je suis pile à l'heure.

En posant le pied à terre, mon regard admire les plates-bandes. Des rosiers et quelques bourgeons de tulipes, dont les couleurs vives ne demandent qu'à éclater sous le ciel bleu de cette fin de matinée. Enfin, il fait beau. C'est l'une des premières journées depuis des semaines où il ne pleut pas. Je regrette un peu de ne pas avoir emmené Wynonah, pour qu'elle en profite. Seulement, chaque fois qu'elle va à la réserve, elle ne veut plus repartir et fait des caprices, et de surcroît, Xander reste un étranger.

Je conserve un côté très protecteur avec ma fille et hésite toujours à lui présenter du monde. Mon côté mère poule.

Je monte la volée de marches du perron. Je pourrais faire le tour pour rejoindre directement la cabane, mais c'est un tel plaisir de voir ma vieille amie.

Comme d'habitude, la porte n'est même pas verrouillée.

– Libby, appelé-je à travers la maison. Libby, c'est Kristen.

– Je suis à l'arrière.

Assise dans un fauteuil à bascule, l'octogénaire m'attend avec un large sourire sur sa terrasse donnant sur le canal.

– Ah, Kitty, ma chère, entre donc ! m'invite-t-elle avec enthousiasme. Veux-tu goûter ma nouvelle cuvée de liqueur ?

– Libby, il n'est pas onze heures. Trop tôt pour un de vos breuvages mystérieux.

Elle me jette un regard en coin.

– Alors, dis-moi, que me vaut l'honneur de ta venue ?

– J'ai proposé à votre locataire une visite de la réserve, pour lui montrer les initiatives locales en matière d'éducation et de préservation culturelle. Pour son étude.

– Hum… J'aurais dû m'en douter, tu veux l'étudier lui. Il est charmant, non ?

Je pouffe doucement, en glissant un regard vers la cabane pour vérifier que ledit locataire ne nous entend pas.

– Xander est quelqu'un de… d'intéressant.

Libby me donne une tape amicale sur le bras.

– Il y a effectivement quelque chose qui me plaît chez lui. Et pas seulement son joli petit popotin.

Cette fois-ci, j'éclate de rire. Cette femme n'a aucun filtre. J'avoue avoir jeté un coup d'œil à la chute de reins de Xander. Le jeune homme est grand, fin et athlétique, et il a un cul d'enfer, même s'il mériterait de manger plus de bons petits plats selon moi.

– Voyons, je suis une mère célibataire, je ne peux pas sauter sur tout ce qui bouge, me défends-je.

– Tu parles, ça ne change rien. Profite de chaque instant et laisse-toi aller un peu. Et si jamais il a besoin d'un bon remède pour briser la glace, ma liqueur de verveine est toujours là.

Je secoue la tête et dépose un baiser sur la joue toute ridée de la vieille femme.

– Vous savez que je suis impliquée dans le programme éducatif des 13 Lunes.

– Celui pour favoriser l'apprentissage entre les anciens et les jeunes de la réserve ?

– Oui, exactement. L'école classique ne prend pas assez en compte le partage intergénérationnel, tous ces savoirs informels qui se font à l'oral et ne sont jamais dans les manuels. En emmenant des gens de l'extérieur, j'y vois une opportunité de leur faire connaître les enjeux et les défis auxquels ma communauté est confrontée.

Elle ne me répond pas, se contentant d'un sourire en coin. Elle s'est persuadée que j'emmène Xander pour une tout autre raison. Quand elle a une idée en tête…

– À plus tard, lui lancé-je avant de traverser le jardin et de me diriger vers la cabane.

La porte s'ouvre au moment où je lève la main pour toquer et Xander apparaît. Il est décontracté, vêtu d'un jean et d'une chemise en flanelle. Il m'accueille avec un fin sourire, mais ses yeux verts ont toujours cet éclat de tristesse qui semble impossible à effacer.

– Bonjour Kristen, dit-il en fermant derrière lui. J'espère ne pas bousculer votre emploi du temps.

Avec un petit pincement au cœur, je pense à Wynonah que j'ai très peu vue cette semaine et que je viens de déposer chez mon père. Toutefois, ces deux-là sont inséparables et elle était hyper contente d'y aller. Du jour où ma fille est venue au monde, elle a comme ensorcelé mon père. Elle lui a même en quelque sorte sauvé la vie. Et dès qu'il le peut, malgré son emploi du temps chargé, il se propose pour la garder.

– Non, ne vous inquiétez pas. Prêt pour l'aventure ?

Un petit mouvement de tête pour toute réponse. OK, ça va être difficile de dérider *Regard Triste*. Pourtant, en marchant vers la voiture, je ne peux m'empêcher de remarquer les coups d'œil qu'il me lance quand il pense que je ne le vois pas.

– Xander, je *te* présente Rusty, dis-je en pointant ma Chevrolet du doigt.

Ah, cette fois-ci, il a un petit rictus. Je ne sais pas si c'est parce que j'ai décidé de le tutoyer ou si c'est l'état de ma voiture… Prenons ça pour un signe encourageant.

Une fois sur le siège conducteur, je démarre et nous prenons la direction de la réserve Swinomish. Le trajet est calme au début, uniquement rythmé par le ronronnement du moteur et le bruissement des pneus sur la route.

Finalement, Xander brise le silence.

– Merci de m'emmener là-bas.

– Ça me fait plaisir de partager ça avec toi. C'est un endroit spécial pour moi.

En arrivant devant le canal, j'annonce d'une voix de présentatrice de la météo :

– Nous traversons le La Conner Rainbow Bridge.

– Pourquoi ce nom d'*arc-en-ciel* alors qu'il est rouge ?

– Aucune idée, avoué-je avec une moue désolée. Mais si tu veux un petit cours d'Histoire sur les connexions actuelles entre la réserve et le reste de la région, il faut revenir à la signature du traité de Point Elliott en 1855. Cet accord visait à arrêter les affrontements sanglants entre les tribus et le gouvernement américain.

– Avec le chef Seattle, ajoute-t-il.

Je souris. Les *visages pâles* connaissent toujours ce nom, enfin, depuis que la ville de Seattle est devenue une métropole importante dans les années 1990.

– Exactement. Nos ancêtres, avant d'être cantonnés à cette île, vivaient dans les vallées de Skagit et Samish River. Le traité est venu avec des obligations ; vendre certaines terres contre des rentes, accepter des écoles pour *civiliser* nos peuples autochtones, ne plus utiliser nos vêtements de *sauvages*.

– Aïe, mes aïeux européens n'ont pas été tendres avec les tiens.

Je hausse les épaules en souriant, entre humour et résignation.

– Oh, tu sais, je suis un mélange des deux camps.

Le panneau en bois sculpté en forme de saumon, sur lequel on peut lire « *Swinomish Indian Tribal Community* », apparaît à droite. Il marque l'entrée du village. L'enthousiasme habituel monte en moi, j'ai toujours l'impression de rentrer chez moi, même si je ne vis pas ici. Les maisons sont moins cossues que du côté de La Conner, mais accueillantes, construites en pin avec des toits pentus. Certaines sont peintes de couleurs vives, tandis que d'autres arborent des motifs traditionnels et des symboles culturels. La plupart ont un bateau qui trône dans le jardinet de devant.

Au croisement de la route de la Réserve et de Snee Oosh, je pointe du doigt le grand poteau bleu ciel planté sur la droite.

– Notre peuple a longtemps vécu de la pêche. C'est pour cela que des poissons et des barques sont gravés sur ce totem.

– Que signifie l'aigle tout en haut ?

– C'est l'un de nos animaux sacrés. Il symbolise la vision et la spiritualité.

Je gare la voiture près du petit centre communautaire, et nous sortons pour marcher.

– Comment c'était de grandir ici ? demande Xander.

Je prends une profonde inspiration, sentant l'odeur familière de la pinède et du bras de mer.

– En fait… je n'ai pas vraiment grandi dans la tribu, avoué-je.

Comme je devine qu'il observe mon profil, j'ajoute :

– C'est une longue histoire…

Je pense quelques secondes au visage sévère de ma mère. Pour elle, la réserve, c'est le seul endroit où un Swinomish devrait habiter. Elle aurait aimé que je vive pleinement dans la communauté. Surtout depuis que je suis moi-même maman, elle ne comprend pas pourquoi je veux que Wynonah grandisse du côté de La Conner.

– Quand mes parents se sont séparés, j'ai été élevée par mon père. Ma mère pense que… j'ai abandonné nos racines.

Je glisse mes mains dans les poches de ma robe, pensive.

– Moi, je vois les choses autrement. Ici, c'est magnifique, c'est un refuge où l'on préserve notre culture, notre histoire. Ma grand-mère m'a appris tellement de choses sur nos coutumes, sur les légendes de notre peuple… Pourtant…

Je marque une pause, cherchant mes mots.

– … ce refuge peut vite devenir… *étroit*. Entouré de frontières invisibles et infranchissables. Je pense que les opportunités sont limitées, tu vois ? De l'autre côté du canal, les perspectives sont plus larges.

Et j'ajoute avec un soupir de frustration :

– Enfin, surtout à Seattle.

Il acquiesce, paraissant comprendre.

– Finalement, tu ne te sens pas à ta place ni d'un côté ni de l'autre.

Je me tourne vers lui, surprise par sa perspicacité, et secoue la tête, un peu amère.

– C'est dur de jongler entre deux mondes, admets-je

finalement. Ici, je suis toujours celle qui vit *chez les Blancs*. Et à La Conner, je suis *celle de la réserve*.

Il m'observe, attentif. Partager cela avec lui est étrangement facile.

– Les gens ici jugent aisément. Quand tu es d'origine Swinomish, tu es souvent réduit à ça, comme si ça résumait toute ton identité. Ils oublient que je suis aussi une femme métisse, une citoyenne comme eux, avec des rêves et des ambitions.

Je m'aperçois que ma voix est montée dans les aigus, que je me suis un peu emportée. Je voudrais tellement ne pas être limitée dans mes choix. Être libre de devenir qui je veux.

– Enfin, bon…

Je désigne plusieurs bâtiments autour de nous et explique sur un ton plus posé :

– Je continue à m'impliquer ici, pour préserver le lien. Je participe à des associations culturelles de la tribu, je viens aux réunions du conseil communautaire. Notre tribu a son propre gouvernement, reconnu depuis les années 1930. Un code tribal et son tribunal.

Nous remontons vers l'école primaire. C'est le week-end, il n'y a pas cours, mais des enfants jouent dans la rue, leurs rires résonnent dans l'air. Quelques personnes âgées, assises sur des bancs, me reconnaissent et m'accueillent d'un signe de main respectueux avant de jeter un regard curieux à Xander.

L'un des anciens, un homme aux cheveux blancs et au visage ridé, me fixe intensément avant de me demander en lushootseed, ma langue maternelle :

– Comment vas-tu, Choolena ?

– Bien, Greg. Merci.

– Qui est l'âme perdue à tes côtés ?

Je me retiens de sourire. Greg fait partie de notre sénat tribal et il aime bien parler de manière abstraite, comme les chefs apaches dans les vieux westerns.

Wendy, une amie de Libby, aux yeux pétillants malgré son grand âge, ajoute en souriant :

– Souviens-toi, Kristen, que les chemins du cœur sont souvent plus tortueux que ceux de l'esprit.

Mes joues se réchauffent. Qu'est-ce qu'il leur prend aux anciens de parler d'âme et de cœur ? Sûrement sont-ils surpris de me voir avec un inconnu ou alors Libby a décroché son téléphone pour faire sa commère.

Heureusement que Xander ne comprend pas cette langue.

– Ils disent quoi ? s'enquiert Xander, intrigué par l'échange.

Je prends une seconde pour réfléchir, décidant de ne pas tout traduire.

– Ils se demandent avec qui je me balade.

Xander les salue d'un mouvement de tête, visiblement satisfait de la réponse.

– Comment se passe la vie ici ?

Je me tourne vers lui, ravie qu'il montre un tel intérêt pour moi… Enfin, pour les miens.

– C'est un mélange de tradition et de modernité. Avant, nous dépendions des rentes gouvernementales. Beaucoup le vivaient mal. Jusque dans les années 1990, le village était très pauvre. L'installation du casino a apporté des revenus supplémentaires, créé des emplois et renforcé notre économie locale.

– L'IGRA, c'est ça ?

– Oui, tout à fait, la loi indienne sur la réglementation des jeux de hasard. Tu as bien révisé tes cours, m'amusé-je.

Il écoute attentivement, absorbant chaque mot. J'aimerais croire que je l'hypnotise, cependant je pense que Xander est le genre de personne qui fait tout à fond.

– Je suppose que ce n'est pas que positif.

– Non. Qui dit jeux d'argent, dit addiction et criminalité. Et l'impact est important. Les jeunes ont tendance à négliger nos coutumes et spécificités. Je fais partie du comité des 13 Lunes pour la sauvegarde de la culture. Je te donnerai des liens vers plus d'infos pour tes études.

– Merci. Et qu'en est-il de l'usine de pétrole dans le nord ? J'ai entendu parler de la pollution.

Un soupçon de tristesse me traverse.

– Oui, c'est un défi auquel nous faisons face. Une association se bat pour minimiser son impact sur notre environnement et protéger nos terres, mais c'est un peu David contre Goliath. Surtout que sans poisson, palourde ou crabe à pêcher, notre tribu est vouée à disparaître.

Il observe avec attention autour de nous.

– C'est quoi ces toits pointus, là-bas, demande-t-il en montrant trois structures qui jouxtent le canal.

– Ces pavillons rappellent la forme d'anciens chapeaux traditionnels et sont un lieu de rassemblement pour les cérémonies et les réunions importantes, les Cedar Hats.

Je l'entraîne vers le parc Swadabs quand un grand nuage obscurcit le ciel. Un grondement de tonnerre résonne au loin. La chaîne météo s'est encore trompée.

– Mince, notre balade va être plus courte que prévu.

Nous continuons à marcher jusqu'à atteindre le canal qui borde la réserve. L'eau claire coule paisiblement, reflétant les derniers rayons du soleil qui parviennent à filtrer. Sur l'autre rive, La Conner étale sa marina et ses maisons à étages.

– Cet endroit est incroyable, dit Xander en tournant sur lui-même. J'aimerais beaucoup visiter le reste de la réserve, les coins un peu plus sauvages.

Au moment où il dit cela, les gros nuages sombres qui nous surplombaient éclatent.

– Ce n'est pas vrai, s'emporte-t-il. Il pleut tout le temps, ici ?

– C'est pour cette raison que les Cullen vivent dans le coin, jamais de soleil, plaisanté-je.

– Les Cullen ?

Je fronce les sourcils.

– Les vampires de *Twilight*. Qui dit grisaille et pluie, dit soleil inexistant.

Xander a l'air complètement paumé. J'éclate de rire devant ses yeux ronds quand je parle de vampires.

– Tu ne connais pas *Twilight* ?

Il secoue la tête.

– Un film d'horreur ?

– Non, une histoire d'amour éternelle. Où as-tu vécu ces quinze dernières années ? lâché-je.

Il hausse les épaules, imperméable à la culture pop ou bien aux romances.

Avant que nous ne puissions réagir, un nouvel éclair zèbre le ciel vers l'est et des trombes d'eau nous tombent dessus.

– Vite, on doit se mettre à l'abri ! crié-je en attrapant sa main pour l'entraîner vers les structures aux toits de chaume.

J'aime la chaleur de sa paume contre la mienne, et je dois me forcer à le lâcher quand nous nous trouvons à l'abri. Je reprends mon souffle, les mains sur les cuisses, en riant, un brin nerveuse, de notre course précipitée.

Nous nous installons sur des bancs en bois sculpté, avec nos vêtements trempés. Un frisson me parcourt, non seulement à cause de l'humidité, mais aussi de la proximité de Xander. Ça fait bien longtemps que mon corps n'a pas réagi aussi intensément à la présence d'un homme, et j'ignore comment me comporter. Fuir ? Rester ?

– C'est vraiment le déluge, dit-il en secouant l'eau de ses cheveux, devenus encore plus sombres qu'à l'accoutumée.

Je croise son regard, et pendant un moment, tout semble se figer autour de moi. Je dois me battre contre l'envie d'essuyer les gouttelettes sur ses joues légèrement creusées. Il a un petit air de l'acteur Timothée Chalamet, avec son nez droit, ses sourcils épais et son menton volontaire. En plus… costaud.

Un rideau de pluie opaque nous isole du reste du monde.

– J'aime la pluie. Elle a le pouvoir de transformer l'ordinaire en quelque chose de magique, murmuré-je.

Xander ne répond pas et je me trouve idiote. Que me prend-il à me lancer dans de telles confidences ? Mes pommettes s'empourprent et je détourne le visage. Nous restons là, à écouter le martèlement de l'eau sur le toit et à contempler l'horizon. Aucun de nous ne parle durant un long moment. Moi, car je suis un peu gênée de réagir comme une ado en présence de cet homme, et lui, parce que le calme et l'observation sont à l'évidence dans sa nature.

Le silence n'est pas inconfortable. L'averse nous isole du monde alentour et j'adore ça. Être seule, avec cet inconnu qui me plaît tant.

– La balade en forêt sera pour une autre fois. Navrée, finis-je par m'excuser.

Sa physionomie s'assombrit, comme si un voile de dépit le recouvrait.

– Ce n'est pas ta faute, reconnaît-il du bout des lèvres.

Après une dizaine de minutes, la pluie diminue et je lui propose de profiter de l'accalmie pour rejoindre la voiture. Sans me l'expliquer à moi-même, je n'ai pas envie que notre balade se termine sur une mauvaise impression.

– Nous pourrons revenir une autre fois si tu veux, l'invité-je, avec l'espoir de dissiper son air maussade.

Je n'obtiens pas de réponse et nous retournons à ma voiture. Je lui jette un coup d'œil en démarrant Rusty. Installé côté passager, il observe la forêt. Concentré. Comme absorbé. Son visage aux traits parfaits ne laisse paraître aucune expression, telles ces statues de marbre exposées dans les musées, superbes, mais froides et sans vie.

– Merci pour cette balade.

Son remerciement inopiné m'arrache un sursaut.

– De rien, affirmé-je sans quitter la route des yeux.

J'attends qu'il continue. Rien. Juste une tension dans l'air.

– Bonne fin de journée, dis-je en le déposant devant chez Libby quelques minutes plus tard.

Il met un peu de temps à me répondre, comme si son esprit était ailleurs, à mille lieues de nous. Puis, il tourne son visage vers moi et m'adresse un petit sourire.

– J'ai passé un excellent moment, Kristen.

Sa voix réchauffe vaguement l'atmosphère et j'aime l'entendre prononcer mon prénom.

– Moi aussi, murmuré-je, un peu perdue par son attitude changeante.

Quand la porte se referme sur lui, je décide de ne pas insister.

Cet homme est trop difficile à cerner.

9

Xander

Quel temps de merde.

C'est quoi cette région ? La pluie n'a pas cessé de tomber depuis deux jours. J'escomptais explorer la partie boisée de la réserve au plus vite, repérer des cachettes potentielles au cas où ma mission prendrait une tournure imprévue. Or, cette foutue météo en a décidé autrement. Et je suis cloîtré ici.

Je jette un coup d'œil furieux par la fenêtre de la cabane de pêcheur. Les gouttes d'eau s'écrasent contre les carreaux avec une régularité hypnotique. Le son de la pluie, habituellement apaisant, ne fait qu'alimenter mon irritation.

Je fais les cent pas dans la petite pièce, mon corps tendu comme un arc. Mason Spears est là, à quelques kilomètres, vivant sa vie sans se soucier des conséquences de ses actes, tandis que je suis coincé ici, à attendre que le déluge cesse pour poursuivre mes préparatifs. Je serre les poings, tentant de canaliser ma frustration. Ma mère ne mérite pas que son meurtrier continue de respirer. Elle mérite justice. Et moi, je mérite la paix. Une paix que je ne trouverai qu'en voyant ce monstre payer pour ce qu'il a fait.

Je m'oblige à m'asseoir et à ouvrir mon ordinateur portable. Autant profiter de ce temps perdu pour approfondir mes recherches.

Depuis que j'ai repéré cet autocollant – « *Skagit County Sheriff* » – sur le pare-chocs arrière de sa voiture, mon plan s'est précisé. J'ai donc infiltré les serveurs du département de police de Mount Vernon, lançant des scripts à la fois subtils et agressifs. Une attaque larvée. J'aime bien ce terme, ça donne une forme presque organique à ce que je fais, comme si mes programmes étaient des créatures vivant leur propre vie dans les méandres des systèmes sécurisés.

Maintenant, je dois vérifier si leurs pare-feu ont cédé. Mon logiciel a travaillé en silence pendant des heures, comme une araignée tissant sa toile dans l'ombre. Si tout s'est déroulé comme prévu – et c'est *toujours* le cas avec moi – je devrais avoir un accès complet à leurs bases de données.

Fixant l'écran noir, je tente de me concentrer et d'oublier le monde autour de moi.

Mais une pensée persiste, tenace. *Kristen.*

Son rire, sa façon de parler des traditions, la passion qui l'anime lorsqu'elle évoque les légendes et les histoires de son peuple m'auraient impressionné dans un autre contexte. Là, ma mission occulte tout le reste. Elle a pourtant été adorable avec moi et c'est à peine si je l'ai remerciée. Un vrai con. Ma mère me l'aurait fait remarquer ; elle détestait l'idée que mes frères et moi ne respections pas les femmes.

Kristen… Une partie de moi se demande comment quelqu'un peut être si lumineux dans ce monde si sombre. Cette même partie aspire à cette lumière, à cette innocence disparue depuis longtemps.

Conneries !

Je secoue la tête, refusant de m'attarder sur cette idée. Je ne suis pas venu pour tisser de *vrais* liens ou me faire des amis. Je suis ici pour exploiter toutes les ressources disponibles sans jamais perdre de vue la véritable raison de ma présence dans ce trou paumé. Même si cela signifie utiliser une jeune femme naïve.

Comme chaque fois que je pense à elle de cette manière, une pointe de culpabilité me traverse. Tant pis, je ferai avec. D'ailleurs, est-ce que cet enfoiré de détective ressent de la honte, lui ?

Mon ordi est allumé. Le curseur clignote sur l'écran.

Je clique sur l'application Tor, qui me donne accès à la face cachée du Net, et rentre mon pseudo. Puis, le mot de passe incroyablement long et compliqué que j'ai mémorisé par cœur. Hors de question de le noter où que ce soit. Il me permet d'atteindre un univers que peu de personnes connaissent ou même imaginent.

Voilà ! Je suis dans mon élément. Le dark Web est un endroit alambiqué et dangereux, mais j'y traîne depuis si longtemps que j'y suis plus chez moi que dans le monde réel. Ici, je suis complètement anonyme. Ni Alexander Wolff. Ni Baby Wolffy. Ni Xander. Juste un gars parmi des milliers. Pas besoin de faire semblant.

Tout est disponible dans ce monde parallèle. Marchés noirs, articles et services illégaux, mais aussi une énorme communauté de hackers. Tous ne sont pas des pirates, juste des génies qui cherchent à défier les limites traditionnelles de l'informatique.

Néon_ Hello, Hex. Ça fait longtemps.

Une bulle de discussion s'est ouverte en bas de mon écran.

NighthawkHex_Néon, comment va ?

Je connais Néon – enfin, virtuellement – depuis mes premières connexions à l'orphelinat. Six ans déjà. Je lui ai demandé un coup de main quand j'ai commencé à creuser les serveurs gouvernementaux, il y a quelques mois. À deux cerveaux, ça va toujours plus vite.

Néon_ Comment ça s'est passé avec les scripts
que je t'ai envoyés ?

NighthawkHex_J'ai pu passer les couches
de sécurité sans trop de difficultés.

Néon_ Top ! Tu as extrait les données que tu cherchais ?

NighthawkHex_ Affirmatif, j'ai juste
dû créer des backdoors.

Néon_ Tu as bien nettoyé tes traces ?

NighthawkHex_ Oui, avec plusieurs proxys et VPN

pour me couvrir. Et j'ai effacé les logs après l'intrusion.

Néon_T'es bien le meilleur ! Encore besoin d'aide ?

NighthawkHex_Non. Maintenant, ça se passe IRL[1].

Néon_Bonne chance, Hex.

NighthawkHex_Thx[2], Néon.

Je ferme le chat en ligne et lance mes logiciels.

RAH! Toujours rien!

J'ai besoin de pénétrer dans les serveurs de la police du comté pour vérifier que Spears travaille bien dans ce commissariat. C'est plausible, le bâtiment est à moins de vingt minutes de route. Mount Vernon est la seule grande ville du coin, et je sais déjà que La Conner n'a que trois agents, dont les photos sont sur le site de la mairie – Incroyable, non? – et la réserve a sa propre police tribale.

Ou bien il n'est plus flic, et je vais devoir me creuser davantage la tête pour l'éliminer.

Laissant mes spywares travailler, je me lève, retire ma chemise et me mets à plat ventre pour entamer une série de pompes. Ça m'aide à réfléchir. Je ne suis pas le plus sportif de la fratrie, mais les Wolff ont le goût de l'effort dans leurs gènes.

Un, deux, trois.

Corps tendu, tête dans l'alignement de ma colonne, abdos serrés, mains bien à plat.

Vingt-cinq, vingt-six, vingt-sept.

Voilà, mes neurones se déverrouillent. Exit les idées parasites, comme Kristen, et focus sur mon objectif.

La voiture. Déjà commandée. Un détail de réglé.

Quarante, quarante et un, quarante-deux.

Le flingue, en revanche…

Même si je n'ai pas revu Lorenzo, notre fournisseur habituel, depuis le casse de Boston, j'ai pensé un temps à le contacter. Il n'y a pas plus rapide que ce gars du Bronx pour dénicher

1. « IRL » signifie *In Real Life*: dans la vraie vie.
2. « Thx » signifie *thanks*: merci.

toutes sortes de trucs. Disponible vingt-quatre heures sur vingt-quatre. Un catalogue aussi épais qu'un dictionnaire, qui va du véhicule blindé à la caméra miniature, en passant par des satellites.

Soixante-dix, soixante et onze, soixante-douze.

Je bloque, les coudes pliés, le nez à quelques centimètres du sol. Je gaine et tiens le plus longtemps possible. Mes bras brûlent et mon esprit s'affûte.

Mais Lorenzo connaît trop mes frères et n'aurait pas tenu sa langue. Et prendre l'avion pour traverser le pays avec une arme… Mauvaise idée.

Quatre-vingt-dix-huit, quatre-vingt-dix-neuf, cent.

Des gouttes de sueur tombent de mon front sur le sol et ma tête commence à tourner. Je n'ai rien mangé depuis hier soir. J'oublie parfois cette fonction vitale, et le jeûne m'aide à rester concentré.

À cet instant, l'ordinateur émet un *bip* aigu. Je ramène mes genoux vers ma poitrine et saute sur mes pieds. Bingo! Mon logiciel a réussi sa percée.

Je tape ma commande et attends. Une ligne de code défile à l'écran. Une alerte de connexion s'affiche brièvement avant de disparaître. Le petit jeu de patience est terminé. Je suis *dedans*.

Les serveurs s'ouvrent comme un coffre-fort. Des rivières d'informations prêtes à être exploitées. Mon esprit bascule immédiatement en mode analytique, repérant des mots-clés, des chemins à explorer, des indices à extraire.

Je localise un dossier. La liste des agents de la ville. Je scrolle pour la dérouler et mon pouls accélère en voyant apparaître le nom honni.

Je clique pour ouvrir son profil complet.

Nom : Spears
Prénom : Mason
Âge : 50 ans
Numéro de sécu : 433-12-6253
Affectation : bureau du shérif de Skagit

C'est bien lui.

Une photo en noir et blanc s'affiche. Son visage, figé dans une expression sérieuse et professionnelle, me frappe comme un coup de poing dans la poitrine. Une rage froide s'insinue en moi, une colère sourde qui m'a tenu debout pendant toutes ces années.

Te voilà.

Je parcours rapidement son dossier. Une carrière sans tache majeure, sauf une mention discrète d'une plainte classée sans suite, il y a plusieurs années. Aucune trace de la bavure qui a coûté la vie à ma mère. Ils ont effacé ça de ses archives officielles, bien sûr. C'est toujours comme ça. La police protège ses propres agents. Mais peu importe. Je sais ce qu'il a fait. Et à présent, je sais où le trouver.

Je bascule sur les plannings et commence à noter les informations importantes dans mon carnet. Pas sur l'ordinateur, jamais. Le papier, c'est plus sûr. Intraçable. Les mots s'alignent sur la page, codés, comme une mélodie chaotique que seul moi peux comprendre.

Mais alors que je progresse dans ma recherche, un bruit, infime mais distinct, me fait relever les yeux. Je tends l'oreille, chaque muscle crispé, les doigts suspendus au-dessus du clavier. Mon souffle se bloque.

Est-ce le vent ? Un animal ? Ma logeuse ?

Je secoue la tête, chassant cette paranoïa naissante. Une simple branche, certainement. Je me penche à nouveau sur mon écran, mes doigts reprenant leur danse rapide sur le clavier.

D'après la date d'entrée, il est là depuis six ans. Qu'a-t-il fait durant les quelques mois entre ses deux postes ? J'm'en branle. Je sais où le trouver, c'est le principal.

Alors que je compile les informations déjà acquises, un plan prend forme dans mon esprit. J'ai les horaires de ma cible, afin de le filer dans ses rondes. Je dois connaître ses habitudes sur le terrain, les lieux qu'il fréquente. Tout doit être analysé, chaque détail exploité, dans le but de déceler ses failles et le bon moment pour agir.

Un long frisson me traverse ; le détective travaille ce soir !

Trop tôt. La livraison de la voiture n'est prévue qu'en milieu de semaine.

J'ai encore des tas de choses à mettre en place. Mettre en confiance les habitants de La Conner. Prévoir des moyens de fuir.

« Patience, Xander, l'organisation est la clé, répète sans cesse Noah. »

Je file à la douche. L'eau chaude coule sur ma peau, lavant la sueur après cette séance intense. Les muscles de mes bras se crispent encore de l'effort, douleur familière, presque réconfortante. Je clos les paupières, essayant de me vider la tête. Mais même ici, l'image de Mason Spears ne me quitte pas. Sa silhouette entraperçue, sa maison cossue, tout me revient en mémoire avec une clarté déconcertante.

Je ferme le robinet, attrape une serviette et me sèche rapidement. Chaque mouvement est mécanique, comme si mon corps agissait de lui-même, tandis que mon esprit est ailleurs, à planifier les étapes suivantes. Enroulé dans la serviette, je retourne à mon ordinateur portable.

Le bruit des touches résonne dans le silence de la cabane alors que je navigue à la recherche d'un flingue. Domaine dans lequel je suis loin d'être un expert. Mes frères et moi avons toujours refusé d'utiliser des armes pour nos cambriolages. Nous tenions plus des voleurs d'*Ocean's Eleven* que des braqueurs de *Baby Driver*.

Cependant, mes motivations ayant… évolué, j'ai pris des cours depuis mon départ de la fratrie. Je suis capable de monter et démonter une arme pour la nettoyer et de toucher une cible à vingt-cinq mètres.

Je sais depuis longtemps que je veux un Colt Magnum, compact, facile à dissimuler, suffisamment puissant pour faire le travail et qui ne s'enraye jamais. Ce dernier point est le plus important, je n'aurai pas le droit à l'erreur. Une seule chance. Je sélectionne un fournisseur et m'assure que l'arme sera livrée avec des munitions de haute qualité. Remise en main propre. Lundi à Seattle, au pied de la grande roue. Une semaine à patienter. Un détail m'arrache un sourire ironique : le fournisseur se fait appeler BigDick. Pas très subtil.

Une fois la transaction terminée, je me penche en arrière, fermant les yeux avant de les frotter rageusement. Tout se met en place. Je m'allonge sur le lit, fixant le plafond.

Et puis, sans prévenir, *elle* s'impose à moi. Kristen, avec ce mélange de douceur et de feu qui danse dans chacun de ses gestes, se glisse sous mes paupières. Il y a quelque chose d'indéfinissable en elle, qui me trouble, me distrait bien plus que je ne voudrais l'admettre. Une chaleur se love dans mon ventre au souvenir du tissu de sa robe, collé à sa peau par la pluie.

Refusant de me laisser happer, je repousse l'image d'un mouvement de tête, comme on chasse un insecte trop envahissant.

Alors que les minutes s'égrènent lentement, mon esprit oscille entre somnolence et hyper vigilance.

Jusqu'à ce que la fatigue me rattrape. Je suis bercé par le bruit du vent dans les branches.

***

Je récupère la voiture, aujourd'hui.

Enfin ! Je n'en pouvais plus de ne pas pouvoir me rendre à Mount Vernon pour filer Spears.

J'en ai profité pour peaufiner ma couverture.

Xander Miller s'est rendu à la bibliothèque et a étudié les livres parfaitement adéquats pour un étudiant en sociologie. Brenda, la bibliothécaire, a été plus que serviable et elle semble beaucoup apprécier son nouvel adhérent. Xander Miller, jeune homme routinier, s'est également rendu chaque matin au café pour son petit déjeuner. Et s'il a pris le temps de papoter avec Kristen derrière le comptoir, échanges toujours très agréables, ce n'était bien sûr qu'un moyen de renforcer sa crédibilité… rien de plus.

Ma casquette enfoncée jusqu'aux oreilles, je marche le visage baissé, inspirant l'odeur familière de l'asphalte mouillé.

Quand j'arrive devant le Pioneer Market, seul supermarché de la ville, je repère facilement la vieille Honda Civic garée, comme prévu, sur la droite du parking. Elle est discrète, anonyme – le genre de voiture qu'un étudiant fauché pourrait s'acheter. Je fais le tour du véhicule, inspectant chaque détail. Plaques d'immatriculation falsifiées. Quelques rayures et bosses, mais des pneus neufs. Le fournisseur a bien compris mon besoin. J'ouvre la portière, m'assois et glisse ma main sous le siège pour trouver la clé de contact et la carte grise scotchées. Je fais démarrer la voiture, le moteur ronronne doucement. Parfait.

Je sors mon téléphone de la poche arrière de mon jean et confirme le virement bancaire du reste des quinze mille dollars prévus. Pour une occasion cabossée qui en vaut à peine cinq mille, ça peut paraître exorbitant, mais l'argent n'est pas un souci. Cette voiture n'est pas recherchée par les flics – j'ai sélectionné un fournisseur de confiance avec une super réputation – et c'est tout ce qui compte.

Et, miracle, il ne pleut plus.

Ma cible ne prend son poste qu'à dix-huit heures. J'ai donc deux heures devant moi, de quoi repérer tranquillement les lieux autour du commissariat.

Au moment de sortir de la place de parking, un coup sur la vitre m'arrache un sursaut.

Je tourne la tête et découvre la serveuse du PubEat – Aurélia, si je me souviens bien – qui m'observe avec une moue amusée. Je baisse la vitre.

– Bonjour jeune homme, me salue-t-elle en me tendant un prospectus. Chaque début de printemps, nous organisons la fête des pompiers, si ça vous tente. La semaine prochaine.

– Merci.

Elle me dévisage.

– Oh, mais je vous reconnais. Vous êtes le petit nouveau qui adore le fish and chips.

Je laisse échapper un petit ricanement de circonstance.

– C'est bien moi. Je suis étudiant et fais quelques recherches pour mon mémoire. Rien de très excitant.

Pourquoi préciser ça ?

Aurélia éclate de rire, jetant un regard à ma vieille Honda.

– Ah, un étudiant, hein ? Avec une voiture qui a l'air d'avoir connu des jours meilleurs.

Je force un sourire, satisfait de mon choix.

– Oui, elle n'est pas toute neuve, mais elle fait le job.

Elle s'appuie contre la portière, me scrutant de ses yeux en amande, comme si elle essayait de deviner ce qui se cache derrière mon visage impassible.

– Vous êtes l'ami de Kristen, non ?

Je reste un instant silencieux, pris de court.

– Euh…

– Wendy, ma grand-tante, m'a dit qu'elle vous a vu à la réserve avec la gamine, il y a quelques jours.

Je ne considère pas Kristen comme une gamine, mais ce doit être un surnom affectueux.

– Oui, elle m'aide pour mes recherches.

Elle me fixe encore un instant, une lueur de malice dans ses prunelles noires.

– Pour vos *recherches*, hein ? Eh bien, je suis également Swinomish, alors si jamais vous voulez parler de la réserve autour d'une bonne bière, passez au pub.

– Avec plaisir.

– Et n'oubliez pas la fête, samedi de la semaine prochaine.

Elle me fait un clin d'œil avant de s'éloigner, me laissant avec un drôle de mélange d'amusement et d'inquiétude. Même si les habitants de cette ville sont très accueillants, créer du contact me demande une vigilance de chaque instant. Ai-je donné le change ?

Je mets le clignotant et tourne à gauche, direction la sortie de la ville.

La route, en ligne droite entre La Conner et Mount Vernon, est déserte à cette heure de l'après-midi. Deux voies, bordées de champs, de quelques fermes marquées par des boîtes aux lettres blanches, et à l'horizon, des montagnes sombres qui se détachent du fond azur. Cette région me plaît bien, malgré le mauvais temps. Dans la Big Apple, du calme et des journées sans embouteillage, ça n'existe pas. C'est à peine si on distingue le ciel à cause des buildings.

Mais bon, je ne suis pas là pour faire du tourisme.

Je profite du silence pour me concentrer sur ce qui m'attend une fois à Mount Vernon.

Soudain, j'aperçois une voiture sur le bas-côté de la route, dans le sens inverse. Je suis encore loin, mais c'est tellement dégagé que je vois une fumée légère s'en échapper. Je fronce les sourcils et ralentis instinctivement, même si je ne compte pas m'arrêter. Ce que j'ai à faire ce soir est plus important qu'un mec en rade en pleine campagne. Il appellera un dépanneur.

En m'approchant, je devine une silhouette féminine penchée sur le moteur. La conductrice relève la tête, en entendant un potentiel sauveur arriver vers elle, et je reconnais la chevelure violette de Kristen et sa manière si fluide de bouger.

Elle lève un bras et me fait signe, son visage marqué par la frustration.

Mon cœur s'emballe malgré moi. Rah, je n'ai pas le temps pour ça.

Je baisse la tête et serre les mains sur le volant, hésitant. J'ai un objectif clair et précis, je ne peux pas me permettre de m'éparpiller. Elle n'a même pas dû me reconnaître. J'ai juste à passer ma route et à suivre le plan.

Mais l'idée de la laisser là, seule et en difficulté, me tord les tripes.

Bordel, Xander, pense à la vraie raison de ta présence dans ce bled.

Je répète cette phrase encore et encore, mais mon pied est déjà en train d'appuyer sur la pédale de frein.

Et si un taré s'arrête et lui fait du mal ?

Je passe la marche arrière et recule jusqu'à elle. Je me gare sur le bas-côté derrière sa voiture et coupe le moteur.

Disons que je crée du lien, me persuadé-je.

À peine suis-je descendu qu'une odeur de brûlé me frappe les narines. Kristen lève les yeux vers le nouvel arrivant, craintive, puis son visage s'illumine d'une surprise évidente.

– Xander ? Qu'est-ce que vous… tu… fais ici ?

Je m'avance vers elle, essayant de masquer la nervosité qui me ronge à cause de mon changement de plan. Je me creuse les méninges pour une réponse plausible.

– Je vais à Mount Vernon pour… le cinéma.

– Le cinéma le plus proche est à Burlington, m'explique-t-elle, avec une petite moue désolée. Tu aurais fait la route pour rien.

Bravo, Xander, t'as bien préparé ta couverture !

– Ah… merci pour l'info, dis-je en essayant de garder contenance. Besoin d'aide ?

Elle pousse un soupir de soulagement et ses épaules se relâchent légèrement.

– Oui, ma voiture a surchauffé. Peut-être le radiateur. En vrai, j'en sais rien.

Je jette un coup d'œil sous le capot, feignant une expertise que je n'ai pas du tout, avant d'avouer :

– En dépannage d'ordinateur, je gère. Les moteurs… ce n'est pas mon fort.

– Mince ! La prochaine fois, je casserai mon Mac exprès, plaisante-t-elle avec un exquis petit rire.

Ce son déclenche une chaleur étrange en moi, sensation complètement oubliée.

– As-tu contacté un dépanneur ?

– Oui, mais le mécanicien le plus proche n'est pas disponible avant demain matin. Je vais devoir abandonner Rusty ici et trouver un moyen de rentrer.

Mon cœur se serre. Pourquoi doit-elle être si attachante ?

Non, je n'ai pas le temps. Je dois…

– Je vais appeler Libby, annonce-t-elle en déverrouillant son téléphone.

– Elle a encore le droit de conduire ? m'étonné-je.

Kristen pouffe.

– Elle n'est pas si vieille. À peine 82 ans.

Les mots passent mes lèvres, sans que je parvienne à les retenir :

– Je peux te ramener à La Conner, si tu veux.

Elle hésite un instant, puis acquiesce, reconnaissante.

– Ça serait vraiment sympa. Je dois être rentrée chez moi pour dîner.

Kristen est-elle attendue chez elle ? Peut-être est-elle mariée ?

L'idée ne m'avait pas effleuré, pourtant, belle et séduisante comme elle est, ce serait logique. Je jette un coup d'œil à ses mains. Pas de bague. Sûrement un petit ami, qui patiente tranquillement à la maison. Non, il serait venu la chercher, tel un preux chevalier. Et puis, si ce mec existait, je l'aurais vu, non ? Je ne peux pas m'empêcher de l'observer, chaque matin au Stompin', entre deux gorgées de café brûlant. Elle n'a jamais mentionné quelqu'un et personne ne semble venir la chercher, même à la fermeture. Quand on a la chance d'être avec une femme aussi lumineuse, on…

Je coupe court à ces réflexions déraisonnables et lui fais signe de monter dans ma voiture.

Alors qu'elle s'installe sur le siège passager, j'inspire profondément, afin de remettre de l'ordre dans mes pensées. Ce qui serait plus simple si son parfum, un mélange subtil de jasmin et de bois de santal, n'envahissait pas l'habitacle.

Je manœuvre pour faire demi-tour et me concentre sur la route, essayant de faire abstraction de cette présence qui me rend inexplicablement nerveux.

Que me prend-il ? Les femmes n'ont jamais réellement eu d'attrait à mes yeux jusqu'à présent et cela m'allait très bien.

Pour éviter de parler, j'appuie sur le bouton de la radio et une voix grave s'élève.

– Oh, j'adore Teddy Swims. *Don't you know, I loose control when you're not next to me.*

Elle commence à fredonner, oubliant ses déboires avec une facilité déconcertante. J'aimerais savoir en faire autant.

Perdre le contrôle, s'époumone le chanteur. Exactement ce qu'il m'arrive cet après-midi. Je n'étais pas censé voler à la rescousse d'une serveuse un peu excentrique, dont la voiture pourrie fonctionne un jour sur deux.

Allez, ce n'est pas si grave. Je fais l'aller-retour et je serai quand même à l'heure à mon rendez-vous morbide. Une partie de moi est presque contente de repousser l'échéance, mon ventre était si crispé à la pensée de la filature de ce soir.

Tout à coup, Kristen me demande :

– Tu viens d'acheter cette voiture ?

Je retiens un soupir de frustration. Voilà le problème ! À trop côtoyer une même personne, elle pose des questions. Trop de questions.

– Oui… Au fait, je viens de croiser une des serveuses de ton pub, Aurélia, dis-je, essayant de changer de sujet.

– Oh, elle t'a déjà repéré ? s'exclame Kristen avec un petit sourire. Aurélia adore… jouer les entremetteuses.

Je lève un sourcil interrogateur.

– Dès qu'elle rencontre des célibataires, elle tente de leur trouver leur tendre moitié.

Elle me coule un regard en biais.

– Enfin, si tu es célibataire…

Est-ce une impression ou bien tente-t-elle de se renseigner ?

– Pas vraiment le temps de draguer avec mes études. Mais, merci de me prévenir.

Je désigne le prospectus jeté à ses pieds.

– Elle m'a invité à la fête des pompiers. J'imagine que tout le monde y sera ?

Elle hoche la tête en riant.

– Probablement. C'est une soirée caritative qui existe depuis des années. La moitié de la ville y va pour les grillades, l'autre pour la bière.

– Et toi, tu y vas ? demandé-je.

– Je suis serveuse là-bas. As-tu déjà oublié ? plaisante-t-elle avant d'ajouter : Mais toi… un étudiant si studieux, tu vas vraiment aller à une soirée de pompiers ?

– Quelle meilleure occasion d'étudier les interactions sociales et culturelles d'une petite ville, m'exclamé-je.

Elle pouffe de rire.

– Je préfère te prévenir, c'est… la folie. À minuit, tout le monde se transforme, comme dans *Une nuit en Enfer*.

Encore une référence qui m'échappe, ce qui fait beaucoup rire Kristen.

– C'est un vieux film de Tarantino qui commence comme un film de gangsters et vire à l'épouvante dès que minuit sonne.

– Même pas peur.

Elle rit de nouveau. Je m'habituerais plutôt facilement à ce son.

– Non, le vrai risque c'est que tu te fasses adopter par toutes les commères de La Conner. Elles ont tendance à aimer les jeunes gens… tant qu'ils sont prêts à supporter leur curiosité.

Sa remarque me rappelle à quel point chaque échange ici pourrait être un risque. Mais pour un court moment, dans cette voiture avec elle, la méfiance s'efface un peu, remplacée par une étrange envie de… normalité.

Le silence retombe. Kristen se met à fredonner une nouvelle chanson, absorbée par le paysage qui défile. De mon côté, mes pensées sont en conflit. Ma mission est claire, mais elle devient floue dès qu'elle est là, avec son rire, sa simplicité, et ce parfum qui semble se moquer de mes résolutions.

Au bout de quelques kilomètres, elle murmure, presque pour elle-même :

– J'espère que tu te plais ici… même si c'est pour ton mémoire.

Je reste silencieux un instant, pris de court.

– C'est… différent, avoué-je doucement en quittant la route du regard, surpris par ma propre sincérité. Plus calme qu'à Philadelphie. Peut-être que ça fait du bien, d'une certaine façon.

Elle tourne la tête vers moi, ses yeux pétillant de malice.

– Peut-être que si tu restes assez longtemps, on finira par te convertir en gars de la campagne.

Rester ? Longtemps ? Tout à coup, son insouciance m'horripile. Elle n'a aucune idée de la vraie raison de ma présence ici. Moi-même, j'en viens presque à l'oublier… et en réalité, c'est ça qui m'agace.

Je me crispe et lâche plus sèchement que prévu :

– Impossible !

Le sourire de Kristen s'efface un peu, comme si elle essayait de déchiffrer ce qui vient de changer dans l'air entre nous.

– Ma famille est sur la côte Est, ajouté-je pour ne pas la vexer.

Je me détourne.

Le silence s'installe, un peu plus lourd qu'avant, mais je ne fais rien pour le combler.

Je dois cesser d'être parasité par l'intérêt que Kristen suscite chez moi, afin d'éviter de faire des bourdes et de me planter.

L'utiliser est une chose, différer mes projets par sa faute en est une autre.

10

Kristen

Je n'aurais jamais pensé que ma journée se terminerait ainsi, assise dans une vieille Honda Civic en compagnie de Regard Triste et sa présence magnétique qui détraque mes pôles, même lorsqu'il fixe la route.

J'avoue avoir un peu paniqué quand un véhicule inconnu s'est arrêté à ma hauteur. Des histoires d'agression, il y en a même dans les petits patelins comme le mien. Et sans aller si loin, certains ne sont pas tendres avec les personnes typées comme moi.

Mais quand j'ai reconnu Xander, ma peur s'est évaporée, presque instinctivement. Ça n'a aucun sens, cependant j'ai l'impression de le connaître, et qu'il ne me ferait jamais de mal. C'est idiot, parce que j'ignore presque tout de lui. Et vu l'air fermé qu'il arbore depuis une minute, je ne suis pas certaine que ce retour improvisé vers La Conner soit très à son goût.

Alors que la voiture roule doucement et que je fais semblant d'être détendue, je ne peux m'empêcher de jeter des coups d'œil furtifs vers lui. Sa mâchoire dessinée à la serpe est crispée, son regard vert fixé sur la route devant nous, comme s'il était constamment en guerre avec ses pensées.

L'ai-je agacé avec mes questions incessantes ?

Sûrement. Je parle trop dès que je suis mal à l'aise, alors que lui est si taciturne. Ça ne peut pas faire bon ménage. C'est dommage, j'ai beaucoup apprécié nos échanges. Je me mordille la lèvre, regrettant presque ma plaisanterie sur les gars de la campagne. Peut-être faut-il juste l'apprivoiser avec plus de douceur…

Je joue distraitement avec la sangle de mon sac, regarde par la vitre et lis pour la énième fois le prospectus pour la fête des pompiers.

– Merci encore de me ramener, dis-je doucement, rompant le silence pesant.

Il hoche la tête sans détourner les yeux de la route.

– Pas de problème.

Réponse laconique. Il est tellement secret. Pourtant, il y a chez lui un mélange de force et de vulnérabilité qui m'intrigue, qui m'attire même, malgré moi. Peut-être est-ce la douleur que je devine derrière ses prunelles claires, ou la détermination qui émane de chaque geste qu'il fait. Peu importe combien il essaie de le cacher, Xander semble porter un poids, et c'est précisément ce qui me touche en sa présence.

Je m'autorise un instant à observer ses mains serrées sur le volant. Des mains grandes, aux doigts longs et nerveux qui évoquent en moi des pensées bien trop intimes. Une vague de chaleur inattendue envahit mon corps, une sensation de désir latent. L'idée de la manière dont il pourrait effleurer la peau de mon décolleté, caresser l'arrondi de mes seins, me fait frissonner malgré moi et me précipite dans de délicieux fantasmes.

Stop !

J'ai tout d'une gamine en pâmoison, alors que je suis déjà la mère d'une fillette. Ridicule.

– Ça ne te dérange pas de me déposer directement chez moi ? demandé-je, une pointe de nervosité – d'excitation – dans la voix.

– Bien sûr, répond-il sans hésiter.

Je lui indique la route. Quand il se gare le long du trottoir, devant ma toute petite maison à la peinture qui s'écaille et au porche qui grince, je ressens un besoin inexplicable de me justifier.

– Ce n'est pas le quartier le plus classe, dis-je en esquissant un sourire. Quand j'aurai terminé l'université, ce sera plus simple.

Pourquoi je dis ça ? Comme si mon confort matériel ou

mon statut social avaient la moindre importance pour lui. En vrai, ça en a pour moi. Adolescente, je voulais une maison comme dans les magazines de déco, dans un quartier où les jardins sont bien entretenus.

– Tu études quoi ?

Oh, une question ! Une marque d'intérêt.

– Des études d'infirmière. Je revenais d'ailleurs de la librairie quand Rusty m'a lâchée.

Je me penche pour attraper mes manuels d'anatomie neufs, leur poids annonciateur de nuits blanches et de maux de tête pour tout retenir. En me redressant, je remarque un léger sourire sur son visage, presque imperceptible, qui me fait fondre un peu plus que je ne voudrais l'admettre.

– Quoi ?

Il secoue doucement la tête.

– Ça ne m'étonne pas du tout que tu aies choisi une profession dans laquelle tu t'occupes des autres, dit-il comme s'il constatait une évidence.

Je hausse les épaules pour cacher l'émotion qui monte. Lui dire qu'effectivement, je veux « prendre soin des autres » ne suffit pas à expliquer tout ce qui m'a poussée vers ce métier. En réalité, c'est bien plus compliqué que ça.

– En terminale, je travaillais comme une dingue pour avoir les meilleures notes, je voulais rentrer à la fac de médecine. J'avais même sauté deux classes.

Les souvenirs affluent, des images de cette adolescente déterminée, pleine d'ambition, qui rêvait de tout quitter pour se construire une vie bien différente de celle de ses parents. Je voulais me perdre dans les livres et les amphithéâtres de l'université de Washington, ne plus voir la tristesse de mon père et la colère de ma mère. Vivre loin d'ici.

C'était mon rêve… avant que tout change.

– Et ? Tu n'as pas été prise ?

La question est directe, sans jugement, mais elle touche quelque chose de sensible en moi. Je repense à cette lettre d'acceptation de l'UW, l'université de Seattle, que j'ai lue et relue jusqu'à en connaître chaque mot. Une lettre que je n'ai jamais pu utiliser. Ni jamais pu me résoudre à jeter.

Le regret est encore là, ancré, même si je ne l'avouerai jamais à personne. Cela ferait trop de mal à ceux que j'aime.

– Si, mais la vie en a décidé autrement.

Je baisse les yeux, ne voulant pas m'étendre sur le sujet. Wynonah était une surprise, et bien que je l'aime plus que tout, elle a bouleversé mes plans, mes ambitions. Parfois, une petite voix en moi murmure que j'aurais pu avoir une autre vie. Une vie dans laquelle je serais médecin, avec un appartement dans une grande ville, une carrière stable, peut-être même quelqu'un à mes côtés. Mais ces pensées sont égoïstes, et elles me font honte.

Quand je relève la tête, les prunelles de Xander sont concentrées sur moi, attentives, presque empathiques. C'est étrange de me sentir vue par lui, étrange et ô combien agréable, même pour quelques secondes.

– Oui, la vie peut être vraiment merdique, murmure-t-il.

Je suis frappée par la tristesse qui habite ses mots, comme s'il parlait de bien plus que de simples déceptions. Une douleur cachée, un passé que je ne connais pas. Un instant, j'ai envie de poser ma main sur la sienne, de lui offrir un peu de chaleur.

J'hésite à l'inviter à entrer pour partager un café ou une bière, quelque chose pour prolonger ce moment qui, malgré tout, me semble suspendu. Mais alors, je pense à Wynonah. Elle doit être dans le jardin, en train de jouer avec papa.

Non, je ne présente aucun inconnu à ma fille !

En outre, je dois absolument contrôler mes pulsions quand il s'agit de cet homme. Et puis, qu'est-ce que je cherche, au fond ? Ce n'est pas une histoire d'un soir que je veux. Je cherche quelque chose de stable, de sûr, pour Wynonah et pour moi. Xander, lui, ressemble davantage à une tempête qui ne fait que passer.

– Merci encore, Xander, dis-je enfin, ma voix tremblante d'émotion.

– De rien, Kristen, répond-il doucement.
– Bonne soirée et bon film, ajouté-je.
Je le vois hésiter un instant, comme s'il avait oublié pourquoi il se rendait en ville.
– Oui, merci.
Je m'attendais à ce qu'il parte à peine ma portière fermée. Mais quand je descends de la voiture et me dirige vers la porte de ma maison, je sens son regard sur moi. Il est là, immobile, comme s'il hésitait, comme si quelque chose le retenait. Une chaleur inattendue me monte aux joues, et, gênée, je me détourne pour entrer chez moi.
En refermant derrière moi, je prends un moment pour m'appuyer contre le bois usé, la tête pleine de contradictions. Cet homme compliqué représente un danger pour mon cœur, je le sens. Je devrais m'en éloigner, rester concentrée sur mes objectifs, sur ma fille. Je croule déjà sous les responsabilités et mon futur dépend de ma réussite dans mes études, pas d'un flirt avec un homme trop mystérieux.
Notre histoire n'a aucun avenir.
– Mamannnnn !
Wynonah déboule et se jette dans mes jambes.
– Tu m'as manqué, maman.
– Je suis partie à peine deux heures.
– C'est déjà beaucoup trop.
Je la soulève et la presse contre moi, mon nez dans ses cheveux châtains. Son parfum est une drogue. Est-ce pareil pour toutes les mamans ?
– Tu as raison, c'est trop long.
– Tu en as mis du temps, me gronde mon père en apparaissant à la suite de sa petite-fille.
– Désolée. Rusty a encore fait des siennes. J'ai dû l'abandonner sur le bord de la 5.
– Mince. Comment es-tu rentrée ?
– Hum... un ami m'a raccompagnée. Enfin, une connaissance.
Il me jette un coup d'œil en biais. Je ne peux rien lui cacher et je suis certaine qu'il entend mon cœur battre un peu plus vite qu'à l'accoutumée.

– Qui ? Quelqu'un de La Conner ? Tu ne dois pas monter avec des étrangers, Kitty.

Depuis mon histoire avec John, mon père s'en veut de ne pas avoir fait plus attention à mes relations. De ne pas avoir su me protéger. À l'époque, il était complètement paumé et pensait que l'alcool était la solution à ses problèmes. C'était plus moi la cheffe de famille que lui.

– Papa, je suis majeure et vaccinée.

Il observe Wynonah avant de déposer un baiser sur son front.

– Je sais…

J'ai aussi le droit à un câlin avant qu'il ajoute :

– J'y vais ma chérie, j'ai voulu venir à pied pour faire de l'exercice, mais maintenant, je vais être en retard. Jiji va me tuer…

– À bientôt, *scapa*, lui lance Wynonah, utilisant le mot lushootseed signifiant grand-père.

– À bientôt, mon bébé d'amour.

– Je ne suis plus un bébé, ronchonne ma fille. J'ai presque 6 ans. Je suis en grande section.

Il sourit et s'éclipse.

– Pourquoi il me traite toujours de bébé ?

– Il t'aime et veut te protéger.

– *Akshótha*[1] ne t'appelle jamais comme ça.

Non, ma mère n'a jamais fait preuve de beaucoup d'affection envers moi, alors les sobriquets tendres, ce n'est pas trop son truc.

– Tu veux quoi pour dîner ? dis-je pour détourner son attention.

– Des pancakes.

– On ne mange pas de pancakes le soir.

– Pourquoi ?

– Ce n'est pas équilibré, il faut des légumes et…

– C'est qui ton ami ?

1. La langue parlée dans la région de la réserve Swinomish n'a pas de dictionnaire et j'ai parfois utilisé du vocabulaire de la langue Lakota, plus répandue.

– Pardon ? Qui ?

– Ton ami qui t'a sauvée.

J'hésite à détourner la conversation, même si je n'aime pas mentir à ma fille.

– Un étudiant qui vient d'arriver en ville. Il dort chez Libby. Et il ne m'a pas sauvée. J'étais juste en panne.

– Ah… un de ton école pour devenir infirme ?

– Infirmière, ma chérie.

– Oui, oui…

Je souris.

– Non, il est d'une autre école. Il étudie la manière dont les personnes vivent ensemble.

– Oh… on va vivre ensemble ?

Elle ouvre de grands yeux inquiets et sa bouche se met à trembler. Elle est si habituée à ce qu'il n'y ait que nous deux à la maison. À m'avoir pour elle toute seule.

– Non, non, la rassuré-je. Il étudie… juste comment les *gens* vivent ensemble.

Je laisse tomber la notion de sociologie. J'oublie parfois qu'elle n'a que 5 ans.

– Ah… s'exclame-t-elle, rassurée. Il est fort comme papi ?

– Quelle petite curieuse ! m'amusé-je en passant ma main dans ses cheveux.

– Maman, dis-moi…

Je pense au visage fin et sérieux de Xander, à ses joues un peu creusées, à ses incroyables yeux verts et à la manière dont je dois lever la tête pour le regarder tellement il est grand.

– Oui, il est fort et… très beau.

– Ohhh ! Plus que mon papa ?

Je retiens un hoquet de surprise. Je ne parle jamais de son père avec Wynonah. Pourtant, depuis quelques semaines, elle me pose de plus en plus de questions à son sujet.

Il ne désirait pas faire partie de sa vie et c'est très bien comme ça. Je peux faire office de maman et de papa, je suis assez forte pour ça.

– Tu veux du sirop d'érable sur tes pancakes ?

Je sais, détourner les sujets de conversation, c'est nul. Seulement, je ne me sens pas d'expliquer certaines choses à cette petite fille trop curieuse.

– Ouais… Et du coulis de chocolat.

Ma technique de diversion fonctionne.

– OK.

– Et des morceaux de fraises.

– Pas de problème, madame, je vous prépare ça de suite.

Après un repas super équilibré et festif – à base de sucre, de glucides et de chansons de la maternelle – ma fille s'endort la tête sur mes genoux pendant que je feuillette avec elle un livre illustré, *Nous sommes les protecteurs de l'eau*[2]. L'histoire de cette jeune native américaine qui doit sauver la mer du serpent noir de la pollution a beau la passionner, ce soir, le marchand de sable gagne la partie en moins de cinq minutes.

Je l'observe et une vague de tristesse m'engloutit. Les larmes montent et j'ai beau me frotter les yeux, elles finissent par envahir mes pommettes.

Mon bébé grandit et elle va me poser de plus en plus de questions sur son géniteur. Comment expliquer à une enfant si adorable qu'il n'est rien de plus ? Il ne l'a même jamais rencontrée, puisqu'il a quitté La Conner pour Seattle pour ses études pendant ma grossesse.

J'écarte ses mèches folles pour admirer ses jolies joues pleines et sa peau veloutée. Elle est à croquer. Je prends une profonde inspiration et me décide à faire ce que je repousse depuis des années. Je décale son visage, le plus délicatement possible pour qu'elle ne se réveille pas, et me lève.

J'attrape mon téléphone et compose un numéro que j'aurais préféré oublier. A-t-il toujours le même ?

Deux sonneries. De la musique. De nombreuses voix.

– Ouais ?

---

2. *We Are Water Protectors*, livre illustré de Carole Lindstrom, autrice native américaine.

Lui n'avait visiblement pas gardé mon contact dans son répertoire et il se demande qui le dérange alors qu'il s'éclate avec des amis.

– Bonsoir John.

Un temps de latence. J'entends presque les rouages de son esprit étriqué se mettre en marche.

– Petit Oiseau ?

John J. Sandler me reconnaît après cinq années de silence. Je n'aurais pas parié.

– Oui, c'est Kristen.

– Mon joli petit oiseau m'appelle-t-il pour un second tour de piste ? susurre-t-il.

Quel salaud ! Les souvenirs du bal de l'hiver remontent avec une clarté brutale, comme si c'était hier. Ma robe. Mon cavalier. Tous les signaux d'alarme que j'aurais dû voir dans son comportement. Même les sourires en biais de ses potes auraient dû m'alerter. J'étais si naïve, à peine 16 ans. La fin de soirée. Son insistance pour que je lui cède à l'arrière de sa voiture, ses belles paroles. « Je t'aime, tu es spéciale. » Et puis, son besoin inconséquent de ne pas utiliser de préservatif, pour « vraiment me sentir », parce qu'il était soi-disant fou amoureux et ne voulait rien entre nous.

« Tu peux me faire confiance. »

J'étais conne, oui…

« Ne t'inquiète pas, me rassurait-il, je vais faire attention. »

Je presse mes lèvres l'une contre l'autre et inspire par le nez pour contenir la colère qui monte en moi. Je l'appelle pour une raison bien trop importante pour me laisser emporter par la rage.

– Wynonah me demande à quoi ressemble son père. Et je me disais que…

– Tu veux quoi, Kristen ? aboie-t-il soudainement, oubliant son ton charmeur. Du fric ?

Encore la même rengaine pathétique. Quand j'ai découvert que j'étais enceinte, j'avais dépassé mon quatrième mois de grossesse. Il était trop tard pour envisager certaines options.

Ces dilemmes qui m'ont hantée durant des jours me reviennent en mémoire, mais je les repousse.

Je raffermis ma voix :

– Non, je ne veux pas d'argent, juste que tu te comportes en homme, pour une fois dans ta vie. Elle grandit et a besoin de réponses.

– De toute manière, qui me dit qu'elle est de moi ?

Je me crispe. Ces mots-là aussi, je les connais. La fureur bouillonne en moi, mais je ne cède pas. Je refuse de lui laisser la moindre prise.

– J'étais vierge, John, et tu le sais très bien.

Son rire éclate à l'autre bout du fil, méprisant, mais je ne fléchis pas. Je m'attends presque à ce qu'il mette fin à la conversation immédiatement. Pourtant, il reste en ligne une seconde de plus, juste assez longtemps pour que les mots qui me brûlent les lèvres depuis des années tombent :

– Tu n'es qu'un sale con lâche et égoïste.

Cette fois, il raccroche brutalement.

Quel enfoiré !

Comment ai-je pu être aussi crédule ? Croire que ce mec avait des sentiments pour moi. Mais surtout, pourquoi craquer pour un débile pareil, imbu de lui-même ? Heureusement, Wynonah n'a hérité d'aucun de ses traits de caractère. Elle est douce, fait toujours attention aux autres et sauve tous les petits animaux du jardin, même les plus dégoûtants.

Je serre le téléphone tellement fort, afin d'éviter de le fracasser contre le mur, que mes articulations blanchissent.

– Tu pleures, maman ?

Je presse mes lèvres, essuie mes yeux et fais face à mon bébé qui s'est réveillé. Je n'aurais pas dû m'emporter.

– Je me suis cogné le genou sur le coin de la table basse. Ce n'est rien, ma chérie. Viens, on retourne au dodo.

Je l'enlace et la soulève, tentant de ne pas lui montrer ma détresse.

Je pousse la porte du cagibi que j'ai transformé en chambre d'enfant. À peine la place d'un petit lit coincé contre un mur et d'une commode, c'est pour cela que ses jouets traînent partout dans la maison.

« Tu veux quoi, Kristen ? Du fric ? »

Je serre les dents. J'allonge ma fille, l'emmitoufle dans ses couvertures et dépose un baiser sur son front.

Elle s'endort immédiatement.

La digue lâche et je fonds en larmes.

Je me précipite dans ma chambre, me jette sur mon lit et enfonce mon visage dans mon oreiller pour y étouffer mes sanglots.

Je suis nulle comme maman.

Elle mérite tellement mieux que moi.

11

Xander

Comme tous les soirs depuis jeudi, je me gare le long d'un trottoir, en face ou sur le côté du bâtiment en briques ocre et beiges sur lequel est écrit en gros *Skagit County Sheriff*. Siège légèrement incliné en arrière, casquette sur la tête, je feins de pianoter sur mon téléphone, tout en regardant les allées et venues des officiers, notant chaque détail. Après quatre jours de planque, je commence à connaître les habitudes de Spears.

À dix-neuf heures précises, la porte du commissariat s'ouvre et il apparaît, vêtu d'un uniforme de simple officier. J'ai compris dès le premier soir qu'il n'était plus détective. A-t-il été rétrogradé à cause de sa bavure la nuit de mes 17 ans ? Aucune information dans son dossier.

Mon cœur se comprime alors qu'il s'arrête pour plaisanter avec deux collègues, souriant, détendu, comme si de rien n'était. L'homme qui m'a pris ma mère est capable de rire. La bile monte dans ma gorge, et je dois me cramponner au volant pour ne pas sortir de la voiture et m'occuper de lui ici et maintenant.

Finalement, il grimpe dans son véhicule blanc sérigraphié *sheriff*. Sa coéquipière s'assoit côté passager avec deux canettes de soda. Ils échangent quelques mots, puis il démarre, allumant le clignotant pour virer à gauche et entamer leur patrouille.

Je les laisse prendre un peu d'avance avant de les suivre, assez loin pour ne pas éveiller les soupçons, assez proche pour ne pas les perdre.

Alors que nous roulons au ralenti depuis plus de deux heures, le feu au coin d'une rue passe soudainement au rouge. Spears continue tout droit sans ralentir, sa voiture de police glissant sous le feu au dernier moment, mais moi, je me retrouve bloqué. Mon pied hésite un instant sur l'accélérateur. Je serre les dents et tape nerveusement du doigt sur le volant en les regardant s'éloigner, une boule de frustration montant dans ma gorge.

Respire, Xander. Ce n'est qu'un feu rouge.

Pas d'autre voiture à cette heure-ci. Le point rouge me nargue, semblant brûler un peu plus à chaque seconde qui passe. Ma main se crispe autour du levier de vitesse. Non, je dois être patient. Ce serait con de me faire arrêter pour une infraction routière.

Quand il passe enfin au vert, je pars en trombe. Mais dans l'intervalle, les policiers ont pris de l'avance et un camion poubelle me bouche la vue.

Merde.

Je serre les mâchoires, accélérant un peu trop pour une ville comme celle-ci, mes yeux fouillant chaque coin de rue, chaque voiture garée.

Allez, calme-toi, ce n'est pas grave.

Chaque nuit, leur routine est identique. Ils circulent dans les mêmes quartiers, s'arrêtent dans les mêmes ruelles, suivent un périmètre d'action précis que je commence à bien connaître. Il suffit que je fasse fonctionner ma mémoire pour les retrouver.

Tout à coup, en passant un croisement, j'aperçois une lueur de gyrophares au loin. Soulagé, je m'apprête à tourner à droite pour les rejoindre quand un motard surgit de nulle part. Je pile, mon cœur ratant un battement alors que la moto tangue dangereusement. Le conducteur me lance un regard furieux, ses bras agités en signe de protestation. Je lève une main en guise d'excuse, priant pour qu'il passe son chemin.

Une fois le danger écarté, je maîtrise mes nerfs et me remets en mouvement, plus calmement.

Je ne dois pas attirer l'attention en créant des incidents.

Je ne cherche plus à retrouver le véhicule de Spears. Je sais qu'à vingt-trois heures, lui et sa coéquipière s'arrêtent toujours au même boui-boui à Riverside, le genre de café ouvert vingt-quatre heures sur vingt-quatre où les patrouilleurs prennent leur pause. Je vais les attendre là-bas.

Je choisis une table proche de l'entrée. Je n'ai pas faim, mais j'ai acheté un coca et un cheeseburger pour avoir une excuse d'être là. Je suis tellement tendu que mon sandwich a un goût de carton et que mon estomac se soulève à chaque gorgée. Mes yeux restent rivés sur l'entrée, guettant l'arrivée de Spears et de sa coéquipière. Mon estomac est noué, mes sens en alerte.

À peine dix minutes plus tard, je les vois apparaître à travers la vitrine. Spears et sa coéquipière traversent la rue d'un pas nonchalant, épaule contre épaule. Ils ont l'air très proches. Est-elle sa maîtresse ? Je vais devoir creuser un peu plus sur elle.

Quand ils entrent dans le restaurant, en même temps qu'un groupe de cinq mecs, je me concentre sur ma respiration, essayant de rester calme. Mon plan est simple : observer et écouter sans éveiller le moindre soupçon.

– Salut Dany, lance le policier au cuistot. Un sandwich corned-beef et des macaronis au fromage. Plus deux Dr Pepper.

Je les imagine prendre des tabourets au comptoir, comme d'habitude, mais les jeunes gars s'installent avant eux. Spears et sa partenaire se tournent vers moi. Mon pouls accélère. À mesure qu'ils avancent, je me rends compte avec horreur qu'ils s'approchent. Un instant, j'envisage de me lever, de prétexter un appel pour m'éclipser quelques instants. Trop tard. Ils s'installent à la table juste devant moi.

J'enfonce un peu plus ma casquette, feignant de surfer sur les réseaux sociaux, mais je peux sentir leur présence, leur conversation animée comme un bourdonnement insistant.

Soudain, une voix retentit.

– Eh, mon gars, tu peux nous passer le ketchup ?

Spears.

Mon cœur fait un bond et mes doigts serrent machinalement mon verre de coca. Je prends une seconde pour me composer un air détendu avant de me redresser, le visage dans l'ombre de ma visière. Mon regard évite de croiser celui de Spears, qui me fixe avec un sourire vaguement poli, sa main tendue vers le flacon posé sur ma table. J'espère que mon expression ne trahit rien de la tempête qui m'agite.

– Bien sûr, dis-je, tendant la bouteille avec un bras qui reste miraculeusement stable.

Spears la prend sans trop y prêter attention, me remerciant d'un simple hochement de tête avant de se tourner vers sa partenaire. Je la fixe deux secondes et parviens à lire son nom sur sa veste.

J. Johansson

Je me détourne lentement, essayant de calmer les battements affolés dans ma poitrine.

Je pourrais tout simplement me lever et partir comme n'importe quel client qui a terminé son dîner… mais non. Cette proximité forcée, aussi insupportable soit-elle, est l'occasion parfaite pour étudier son comportement de près, capter le moindre détail, comprendre cet homme dans ses moments les plus banals. Les minutes qui suivent sont interminables. Je suis assis, raide, chaque fibre de mon corps tendue alors que leurs voix me parviennent, entrecoupées de rires et de commentaires sur leur soirée de patrouille.

Après ce qui me semble être une éternité, ils finissent enfin leur repas. Spears se lève, s'étire en faisant craquer ses épaules et échange encore quelques mots avec sa collègue. Quand ils repartent vers leur voiture, je laisse échapper un soupir de soulagement, mes muscles enfin relâchés.

Ce soir, je me suis approché d'eux bien plus que prévu. Un faux pas, et ce jeu dangereux aurait pu basculer.

Encore deux heures de ronde, puis ils retournent au commissariat, et je me gare de nouveau de l'autre côté de la rue.

L'attente est longue et mes yeux veulent absolument se fermer. Alors que je suis presque assoupi, un coup sec contre la portière me fait sursauter, suivi d'une lumière éblouissante. Un flic, penché vers ma portière, me fixe à travers la vitre, sa lampe torche braquée sur moi.

– Eh, jeune homme, tu ne peux pas stationner ici, me dit-il d'un ton ferme.

Je lève la main devant mon visage, feignant d'être incommodé par la luminosité.

– Oui, oui, je m'en vais, monsieur l'officier.

Au moment où je mets le contact, je vois Mason Spears sortir du commissariat. Je consulte l'heure. Cinq heures trente. La nuit touche à sa fin et il rentre chez lui.

Je le suis tandis qu'il quitte Mount Vernon et emprunte le chemin du retour vers La Conner. Les phares sont éteints. Je suis seulement guidé par la luminosité de la pleine lune, je reste des centaines de mètres en retrait, sachant que cette route de campagne plane pourrait révéler ma présence à des kilomètres. De toute façon, je connais son adresse par cœur.

D'habitude, je rejoins directement la cabane après ma filature. Je veux que ma voiture soit garée devant chez Libby avant que la ruelle ne s'éveille, pour ne pas attirer l'attention. Les voisins et ma propriétaire finiraient par se demander où va ce jeune étranger toutes les nuits. Ensuite, je retourne à Mount Vernon en fin de matinée, après quelques heures de sommeil agité, pour repérer les lieux, mon esprit en ébullition, cherchant des occasions.

Le fait que Spears ne soit plus détective, mais simple *deputy* va me faciliter le travail, il passe son temps à faire des rondes dans la ville. Une embuscade près de son véhicule peut-être, ou un tir précis à travers la vitre lorsqu'il est isolé ?

Cette fois-ci, je le suis jusqu'à sa maison. Je l'ai vu de si près aujourd'hui, j'ai presque touché ses doigts. Je suis incapable de rentrer me coucher.

Je me gare à une distance prudente, observant chaque mouvement. Spears sort de sa voiture et s'avance vers la porte. Sa silhouette se découpe dans l'obscurité. Il entre, les minutes passent, les lumières s'allument, puis s'éteignent, j'ai l'impression de pouvoir suivre sa progression de pièce en pièce. La maison est uniquement à son nom et ses relevés bancaires montrent qu'il règle seul les échéances de crédit. Cela ne veut pas dire qu'il ne voit pas quelqu'un. Peut-être a-t-il donné ses clés à une amie. Il m'est impossible d'être devant chez lui H24. Des choses m'échappent sûrement.

Sans savoir pourquoi, je l'imagine retrouver son lit et la chaleur d'un autre corps.

Peut-être parce que moi, comme toujours, je vais rejoindre des draps vides et froids…

Une pensée fugitive me ramène vers Kristen. Sa manière de bouger les mains avec grâce, de les passer dans ses cheveux quand elle me parle, ses yeux brillants quand elle me regarde et cette moue adorable qu'elle a quand elle est gênée. Je secoue la tête, essayant de chasser son image. Tentante. Entêtante. Elle persiste. Pourquoi est-elle si présente dans mon esprit ? Parce que je ne veux pas retrouver la solitude de ma cabane ou parce qu'il est six heures et que je meurs de faim ?

Je choisis la deuxième explication.

Je n'ai pas fait de courses, mes placards sont vides et rien n'est ouvert à cette heure-ci, sauf le Stompin' Grounds.

Est-ce qu'*elle* y travaille aujourd'hui ?

Je fais démarrer la voiture.

Mon esprit rationnel me dit que pour ma mission, c'est bien de créer du contact avec cette jeune femme, la mettre en confiance, alors qu'une partie plus instinctive me pousse à aller là-bas juste pour me sentir moins seul. À la cabane, je tourne en rond et ne fais qu'attendre le prochain moment de partir en chasse.

Le trajet jusqu'au café est rapide, les rues encore désertes. En arrivant, les lumières à l'intérieur projettent une lueur chaude dans la pénombre matinale. Je m'extrais de l'habitacle et prends une profonde inspiration avant de pousser la porte.

L'odeur familière des grains fraîchement moulus et des pâtisseries m'accueille, et je la vois. Derrière le comptoir, Kristen prépare une commande. Elle lève les yeux, et nos regards se croisent. Elle m'adresse un sourire timide et un petit signe de la main.

Bizarrement, la grisaille qui m'enveloppe s'estompe un peu. La sensation d'être attendu est agréable et je me surprends à détendre mes épaules légèrement.

Ce qui est complètement con, car tout ceci fait partie du plan, et je ferais mieux de me le rappeler.

– Bonjour Xander.

– Bonjour Kristen.

En me dirigeant vers le fond de la salle, je trouve ma place habituelle occupée. Une fillette, pas plus grande que trois pommes, est penchée sur des feuilles blanches sur lesquelles elle étale de la peinture avec les doigts. Une longue tresse châtain clair descend sur son épaule droite et le bout a dû tremper dans de la gouache, car il est tout vert.

Je m'apprête à m'asseoir ailleurs quand elle relève la tête, ses yeux curieux se posant sur moi, et me dévisage sans gêne.

– Salut, lui lancé-je.

– Maman, crie-t-elle en regardant derrière moi, je peux parler à cet inconnu ?

Je me retourne pour voir à qui elle s'adresse et tombe nez à nez avec Kristen. Maman ? Ce n'est pas possible, elle paraît si jeune. Ses yeux s'écarquillent légèrement et ses sourcils se lèvent, l'air de dire « eh oui », puis de la tendresse pure éclaire son visage.

– Ma puce, je te présente Xander, répond-elle en se penchant pour caresser la tête de sa fille.

La petite me sourit, révélant une rangée de dents minuscules. Oui, c'est bien sa fille, elles se ressemblent beaucoup.

Il y a donc bien un M. Kristen, alors. L'idée me taraude plus que je ne l'aurais cru, une étrange sensation d'amertume s'insinuant en moi. Pourquoi est-ce que cela m'importe ?

La petite se met debout sur le banc, sa menotte tendue vers moi.

– Salut, je suis Wynonah.

Ses doigts disparaissent dans ma main quand je les serre délicatement. La peinture collante se transfère sur ma peau, mais je n'y prête pas attention.

– Enchanté, Wynonah.

La fillette rigole, un son cristallin qui résonne dans le café. Kristen s'assoit à ses côtés, lissant sa robe.

– Désolée pour la peinture, c'est sa passion du moment.

– Ce n'est rien.

– C'est rare que je l'amène avec moi au travail. Ce matin, mon père et ma baby-sitter n'étaient pas dispos, se défend Kristen.

– Gosse, j'adorais rester avec ma mère, la rassuré-je, voyant que la situation la gêne.

– C'est un loup ! s'exclame la petite fille en pointant du doigt une masse sur la feuille.

Je plisse les yeux, essayant de discerner la forme dans le chaos des couleurs. En me concentrant, je devine la tête de la bête et sa queue touffue. Entouré de lumière et avec des contours flous, l'animal apparaît, comme dans un rêve. Un rêve chamanique.

– Un loup, ah oui, répété-je, trouvant la coïncidence amusante, puisque mon vrai nom, Wolff, signifie loup en allemand. C'est magnifique, tu as beaucoup de talent.

Kristen me lance un regard reconnaissant.

– Oh ! Tu veux peindre avec moi ? demande-t-elle, ses yeux brillants d'espoir. C'est pour le Pow Wow.

– Pow Wow ? dis-je, intrigué. C'est quoi exactement ?

– Le Pow Wow est une grande fête traditionnelle native américaine, m'explique Kristen, visiblement heureuse de partager quelque chose qui lui tient à cœur. Il y a des danses, des chants, et beaucoup de peintures de visages et de masques. Wynonah et moi préparons des décorations pour dans quinze jours.

– Ça a l'air fascinant.

– C'est pour bénir les enfants nés durant l'hiver et les bateaux de pêche.

Wynonah saute de joie sur le banc, éclaboussant la table de gouache.

– Oui, oui ! Tu dois venir ! Ce sera rigolo ! Les anciens vont raconter des histoires. On pourra danser autour du feu.

Je m'amuse de son enthousiasme avant de me tourner vers sa mère.

– Ça ne dérangera pas... le papa de Wynonah ? demandé-je, sentant une étrange appréhension se glisser dans ma voix.

Le visage de Kristen s'assombrit, une ombre de tristesse passant dans ses yeux.

– Désolé, je n'aurais pas dû poser cette question. Cela ne me regarde pas, m'excusé-je, comprenant que je viens de faire une bourde.

– Son père n'a jamais fait partie de nos vies, dit-elle à voix basse, pour éviter que la petite n'entende. Ce sera juste nous deux, et tous ceux qui voudront partager ce moment avec nous.

Je reste silencieux un instant, pris au dépourvu par cette révélation. Pourquoi ai-je ressenti ce pincement au cœur en pensant à Kristen et à Wynonah seules ? Cela me touche sûrement, car j'ai passé une enfance entourée de mes deux parents et de mes frères.

– Dans ce cas, chère Wynonah, j'aimerais beaucoup venir, dis-je enfin. Ça a l'air d'être une expérience incroyable.

J'en profiterai pour continuer à analyser la réserve et les cachettes qu'elle offre.

– Super chouette ! s'exclame la petite, agitant ses mains jaune, rouge et bleu.

– Wynonah sera ravie de t'y guider.

– D'accord, j'y serai, promis-je.

Elles me sourient, et une chaleur étrange envahit ma poitrine. Je mets cela sur le compte de la satisfaction ; mon plan avance bien.

– Maintenant, chérie, laisse Xander tranquille, il vient pour travailler.

Je m'installe à une table éloignée et sors mon ordinateur portable, tentant de récapituler les informations glanées cette nuit. Pourtant, alors que je m'efforce de me focaliser sur mes dossiers, je ne peux m'empêcher de jeter des coups d'œil vers la mère et la fille. Leurs rires me parviennent par vagues, doux et mélodieux, contrastant violemment avec ce que je lis à l'écran.

Je tape sur le clavier, essayant de me concentrer sur les données, les adresses, les horaires, tout ce qui pourrait m'aider à piéger Spears. Mais leur présence me trouble, chaque éclat de rire me ramène inéluctablement à cette question lancinante : et si ma mère n'était pas morte ? Aurais-je pu avoir une vie comme celle-ci, remplie de joie et de tendresse, avec une femme et une petite fille ?

Je serre les dents, tentant de refouler cette pensée. C'est trop douloureux, trop dérangeant.

– Oh, merde… s'exclame Kristen.

– Maman ! *Gros mot !* s'insurge la fillette.

Je lève les yeux et vois Kristen agenouillée. Elle a renversé le gobelet dans lequel trempaient les pinceaux.

– Attends, j'arrive…

Je les rejoins et attrape des serviettes en papier. Je me retrouve accroupi, à éponger le sol, ma tête à quelques centimètres de celle de Kristen. Elle sent le gel douche et la gouache.

– Merci, Xander, me dit-elle avec un petit sourire.

Nos regards s'accrochent l'espace d'un battement de cœur.

– De rien.

Nous nous relevons et je me retrouve entre Kristen, avec sa peau cuivrée, son regard sombre et pénétrant, et Wynonah, tout en innocence et en énergie. Les mains pleines de peinture. Le sourire aux lèvres.

Ce moment appartient à un monde parallèle. Un monde qui n'est pas fait pour rencontrer le mien et sa noirceur.

Une vague de culpabilité me submerge. Je me détourne, remballe mon ordinateur dans mon sac à dos et rabats ma capuche sur ma tête.

– Xander, tu veux du café ?

J'ignore la question et sors sans un mot.

– Xander…

Kristen m'a suivi dans la rue et sa voix est alarmée.

– Tu ne restes pas ? Nous faisons trop de bruit ?

Dis-lui oui et barre-toi ! Dis-lui qu'elles te gonflent avec leur gaieté !

Quand je me retourne, son visage est marqué par l'incompréhension et l'inquiétude. Ses sourcils sont froncés et ses yeux sombres questionnent les miens.

– Non, ce n'est pas ça, dis-je d'une voix rauque, essayant de contrôler les émotions qui bouillonnent en moi.

Je ne dois pas l'envoyer chier. D'abord, elle n'y est pour rien dans ma mauvaise humeur, et en plus, je suis censé être un étudiant sympa.

– C'est juste que… j'ai des choses à récupérer à Seattle, ajouté-je, et je préfère partir tôt.

Son expression se détend légèrement. Elle hoche la tête.

– D'accord. On se voit pour la fête des Pompiers ?

Putain, Kristen, ne vois-tu pas ce que je suis ?

– Fais attention à toi, d'accord ? ajoute-t-elle.

Ses mots, empreints de sincérité, me touchent plus profondément que je ne veux l'admettre. Je hoche la tête, incapable de répondre. Alors que je me détourne et commence à marcher, je l'entends appeler doucement :

– Xander, si… si tu as besoin de parler, n'hésite pas. Je suis là.

Je m'arrête, les mots suspendus dans l'air derrière moi. Cette simple déclaration, si pleine de compassion et de sollicitude, me fait vaciller.

Non ! Je ne peux pas me permettre d'ouvrir cette porte.

Cette porte entre nos deux mondes.

Pas maintenant.

Non, Xander, JA-MAIS !

12

Kristen

La silhouette de Xander disparaît au coin de la rue, son pas rapide trahissant une agitation intérieure, et je reste comme une idiote, les bras ballants sur le pas de la porte, sans comprendre ce qu'il vient de se passer. Qu'est-ce qui a bien pu le pousser à s'éclipser si précipitamment ?

Il est redevenu, en l'espace de quelques secondes, Regard Triste. Non, pas juste Triste... *Regard Tourmenté.*

– Maman, pourquoi il est parti le monsieur ? demande Wynonah en tirant doucement sur ma main pour capter mon attention.

Je baisse les yeux vers elle, essayant de lui cacher le trouble qui m'envahit.

– Il avait quelque chose d'important à faire, dis-je avec un sourire, mais mes propres mots sonnent creux.

La vérité, c'est que je suis perplexe. Depuis qu'il est arrivé en ville, Xander est un mystère ambulant. Ses mots comptés, ses regards souvent perdus quelque part où je ne peux le suivre… Pourtant, il y a des moments, comme ce matin, où il se montre presque… vulnérable. Il semblait s'ouvrir un peu, se détendre en ma présence. Les babillages de Wynonah ont même réussi à lui arracher des sourires, des vrais qui montaient jusqu'à ses yeux magnifiques.

Et quand Xander sourit, j'ai l'impression que l'univers tangue avant de se mettre en équilibre. Que chaque chose se met à sa place.

Puis, son air a changé du tout au tout. Il paraissait épuisé, à bout de forces, et un truc l'a poussé à s'esquiver, comme s'il était poursuivi par des démons invisibles. Ai-je dit une bêtise ? Est-ce la présence de ma fille ?

Je ressens un pincement de doute. Ce ne serait pas la première fois qu'un homme s'éloigne à cause de mon statut de mère célibataire. Certains trouvent ça « trop compliqué » ou « trop de responsabilités ». Et si c'était ça ? Si je n'étais qu'une petite provinciale sans intérêt pour Xander.

Wynonah retourne à ses activités artistiques, sa curiosité enfantine déjà happée par autre chose. Moi, en revanche, je reste figée, les yeux fixés sur l'endroit où Xander a disparu.

Je secoue la tête. Non, Xander n'est pas comme ça. Il est attentif et…

Ah oui ? Suis-je tout à coup devenue experte en jeune étudiant sexy et paumé ?

Après tout, je ne sais presque rien de lui ni de ses intentions. Je le soupçonne même de porter un poids que je ne peux pas imaginer, mais cela ne change rien au fait qu'il reste un inconnu.

Allez, j'arrête de penser à lui !

Tu parles… Peine perdue… Une multitude de questions tourbillonnent dans mon esprit. Qu'est-ce qui le tourmente au point de fuir notre compagnie, même pour un café ? Surtout, pourquoi est-ce que ça me touche autant ?

Je repense à la façon dont il observait Wynonah, avec une tendresse non dissimulée, presque douloureuse, comme s'il voyait en elle quelque chose de précieux qu'il avait perdu ou cherchait désespérément à protéger. Ce regard m'a bouleversée. C'est comme s'il portait une souffrance qui le consume de l'intérieur, mais qui, pour un instant, s'éclipsait lorsqu'il posait les yeux sur elle. Cette vulnérabilité fugace m'a émue… mais aussi inquiétée.

Car, si j'étais seule dans l'équation, j'aimerais percer le mystère de Xander, comprendre ce qui le hante à ce point, et pourquoi il semble osciller sans cesse entre plaisir de me voir et besoin de distance. Mon cœur est tiraillé entre prudence et compassion, entre raison et instinct. J'aimerais juste comprendre.

Mais, voilà, ce n'est pas seulement moi qui risque d'être touchée. J'ai Wynonah, petite fille curieuse et sensible qui s'attache vite aux gens. Être mère signifie que chaque choix a des répercussions sur elle. Et après tout ce que nous avons traversé toutes les deux, elle mérite la stabilité, la sécurité… et moi aussi…

Je la regarde dessiner, avant de me perdre de nouveau dans mes pensées, et, malgré toutes ces réticences rationnelles, le visage de Xander s'impose à moi. Il y a une part de moi, peut-être un peu insensée – fleur bleue, idiote, imprudente, exaltée – qui veut croire qu'il pourrait y avoir plus. Juste voir s'il existe un chemin qui pourrait nous permettre de… De quoi, au juste ? D'être amis ? Plus que ça ?

Mais à quel prix ? Si je m'attache davantage, et qu'il finit – très logiquement – par repartir sur la côte Est, je devrai de nouveau réparer toute seule mon petit cœur en miettes.

Ah, éternelle romantique…

Je secoue la tête avant de m'asseoir à une table, le regard dans le vide. Pour l'instant, tout cela n'a pas de sens. J'ai une vie ici, avec des responsabilités, une routine bien rodée, et un avenir à construire.

Le mieux est simplement de garder mes distances en évitant l'attraction quasi magique de Xander et de ne plus m'inquiéter pour lui !

– Maman…

Wynonah attire mon attention en sautant de son siège.

– Je peux avoir un jus d'orange ?

Je souris, chassant mes préoccupations pour ne pas l'inquiéter.

– Sers-toi dans le frigo, comme une grande.

La porte d'entrée grince. Mon cœur fait un bond, et malgré moi, je me retourne, avec l'espoir idiot que ce soit Xander.

Arrête de déconner ! Nom de… nom ! m'engueulé-je aussitôt, agacée par ma propre faiblesse.

J'ai passé dix minutes à me convaincre qu'il valait mieux l'oublier… mais il suffit d'une seconde pour que tout mon discours s'effondre.

– Salut Kristen…

Je cligne des yeux, comprenant que ce n'est que Steve. Il m'adresse un large sourire, visiblement ravi. Vu ma réaction, il a dû croire que j'attendais son arrivée.

– Tu es superbe, aujourd'hui, ajoute-t-il, un peu trop enthousiaste.

J'essaie de ne pas avoir l'air trop déçue. Je devrais être soulagée. Je *suis* soulagée. C'est mieux ainsi…

– Merci, Steve. Installe-toi, je vais te servir.

Je me dirige vers le comptoir pour préparer sa commande habituelle.

– J'aime bien venir ici avant de commencer la journée. C'est toujours agréable de te voir.

Son compliment me prend de court et je ne peux m'empêcher de sentir une légère culpabilité. Steve est mignon, attentionné, et il m'apprécie visiblement beaucoup. Il me drague depuis des années, avec son air un peu gauche. Et pourtant, je ne ressens aucune étincelle.

Wynonah se précipite vers nous en criant :

– Maman, est-ce que je peux montrer mon dessin à Steve ?

– Bien sûr, ma puce.

Elle lui tend sa feuille, fière comme un paon. Plus elle grandit, plus elle cherche l'approbation des adultes masculins. Sûrement, car elle s'efforce de combler un vide. Steve la félicite en lui donnant une petite tape sur la tête. Je les regarde, mon esprit tiraillé.

Steve serait un beau-père parfait. Il est tout ce dont une femme pourrait rêver : stable, fiable, aimant. Alors, pourquoi ne puis-je pas me débarrasser de l'image de Xander, cet étranger tourmenté qui semble porter le poids du monde sur ses épaules ?

Drôle de fascination, je dois être tordue.

Ce serait si… pratique de craquer pour Steve. Si nous vivions ensemble, je ne serais plus seule le soir et je pourrais me pelotonner contre un torse large pour me réchauffer. Je partagerais le loyer avec lui, je pourrais posséder une maison plus grande, une vraie chambre pour Wynonah

– pas un cagibi minuscule sans fenêtre – et ne pas regarder, impuissante, les factures impayées s'accumuler sur le buffet de l'entrée.

Seulement… Seulement, je n'ai jamais choisi la facilité. J'ai refusé de vivre avec mon père ou de m'installer dans le village de la tribu pour toucher les aides, même si cela m'aurait évité de cumuler les emplois. Trop fière.

Comme si cette putain de fierté pouvait chauffer ma maison l'hiver et acheter des vêtements à ma fille !

Je prépare le café de Steve, ajoutant une touche de crème fouettée, comme il aime. Il me remercie avec une moue qui pourrait faire fondre n'importe qui. Sauf moi… Idiote que je suis.

Oui, il pourrait m'apporter une vie paisible, une stabilité dont mon bébé a terriblement besoin.

Steve attrape ma main, m'arrachant à mes pensées.

– Kristen, est-ce que tout va bien ? Tu sembles préoccupée.

Alors qu'il garde mes doigts prisonniers des siens, je me sens envahie par un mélange de tendresse et de culpabilité.

La vérité, c'est que j'ai toujours rêvé d'une relation passionnée, quelque chose de vibrant, de plus grand que moi. Petite, ma grand-mère m'enseignait nos traditions ancestrales, elle me racontait les histoires sur les âmes jumelles. « Un véritable amour, c'est une rencontre d'esprits qui se reconnaissent. » Elle me disait que lorsque deux âmes se retrouvent, elles se reconnectent comme si elles ne s'étaient jamais quittées. À mes yeux d'enfant, les amoureux étaient reliés par un fil incassable et indestructible. Il pouvait s'étirer à l'infini, mais ne se rompait jamais.

Pourtant, les années ont passé, et la réalité m'a bien vite rattrapée. Quand Wynonah est née, toutes mes priorités ont changé. À un âge où les jeunes femmes veulent vibrer et se sentir désirées, j'ai abandonné les rêves fous, les coups de cœur irréfléchis, pour devenir la mère qu'elle mérite.

Alors, pourquoi ne pas lui trouver un père parfait ? Quelqu'un de stable, de prévisible, de fiable. Steve… est tout cela.

Oui, mais… je n'arrive pas à me résoudre à l'idée de passer ma vie avec un homme qui ne fait battre mon cœur ni plus fort ni plus vite. Il n'y a pas de feu entre nous, pas cette sensation de… magie. Ce genre de connexion dont mon corps se languit, quelque chose d'unique, d'indispensable.

Et c'est là que je m'en veux. Parce que tout ça, ce n'est qu'un caprice d'adolescente attardée, une illusion romantique qui ne me mènera nulle part.

– Kristen ? insiste Steve, tirant doucement sur ma main.

Je reviens à la réalité, le cœur serré, et hausse les épaules, essayant de masquer le tumulte intérieur.

– Oui, ça va. Juste beaucoup de choses en tête.

Il acquiesce, compréhensif. Pourtant, je devine une lueur de déception dans ses yeux. Il voudrait sûrement que je lui ouvre mon cœur, que je le laisse entrer.

Steve mérite quelqu'un qui puisse l'aimer, qui sache l'apprécier à sa juste valeur. Je ne suis pas cette personne.

Parce qu'une part de moi, celle qui refuse d'abandonner le rêve d'un amour véritable, s'accroche à l'idée que, quelque part, il y a quelqu'un qui fera battre mon cœur comme je l'ai toujours espéré.

La porte s'ouvre.

De nouveaux clients me saluent.

La routine reprend son cours.

***

La matinée file à toute allure. Wynonah, fidèle à elle-même, se tient à merveille. Les clients vont et viennent, et avant que je ne m'en aperçoive, il est déjà onze heures, et Holly, la propriétaire, arrive pour me relever, suivie de près par mon père.

– Hello, mes chéries !

Son apparition arrache un cri de joie à ma fille. Il la soulève pour la faire tourner dans les airs avant de déposer un baiser sur ma tempe, les yeux brillants d'affection.

– As-tu été sage ? lui demande-t-il.

– Toujours… Car je ne suis plus un bébé, réplique-t-elle avec un air sérieux qui me fait fondre.

– Comment était ta nuit ? le questionné-je en retour, toujours inquiète pour sa santé.

– Courte, mais je suis en forme pour ma princesse. Tu peux y aller, je m'occupe d'elle. Et avant ma réunion, je passerai le relais à Barbara.

J'ai toujours un léger pincement au cœur quand papa mentionne ses réunions chez les Alcooliques anonymes. Cela me ramène à l'année terrible quand tout est parti en vrille.

Je ne lui en veux pas. Pour être franche, je ne lui en veux *plus*. Je n'ai pas oublié, j'ai compris et pardonné. Son quotidien est éprouvant, et même si j'ai longtemps cru qu'il était une sorte de Superman, invincible et infaillible, il est juste un homme, avec ses failles et ses limites. Je pense aussi que notre déménagement sur la côte Est était une erreur. Nous avons toujours vécu dans la région de Seattle, où tout va moins vite, où tout est à taille humaine. Nous y avons nos racines.

Malgré tout, je suis fière de lui. Il a su se reprendre en main, retrouver son équilibre à la naissance de Wynonah, pour que la gamine que j'étais alors ne perde pas pied en faisant face à ses nouvelles responsabilités.

– Merci, papa, murmuré-je en lui donnant une rapide accolade. Tu me sauves la vie. Avec l'absence de la maîtresse, je ne savais pas comment faire.

– Prends un truc à manger, m'ordonne Holly avec sa voix de matrone. Il est hors de question que tu partes en cours le ventre vide.

Elle me tend une énorme part de quiche avant de se tourner vers mon père et d'ajouter :

– Et vous deux, vous restez manger ici. C'est tati Holly qui offre.

– Non, je veux payer…

Je les laisse parlementer et sors du café. Ma Chevrolet est garée un peu plus haut dans la rue. Comme toujours, j'adresse des prières aux dieux des voitures – ou plutôt des tacots – pour que Rusty ne fasse pas des siennes. J'ai dû débourser cent dollars pour les dernières réparations et je ne peux vraiment pas me permettre…

Une voiture grise attire mon attention. Est-ce celle de Xander ou bien monopolise-t-il juste mon esprit ? J'avance et aperçois sa tête calée contre la vitre côté conducteur. En arrivant à son niveau, je comprends qu'il s'est assoupi. Il était si épuisé qu'il vient de dormir durant plus de quatre heures dans une position hyper inconfortable.

J'hésite.

Puis, rassemblant mon courage, je cogne à la fenêtre.

Rien. Aucune réaction.

Je frappe plus fort.

– Xander ? Xander !

Il lève son visage vers moi, désorienté, les sourcils froncés, se demandant pourquoi il est encore là. Quand il me reconnaît, ses prunelles s'arriment aux miennes. Je tente d'ignorer le frisson qui remonte le long de ma colonne vertébrale. Même au réveil, et visiblement épuisé vu les cernes soulignant son regard magnétique, il est à tomber.

– Ouvre-moi, dis-je doucement.

Il plane encore quelques secondes, puis détache sa ceinture et ouvre la porte.

Mon cerveau carbure à toute vitesse. Ai-je vraiment envie d'aller en cours et d'écouter ce raciste de professeur Wilson palabrer durant des heures ?

Je suis la plus assidue et j'ai terminé major de promo au semestre dernier, je peux m'accorder une demi-journée de repos.

– Pousse-toi côté passager, ordonné-je.

Xander semble toujours paumé. Il dormait profondément.

– Allez, bouge-toi. Je vais conduire jusqu'à Seattle.

Il m'obéit, tel un automate, et se contorsionne pour changer de siège.

– Et tiens, mange cette quiche à la tomate. Tu ressembles de plus en plus à Edward Cullen à force de ne pas dormir et manger.

Je le vois réfléchir, mais je ne lui laisse pas le temps de refuser et fais démarrer la voiture. L'odeur de la quiche réchauffée envahit l'habitacle, se mêlant à celle du parfum épicé de l'homme assis à ma droite.

– Alors, tu dois aller où ?

Je ne sais pas ce qu'il me prend, je n'ai jamais osé faire ce genre de chose. En présence de cet homme, je perds un peu le nord.

Xander attache sa ceinture, se cale plus confortablement et prend une bouchée de la quiche, les arômes de tomate et de basilic redonnant un semblant de couleur à sa peau si pâle.

Les yeux sur la route, je devine son regard sur mon profil, intrigué.

– Pourquoi tu fais ça, Kristen ?

Je déglutis, surprise par la question. Pourquoi, en effet ?

– Pour éviter que tu finisses dans le fossé.

Je ne vais quand même pas lui avouer que depuis qu'il est arrivé en ville, je sens cette part de moi, celle que j'ai vainement essayé d'enterrer, se réveiller.

Que même si ma raison me crie qu'il n'est pas du tout ce que je cherche, qu'il est trop mystérieux, insaisissable, et probablement de passage, que tout en lui crie danger et complication, il y a cette lueur dans ses yeux…

… qui m'attire et me rappelle cette connexion que je rêvais de trouver.

13

Xander

Je me suis endormi dans ma caisse… Sans dec ? Quel gros naze !

En même temps, entre les nuits de filature et les journées à me montrer en ville, il me manque de nombreuses heures de sommeil.

Kristen, assise à côté de moi, fixe la route avec une détermination tranquille. Sa présence est à la fois agréable et perturbante.

– Alors, tu dois aller où ?

Je fixe son profil parfait, éclairé par les rayons de soleil. Les rouages de mon cerveau grippés par l'épuisement tournent au ralenti, cherchant une excuse pour annuler cette escapade, sans éveiller ses soupçons. Je vais à Seattle pour récupérer une arme à feu, pas pour le plaisir. Elle ne peut pas venir avec moi.

En plus, c'est quoi son problème, je me barre comme un voleur et elle reste calme ? Ce serait plus facile si elle m'envoyait bouler, si elle était moins… elle. Douce. Compréhensive.

– Pourquoi tu fais ça, Kristen ?

Elle mord sa lèvre inférieure, signe de profonde réflexion.

– Pour éviter que tu finisses dans le fossé.

Derrière sa réponse simple et directe, son ton cache une inquiétude sincère.

OK, comment je me sors de cette impasse ?

– Je t'assure que ça va aller.

– Xander, tu tiens à peine debout. Pourquoi ne pas accepter mon aide ?

Son ton est triste et nous sommes déjà sortis de La Conner. Me rebiffer ne ferait qu'attirer son attention sur mes véritables intentions.

– Je vais à l'université de Washington, inventé-je rapidement. J'ai besoin… de consulter des archives spécifiques pour mon mémoire. Ces documents sur les migrations internes aux États-Unis et leur impact sur les communautés locales n'ont jamais été scannés. Ils ne sont donc pas accessibles en ligne.

Heureusement, j'ai creusé de ce côté en préparant ma couverture, au cas où !

Elle me jette un regard, ses yeux bruns scrutant les miens. Je me force à maintenir le contact, espérant que ma fausse explication tiendra.

– OK, direction UW, alors. Et parce que tu viens d'engloutir mon déjeuner, tu vas m'inviter au Flowers.

– Qui est… ?

– Un petit *diner* juste à côté de l'université. Un des plus anciens de Seattle.

– Marché conclu, dis-je en essayant de sourire.

Elle se détend un peu, et je me tourne vers la fenêtre, regardant le paysage défiler. Pour éviter de répondre à d'autres questions et réfléchir à mes possibilités une fois sur place, je fais semblant de somnoler durant le trajet.

Quand Kristen pose sa main sur mon genou pour me réveiller, après une heure et demie de route, une douce et incongrue chaleur remonte le long de ma jambe jusqu'à mon ventre.

Euh, non ! Mon corps ne réagit pas comme ça d'habitude, alors certainement pas maintenant !

– Nous sommes arrivés.

Les bâtiments imposants de l'université se dressent autour de nous et leur silhouette très *british* me donne l'impression d'être au cœur de Londres. Je ne suis pas retourné dans la capitale anglaise depuis notre visite – cambriolage – éclair à la joaillerie du quartier huppé de Mayfair. J'ai souvenir que j'avais adoré l'atmosphère qui règne dans cette ville. Je crois bien qu'une récompense est toujours d'actualité pour toute information aidant Scotland Yard à identifier les trois jeunes cambrioleurs ayant fait le coup. Ce souvenir évoque mes frères. C'est fou ce qu'ils me manquent !

Kristen gare la voiture, et je prends une profonde inspiration. Je dois rester concentré. Mon vrai rendez-vous est au pied de la grande roue, sur les quais du centre-ville, en plein dans le circuit de la plupart des touristes. Je dois trouver un moyen de m'y rendre.

– Je vais directement aux archives, et ensuite, tu me sers de guide ? tenté-je.

– Si tu veux, accepte-t-elle, un peu surprise par mon changement d'humeur. L'université est également un lieu incroyable à visiter, surtout à cette période de l'année.

Nous descendons de la voiture, et je fais un effort pour paraître détendu. Je dois jouer le jeu.

– Je t'accompagne jusqu'à la bibliothèque pour que tu ne te perdes pas, ajoute-t-elle avec un clin d'œil.

Dès que nous pénétrons dans l'enceinte, un fort parfum emplit l'air et je reste bouche bée devant le parc immense recouvert d'arbres en fleur. Du rose pâle partout.

– Je savais que ça allait te faire cet effet, s'amuse Kristen. Ce sont des cerisiers du Japon.

Avec sa longue chevelure mauve et l'explosion de couleurs autour de nous, elle ressemble à une héroïne d'animé.

– C'est magique, murmuré-je, subjugué par la beauté du spectacle.

Elle acquiesce et un léger voile passe sur son visage.

– J'ai toujours rêvé d'être médecin, commence-t-elle, regardant autour de nous avec nostalgie. Je voulais vraiment faire la différence, aider les gens. J'aurais été l'une des premières de ma tribu à faire de telles études. Je me voyais déjà réviser mes partiels sous ces arbres et vivre une vie d'interne style *Grey's Anatomy* à l'hôpital de Seattle.

Elle me jette un coup d'œil, avec une petite moue dubitative, mais cette fois-ci, j'ai la réf.

– Et… j'ai été acceptée ici. Seulement… la vie ne se déroule pas toujours comme prévu. La naissance de Wynonah a tout changé. J'ai dû mettre de côté mes ambitions pour elle.

Un silence.

– Même si je ne le regrette pas, il m'arrive de me demander ce que serait ma vie si les choses avaient été différentes. J'ai… J'ai encore la lettre d'admission à la maison.

Ses mots résonnent en moi, éveillant une empathie que je ne pensais plus être capable de ressentir. Elle a abandonné ses rêves pour sa fille.

– Ça doit être difficile, dis-je doucement. De renoncer à quelque chose de si important.

Elle hoche la tête, un air mélancolique sur ses traits délicats.

– Oui, mais Wynonah vaut tous les sacrifices. Même plus. Elle est ma joie.

Son amour est presque tangible. Je la regarde, admiratif, et me demande si cette abnégation est le lot de toutes les mères.

– C'est ici, dit-elle en désignant un bâtiment de style victorien. Je t'attends au resto. Tu ne peux pas le louper, en remontant University Way.

Je fixe la bibliothèque, enfonce mes mains dans mes poches et me dirige vers l'entrée. Qu'est-ce que je vais foutre là-dedans, pendant quoi… une heure, pour que ça paraisse plausible ?

L'intérieur de l'édifice est silencieux et frais. Je suis les rayonnages qui s'étendent devant moi, remplis de volumes de toutes les tailles et couleurs, et chemine jusqu'à la section des archives, essayant de me fondre dans le décor.

Ai-je l'air d'un étudiant de 23 ans ? Je suis si fatigué que je me sens plutôt comme un vieillard.

Je m'installe à une table isolée, sortant mon ordinateur pour donner l'illusion que je travaille sérieusement. J'ouvre un classeur sur les migrations internes aux États-Unis et le pose devant moi sans le regarder. J'ai plus urgent à faire. Je n'avais pas prévu d'être accompagné, et je dois maintenant trouver un moyen de rencontrer mon fournisseur d'armes sans éveiller les soupçons de Kristen.

Je me connecte à mon profil sur le darknet et croise les doigts pour que mon contact soit en ligne. Dès que je le vois apparaître sur le chat, j'écris :

NighthawkHex_ Changement de plan.

Sa réponse ne tarde pas.

BigDick_ Non.

Je me doutais qu'il n'allait pas apprécier. OK, il est temps d'enfiler mon costume de NighthawkHex et d'être, disons, plus autoritaire.

NighthawkHex_ Je te paie le double de ce que vaut le matos. Changement de plan. Point.

BigDick_ Qui me dit que t'es pas un keuf ?

Qui me dit que *lui* n'est pas un policier ? Une goutte de sueur coule le long de ma tempe, malgré la climatisation. Ai-je le choix ?

NighthawkHex_ Personne. Par contre, il suffit d'un clic pour que mon fric revienne sur mon compte.

BigDick_ Impossible.

NighthawkHex_ Tu veux parier ? Demande à tes potes du deep Web. Ils me connaissent.

Les points clignotent quelques secondes. Monsieur réfléchit ou questionne effectivement d'autres gars.

BigDick_Où ?

Voilà, ma réputation a joué en ma faveur.

NighthawkHex_ Les toilettes les plus proches de la roue.

BigDick_ OK. Même heure ?

NighthawkHex_ Je te biperai. Tiens-toi prêt.

Alors que je rabats l'écran, une voix chaude s'élève à mon oreille, troublant le silence feutré.

– Salut. La place est libre ?

Je lève la tête et tombe sur une jeune femme aux cheveux blonds ondulés et aux yeux bleus. Elle désigne la chaise à ma droite. Je jette un coup d'œil alentour, l'immense pièce où nous nous trouvons est quasi vide.

– Je m'appelle Astrid, se présente-t-elle en s'assoyant sans attendre la réponse. Troisième année de littérature comparée. Et toi ?

– Xander, la renseigné-je sans esquisser un sourire. Sociologie.

– Oh, j'adore, minaude-t-elle sans prêter attention à mon manque d'entrain.

Je l'observe tandis qu'elle parle de ses cours, de ses révisions sans fin pour les partiels, tout en jouant avec une mèche de ses cheveux, mais je n'écoute que d'une oreille distraite.

Après plus de trente minutes à me faire du rentre-dedans, elle se penche un peu plus près et un parfum capiteux vient titiller mon nez.

– Tu sais, je potasse depuis ce matin et mon cerveau ne veut plus rien assimiler. On se fait une pause ?

Son sourire devient plus suggestif, ses yeux brillent d'une lueur coquine, c'est clairement une invitation. Elle se rapproche encore, ses doigts effleurant ma main.

– Tu veux aller prendre un café… dans ma chambre ? Mon appart est sur le campus.

Astrid est charmante, entreprenante, exactement le genre de femme libre et bien dans sa peau qui fait craquer mon frère Liam. Chez moi, elle ne suscite aucune émotion. Le flirt et les liaisons fugaces ne parviennent pas à réveiller entièrement mon corps.

Sûrement ai-je besoin d'une connexion profonde et significative avant d'être attiré par quelqu'un. Mais, comme je ne m'ouvre jamais aux autres…

Mes pensées reviennent à Kristen et je consulte l'heure à mon poignet.

– Navré, Astrid, je suis attendu au Flowers dans cinq minutes, m'excusé-je, comme si j'étais un habitué de l'université. Une prochaine fois peut-être.

L'étudiante m'adresse une petite grimace déçue.

– OK. On s'échange nos numéros ?

– Non.

Je me lève, glisse mon ordinateur dans mon sac et me dirige vers la sortie, sans un regard en arrière.

En rejoignant Kristen, je la trouve assise à une table près de la fenêtre, le visage baigné de lumière. Tiens, à bien y réfléchir, ce mot, *lumière*, est celui qui la définit le mieux. Je profite du fait qu'elle ne me voit pas pour la contempler un instant.

Et si c'était elle qui me demandait d'aller boire un café chez elle ?

Elle tourne la tête à ce moment-là et m'adresse l'un de ses sourires sans retenue, l'un de ceux qui pourraient me faire croire que la vie n'est pas si merdique, avant de me faire signe. Une douce chaleur envahit ma poitrine, et je me dirige vers elle.

– Alors, tu as trouvé les infos que tu cherchais ? demande-t-elle en me tendant un menu.

Je m'installe face à elle et examine le petit restaurant avec son long comptoir en bois et ses tables décorées de grosses fleurs peintes.

– Sympa, hein ? Ce bar a ouvert dans les années 1990, m'explique ma guide touristique improvisée. En pleine période grunge.

– Nirvana, Pearl Jam et Soundgarden, m'amusé-je, nommant des groupes emblématiques de Seattle.

– Exact. Mon père m'a raconté qu'à l'époque, il y avait des brunchs végétariens tous les dimanches matin et que ni les serveurs ni les serveuses n'étaient épilés.

Je m'esclaffe en imaginant la scène et allonge les jambes sous la table, me mettant à l'aise. Je fais signe à un homme tatoué des pieds à la tête, derrière le bar, commandant deux cafés et des sandwichs.

– La prochaine fois, nous irons voir le MoPOP, le Musée de la Culture Pop. Le bâtiment évoque des guitares brisées, un hommage à la musique rock.

J'acquiesce, comme si nous allions réellement revenir pour visiter la ville.

Pour une petite heure, je veux savourer la compagnie de Kristen et cette impression de normalité. Nos discussions, sa voix chantante, l'ambiance chaleureuse du café… Tout contribue à ce bref moment de répit.

– Alors, on commence par où ? demande Kristen, ses yeux brillants d'excitation.

Mon point de rendez-vous, la grande roue, est vers les quais. Je réfléchis…

– Il est déjà seize heures. Le marché de Pike Place ?

– Adjugé. Il nous faut une dizaine de minutes en voiture.

Quand nous nous garons dans le Downtown, un quart d'heure plus tard, mon esprit est en ébullition. Kristen est avec moi, et cela complique sérieusement les choses. Surtout, je ne veux pas la mettre en danger. Un fournisseur d'armes n'est pas un enfant de chœur. Plus certainement un mafieux.

En arrivant au marché, je découvre l'immense néon rouge *Public Market Center* avec son horloge. Kristen me parle de l'histoire du lieu, des premiers marchands qui ont ouvert leurs boutiques vers 1900, cherchant à vendre directement aux consommateurs pour éviter les intermédiaires. Je la regarde, amusé, alors qu'elle s'anime en racontant la tradition des poissons volants.

– Les poissonniers lancent de gros saumons d'un bout à l'autre de leurs étals.

Nous marchons ensuite jusqu'au front de mer et elle m'avoue qu'elle adorerait vivre dans ce quartier. Les buildings. Les immeubles en brique rouge. Des cinémas partout. Beaucoup d'activités pour elle et Wynonah.

Depuis que nous sommes arrivés dans le centre, je ne profite plus vraiment de la visite. Je n'arrête pas de vérifier l'heure sur ma montre.

– Tu… Tu veux rentrer ? demande Kristen qui a remarqué mon manège.

– Tu vas te moquer… j'adore les grandes roues, mens-je en désignant l'imposante structure sur notre gauche.

– Chacun ses vices, s'amuse-t-elle.

– Mais avant, j'ai besoin de faire un saut aux W.-C.

Je croise les doigts pour qu'elle ne me dise pas qu'elle doit aussi y passer.

– D'accord, je t'attends ici.

Je lui souris et me dirige vers les toilettes publiques situées à quelques pas de la roue. Une fois à l'intérieur, je vérifie rapidement qu'il n'y a personne d'autre, j'enfile des lunettes de soleil effet miroir, cache ma tignasse brune dans ma casquette, puis j'envoie un message à mon contact.

NighthawkHex_En place.

BigDick_Bob vert.

Quelques secondes plus tard, un homme entre. Grand, extrêmement mince, avec un bob de l'équipe des SuperSonics enfoncé jusqu'aux yeux. Il pourrait passer pour un touriste ordinaire. Ce n'est pas le cas. Son couvre-chef est vert avec le ballon jaune de basket. C'est lui. Bob vert ou BigDick pour les intimes.

– N.H. ? demande-t-il à voix basse, utilisant l'acronyme de mon pseudo.

– Oui.

Il bloque la porte avec une poubelle, ouvre son sac et en sort une petite boîte noire. À l'intérieur, une arme de poing et des munitions. Mon rythme cardiaque accélère en voyant l'objet. Mon plan avance et la réalité me rattrape brutalement.

Fini le Flowers.

Finies les balades touristiques.

– Voici le modèle que tu as demandé. Colt Magnum, fiable et précis. Et les cartouches.

Je prends sur moi pour ne pas laisser paraître mon appréhension quand je me saisis du revolver. Malgré les semaines d'entraînement, son poids, froid et métallique, dans ma paume me donne un haut-le-cœur. Je déglutis difficilement et essaie de garder une apparence stoïque.

– C'est bon?

Je jette un coup d'œil rapide à l'arme. Elle semble en excellent état et le numéro de série, gravé sur le côté, a été soigneusement limé. J'attrape mon téléphone, mon pouce tremble une seconde de trop au-dessus de l'écran avant d'appuyer sur le bouton « envoyer ».

– Le solde vient de partir, dis-je pour toute réponse.

Il hoche la tête et sort des toilettes aussi discrètement qu'il est entré. Je reste quelques secondes supplémentaires, le souffle court, pour m'assurer que personne ne nous a vus. Mon cœur tambourine dans ma poitrine, et je lutte pour reprendre une respiration régulière. Je retire les lunettes censées dissimuler la couleur bien trop reconnaissable de mes yeux et cache l'arme dans la poche intérieure de mon blouson.

Rejoindre Kristen me demande un effort colossal. J'ai envie de m'enfuir en courant. J'en suis incapable, mes jambes pèsent une tonne, comme des blocs de béton.

Quand je la retrouve, elle lève les yeux et m'accueille avec gaieté, ignorant complètement le poids de l'objet caché contre mon torse.

– Prêt pour un tour de roue? m'interroge-t-elle, insouciante.

Je m'efforce de répondre avec un sourire, bien que mes lèvres soient figées, glacées.

– Prêt.

L'après-midi vient de perdre de sa saveur. Nous montons dans une cabine de la roue, et alors que nous nous élevons au-dessus de la ville, j'ai envie de hurler.

– La vue est magnifique, dit-elle, rompant le silence.

– Magnifique, répété-je mécaniquement.

La parenthèse enchantée est terminée.

J'ai une arme collée contre mon cœur.

Je dois à nouveau faire face à ma réalité.

Et il n'y a pas de place pour la douceur de Kristen et sa joie de vivre.

Elle ne doit être qu'un pion sur mon échiquier.

14

Kristen

Alors que je m'éveille au son de l'alarme de mon téléphone, mes pensées dérivent inévitablement vers Xander. J'ai encore rêvé de lui. Nuit après nuit, depuis notre première rencontre, il s'immisce sous mes paupières.

Je soupire de frustration, bien décidée à mettre de côté l'équation à cent inconnues qu'est Xander, et me lève doucement, veillant à ne pas réveiller Wynonah. En ce moment, elle me rejoint souvent dans mon lit, se réfugiant contre moi après un cauchemar ou parce qu'elle imagine qu'un monstre dort dans son placard. J'aimerais réussir à la rassurer, qu'elle n'ait peur de rien, car je suis là pour elle. Je me sens si démunie devant sa petite bouille effrayée.

Je me dirige vers la cuisine, les pieds nus sur le carrelage, et prépare du café. Le parfum riche emplit la pièce, et je fixe la cafetière, hypnotisée par le goutte-à-goutte. Il est à peine cinq heures trente, et je me sens comme un zombie. C'est beaucoup trop tôt.

J'ouvre les fenêtres et la porte d'entrée en grand, laissant l'air frais du matin envahir la maison et tenter de dissiper l'odeur de moisi. Je m'assois sur le siège à bascule du perron. La chaleur de la tasse entre mes mains m'apporte un réconfort momentané et je me balance doucement.

Évidemment, Xander et ses grands yeux verts reviennent immédiatement me hanter.

Depuis notre sortie imprévue à Seattle, il y a une semaine, je ne l'ai pas croisé. Il souffle le chaud et le froid… C'est vrai, quand nous déjeunions au Flowers, il semblait enfin s'ouvrir, j'ai même entendu son rire, et ensuite, PAM... il se referme comme une huître.

Pourtant, une attraction inexplicable m'entraîne vers lui. Me captive. Me séduit. Ce n'est pas seulement physique, bien que Xander soit un homme superbe. Est-ce sa retenue qui me pousse, à vouloir gratter la surface. Ses contradictions. Son aura de mystère. Aucune idée. C'est comme si une force invisible s'enroulait autour de mon corps quand il est près de moi.

En tant que membre de la nation Swinomish, j'ai grandi entourée de croyances qui nous sont propres. Pour mon peuple, les âmes ne disparaissent jamais complètement et toutes les choses, vivantes ou mortes, sont interconnectées dans le Grand Mystère. Peut-être que ce lien inexplicable que je ressens avec Xander n'est pas simplement une coïncidence. Je me souviens des histoires que ma grand-mère me racontait, des récits dans lesquels des âmes sœurs, séparées par les aléas de l'existence, se retrouvaient toujours, guidées par un fil invisible. Si elle était encore de ce monde, elle dirait que Xander et moi avons partagé une vie antérieure, marchant côte à côte dans un autre temps, un autre lieu.

Est-il possible qu'il soit mon âme sœur, revenu vers moi à travers les âges ?

Cette hypothèse fait naître une chaleur au creux de mon ventre, mais également une appréhension. Cet homme est si insaisissable.

Je prends une gorgée de café, savourant son amertume, et laisse mes pensées dériver vers notre journée à Seattle. La manière dont il m'a observée en revenant vers moi de la bibliothèque. Il pensait certainement que je ne m'en apercevais pas, assise derrière la vitrine, pourtant l'intensité de son regard m'a arraché des frissons, comme s'il sondait mon âme. Comme s'il essayait de comprendre ce qu'il faisait là avec moi. Avec lui, je n'insiste pas, sentant que pousser plus loin ne ferait que le refermer davantage.

J'ai entrevu son sourire, le vrai, et je le préfère à ce regard triste qui l'habite trop souvent.

Sa présence éveille en moi une foule d'émotions contradictoires. Excitation. Doutes. Confusion. Tendresse. Un désir croissant de le comprendre et surtout… une envie de le voir encore et encore.

Pourquoi continue-t-il à garder ses distances alors qu'il semble également aimer passer du temps avec moi ? Est-il ce genre de gars qui craint qu'on s'accroche, qu'on veuille davantage, ou cache-t-il quelque chose de plus sérieux ?

J'entends la porte de la chambre s'ouvrir et mon bébé apparaît, traînant sa poupée en tissu derrière elle, les cheveux en bataille et les yeux encore remplis de sommeil. Je l'accueille dans mes bras, sa chaleur enfantine dissipant quelque peu mes préoccupations.

Ma journée à Seattle a remué des souvenirs en moi. De vieux rêves d'université. Mais rien ne pourrait remplacer le parfum de la peau de ma fille.

– Il est trop tôt pour te réveiller, ma chérie.

Elle hoche la tête et me regarde avec curiosité.

– Maman, à quoi tu penses ? Tu as l'air toute bizarre.

Sa question innocente me tire de mes rêveries. Je caresse doucement ses cheveux et, machinalement, commence à tresser ses mèches rebelles. Wynonah sait toujours quand je suis fatiguée ou en colère. Elle est si attentive aux autres. Peut-être a-t-elle hérité du côté chamanique de ma grand-mère ?

– Je pensais au monsieur que tu as vu au café. Xander.

– Il est gentil. Mais… trop triste.

Ses mots me troublent, comme s'ils mettaient simplement en lumière ce que je ressens. Oui, Xander est enveloppé d'une mélancolie qui le paralyse, même quand il tente de sourire. Parfois, je reconnais le même vague à l'âme au fond de son regard que dans celui de mon père, il y a cinq ans en arrière. Est-ce cela qui m'attire chez Xander ? Une part de moi, cette part qui voudrait toujours panser les blessures des autres, aimerait l'aider à alléger ce fardeau. Mais, j'ai déjà pris ce chemin avec mon père, et je sais à quel point il est facile de se perdre en voulant sauver quelqu'un qui n'a jamais rien demandé.

Je prends une inspiration, repoussant cette impulsion.

Ce n'est pas mon rôle de le réparer.

J'ai Wynonah. Elle est ma priorité, mon ancre. Si je m'aventure à vouloir illuminer la vie de cet homme, est-ce que j'aurai encore assez de lumière pour elle, et pour moi ?

– Maman ? Je vois maîtresse Debbie aujourd'hui ?

Ma fille me ramène à mon quotidien et… je vais être en retard au travail.

– Oui, c'est vendredi. Barbara te déposera à huit heures, et…

– Baaarbaraaaaa, hurle-t-elle en se précipitant vers sa baby-sitter qui apparaît pile à ce moment-là devant la maison

Un mètre cinquante et une énergie à toute épreuve, cette ado est ma sauveuse. Entre mes journées à rallonge et le peu de temps que mon père peut nous consacrer, heureusement qu'elle est hyper disponible.

– Bonjour Kitty.

– Bonjour Barbara.

J'attrape mon sac et le passe à mon épaule.

Ma journée commence, et comme toujours, elle sera longue.

Mais, je tiens le bon bout. Dans moins de trois mois, je serai diplômée et notre vie va radicalement changer.

Je me redresse, prête à affronter le monde, et force mes lèvres à s'étirer dans un semblant de sourire.

***

Je passe le chiffon sur le comptoir pour la énième fois, les yeux fatigués sous les lumières tamisées du PubEat. L'endroit est bondé, comme chaque vendredi soir. La musique country et les conversations animées des clients forment une toile de fond étourdissante, idéale pour éviter de penser à quoi que ce soit d'autre que le boulot.

Un éclat de rire bruyant suscite ma curiosité.

Je relève la tête et découvre John J. Sandler avec ses potes du lycée. Mon cœur se serre en voyant mon ex-petit ami, si on peut appeler comme ça un garçon avec qui on n'est sorti qu'une seule fois. Il ne vient presque jamais à La Conner depuis son intégration chez les Huskies, l'équipe de hockey de l'université de Seattle, et encore moins dans ce pub. Sa présence n'annonce rien de bon, il sait très bien que je travaille ici depuis des années.

La bande s'installe bruyamment à une table près de l'entrée, attirant l'attention de tous. C'est leur but, être le point de mire. Ils faisaient déjà ça au lycée. Comment ai-je pu craquer pour ce frimeur ?

Je fais de mon mieux pour les ignorer et continue de servir les clients habituels, même si le regard insistant de John sur moi est comme une bestiole rampant sur ma peau. Finalement, ma collègue étant occupée avec la terrasse extérieure, je n'ai plus d'excuses pour l'éviter et je m'approche de leur table, la tablette à la main.

– Salut mon petit oiseau, m'accueille John, me scrutant de la tête aux pieds. Toujours aussi belle.

Si à l'époque du lycée, j'étais assez naïve et paumée pour m'émouvoir de ses belles paroles, aujourd'hui, je serre les dents, retenant une réplique acerbe. Ce n'est pas le moment de provoquer une scène. J'ai trop besoin de cet emploi.

– Qu'est-ce que je vous sers, messieurs ? demandé-je, essayant de garder un ton neutre.

– Une bière pour moi, et les gars prendront la même chose, répond John. Installe-toi, bois un coup avec nous pour nos retrouvailles.

– Non, merci, répliqué-je sèchement en notant sa commande. Je travaille.

– Allez, Kristen, lâche l'un de ses amis avec un rire gras. Ça serait sympa. On pourrait se remémorer le bon vieux temps.

Je respire profondément pour garder mon calme. John montre son sweat violet et noir des Huskies.

– Je vous l'avais dit, les gars. Elle est si fan de moi, qu'elle arbore mes couleurs, dit-il avec un air suffisant.

Quoi ? Il parle de mes cheveux ?

Dès demain, je récupère ma teinte naturelle, hors de question que qui que ce soit imagine que je craque toujours pour ce mec.

– Dans tes rêves, John.

Il se lève et me toise, son haleine empestant déjà l'alcool, et murmure en se penchant à mon oreille :

– Dans mes rêves, tu as une queue-de-cheval. Je la tiens bien fort pour te prendre par-derrière, Choolena, et te prouver que je suis bien un homme.

Les yeux écarquillés, je reste coi devant son obscénité. C'est donc moi qui l'ai attiré là, avec mon coup de fil de la dernière fois. Quelle idiote !

– Je blague, Petit Oiseau, je blague. Installe-toi avec nous. J'ai gagné tous mes matchs ce mois-ci, viens fêter ça.

Je vire au rouge, incapable de maîtriser ma colère.

– Va te faire f…

– Hop hop hop, me coupe-t-il en se rasseyant. Pas de ça entre nous.

Il s'adosse à son siège, écarte les bras derrière ses amis et ajoute :

– Tu devrais accepter, Kristen. Après tout, on a des choses à discuter.

– Je ne crois pas, non…

– Ce n'est pourtant pas ce que tu disais quand tu m'as appelé.

– Laisse tomber. On n'a rien à se dire, ajouté-je avec aplomb.

– Si, si… Comment va notre fille ?

Ses amis ricanent, et la peur me noue l'estomac.

– Laisse *ma* fille en dehors de ça.

Il s'étire, satisfait de son effet.

– Allez, bois un coup avec moi. Montre un peu de gentillesse pour le super géniteur que je suis.

Je le fixe, mes poings serrés autour de la tablette. La rage bouillonne en moi. Il y a encore quelques jours, il me traitait de menteuse, et à présent, il dit le contraire devant sa bande.

– Je vais chercher vos verres, dis-je finalement.

Je tourne les talons et marche vers le bar, mon cœur battant la chamade. Je vais garder la tête haute, comme j'ai appris à le faire, finir mon service comme si de rien n'était, et ne pas lui laisser voir qu'il m'a touchée.

Je leur sers leurs pintes, évitant soigneusement d'écouter leurs blagues salaces. Je me répète que je dois tenir bon, ne pas craquer sous la pression. John ne me lâche pas des yeux, savourant visiblement ma nervosité.

Quelques minutes passent, je commence à espérer qu'il va me laisser tranquille, quand il se lève et se dirige vers moi, son regard de prédateur fixé sur ma silhouette.

– Petit oiseau, on doit vraiment causer, insiste-t-il, sa voix dégoulinant de fausse douceur.

– Au risque de me répéter, je n'ai rien à te dire, répliqué-je en tentant de garder une distance de sécurité.

Il se rapproche encore, m'encerclant de sa présence oppressante. Je cherche de l'aide du côté de ma collègue, mais elle est toujours dehors, et John me pousse fermement vers les toilettes, à l'abri des regards.

– Allez, ne sois pas comme ça, murmure-t-il, une main glissant sur mon bras. On pourrait s'amuser, toi et moi. Comme au bon vieux temps.

Je recule instinctivement, mon dos heurtant le mur. Son souffle chaud et lourd pue la bière rance.

– Le bon vieux temps ? Celui où tu m'as traitée de « sale squaw mythomane » et m'as suggéré de me démerder avec ma grossesse.

– On était des gamins. Je mettrai un préservatif cette fois…

Il émet un rire sans joie, et ses yeux se plissent de désir malsain.

– Allez, tu sais ce qui me fait bander. Je n'ai jamais eu une petite chatte aussi serrée que la tienne, et je veux voir si c'est toujours le cas, même si tu n'es plus vierge. Tu m'as bien appelé dans ce but, non ?

Je secoue la tête, écœurée.

– Tu es ivre et tu dépasses les bornes.

Ses lèvres s'étirent dans une grimace carnassière, froide et cruelle.

– Je suis sûr qu'un juge trouverait intéressant que tu bosses dans un bar, très tard. Pas très convenable pour une mère, non ?

Comment ose-t-il me reprocher de travailler pour nourrir ma fille ?

– Tu sais très bien que c'est moi qui prends soin d'elle depuis presque six ans, m'indigné-je, refoulant de toutes mes forces les larmes.

– Ce serait si simple pour moi d'obtenir la garde de Wynonah. Je peux être très convaincant quand je veux. Et ma famille est blindée de thunes.

Un frisson glacé me parcourt l'échine. Non, je ne dois pas paniquer, je suis certaine que ce sont des paroles en l'air.

– Ridicule, dis-je, ma voix tremblant d'une colère contenue. Tu n'as jamais montré le moindre intérêt pour elle.

Sa main se pose sur ma joue et son pouce frôle ma bouche.

– Est-elle aussi belle que sa mère ?

– Recule.

Ses doigts serrent mon visage, s'enfonçant dans ma mâchoire.

– Tu m'allumes et tu crois t'en sortir comme ça ?

J'ai envie de lui cracher au visage, néanmoins ses menaces me figent.

« Ce serait si simple pour moi d'obtenir la garde. »

Il se penche pour m'embrasser et la panique m'envahit. Pourtant, je reste sans réaction. Comme un petit animal pris au piège des phares d'une voiture.

Avant que je comprenne ce qu'il se passe, une haute silhouette surgit derrière mon agresseur. Des mains puissantes se posent fermement sur ses épaules, le forçant à reculer.

– Qu'est-ce que tu fous, mec ? gueule John, irrité par l'intervention.

– Ne la touchez pas, réplique Xander de sa voix calme, teintée d'une menace sous-jacente.

John ricane, essayant de dissimuler son trouble. Il se tourne vers le nouvel arrivant et se redresse, gonflant son torse dans une vaine tentative de paraître plus intimidant.

– Ah, c'est mignon, un preux chevalier. Crois-moi, tu ne veux pas te mêler de ça. Nous parlions de choses personnelles.

Xander s'approche, ses yeux verts brûlant d'une colère froide.

– Je ne le répéterai pas. Laissez Kristen tranquille.

John élève la voix dans l'espoir que ses potes entendent.

– Dégage, elle et moi…

Le bras de Xander s'élance, rapide et précis. Il attrape John par le cou, le plaque au mur et le soulève. Bien qu'il fasse quelques kilos de moins que son adversaire, ses longs muscles puissants et l'adrénaline dans son sang le rendent terriblement efficace.

La panique s'installe dans les yeux de John alors qu'il devient blanc, cherchant désespérément de l'air.

Le maintenant d'une main de fer, Xander tourne la tête vers moi, l'inquiétude remplaçant la colère dans ses prunelles claires.

– Ça va ?

J'acquiesce, mais mes jambes tremblent si fort que je peine à tenir debout.

– Oui, merci. Tu peux…

Lui péter sa sale gueule d'enfoiré.

– … le lâcher. John va rejoindre ses amis et ils vont partir.

Contrairement à beaucoup d'hommes qui, soi-disant pour l'honneur d'une femme, se jettent dans la mêlée en oubliant l'offense, Xander est vraiment là pour me défendre. Pas pour la baston. Il se penche vers John et lui murmure quelques mots à l'oreille avec une froide détermination. Quand ce dernier se débat, ses bras massifs de hockeyeur prêts à écraser son adversaire, je vois la main gauche de Xander se raidir et s'enfoncer d'un coup juste sous les côtes. John ouvre grand les yeux, son visage se tord et un râle lui échappe. Xander l'observe quelques secondes de plus, puis le relâche.

Je recule, persuadée que mon ex va se précipiter sur nous. Non. Il se contente de me jeter un regard noir en se tenant le ventre et s'éloigne, plié en deux, sa fierté en lambeaux.

Au moment où je tente de remercier mon sauveur, un long tressaillement me secoue et je m'effondre en sanglots sans réussir à prononcer un mot.

– Kristen, calme-toi. Ça va aller. Kristen.

Xander s'approche et m'enserre de ses bras puissants. Au lieu de diminuer mes larmes, son étreinte protectrice ne fait que décupler mon accablement.

– Il va… Il va… me… la prendre.

15

Xander

Je n'avais pas prévu de rentrer dans le pub où travaille Kristen, bien résolu à ne voir la jeune femme que quand cela sert mon projet. Passer trop de temps avec elle, c'est risquer de me laisser distraire, de commettre des erreurs, à cause de ce truc entre nous, cet effet qu'*elle* a sur *moi*.

Je me dirigeais vers un restaurant quelques rues plus loin quand j'ai entraperçu sa silhouette par la baie vitrée. J'ai hésité une seconde – une seconde de trop – à l'ignorer, puis j'ai vu ce gros balèze lui emboîter le pas vers le fond de la salle avec une démarche alcoolisée.

La petite voix qui m'a suggéré « ne t'attire pas des emmerdes, ce n'est pas le moment » n'a pas eu le dernier mot. J'ai poussé la porte de l'établissement, une montée d'adrénaline pulsant dans mes veines. J'ai suivi le chemin qu'ils ont emprunté quelques secondes plus tôt en ayant toujours cette foutue voix dans ma tête qui me hurlait que je faisais une connerie.

En arrivant à leur hauteur, l'atmosphère chargée de tension m'a confirmé que quelque chose n'allait pas. Kristen était pétrifiée, le grand abruti lui maintenant le bras avec une possessivité malsaine.

Mon corps a réagi avec une rage froide, les conseils de Noah remontant à la surface de ma mémoire.

« La taille et le poids d'un adversaire ne sont que des détails lorsque tu sais où frapper. »

Avec précision, j'ai enfoncé d'un coup violent mes doigts bandés du côté droit de l'abdomen, juste sous les côtes, visant le foie. À l'endroit où la douleur est insupportable, qu'on pèse cent kilos ou pas. Quand il a relevé le visage, les yeux agrandis de souffrance et de surprise, nos regards se sont accrochés, et il a dû percevoir dans le mien que le feu qui couve en moi pouvait tout balayer sur son passage.

– Tu peux… le lâcher.

Le voir manquer d'air m'a apporté une satisfaction inattendue. Pourtant, le regard terrifié de Kristen m'a ramené à la réalité. Sans parler de la voix de la raison : je ne suis pas là pour me faire remarquer, et déclencher une bagarre aurait eu l'effet inverse.

J'aurais dû me détourner d'elle au moment où ce sale type a rejoint la salle dans mon dos, ne serait-ce que pour m'assurer qu'il embarquait sa bande de potes, et qu'ils quittaient bien les lieux. Seulement, mon regard a été happé par celui de la jeune femme qui occupe un peu trop mes pensées. Elle avait besoin de soutien. Elle avait besoin de moi. Enfin, c'est ce que je me suis dit quand je l'ai enlacée fermement pour éviter qu'elle ne s'effondre, ses tremblements résonnant dans tout mon corps.

– Calme-toi. Ça va aller. Kristen.

Elle gémit, désespérée :

– Il va… Il va… me… la prendre.

– Tout va bien, murmuré-je pour l'apaiser.

Dès que je la lâche, ses jambes se dérobent sous elle. Elle semble tétanisée.

– OK. Tu ne peux pas rester ici ce soir.

Elle ne proteste pas, se contentant de hocher la tête.

Sa collègue arrive précipitamment depuis la terrasse, l'inquiétude inscrite sur son visage :

– Que se passe-t-il ?

Je désigne du menton la tablée bruyante. Aurélia jette un coup d'œil vers le groupe de sportifs alcoolisés.

– Eh, Sandler… crie-t-elle. Toi et ta bande, vous déguerpissez. Sinon, j'appelle M. le conseiller municipal !

Bizarrement, la menace fonctionne et les mecs se barrent sans demander leur reste.

– Kristen ne se sent pas bien. Je la ramène chez elle, ajouté-je.

Aurélia m'observe quelques secondes, puis glisse son regard sur Kristen. Elle guette son approbation avant de conclure :

– Bien sûr. Attendez, je vais chercher son sac.

Dès qu'elle me le tend, je fouille à l'intérieur et trouve des clés de voiture. Je conduis Kristen dehors, la tenant par la taille. Je jette un coup d'œil aux alentours, vérifiant que le gars et ses potes sont bien partis. Je connais mes limites, un contre cinq, je ne ferai pas le poids, même si je risque d'en allonger un ou deux.

Non, personne à l'horizon.

– Où es-tu garée ?

Kristen fait un geste vague vers l'autre côté de la rue. Je reconnais sa vieille Chevrolet rouillée. Je reviendrai chercher ma voiture plus tard.

Quand nous atteignons le trottoir opposé, mon instinct siffle l'alerte. À une dizaine de mètres, j'aperçois les cinq abrutis adossés à un pick-up flambant neuf. Ils nous attendent, leur attitude décontractée trahissant une intention plus sinistre. L'un d'eux fait craquer ses doigts bruyamment, un sourire mauvais accroché à ses lèvres.

– Sérieusement… murmuré-je à voix basse, serrant Kristen un peu plus près de moi.

J'évalue rapidement la distance qui nous sépare. C'est jouable, mais ça va être serré si jamais ils décident d'être cons jusqu'au bout. Je fais un pas en avant, ma main libre cherchant à insérer la clé dans la portière.

John se redresse et me fixe droit dans les yeux.

OK, je vais prendre cher.

Je pousse un long soupir résigné et ouvre la portière de la voiture pour installer Kristen du côté passager. Elle s'appuie contre le siège, les paupières lourdes, sans se rendre compte du danger.

Je referme et me décale de deux pas.

Je dois attaquer en premier, avant qu'ils ne s'organisent.

J'en tomberai peut-être deux ou trois avant de me prendre une raclée.

Avant que je n'amorce un mouvement, des lumières rouges et bleues se reflètent sur les vitres des voitures garées. Un véhicule s'approche lentement et s'arrête juste devant les hockeyeurs.

Les flics ne sortent même pas, mais la simple présence du gyrophare suffit à faire reculer Sandler et ses potes. Le passager baisse la vitre.

– Bonsoir John. Messieurs. La proprio du PubEat vient de nous appeler pour dire qu'il y avait du grabuge. Vous seriez pas au courant par hasard ? demande le policier d'un ton autoritaire dans lequel je devine une pointe de sarcasme.

Sandler grogne quelque chose à voix basse, jetant un regard frustré dans notre direction. Puis, avec un geste brusque, il fait signe à ses amis de monter dans leur pick-up. Le moteur rugit, et ils disparaissent dans la nuit, non sans lancer des regards noirs vers nous.

Le policier jette un coup d'œil dans notre direction et hoche la tête.

– Tout va bien ici ?

À part que je n'avais pas prévu de croiser la police de La Conner…

– Oui, merci, dis-je en essayant de paraître détendu.

S'il me demande mes papiers…

Il nous observe un instant de plus avant de lever la vitre et de repartir, les lumières rouges et bleues s'éloignant peu à peu dans la rue déserte.

Quand je m'installe sur le siège conducteur, Kristen a les jambes ramenées sous ses fesses, le front appuyé sur la vitre et les yeux fermés.

– Allez, tu seras chez toi dans cinq minutes.

Je démarre. Je commence à bien connaître la ville, je retrouverai facilement cette rue où je l'ai déposée une fois.

– Je… te jure que d'habitude je… bégaye-t-elle, je n'ai peur de rien, je suis forte.

J'ignore pourquoi elle tente de se justifier.

– Je sais Krist…

– Non, non, tu ne sais pas ! me coupe-t-elle, sa voix montant dans les aigus.

– Calme-toi.

– Il a dit qu'il voulait me la prendre.

Ses sanglots m'empêchent de saisir ce qui la terrifie autant. Si j'avais encore cet enfoiré sous la main…

– Prendre quoi ?

– Ma fille !

– Personne ne va te priver de Wynonah.

– Si, si, il peut ! Je n'ai rien. Lui, c'est le fils d'une des familles les plus riches du coin. S'il demande la garde…

La garde ? Tout à coup, je comprends.

– C'est le père de Wynonah ?

Elle ne répond pas, se contentant d'acquiescer, les joues inondées de larmes.

La route jusque chez elle se fait dans un silence lourd, uniquement ponctué par ses hoquets et reniflements étouffés. Je devine son désespoir, son angoisse, dans chaque respiration difficile qu'elle prend.

– On y est presque, dis-je doucement en arrivant devant sa maison.

Je l'aide à s'extraire de la voiture, la tenant fermement pour qu'elle ne trébuche pas. Elle se raccroche à moi comme si j'étais sa bouée de sauvetage.

Elle ne parvient pas à insérer la clé dans la serrure, ses mains s'agitent trop.

– Donne, je vais le faire.

Je déverrouille la porte branlante et me décale pour la laisser passer.

– Ça va ?

Elle hoche la tête, mais je vois dans ses yeux que ses craintes sont encore là, tapies sous la surface. Perdre sa fille est impensable pour elle.

– Tu… Tu peux rester un moment ? murmure-t-elle, sa voix quasiment brisée. Je… Wynonah est chez son grand-père et je ne… veux pas être… seule.

Je suis tiraillé entre l'envie de m'éloigner et la nécessité de la rassurer. Chaque instant passé avec elle me rapproche dangereusement de ce que je redoute le plus : créer du lien, m'attacher. Cependant, l'idée de la laisser dans un tel état me déchire.

Je ne devrais pas rester, je ne peux pas rester !

Pourtant, la détresse dans ses yeux m'implore silencieusement de ne pas l'abandonner. Seule.

Et faible que je suis, je réplique :

– Bien sûr.

Nous entrons. Elle s'affale sur le canapé défoncé, ses jambes repliées contre elle, son regard perdu dans le vide. Je m'assois à côté, mon bras entourant naturellement ses épaules pour lui offrir un semblant de sécurité. Elle se blottit contre moi, son corps frissonnant toujours.

Je ne sais pas combien de temps nous restons ainsi. La tension a épuisé Kristen, et elle oscille entre sommeil et éveil. Elle a besoin de digérer cette soirée merdique. Le silence n'est pas oppressant, j'y suis habitué, j'ai passé des mois seul.

Pourtant, je pense irrémédiablement à ce que j'avais prévu, dîner rapidement et continuer à peaufiner mon plan, et à ce que je fais à la place. Je berce une femme meurtrie.

Je ne suis pas dans ce bled pour jouer au bon samaritain !

Je serre les mâchoires.

Il faut que je me barre d'ici.

Pendant que je rumine, elle soupire en lâchant un son si innocent qu'il me prend aux tripes. Kristen ne mérite pas tout ce qui lui arrive, mais je dois avouer que ne pas ressasser mes maux pour m'occuper des siens et la rassurer durant quelques minutes est presque un soulagement.

Quand elle s'endort, je reste sans bouger, le nez dans ses cheveux parfumés. Je me demande si son histoire avec le mec du bar a duré, s'ils ont vécu ensemble, s'il la traitait bien ou était déjà un sale con à l'époque. Je me pose des centaines de questions sur l'adolescente qu'elle était lorsqu'elle a eu Wynonah, et la jeune femme si combative qu'elle est devenue. À force de la voir sourire, auréolée de sa chevelure violette, je pensais que sa vie était belle, que c'était simple pour elle d'être aussi joyeuse.

Ne jamais se fier aux apparences.

À présent, je comprends mon erreur. Elle travaille sans cesse, poursuit ses études tout en éduquant sa fille. Sans penser à elle-même.

J'attends que sa respiration devienne régulière et je la décale légèrement pour poser sa tête sur mes cuisses. Une mèche de cheveux tombe sur sa joue.

Elle paraît si fragile.

J'attrape mon téléphone dans ma poche arrière, en tentant de bouger le moins possible, et le déverrouille.

OK, Xander, réfléchis.

Je repousse la chaleur créée par le contact de Kristen et me concentre. Je me rappelle comment elle a prononcé le prénom du connard avec ce mélange de peur et de mépris. *John.* Et Aurélia qui a crié : « Eh, Sandler. Toi et ta bande, vous déguerpissez. »

J'ouvre le navigateur et tape « John Sandler, La Conner ».

Des résultats apparaissent presque immédiatement. Quelques articles locaux, des forums, un profil Instagram. Pleins d'informations qui captent mon attention.

« John Junior Sandler, fils de John Sandler, conseiller municipal de La Conner. »

Mon cœur accélère. Il n'est pas seulement un salaud, mais aussi quelqu'un qui bénéficie de la protection d'une famille influente dans la petite ville. Cela explique pourquoi Kristen craint tellement qu'il puisse obtenir sans difficulté la garde de Wynonah.

Je continue de faire défiler les résultats. Des photos de *Junior* apparaissent. Souriant, confiant, entouré d'amis, vêtu de vêtements de marques et d'un air décontracté. L'image type du fils de bonne famille qui croit que tout lui est dû.

Je serre les dents. Kristen doit bosser jour et nuit pour s'en sortir et élever sa fille, et ce sale con est blindé de thunes.

Mon cher John, quand on a tout, on a beaucoup à perdre !

Je lance plusieurs logiciels espions, pour fouiller plus en profondeur la vie du hockeyeur de seconde zone et de sa famille. Tout le monde à quelque chose à cacher. Dopage. Arnaques. Coups bas. S'il y a quoi que ce soit de louche à trouver, aucune preuve ne m'échappera. Sinon, je les créerai de toutes pièces. Ça ne serait pas la première fois.

Je regarde Kristen, toujours profondément endormie.

Elle mérite d'être en paix.

Junior ne sera plus un problème.

***

Un effleurement sur ma joue.

Je ne bouge pas. Le rêve est agréable, j'en profite tant qu'il ne se transforme pas en cauchemar.

Un nouveau frôlement. Je frissonne.

– Xander ?

– Mmmh, réponds-je à l'ange au-dessus de moi.

– Merci, chuchote la splendide apparition. Vraiment.

Je cille plusieurs fois, tentant de dénouer l'illusion de la réalité, et le visage de Kristen se matérialise, son souffle caressant ma peau. La lumière des lampadaires devant la maison filtre doucement à travers les rideaux, baignant la pièce d'une lueur tamisée, et la jeune femme devient divine.

J'ai dû m'assoupir. Ma tête repose sur l'accoudoir du canapé et Kristen est à genoux sur le sol, son menton appuyé sur son poing gauche. Son regard, au niveau du mien, est empreint d'une tendresse et d'une gratitude qui me remuent les tripes.

– Tu n'as pas à me remercier, dis-je en détournant les yeux.

Ses doigts frôlent de nouveau ma joue pour attirer mon attention.

– Xander ?

Kristen me dévisage avec une intensité troublante. Sa main glisse vers mes lèvres qu'elle caresse de son pouce, provoquant une vague de frissons le long de ma colonne vertébrale.

– Tu… On ne devrait pas, murmuré-je, essayant de contenir les effets de ce contact sur ma peau.

Elle ne répond pas, se contentant de me scruter, à la recherche de quelque chose dans mes prunelles. C'est déstabilisant.

– Kristen, je…

Ses yeux, si proches que je peux voir chaque tache dorée de ses iris sombres, sont un abîme de douceur et de désir mêlés. Je suis irrésistiblement attiré.

Éloigne-toi, me crie la petite voix dans ma tête, *tu en as déjà trop fait. Ne complique pas tout.*

Pourtant, l'attrait de son regard et la délicatesse de son toucher me tirent inexorablement vers elle. La ligne entre ce que j'ai prévu et le désir qui me consume s'efface dangereusement.

– Embrasse-moi, murmure-t-elle.

Sa respiration chaude se mêle à la mienne, créant des ondes sensuelles entre elle et moi. Mon cœur s'emballe, chaque pulsation résonne comme un tambour dans mes tempes. Sa bouche effleure la commissure de mes lèvres, un contact si léger que je pourrais presque l'avoir imaginé. Ma résolution s'effrite.

– Attends, murmuré-je en me reculant.

Nous nous redressons jusqu'à nous trouver debout, face à face.

– J'ai fait quelque chose de mal ?

Je ferme les yeux. Je refuse de me laisser amadouer par cette voix teintée de fragilité. Je ne le dois pas. Je m'éloigne de quelques pas avant de me retourner vers elle.

– Il ne faut pas… Enfin, c'est…

Je perds pied. Je cherche une phrase préconçue pour la repousser, mais rien ne me vient naturellement.

– Je pensais que… reprend-elle, le regard affolé.

– Non, la coupé-je.

– Non ?

Elle plisse les yeux d'incompréhension.

– Tu n'as rien fait de mal, avoué-je.

Je m'appuie sur la table de la salle à manger derrière moi et glisse une main crispée sur mon visage.

– Ce n'est pas toi, le problème.

Lentement, elle réduit la distance entre nous. Elle ne me quitte pas du regard, comme si j'avais le pouvoir de lui intimer de rester loin de moi. Techniquement, je pourrais intervenir, lui dire qu'elle fait une connerie, et même me barrer en claquant la porte. Quand ses pieds butent contre les miens, que son menton se lève de défi, je peine à déglutir. Ses doigts glissent le long de mes bras, jusqu'à mes épaules, avant de les arrimer à mon cou.

Détourne-toi, me hurle ma conscience.

Je devrais l'écouter. Oui, je devrais le faire. Sauf qu'au lieu de la repousser, je ferme les yeux, incapable de résister une seconde de plus, et avance légèrement la tête, attendant sa prochaine caresse.

Nos lèvres se rejoignent dans une douceur infinie, un baiser qui prend son temps, s'attardant sur chaque sensation. Sa bouche est chaude, accueillante, un refuge. Mes mains trouvent leur chemin au creux de ses reins, puis glissent dans ses cheveux, savourant la soie de ses mèches entre mes doigts.

J'approfondis le contact, ma langue partant à la rencontre de la sienne. Son corps se rapproche du mien, et malgré toutes mes réticences, je me perds dans cette intimité.

Le monde extérieur cesse d'exister.

Il n'y a plus que nous, en suspens dans cet instant hors du temps.

Finalement, elle s'écarte légèrement, essoufflée, ses yeux fiévreux cherchant les miens.

– Reste… cette… nuit, me propose-t-elle en rougissant.

Je déglutis difficilement, incapable de détourner le regard.

Tu es déjà allé trop loin !

– Kristen, je ne…

Je dois inventer une raison. Je me sers d'elle pour visiter la réserve, je lui mens depuis le début, et à présent, je profite d'elle, de sa fragilité, et de son état…

Elle secoue la tête, ses doigts effleurant à nouveau ma pommette, comme pour chasser mes doutes.

Les mots me manquent, étouffés par une faim inattendue.

Je fonds sur ses lèvres gourmandes. Je suis transportée, totalement et irrémédiablement, par ce baiser.

Kristen gémit doucement contre ma bouche, et ce son me rend fou.

Le monde autour de nous s'efface. Chaque fibre de mon être se tend vers elle.

« Reste cette nuit. »

Mes mains glissent le long de ses bras, avant de se poser sur sa taille, la collant contre mon corps.

Je veux plus, je veux tout d'elle.

Ce n'est pas le plan !

– Non !

Je me raidis avant de la lâcher pour la contourner. Elle sursaute devant ma rudesse.

– Non, je… je ne veux pas profiter de la situation.

Les mots m'ont échappé. Je mets plus de distance entre nous pour lutter contre cette attraction magnétique.

– Profiter de la situation ? répète-t-elle, perdue.

Réfléchis ! Vite, vite !

– Tu as passé une sale soirée. Tu as été agressée par ton ex. Tu es bouleversée. Désormais, tu dois te reposer.

Elle sourit en secouant la tête, comme si elle avait affaire à un gamin capricieux. Elle soupire et s'assoit sur un coin de la table à manger. Un moment de gêne. Un silence.

– Que lui as-tu dit ? finit-elle par demander.

Je fronce les sourcils, ne comprenant pas sa question.

– À l'oreille de John, précise-t-elle.

Elle désamorce la situation entre nous et cela me convient.

– Que j'allais lui couper les couilles et les lui faire avaler, arrosées de piment.

Elle s'esclaffe.

– De piment ? Je pense que ce détail a été décisif, ironise-t-elle.

– Je croyais… que ce mec ne faisait plus partie de votre vie.

Elle hausse les épaules.

– Il était bourré, a voulu frimer devant sa clique…

– Je suis désolé que tu aies à vivre ça, dis-je. Tu mérites bien mieux.

Elle me fixe.

Non, pas moi, Kristen. Pas moi.

– Aujourd'hui, je le sais. Mais à l'époque du lycée, j'étais une ado paumée, m'explique-t-elle. J'ai fait n'importe quoi. John était populaire. J'étais flattée. Une histoire vieille comme le monde.

Elle prend une profonde inspiration, sa voix est plus calme, plus posée. La tension entre nous s'est atténuée. C'est mieux ainsi.

– Je me bats depuis toujours pour ne pas être juste une native américaine parquée dans une réserve, comme un tigre dans un zoo. J'ai refusé de vivre avec ma mère au village Swinomish pour cette raison. Je voulais avoir le choix. Aller à l'université. Voir le monde.

Elle se remet sur ses pieds et s'avance légèrement en plantant son regard dans le mien.

– J'ai pleuré durant des jours quand j'ai compris que j'étais enceinte. J'étais très jeune, trop jeune. Wynonah m'a pourtant donné une force incroyable.

– Tu as cette force en toi depuis toujours.

– Oui, mais c'est dur de tout affronter… seule.

Elle me sonde avec intensité. Il y a quelque chose de fragile et de fort à la fois en elle, une dualité qui m'attire inévitablement.

J'attrape mon blouson sur le dossier du canapé.

– Personne ne te prendra ta fille.

Je ne devrais pas faire ce genre de promesses.

J'hésite à déposer un baiser dans ses cheveux.

Je me retiens.

Je dois rester ferme.

Pour ne pas dévier de ma trajectoire funeste.

Je recule vers la porte et la referme derrière moi.

16

Xander

Tandis que je cours vers le centre-ville pour récupérer ma voiture, des pensées contradictoires se percutent à l'intérieur de mon crâne, un chaos de sentiments et de frustrations.

Putain! À quel moment mon corps, apathique depuis des années, a décidé de se la jouer perso?

Pourquoi se réveille-t-il maintenant?

Je serre les poings, mes jointures blanchissent sous la pression. Je suis ici pour une raison. Une seule raison. Venger ma mère. J'ai passé des années à me construire une carapace, à fuir les gens. Je suis un loup solitaire. Je ne pense qu'à moi depuis des mois, depuis que j'ai quitté Noah et Liam, et ça me va bien.

Pourtant, voilà que cette jeune femme commence à fissurer mon armure. Rien que de me remémorer mon dérapage fait surgir un mélange de colère et de désir que je n'arrive pas à réprimer.

Je me revois, debout dans ce bar, prêt à affronter n'importe qui pour la protéger. Ses yeux, remplis de peur et de gratitude, ont éveillé quelque chose en moi que j'avais enterré profondément. Une vulnérabilité que je croyais éradiquer en m'éloignant de Noah et Liam, de Louise, de mes repères et de la ville qui m'a vu naître.

Et ce baiser…

Sa douceur.

Sa…

Non, ce baiser ne signifie rien!

À bout de souffle, je grimpe dans la voiture, claque la portière, mais ne démarre pas tout de suite. Si je pars maintenant, je vais me foutre dans le décor tellement je suis énervé. Je ferme les yeux, les frotte avec rage, essayant de remettre de l'ordre dans mes pensées.

La mission, Xander. Ne perds pas de vue ta mission.

Ne laisse pas cette inconnue s'immiscer dans chaque recoin de ton esprit, comme un poison doux et enivrant.

Pas de distraction !

Je frappe le volant de mes deux poings, un cri montant dans ma gorge.

La chaleur de ses lèvres contre les miennes, le velouté de sa peau… tout cela me torture plus que je ne peux l'admettre. J'ai beau me concentrer au maximum sur mon objectif, les souvenirs de l'heure passée ne me quittent pas. Le regard de Kristen accroché au mien, ses petites dents qui se plantent dans sa lèvre inférieure, sa paume qui se pose sur ma joue et la réchauffe. Son parfum. Son goût. Mon estomac se crispe bizarrement quand je songe à ces quelques secondes où j'ai failli me laisser aller. Et mon sexe…

« Reste cette nuit. »

Je me sens trahi par mon propre corps. Pourquoi maintenant ?

Je suis tellement concentré sur mon but, depuis des années, que j'en ai négligé les interactions sociales, en particulier les relations intimes. Sans être un ascète, les coups d'un soir ne m'attirent pas et connaître assez une femme pour passer une nuit avec elle me demande trop d'effort.

Ce n'est pas par manque d'occasions. La génétique des Wolff m'a affublé d'un corps qui plaît à la gent féminine. Même si je suis plus svelte que mes titans de frères et que je préfère les ordinateurs aux virées en boîte, les séances de boxe avec eux ont musclé ma grande carcasse.

Je me souviens que Liam, ne me voyant jamais rentrer avec une conquête, m'a demandé si j'étais gay, avec son humour très limite. Non, je ne le suis pas. Sans préjugé aucun, les hommes ne m'intéressent pas plus que les femmes.

C'est juste que j'ai trop de noirceur en moi pour aller vers les autres.

Quand mon corps réclame davantage, je me débrouille très bien avec ma main et je sais évacuer les tensions sans l'aide de personne. Pas besoin d'entamer de discussion, d'exprimer de faux sentiments pour mettre une femme dans mon lit ou encore de me réveiller à côté d'une personne dont j'ignore le prénom.

La vraie question est : « Pourquoi *elle* ? »

Cette attirance est une sensation nouvelle et déroutante. Moi, le geek qui préfère rester cloîtré avec son ordinateur, loin des jeux de séduction dans lesquels excellent mes frères, je ressens pour la première fois un truc inédit. Et surtout, interdit.

Oui, interdit, tenté-je de me convaincre. Cette femme et ce que je devine dans ses prunelles sombres ne sont pas une option. Ni aujourd'hui ni demain.

J'ai juste besoin de Kristen pour parvenir à mes fins !

Je prends une dernière inspiration, puis lance la voiture.

Au lieu de rentrer à la cabane, je suis le bitume, sans but précis. Si je pense que la route va m'apaiser, c'est tout le contraire qui se passe. La rage froide revient, plus forte, plus aiguë, comme un raz de marée.

Je suis ici pour détruire l'homme qui m'a arraché ma vie. C'est ce que je me répète en boucle, comme une litanie désespérée.

Avant même de m'en rendre compte, j'ai opéré un demi-tour, et je me dirige maintenant vers le quartier de cet enfoiré. Son adresse est gravée dans ma mémoire, chaque détail de sa routine aussi. Je sais qu'il ne travaille pas aujourd'hui.

J'accélère légèrement, le cœur battant plus vite. Une part de moi sait que c'est une erreur – c'est trop risqué, trop tôt pour agir. Pourtant, l'idée de le voir, de sentir qu'il est à portée; attise une fièvre en moi incontrôlable.

Quand j'arrive devant sa maison, je ralentis et coupe les phares avant de me garer un peu plus loin, dans l'ombre d'un arbre. La rue est déserte, silencieuse, à peine éclairée par quelques réverbères.

Je respire lentement, mon regard fixé sur la façade, scrutant chaque fenêtre comme un prédateur. L'adrénaline me pousse à rester, à en voir plus. Peut-être même à faire un repérage.

J'ouvre la portière, mes mouvements calculés, chaque bruit peut trahir ma présence. Le vent froid me gifle le visage quand je sors de la voiture, et je me faufile le long des ombres jusqu'à la haie qui borde sa propriété. Sur le côté de la bâtisse, je m'approche d'une fenêtre du rez-de-chaussée. À travers un mince interstice entre les rideaux, je distingue une pièce faiblement éclairée. Une table, des papiers éparpillés, un mug abandonné. Je retiens mon souffle et m'avance un peu plus, jusqu'à ce que j'aperçoive une silhouette.

Spears.

Mon estomac se noue alors que je le vois de dos, penché sur ce qui ressemble à une assiette de pâtes. Il est presque minuit, mais le policier est un habitué des horaires décalés. Je serre les poings, mon regard fixé sur cette scène, engrangeant chaque détail.

Pourquoi ne pas attendre qu'il aille se coucher et pénétrer chez lui par effraction pour mettre en scène un tir accidentel ? Faire croire qu'en nettoyant son arme, le coup est parti et qu'il s'est tué seul.

Spears se lève d'un mouvement brusque et je me fige. S'il se retourne et m'aperçoit, je suis foutu… Pourtant, l'idée de le voir face à face, de me confronter à lui ici et maintenant, me donne presque envie de cogner contre la vitre.

Soudain, une ombre dans mon champ de vision me fait sursauter. Mon cœur s'arrête une seconde, chaque muscle de mon corps se figeant dans une alerte absolue.

Quelqu'un passe à l'angle de la rue.

Allez, dégage ! Ce n'est pas l'heure de promener son chien !

Le voisin, le chauve qui vit dans la grande maison verte, avance d'un pas lent et tranquille. Je me plaque contre le mur, retenant mon souffle. Le berger australien lève soudain la tête, truffe en l'air, comme s'il avait capté mon odeur. La panique monte. Mon cœur bat si fort que j'ai l'impression que même Spears peut l'entendre depuis l'intérieur.

L'animal grogne faiblement.

– Stop, Twix ! Laisse les chats tranquilles !

Le quinquagénaire tire sur la laisse, sans prêter attention à son chien qui rechigne, et s'éloigne dans la nuit.

Je lâche l'air comprimé dans mes poumons et jette un dernier regard à travers la vitre. Spears, désormais debout, est en train de marcher vers l'entrée. Va-t-il sortir ?

Xander, bouge !

Je recule lentement, chaque fibre de mon corps tendue comme une corde prête à rompre. Si je fais un bruit, s'il sort et me voit… toute ma couverture, des mois de préparation, tout s'effondrera. Je n'ai même pas mon flingue.

Je parviens à rejoindre ma voiture, la contourne pour ouvrir le côté conducteur, mais au moment où je pose ma main sur la poignée, la porte de la maison de Spears s'ouvre.

Je m'abaisse instinctivement, priant pour qu'il ne m'ait pas remarqué. Si je me penche un peu, avec mille précautions, je peux le voir sans être vu. Spears se tient dans l'encadrement de la porte, sa silhouette projetant une ombre inquiétante dans la lumière du porche. Il scrute la rue, ses yeux plissés, comme s'il avait senti quelque chose d'inhabituel dans l'obscurité.

Je recule, encore plus dans l'ombre.

Après ce qui semble durer une éternité, j'entends la porte se refermer. Le flic n'est plus visible nulle part.

Je m'engouffre dans la voiture, la respiration saccadée, et démarre rapidement, quittant le quartier sans regarder en arrière.

C'était risqué. Trop risqué.

Je retiens un juron et enfonce l'accélérateur, essayant de retrouver mon sang-froid, mais le goût de l'adrénaline reste sur ma langue. Cette proximité avec lui, cette sensation d'être à un pas de ma vengeance… c'est grisant.

Je serre le volant jusqu'à blanchir les jointures, une nouvelle vague de détermination déferlant en moi.

Faire ça chez lui n'est pas une bonne idée. Je devrais débrancher son alarme sans la déclencher, m'introduire chez lui dans un quartier pavillonnaire trop calme et le maîtriser le plus silencieusement possible, au risque d'attirer l'attention du voisinage ou de laisser des traces d'ADN.

Non, le plus simple, enfin, le plus *sûr* pour que personne ne fasse le lien avec moi, est qu'il meurt sur le terrain. Des milliers de policiers sont grièvement blessés tous les ans aux États-Unis, des dizaines décèdent des suites de leurs blessures. Il deviendrait *une* statistique, comme maman n'était *qu'un* dommage collatéral.

Les kilomètres défilent et tout se met en place dans ma tête.

Je dois le piéger lors d'une intervention. Je connais sa routine. Ce gars pisse presque à heure fixe. Cette régularité est sa faiblesse. C'est par là que je vais l'attraper ; en me servant de son train-train quotidien.

Sans m'en apercevoir, j'ai roulé jusqu'à Mount Vernon.

La voiture s'engage dans des rues de plus en plus désertes, jusqu'à ce que je trouve un endroit tranquille où m'arrêter. Au bout de Riverside Drive, sous le pont qui traverse la rivière Skagit. Le moteur ronronne doucement, tandis que je planifie méthodiquement chaque détail de l'opération.

Ça se passera ici !

Mon esprit calcule, envisage les possibles variables. Il doit paraître évident à ses équipiers du commissariat que l'incident est le fruit d'une intervention qui a mal tourné. Je sors mon carnet de notes et commence à griffonner. Ce petit carnet ne me quitte jamais. Et si quelqu'un le trouve, il ne comprendra rien à mes indications. Elles sont codées, du pur charabia Wolff.

Première étape, je dois identifier le bon moment. Spears patrouille dans ce quartier cinq soirs par semaine. Cette zone, au bord de la rivière, est isolée et peu fréquentée, sauf pour des dealers. Parfait pour une embuscade. Un appel anonyme signalant des transactions de drogue plus fréquentes le poussera à multiplier les rondes. Le lieu exact doit être choisi avec soin, un bâtiment abandonné, idéalement. Un endroit où personne ne posera de questions si des coups de feu résonnent.

J'ai remarqué qu'il sort toujours le premier du véhicule. Il veille sur sa coéquipière en la laissant souvent derrière le volant ou en étant devant elle sur les interventions. Fort instinct protecteur ? Je n'ai toujours pas trouvé de preuves que ces deux-là sont amants. Aucune importance ! Elle arrivera bien après lui, c'est tout ce qui compte. Pas de risque de la blesser.

Deuxième étape, utiliser des complices involontaires. Un rôle parfait pour les jeunes qui dealent sous le pont. En lançant quelques infos sur le darknet et sur Snapchat, les petites frappes locales croiront qu'une livraison aura lieu ici et se précipiteront pour se partager la dope. Quand Spears et sa collègue arriveront sur place, il lui demandera d'attendre pendant qu'il vérifie. Il tombera dans une embuscade soigneusement orchestrée. Les tirs paraîtront provenir des trafiquants.

Je dois me glisser parmi eux, car je veux le regarder dans les yeux quand j'appuierai sur la gâchette. Hors de question que je me cache.

La dernière étape, et pas la moindre, la fuite. Il faudra que je sois loin quand les renforts se pointeront. Je rentrerai dormir paisiblement à La Conner. Personne ne doit découvrir le lien entre le gentil étudiant de Philadelphie et la mort d'un agent de police. Personne ne saura qui a tué Mason Spears.

Sauf lui.

Car je lui dirai mon nom.

Les étapes s'imbriquent les unes dans les autres, précises, millimétrées.

Je décide de pousser l'exploration un peu plus loin, de repérer les lieux de manière plus active. Je coupe le moteur et sors de la voiture, prenant soin de paraître cool. J'avance de quelques pas, mes yeux s'habituant à la pénombre. Un groupe de trois jeunes traînent à quelques mètres, leurs voix basses mais nerveuses résonnant sous l'arche du pont.

L'un d'eux me remarque. Il est grand, mince, une capuche enfoncée sur la tête. Il m'observe avec suspicion, les yeux plissés. Je feins de ne pas le voir, continuant à avancer lentement, comme si je n'avais rien de mieux à faire qu'une balade nocturne dans cet endroit pourri.

– Eh, t'fais quoi, toi ? lance-t-il brusquement.

Je m'arrête, tournant à peine la tête pour le regarder.

Ne pas montrer de peur, ne pas reculer.

Je sais comment ces types fonctionnent. J'en avais quelques spécimens à l'orphelinat. Le moindre signe de faiblesse et ils risquent de m'entourer comme une meute de hyènes affamées. Seulement… c'est moi le prédateur !

– De passage, réponds-je d'une voix calme, contrôlée.

Il échange un regard avec ses camarades. L'un des types, plus trapu, s'avance d'un pas, les mains dans les poches de son sweat. Son sourire est carnassier, un mélange de défi et d'amusement. Il est clair qu'ils n'aiment pas voir un étranger traîner sur leur territoire.

– Ici, c'est pas un coin pour les touristes.

Je reste immobile, les muscles tendus, prêt à réagir. Un mauvais mot, un geste de trop, et ça pourrait vite dégénérer.

– Tranquille, les gars. Je cherche un truc pour planer, dis-je en leur montrant un billet de cent dollars.

Ils se regardent à nouveau, puis l'un d'eux éclate de rire, un rire rauque qui résonne contre les parois de béton.

– Ecsta ou amphét ?

Je hausse les épaules.

– C'que t'as. J'suis pas regardant.

Un silence pesant s'installe, jusqu'à ce qu'un quatrième type apparaisse de nulle part. Il est plus vieux, un visage marqué par les nuits sans sommeil et les mauvaises décisions. Il m'observe un instant, jaugeant la situation, vérifiant peut-être si je ressemble à un keuf, puis il me tend deux sachets que je fourre dans ma poche arrière de jean.

– À la prochaine.

Je retourne à ma voiture, mais avant de monter, je jette un dernier regard autour de moi.

L'endroit est parfait.

Ces gars sont parfaits.

Je range mon carnet de notes, satisfait de mes préparatifs. La tension dans mon bide s'apaise légèrement, remplacée par une détermination glaciale qui envahit tout mon être.

Le moteur gronde alors que je reprends la route. En passant au-dessus du pont, j'entrouvre ma fenêtre et balance la drogue dans la rivière.

Mes pensées vagabondent un instant vers Kristen, l'ovale de son visage, sa bouche. Je secoue la tête pour chasser cette image.

Non, il n'y a pas de place pour elle dans cette équation.

Quoi que… La petite idée insidieuse qui me travaille depuis plusieurs jours revient me titiller. Et si je passais plus de temps avec Kristen pour qu'elle me couvre le jour J ? Elle serait un excellent alibi si je merde sur un point et que j'ai besoin d'être disculpé.

Un témoin solide, crédible, connu et apprécié dans la région.

L'espace d'un instant, je me dégoûte d'avoir cette pensée. Pourtant, le plan se met en place, morceau par morceau, comme les pièces d'un puzzle morbide. La petite voix en moi, celle du gentil Alexander qui me supplie d'abandonner cette idée, est immédiatement étouffée par l'adrénaline qui pulse dans mes veines.

Je suis prêt.

Mon regard se durcit alors que j'accélère. J'ai des choses à organiser.

Chaque battement de mon cœur est un compte à rebours.

17

Kristen

Je sors lentement de ma somnolence. Je n'ai pas vraiment réussi à dormir, trop émue – remuée, tourmentée, excitée – par le baiser échangé avec Xander hier soir. Mon esprit est incapable de se concentrer sur quoi que ce soit d'autre.

« Reste cette nuit. »

Je ne me connaissais pas aussi entreprenante. Pourtant, je n'avais qu'une envie, approfondir nos caresses et sentir son corps long et fuselé sur le mien.

Alors que je range le salon, j'entends une voiture se garer devant la maison. Mon père ramène Wynonah. La petite adore les rares soirées pyjama chez son grand-père, et cela me permet de souffler un peu et de faire la grasse matinée certains jours, quand je ne travaille pas.

– Bonjour ma chérie, dit mon père en poussant la porte, Wynonah dans les bras.

– Bonjour papa, réponds-je en l'embrassant sur sa joue mal rasée.

Mon père est aussi débordé que moi, entre son boulot hyper prenant, son bénévolat à l'association maritime communautaire, spécialisée dans l'assistance aux marins en difficulté, et ses réunions hebdomadaires chez les Alcooliques anonymes.

Il me tend ma fille comme un précieux paquet.

– Elle est venue sauter sur mon lit à six heures pile !

Je feins un air désolé.

– Salut mon amour, ajouté-je en la serrant contre moi.

Je la respire, le nez enfoui dans ses cheveux en bataille, m'emplissant de son parfum, de sa présence.

« Ce serait si simple pour moi d'obtenir la garde. »

John pensait-il ce qu'il a dit ?

– Maman ! s'exclame Wynonah en se blottissant dans mes bras. On a fait des crêpes avec *scapa* ce matin !

– Quelle chance ! m'exclamé-je, en tentant de montrer un réel enthousiasme. Papa, veux-tu un café ?

Nous nous installons autour de la table bancale qui me sert de coin repas et la petite raconte ses aventures dans le jardin de son grand-père.

– Tu as l'air bizarre ce matin. Tout va bien ?

Papa me regarde avec une expression pensive.

– Oui, tout va bien. Juste une soirée un peu mouvementée au pub, dis-je en tentant de masquer mes émotions.

Je préfère éviter de lui dire que mon ex s'est comporté comme un gros naze. Cela le rendrait malade. John est *mon* problème, je dois le gérer seule, même si l'intervention de Xander était la bienvenue.

Mon père hoche la tête avec une grimace, pas entièrement convaincu.

– Si tu as besoin de parler, je suis là, ajoute-t-il en reposant sa tasse vide.

Mon esprit fait une complète digression et le goût des lèvres de Xander me revient en mémoire. Je me détourne pour que mon père ne me voie pas rougir.

Oui, j'ai envie de parler à quelqu'un, de partager cette émotion avec une personne de confiance, mais pas avec mon paternel. Il ne saura gérer avec sagesse ni l'insistance de John – qu'il rêve d'étriper depuis cinq ans – ni mon attirance grandissante pour un étranger – dont il désirera connaître tout le pedigree, quitte à investiguer sur lui. Il a toujours été surprotecteur avec moi et, même cinq années plus tard, il se déteste de m'avoir négligée durant des mois en s'oubliant dans l'alcool.

– Merci, papa.

Je pense à ma mère.

Ce n'est pas une option non plus. Son unique souhait est que je m'installe dans la réserve et que j'épouse un jeune homme de notre clan. Elle me le rabâche chaque fois que je l'appelle, ce que j'évite au maximum. Certainement est-ce sa manière à elle de me préserver des aléas de la vie. M'enfermer au sein de cette communauté dans laquelle tout le monde se connaît.

Je suis fière de mes racines, pour autant, elles ne me définissent pas. Hors de question de faire comme elle. Elle a préféré quitter mon père plutôt que le village Swinomish.

L'aime-t-elle encore ?

Je n'en suis pas sûre. Elle n'évoque pas cette période de sa vie avec moi, comme si elle voulait effacer cette partie de son histoire. Je ne suis même pas certaine qu'elle soit heureuse de m'avoir eue. Papa m'a souvent raconté à quel point ils s'aimaient. Selon lui, elle était intrépide. Elle ne craignait pas de s'aventurer hors des sentiers battus, de braver les attentes de sa communauté pour suivre son propre chemin. C'était cette audace qui l'avait attiré vers elle.

Pourtant, malgré la force de leurs sentiments, maman avait décidé de retourner à la réserve auprès de sa famille et de ses racines au moment de ma naissance. Elle avait accouché là-bas, mais comme j'étais un bébé prématuré, elle m'avait confiée à mon père pour que je sois prise en charge à l'hôpital. Il répète qu'il a compris son choix. La tribu plutôt que son amour. S'en est-il remis ? Aucune idée. Dans les années 1990, les couples mixtes étaient mal vus et souvent pointés du doigt. Elle avait trop de mal à vivre de ce côté-ci du pont, ses racines étaient profondément ancrées dans les terres ancestrales, et les habitants de La Conner savaient être méchants. Ils savent toujours, d'ailleurs. Papa était incapable de s'installer dans la réserve, son travail et sa vie étaient ici. Ils s'étaient quittés en bons termes, et moi, le produit de cette passion, je suis un pont entre leurs deux mondes.

Cela m'attriste. Quand on s'aime, il y a toujours des solutions, non ?

Je veux trouver un équilibre, vivre une vie dans laquelle je peux honorer mes racines tout en m'envolant vers de nouveaux horizons. Peut-être qu'un jour, je connaîtrai un amour assez profond et respectueux pour que je puisse rester fidèle à moi-même.

– Mes chéries, je vais à la pêche. Je veux profiter de mon week-end de repos pour remplir mon congélateur, annonce mon père.

– Remplir ton congélateur? m'esclaffé-je. Tu reviens toujours bredouille.

Mon père hausse les épaules et prend un air hautain, en sortant de la maison :

– La bave du crapaud n'atteint pas la blanche colombe.

– J'adore les crapauds, s'écrit Wynonah.

Je secoue la tête en riant et fais signe à mon père quand il s'éloigne dans sa voiture.

– Ma puce, et si on allait chez Libby? Je voudrais qu'elle me teigne les cheveux.

Le visage de Wynonah s'illumine à l'idée de voir la vieille dame, et cela me réchauffe le cœur. Elle adore Libby et c'est réciproque. Comme une grand-mère bienveillante, notre amie sait écouter et conseiller sans juger.

– Vert? Tu veux les cheveux verts?

Je repense aux paroles de John: « Elle est si fan de moi qu'elle a mes couleurs. »

– Non, je veux ma couleur naturelle.

Après avoir déjeuné sur le pouce, nous nous habillons rapidement. En chemin, j'achète les produits de coloration et quelques gâteaux pour prendre le café chez mon amie.

Je ne peux m'empêcher de repenser à chaque détail de la soirée précédente. Le regard intense de Xander, la douceur de ses lèvres sur les miennes et cette chaleur qui m'a envahie.

Jamais un baiser ne m'a autant transportée. J'ai eu quelques aventures depuis la naissance de ma fille. Des trucs sans lendemain, à Seattle pour éviter les commérages. Aucune ne m'a fait cet effet.

Quand nous arrivons enfin chez Libby, la vieille dame nous accueille avec son sourire habituel et un éclat dans les yeux qui montre qu'elle est ravie de nous voir.

Je ne peux m'empêcher de noter que la voiture de Xander est garée sur le côté.

Suis-je venu ici dans l'espoir de le voir?

– Salut Kitty! Et bonjour à toi, petite Wynonah! dit-elle en s'accroupissant pour enlacer ma fille.

– Bonjour Libby! s'exclame cette dernière en lui rendant son étreinte.

– Que me vaut le plaisir?

Je lui montre le kit pour mes cheveux.

– Je veux changer de tête.

– Ah oui? Hum… tu vas me raconter tout ça.

Je secoue la tête, elle est impossible à berner. Et elle adore les potins.

Nous nous installons dans son salon, un endroit réconfortant, rempli de souvenirs et de photos de famille. J'ai toujours rêvé de posséder une maison aussi chaleureuse. Libby n'a pas eu d'enfant avec Charles, son époux. Elle était médecin généraliste, et lui, chirurgien urgentiste. Ils ont voué leur vie aux pays les plus pauvres aux côtés d'associations humanitaires. Les photos aux murs les montrent en Afrique, Asie centrale ou en Amazonie, toujours entourés de gamins rayonnants.

Elle nous sert du thé, puis s'installe face à moi, prête à écouter.

– Alors, ma chère, qu'est-ce qui se passe? demande-t-elle avec un sourire encourageant.

– Wynonah, va jouer dans le jardin, ma puce. Ne t'approche pas de l'eau.

La petite ne se fait pas prier. C'est bien une Swinomish, elle ne sait pas rester enfermer plus de cinq minutes. La nature est son élément.

Je prends une profonde inspiration et commence à raconter ma soirée. Les événements au pub, la confrontation avec John, et l'aide précieuse de Xander. Libby écoute attentivement, ses yeux pétillant d'intérêt et de compréhension.

– J'espère que Sandler ne pensait pas ce qu'il disait, lâche-t-elle, un brin d'inquiétude dans la voix.

– John n'a jamais montré aucun intérêt pour sa fille. Son but est d'être recruté par l'équipe Kraken de Seattle et d'évoluer dans la Ligue nationale de hockey. Un enfant ne ferait que compliquer sa vie.

– Au cas où, je vais te donner le numéro d'une amie avocate spécialisée dans les affaires familiales. La meilleure de l'État de Washington.

– Je n'ai pas les moyens d'embaucher…

– Elle me doit une faveur, ne t'inquiète pas, me coupe-t-elle.

J'acquiesce en jouant avec les petites peaux autour de mes ongles. J'ai horreur qu'on pense que je fais l'aumône. Si cette avocate peut m'aider, je la paierai, même si cela doit me prendre des années.

– Xander… a-t-il passé la nuit chez toi ?

Je me redresse, surprise, et la regarde avec de grands yeux.

– Libby !

– Quoi, Libby ? Vous êtes deux jeunes gens. Avec les hormones en ébullition.

– Nous nous sommes embrassés, avoué-je. Rien de plus.

Elle prend un air gêné.

– Quoi ?

– Il n'a pas dormi ici. Tu sais que je suis insomniaque, et je l'entends fréquemment se garer dans l'allée aux aurores.

Mon cœur se serre un instant. Où peut-il bien passer ses nuits ? Peut-être a-t-il rencontré quelqu'un ? Et je me suis fait des idées… Lui, moi.

« Ce n'est pas toi, le problème. »

– Ah, je… Non, je ne sais pas où il était, dis-je, essayant de dissimuler ma déception.

Quelle idiote de croire qu'un homme tel que lui, non seulement beau, mais intelligent, cultivé, veuille d'une mère célibataire de La Conner !

Comme si elle lisait dans ma tête, Libby sourit doucement, ses mains ridées se posant sur les miennes.

– Kristen, ma chère, ne te sous-estime pas. Tu es une femme extraordinaire, et n'importe quel homme serait chanceux de t'avoir dans sa vie.

Je hausse les épaules et me défends :

– Je le connais à peine…

– Ah, l'amour peut tout bouleverser en un claquement de doigts, n'est-ce pas ? murmure-t-elle.

L'amour ?

– Je ne suis pas amoureuse, me défends-je sans trop de conviction. Juste très attirée…

– Par son côté mélancolique ?

J'acquiesce.

– Mystérieux ? ajoute-t-elle.

Je soupire et hoche la tête.

– Ses grands yeux verts et son joli petit cul…

Un gloussement m'échappe. Impossible de lui cacher que *tout* chez ce mec me captive.

– Libby, et si… Et si c'était trop compliqué ?

– Ah, ça ! *Compliqué* est certainement son second prénom ! s'exclame-t-elle. Bon, on la fait cette teinture ?

Je m'installe sur une chaise et Libby se transforme en coiffeuse. Elle me peigne les cheveux, prend son temps pour bien appliquer tout le produit. Ses gestes calmes m'apaisent.

– Vous auriez fait une maman extraordinaire, lui dis-je en pensant à la mienne, si distante et aigrie.

– Toi, tu l'es, me répond-elle.

Je pense à Wynonah qui joue dehors, et le stress me broie l'estomac.

John ne me la prendra pas. Hors de question ! Je me battrai comme une lionne.

Pour éviter de me laisser submerger par l'émotion, nous parlons de tout et de rien durant presque une heure. Libby vient souvent me donner un coup de main à l'association pour l'aide aux devoirs de notre tribu. Elle sera une invitée d'honneur au Pow Wow, et nous profitons du temps de pause pour discuter des derniers préparatifs.

Après qu'elle a rincé et séché mes cheveux, je me regarde dans le miroir de sa salle de bains. Je redécouvre la vraie Choolena. Avec ma crinière redevenue brune, mes yeux en amande aux longs cils sombres, mon nez droit et mes pommettes saillantes, je ne peux cacher mes origines. J'avais oublié à quel point je ressemble à ma mère.

Je dompte ma chevelure épaisse avec une longue tresse.

– Merci, Libby, dis-je à mon amie en la serrant dans mes bras avec gratitude. Vos conseils me sont précieux.

– N'oublie pas, Kitty, la vie est un voyage et une aventure.

En sortant de la maison, des cris joyeux me parviennent depuis le bas du jardin. Je suis le son des éclats de rire et découvre Wynonah et Xander allongés sur le dos dans l'herbe, à deux mètres l'un de l'autre, leurs visages tournés vers le ciel.

Ma fille pointe un nuage du doigt et demande :

– Et celui-ci ?

Je n'entends pas la réponse de Xander, mais Wynonah s'écrit :

– Mais non, n'importe quoi !

Ils font un joli tableau, au milieu des pâquerettes.

Je m'arrête un instant, profitant du fait qu'ils ne m'ont pas vue pour les observer discrètement. Ma fille rigole. Xander se tourne légèrement vers elle, et pour la première fois depuis que je le connais, il semble moins triste. Un rire lui échappe, un son rare et précieux, et mon cœur se serre en le voyant ainsi. Il est si différent, comme s'il laissait tomber son masque.

Et l'homme qui se dévoile me plaît encore plus.

Je m'approche et me penche vers eux, tentant de repousser la petite gêne qui se pointe au souvenir de ma tentative de séduction de la veille.

« Reste cette nuit. »

– Qu'est-ce que vous faites, tous les deux ?

Wynonah se tourne vers moi, les yeux pétillants.

– Maman, viens, viens.

Elle tapote l'herbe entre elle et Xander pour que je m'y allonge.

– Tu vois quoi ?
– Où ?
– Beh, là-haut.
– Un nuage.
– Maman… ronchonne mon bébé. Regarde mieux, on devine des formes.
– Celui-là ressemble à un dragon, décide Xander.
Je plisse les yeux.
– Vraiment, je ne…
Il se rapproche, colle son épaule à la mienne et suit les courbes du nuage de l'index :
– Un dragon féroce avec des ailes énormes et des griffes acérées, ajoute-t-il.
Wynonah secoue la tête.
– Non, pas du tout. C'est un dragon gentil, avec des ailes en coton et une queue en tire-bouchon. Tu vois ?
– Ah oui, maintenant, je le vois, approuvé-je, jouant le jeu. Un dragon gentil avec une queue en tire-bouchon. Il doit être le protecteur des nuages.
Wynonah applaudit vigoureusement.
– Et là-bas, regarde ! Un lapin !
Je suis son doigt et secoue la tête.
– Euh, non… À la limite, un buisson en fouillis.
– Allez, Kristen, fais un effort, insiste Xander dont la proximité m'empêche de me concentrer. Regarde juste là, un peu à gauche. Tu ne vois vraiment pas le lapin ?
– Oh, maman, c'est facile pourtant !
Je plisse les yeux.
– Oui, un gros lapin avec des oreilles géantes. Peut-être qu'il est ami avec le dragon-cochon.
Wynonah acquiesce, tout excitée par le jeu.
– Bien sûr qu'ils sont amis. Ils gardent tous les deux le ciel, avec Kije Manito[1].
Xander tourne le visage vers moi.

1. Le Grand Manitou, esprit suprême ou grand esprit, est une divinité amérindienne. Il est le créateur de tout ce qui existe sur terre.

Quand son regard clair rencontre le mien, une étincelle passe entre nous, fugace, mais bien réelle. Mon souffle se coupe un instant.

– J'espère qu'elle ne t'ennuie pas, lui demandé-je pour cacher mon trouble.

– Pas du tout.

Il me dévisage et ajoute avec un mouvement de menton vers moi :

– J'aime beaucoup.

Oh, la, est-ce qu'il me fait une déclaration, est-ce que… ?

Ah non, ma couleur de cheveux. J'avais déjà oublié.

– Merci, j'avais envie… besoin… de changement.

Il fixe de nouveau les nuages.

– Comment vas-tu, depuis… l'incident avec… John ?

Je réponds à voix basse, afin d'éviter que Wynonah n'entende.

– Ça va. Libby m'a donné les coordonnées d'un avocat. Au cas où.

– Bonne idée. Il ne faut pas hésiter avec des mecs comme lui.

– Merci encore d'être intervenu.

Je sens qu'il me regarde de nouveau et je fais de même en glissant mes mains sous ma joue. J'aime me perdre dans l'émeraude de ses prunelles. Comme si je pénétrais un monde parallèle.

– De rien.

Il tend le bras et repousse une mèche de mon front. Un simple frôlement, et pourtant, je perds mes moyens.

– Maman, il faudrait expliquer à Xander comment on danse durant le Pow Wow.

Je remarque quelques minuscules taches noisette dans le vert…

– Ma-man !!!

– Hum… oui ?

– Le Pow Wow ! Apprendre à danser !

Je jette un regard vers mon voisin, me demandant si, après ma tentative de séduction d'hier soir, il veut toujours venir avec nous.

– Carrément, approuve-t-il, car la danse et moi… nous ne sommes pas trop compatibles.

Wynonah bondit sur ses pieds, pose les mains sur ses petites hanches et nous lance un regard déterminé. Elle est si sérieuse que je dois réprimer un sourire.

– Lève-toi, Xander. Suis-moi !

Xander écarquille les yeux, pris au dépourvu, mais un sourire amusé éclaire son visage. Il jette un regard vers moi, cherchant probablement une échappatoire, mais je hausse les épaules, feignant l'innocence.

– Allez, si tu ne veux pas finir scalpé, il faut au moins que tu connaisses les bases ! le taquiné-je.

Il soupire, résigné, et se met debout, sous le regard impatient de Wynonah.

– Bon, montre-moi ce que tu sais faire, dit-elle avec un sérieux comique, en tapotant son pied sur le sol, comme une professeure.

Xander se frotte l'arrière de la tête, visiblement mal à l'aise.

– Je… Je sais marcher ? propose-t-il avec une moue hésitante.

– Tss tss, et quand tu danses avec tes copines de l'école ! réplique Wynonah, les mains toujours campées sur les hanches.

– Je n'ai pas de copines, lui confie-t-il en glissant un rapide coup d'œil vers moi. Sûrement, car je ne sais pas danser.

Son aveu m'arrache un petit sourire… de satisfaction, et je repousse la petite voix qui me demande *où* il était cette nuit.

– Aïe, soupire ma fille, ça va être dur dur. Alors, tu tapes du pied ici, puis ici, puis tu tournes… Et là, tu secoues les bras comme ça !

Elle se met à exécuter les pas avec une énergie débordante, les bras levés, tournoyant comme une petite tornade. Dès que Xander commence à l'imiter, un peu maladroit, ses mouvements raides, j'en oublie mes questionnements. Ses pas sont hésitants, et ses tentatives de « secouer les bras » me font éclater de rire.

– On ne se moque pas!

Je secoue la tête, en pinçant les lèvres.

– Hein, hein…

– Plus de rythme, Xander! encourage Wynonah avec sérieux. Imagine que tu es un animal!

Xander essaie de se concentrer, mais il se tord de rire à son tour, visiblement conscient du ridicule de sa posture.

– Je suis censé… imiter un loup?

Ma fille secoue la tête avec conviction.

– Ben non…

– Un coq, expliqué-je en essayant de rester de marbre. Un coq des prairies en pleine parade nuptiale.

– Tu te moques…

– Xander… concentre-toi! se fâche la mini-prof.

Xander s'efforce de suivre les consignes, frappant du pied avec plus d'enthousiasme, cette fois-ci. Le voir si désarmé et décalé, lui d'ordinaire si contrôlé et distant, est tout simplement délicieux.

– Attends, ce n'est pas si compliqué, je vais te montrer, dis-je en lui tendant la main pour l'entraîner.

Il hésite un instant, mais finit par me suivre, un sourire en coin.

– Bon, alors, on commence comme ça… dis-je en plaçant mes mains sur ses hanches pour lui indiquer le tempo. Tu frappes du pied, comme ça, puis tu tournes légèrement…

J'exagère le mouvement pour qu'il puisse le suivre. Il essaie de m'imiter, mais trébuche en pivotant et perd l'équilibre. Je m'esclaffe, tout en essayant de le rattraper, mais c'est trop tard. En un clin d'œil, nous basculons tous les deux et tombons sur le sol.

Je me retrouve allongée sur lui, mon corps pressé contre le sien, nos visages à quelques centimètres seulement. La chaleur qui émane de son torse irradie à travers le tissu de nos vêtements, et mon souffle se coince dans ma poitrine, troublé par cette proximité inattendue.

Sous mes doigts, je sens la solidité de son corps, sa vitalité vibrante, comme une invitation silencieuse.

– J'ai… peut-être trop accéléré le rythme, murmuré-je, ma voix moins assurée que je ne l'aurais voulu.

Ses lèvres s'étirent, et sa main se pose avec une douceur inattendue sur ma taille, son pouce effleurant distraitement le tissu de ma robe, dessinant des cercles qui enflamment ma peau juste en dessous. Un frisson me parcourt l'échine, et je sens mes propres doigts s'agripper, presque inconsciemment, à ses épaules, comme pour ancrer ce moment, pour ne pas me laisser emporter.

– Peut-être, oui… admet-il sans esquisser un geste pour se relever, son timbre bas résonnant jusque dans ma poitrine.

Mon cœur s'emballe, comme si ce ridicule petit incident avait soudain pris une tournure plus intense.

Son souffle caresse ma bouche, chaud et intime, tandis que son regard descend furtivement vers mes lèvres, hésitant. Mon pouls s'emballe, battant à un rythme que je n'ai pas ressenti depuis longtemps, et pendant une fraction de seconde, tout autour de nous disparaît.

Je m'oublie dans l'odeur de sa peau, dans les courbes de son corps sous le mien, dans cette étrange impression que, pour une fois, je ne suis pas seule. La tentation de baisser la tête, de goûter à ce qu'il y a de plus doux, devient presque insupportable.

Le temps semble s'étirer, suspendu entre nous. Et puis, comme une bulle qui éclate, le rire cristallin de Wynonah résonne, brisant le sortilège.

– Maman, tu es toute rouge ! On dirait une écrevisse.

Je secoue la tête, tentant de reprendre mes esprits, et me redresse avec un rire nerveux.

– Bon, le cours de danse est terminé ! lance-t-elle en hochant la tête, comme une véritable experte dans le domaine.

– Hum… oui, il est fin prêt.

Xander se lève à son tour, mais ses yeux s'attardent sur moi, et je comprends que, lui aussi, a ressenti ce moment fugace.

– D'accord, Mesdames, vous avez gagné ! Je suis officiellement nul en Pow Wow, déclare-t-il, levant les bras en signe de reddition.

– Ce n'est pas grave ! Ce qui compte, c'est d'essayer, conclut Wynonah, avant de le serrer dans ses petits bras.

En croisant le regard de Xander par-dessus la tête de ma fille, je sens la chaleur douce, née dans mon ventre, se propager dans tout mon être.

Ma fille aurait-elle réussi à amadouer Regard Triste ?

Ou le contraire.

Le moment est si détendu, que j'ose demander :

– Aurélia me harcèle pour savoir si tu viens ce soir. À la fête des pompiers. Tu n'as pas oublié ?

– Difficile de passer à côté. Il y a des affiches tous les dix mètres et accrochées sur mon pare-brise chaque matin…

– Oui, c'est… une tradition importante. Donc… tu…

– C'est une invitation officielle ? demande-t-il avec un sourire en coin.

Mon cœur s'emballe.

– Je… Je vais devoir travailler… bégayé-je.

– Ah oui, c'est vrai. On se retrouve là-bas, alors. À plus tard.

Il se retourne et disparaît dans la cabane, me laissant plantée là, encore confuse.

Je reste les bras ballants, fixant la porte fermée.

Est-ce que j'ai imaginé cette connexion entre nous ?

Ce moment où, allongée sur lui, j'aurais juré sentir son cœur battre aussi fort que le mien ?

– Maman… on rentre ?

18

Xander

Quand j'arrive devant le PubEat, avec deux heures de retard, je ne peux m'empêcher de me demander ce que je fais là. Sérieusement, qu'est-ce qui m'a pris ?

Je m'amusais tellement avec Kristen et sa fille dans le jardin de Libby que, sur un coup de tête, j'ai accepté cette foutue invitation. Leurs rires sincères, la chaleur d'un moment simple et léger… Ça m'a enveloppé d'une douceur étrange. Je n'avais pas ressenti cela depuis l'enfance.

Seulement, dès qu'elles sont parties, dès que leur écho s'est éteint et que la tension causée par la proximité de Kristen dans mon corps s'est apaisée, j'ai senti cette chaleur s'effilocher, remplacée par quelque chose de plus familier : l'isolement.

C'est là que les doutes sont revenus. Qu'est-ce que je fais ? Je ne suis pas là pour ça !

Pourtant, me voilà, à la fête des pompiers, entouré des bruits d'une petite ville que je devrais mépriser pour héberger l'homme que je hais.

Une part de moi tente de rationaliser : c'est pour le plan. Oui, c'est ça. Me montrer en public, laisser les habitants de La Conner s'habituer à ma présence, m'intégrer toujours plus pour détourner les futurs possibles soupçons. Faire croire que je suis un gars normal, un étudiant en sociologie un peu paumé, mais sympa, qui se fait des amis, boit des bières et participe aux fêtes locales.

C'est stratégique. Calculé.

Mais ce raisonnement ne tient qu'à moitié. Parce que la vérité, c'est que j'y suis aussi pour une autre raison.

Kristen.

Je grogne en serrant les poings. C'est idiot. Irrationnel.

Elle n'est pas censée avoir cet effet sur moi, être là dans un coin de mon esprit, bien trop présente. Cette sensation douce-amère me dérange. Comme une petite brise au parfum printanier, pleine d'une promesse de renouveau, qui s'insinue sous une porte mal fermée, impossible à ignorer.

Je revois son sourire, son regard pétillant quand Wynonah m'a montré ce pas de danse dans le jardin. La sensation de sa main dans la mienne, brève mais brûlante, et ce moment, ridicule et pourtant électrisant, quand elle est tombée sur moi. Le parfum léger de ses cheveux, sa poitrine contre mon torse, mon corps qui de nouveau se tendait vers elle…

Non. Stop !

Je secoue la tête violemment, comme pour expulser ces souvenirs.

Ce n'est rien. Une distraction, voilà tout.

Une distraction *utile*.

Parce que c'est exactement ce qu'elle est. Une pièce dans mon jeu. Une personne qui a un petit faible pour moi et sur qui je peux compter pour me couvrir si jamais quelque chose tourne mal. Un alibi parfait.

Chez les Wolff, on sait manipuler les gens.

Je me redresse, ignorant le mauvais goût dans ma bouche, et prends une profonde inspiration. Un verre ou deux, une poignée de conversations superficielles avec les habitants, et je me tire.

La circulation dans la rue principale est coupée, la chaussée et les trottoirs sont noirs de monde. Des guirlandes lumineuses multicolores pendent entre les arbres, et des tables en bois sont remplies de gens discutant, riant, avec des gobelets en main. La musique country et rock résonne depuis une petite scène sur laquelle un groupe local gratte leurs guitares avec un enthousiasme contagieux. Dans un coin, une équipe de pompiers en uniforme rutilant pose pour des photos avec des adolescentes surexcitées.

J'hésite à faire demi-tour. Je suis venu pour que les habitants de La Conner s'habituent à ma présence, pour ne plus être « l'étranger », mais devenir « le petit nouveau, tu sais cet étudiant, là ».

Seulement, la foule, les interactions sociales, c'était le fort de mes frères, pas ma spécialité à moi. Noah a su prendre sa place d'aîné dès que notre père a été arrêté. Un leader né, aussi à l'aise dans son costume Gucci, pour manger dans un restaurant étoilé, que pour discuter art dans un musée. Et Liam, avec sa gouaille et son tempérament de feu, a toujours su faire rire tout le monde ou charmer les femmes avec un simple sourire. Moi, je suis le frère de l'ombre, le taiseux, celui en marge des casses, qui observe et résout les problèmes de logistique.

Alors que je fais un pas en arrière, déjà saoulé par le bruit et prêt à rentrer à la cabane, Aurélia m'aperçoit et se fraie un chemin jusqu'à moi, les bras chargés de plateaux et un sourire radieux aux lèvres.

– Eh bien, je n'étais plus du tout certaine que tu viendrais, *Philly*, plaisante-t-elle en me donnant le surnom de Philadelphie, la ville d'où je suis censé venir. Libby dit que tu es du style sauvage.

– Tu m'as promis qu'il y aurait de la bière… la tutoyé-je à mon tour.

Elle glousse.

– La plus fraîche de La Conner. Prends un verre, détends-toi.

Je souris poliment, essayant de paraître à l'aise, même si j'ai un peu l'impression d'être au milieu d'une grande réunion de famille. Pas *ma* famille.

– Merci, Aurélia, dis-je en attrapant un gobelet sur son plateau. C'est… sympa.

Elle éclate de rire, comme si elle avait entendu le commentaire le plus drôle du monde.

– Sympa ? Oh, tu n'as encore rien vu ! Va te mêler aux gens, parle avec eux. C'est ça, l'esprit de La Conner.

Elle s'éloigne vers un groupe de clients qui l'appellent.

Je reste là un instant, me demandant ce que je vais faire de cette « heure » que je me suis allouée.

Une voix familière m'interrompt.

– Salut Xander.

Je me retourne pour découvrir une Kristen bien différente de celle de cette après-midi. Sa beauté me coupe le souffle et mon ventre fait un salto. Elle porte une chemise blanche extralarge, ouverte sur la peau fine de son décolleté, un short en jean qui met en valeur ses longues jambes galbées, et des santiags blanches. Les pointes de ses cheveux tressés caressent sa poitrine et son chapeau à larges bords souligne son regard noir. Elle semble tout à coup plus réelle, sans ses mèches violettes. Plus femme.

– Kristen… finis-je par articuler, tu es…

Le mot qui me brûle vraiment les lèvres est « superbe ». Je le ravale.

– Je pensais que Wynonah serait là.

– Je n'aurais pas eu le temps de m'occuper d'elle, m'explique-t-elle avec une moue désolée. Elle est à la réserve avec sa grand-mère… enfin, ma mère… pour préparer le Pow Wow du week-end prochain.

Je prends une gorgée de bière pour éviter de la manger des yeux.

– Vu l'heure, je pensais que tu ne viendrais plus, ajoute-t-elle.

Je suis bizarrement heureux qu'elle ait noté mon absence.

– J'ai un peu hésité. Je ne suis pas le gars le plus sociable.

Elle s'esclaffe l'air de dire : « Ah bon, vraiment ? »

– Ça te plaît, alors ? La fête ? me demande-t-elle.

Je fais un tour sur moi-même. Des enfants qui courent et jouent à chat. Des parents qui tentent de gérer leur marmaille. Des couples qui s'embrassent. Des groupes qui échangent et rient. L'odeur des grillades. La musique.

Je hoche la tête, surpris de me sentir *vraiment*… bien ici.

– Oui, c'est… différent, dis-je, cherchant mes mots. Ça change des soirées en ville où tout le monde est sur son téléphone ou en train de poireauter devant le dernier endroit à la mode.

Elle rit doucement.

– C'est sûr, ici, ce sont plutôt des compétitions de lancer de bottes ou de tir à la corde. Mais c'est ça qui rend La Conner unique.

– Pourquoi vouloir partir à Seattle alors ?

Elle me fixe quelques secondes.

– Pour découvrir le monde.

C'est vrai. Elle m'a déjà expliqué qu'elle se sentait à l'étroit ici. Dans cette ville. Dans cette vie.

L'espace d'une seconde, j'ai envie de dire : « Viens, on se casse, maintenant ! »

– Pour le moment, à défaut de partir au bout du monde, je vais te faire découvrir les hot dogs *spécial PubEat* ! annonce Kristen d'une voix joyeuse. C'est ma pause.

Un larsen aigu retentit dans un micro :

– Mesdames et messieurs, c'est le moment d'attraper un ou une partenaire ! Le bal est officiellement ouvert.

– Oh, Xander. Ton moment… ironise Kristen.

Je secoue la tête, amusé.

– Je crois que j'ai eu ma dose de danse pour aujourd'hui.

Nous attrapons des sandwichs dégoulinants de fromage et de sauces, deux nouvelles bières, et Kristen m'emmène légèrement à l'écart.

Elle s'assoit sur un muret, tapotant la place à côté d'elle pour m'inviter à la rejoindre. Elle mord dans son hot dog et grimace quand une goutte de sauce atterrit sur sa main.

– Voilà, Xander, le grand voyage culinaire commence, dit-elle en riant, essuyant la sauce avec une serviette. Bienvenue dans la gastronomie de La Conner.

– Impressionnant, dis-je avec un sourire en coin avant de mordre dans le mien. Et je dois admettre… c'est pas mal.

– Pas mal ? T'as aucune idée du drame si Aurélia t'entendait dire ça. Ici, on traite ces hot dogs comme un trésor national.

Je hoche la tête, feignant un air grave.

– Alors, je retire ce que j'ai dit. Ces hot dogs sont divins. Après les croissants parisiens et les pâtes de Rome, c'est la meilleure chose que j'aie jamais mangée.

– Tu as visité la France et l'Italie ?

Aïe... Xander, concentre-toi.

– Avec mes parents, quand j'étais gosse.

Elle lève sa bière en signe de toast.

– Aux voyages !

Je fais de même, et nous trinquons dans une ambiance légère. La musique au loin change, un air entraînant que tout le monde semble connaître, car des couples se précipitent sur la piste.

Kristen pointe une table à quelques mètres.

– Regarde, là-bas. C'est Dimitri et Rick. Ils tiennent la boutique de fleurs à côté du PubEat. Ils sont en couple depuis qu'ils ont 19 ans. Et, *fun fact*, ils se disputent à propos de la composition des bouquets de roses depuis presque autant de temps.

Je ris doucement, suivant son regard.

– C'est ça, l'amour ? Se disputer sur des bouquets ?

– Non. L'amour, c'est être le seul couple gay d'une ville de province et de ne jamais céder devant ceux qui vous jugent.

Kristen tourne la tête et désigne un autre couple, beaucoup plus jeune.

– Et eux, c'est Benny et Nora. Ils se sont rencontrés à l'école maternelle de La Conner.

Je hausse un sourcil, perplexe.

– Sérieusement ?

– Oui, ils sont amoureux depuis qu'ils ont 4 ans. Ils viennent tous les deux à la fête des pompiers chaque année depuis qu'ils se fréquentent. Je trouve ça mignon.

J'observe Kristen. Elle parle de ses voisins avec tant d'affection qu'il est facile de comprendre pourquoi elle est autant aimée ici.

– Par contre, ils ont six garçons. Des terreurs.

– J'ai deux frères, je connais.

– Ah oui ?

Merde.

Je n'avais pas prévu de me livrer autant, mais ce n'est pas si grave. Ça donne de l'épaisseur à mon personnage.

– Oui, Esteban et Markus, réponds-je en utilisant les deuxièmes prénoms de Noah et Liam.

Elle soulève un sourcil, intriguée.

– Mes frères étaient les terreurs du quartier, lâché-je. De vrais garnements. Une fois, j'avais 6 ou 7 ans et eux 11 ou 12. No… Esteban avait décidé que notre rue était « un royaume » et qu'on devait collecter des « taxes » auprès des voisins.

Je secoue la tête, amusé par le souvenir qui prend forme dans mon esprit. Depuis des années, je me focalise sur une seule date, mais nous avons vécu tellement de bons moments. Avant…

– Des taxes ?

– Ouais, genre des pièces, des bonbons… Tout ce qu'on pouvait obtenir. Ils avaient fabriqué une couronne en carton et un sceptre avec un manche à balai, et ils se baladaient en proclamant que toute la rue leur appartenait.

Je ris doucement en me rappelant la scène.

– Et toi ? Tu étais quoi dans ce « royaume » ? demande Kristen, clairement intriguée.

– Moi ? J'étais leur comptable. Ils disaient que j'étais trop petit pour être soldat ou chevalier, alors ils m'ont collé avec une boîte à chaussures où je devais garder leur butin.

Kristen explose de rire, ce son léger et cristallin qui remue quelque chose en moi.

– Et ça a marché ?

– Jusqu'à ce qu'ils aillent chez Mme Daniels, une vieille dame de 85 ans qui vivait au bout de la rue. Elle n'a pas du tout apprécié qu'on frappe à sa porte en exigeant des « tributs pour le roi ». Elle a pris son balai et les a chassés en criant qu'elle allait appeler la police. Moi, évidemment, je courais derrière avec ma boîte à chaussures, complètement paniqué.

Kristen est pliée en deux, la main devant la bouche pour éviter de recracher sa bière.

– Oh, mon Dieu… Et la police, alors ?

– Elle n'a jamais appelé, elle était habituée à leurs idées

farfelues. Mes frères ont été punis pendant une semaine. Moi, j'ai juste eu droit à une engueulade pour avoir « suivi le mauvais exemple ».

– Vous deviez être un sacré trio, déclare-t-elle espiègle.

– Tu n'imagines même pas, dis-je, soudain envahi par une vague de nostalgie.

Des images me percutent. Noah qui pénètre un appartement hyper sécurisé sur les Champs-Élysées, Liam qui démarre en trombe pour fuir une bijouterie de luxe dont l'alarme s'est déclenchée. Que des choses dont je ne peux parler. Des trucs de Wolff. Secrets. Dangereux.

Il y a une pause, juste assez longue pour que le silence devienne un peu lourd. Kristen finit par parler.

– Tu parles d'eux avec beaucoup d'affection. Vous êtes toujours proches ?

Sa question me prend au dépourvu. Mon sourire vacille légèrement.

– On l'était. Mais les choses changent.

Elle me fixe, son regard un peu trop perçant, un peu trop doux. Ce regard qui me donne l'impression d'être vraiment vu. Vraiment là.

Pour éviter qu'elle ne me pose plus de questions, je change de sujet :

– C'est fou, tu connais tout le monde, ici.

– C'est une petite ville, répond-elle.

Et moi, je me dis que c'est à peine si nous connaissions nos voisins les plus proches lorsque j'étais gamin.

– Je te parie que d'ici la fin de la soirée, tout le monde saura que je suis assise sur ce muret avec le mystérieux « beau mec » et qu'une nouvelle rumeur sera née.

– Mystérieux ? répété-je avec un sourire en coin.

Elle hausse les épaules, prenant une nouvelle gorgée de bière.

– Je crois que c'est le mot qui revient souvent quand on parle de toi. Et « canon » est le suivant. Brenda, la bibliothécaire, est déjà raide dingue de toi.

Je me sens rougir, et je me détourne légèrement, cherchant

quelque chose d'autre sur quoi me concentrer. Kristen semble ravie de me mettre un peu mal à l'aise.

– Oh, ne rougis pas ! Je rapporte seulement ce que j'entends, ajoute-t-elle d'un air narquois.

Je secoue la tête, amusé malgré moi.

– Et toi ? T'en penses quoi ?

Les mots sont sortis avant que je ne puisse les retenir. Je devrais peut-être arrêter l'alcool ? Sa tête se penche légèrement sur le côté, ses tresses caressant ses épaules, et elle me fixe, les yeux pétillants d'un mélange de défi et de… désir ?

Pendant un instant, le temps suspend sa course.

– Eh bien, je pense… commence-t-elle, un coin de sa bouche se relevant en un sourire.

Elle pince légèrement ses lèvres, hésitant. Mon cœur s'emballe, une chaleur sourde monte dans ma poitrine. Mais lorsque je crois qu'elle va répondre, elle éclate de rire, coupant l'intensité du moment d'un revers joyeux.

– Que tu manges ton hot dog bien trop lentement. Allez, dépêche-toi avant que je te le vole !

Je joue le jeu, mordant dans mon sandwich pour protéger ce qui reste, et elle éclate de rire.

C'est simple, naturel, presque… normal. Je ne me souviens pas de ce genre de moment dans mon existence. Avec le choix de vie de notre père et ensuite de mes frères, ma famille ne s'est jamais liée d'amitié avec les autres. Nous avions quelques partenaires d'affaires, devenus plus ou moins proches, mais sinon, nous vivions entre nous. La meute Wolff. Même quand j'étais en dehors de la maison, à la fac par exemple, je devais faire attention à tout ce que je disais, à mes fréquentations…

Comment se faire des potes, alors que je passais mes week-ends à préparer des casses ?

Trop de secrets pour être vrai avec qui que ce soit…

– Dis-moi, Kristen. Y a-t-il des détails croustillants, bien gardés à La Conner, que je devrais savoir ? demandai-je en plaisantant.

Elle plisse les yeux, feignant une expression sérieuse.

– Oh, il y a beaucoup de secrets dans cette ville. Mais si je te les disais, je devrais t'éliminer.

Je me marre doucement, et elle prend une nouvelle gorgée de bière. Je me laisse happer par la tranquillité de l'instant. Pas de faux-semblants, pas de mensonges. Juste Kristen et moi, sur ce muret, partageant un moment simple dans un monde que je ne suis pas sûr de mériter.

– Désolée, annonce-t-elle en sautant sur ses pieds. Je dois aider Aurélia et son époux pour les desserts et la tombola.

– Pas de problème.

– Xander… tu… restes, hein ? J'en ai pour une heure, max, mais après je te rejoins.

Son timbre s'est légèrement voilé, comme si elle était vraiment attristée de devoir me laisser.

– Euh, oui… OK.

Je la regarde s'éloigner, hypnotisé par le mouvement de ses hanches dans son short en jean, puis je décide que j'ai dépassé de loin le délai que je m'étais accordé. Je dois rentrer.

Je n'ai pas le temps de me retourner que Libby m'attrape par le bras.

– Ferais-tu danser une très vieille dame ?

Elle me lance un regard malicieux.

– Bien sûr, Libby. Avec plaisir.

La piste de danse est bondée, mais je trouve un petit espace où Libby et moi pouvons bouger sans risquer que quelqu'un la bouscule. Je tiens ses mains dans les miennes, si légères et fragiles qu'elles semblent pouvoir se briser sous la moindre pression. Pourtant, son regard vif derrière ses lunettes légèrement de travers me rappelle que cette femme a une force intérieure que sa silhouette menue ne laisse pas deviner.

– Tu danses plutôt bien pour un gars de la ville, lance-t-elle avec un sourire malicieux.

– Vous êtes une excellente partenaire, Libby, dis-je, amusé malgré moi.

– Flatteur, murmure-t-elle, les yeux pétillants. Tu es un bon garçon, Xander. Kristen a bien fait de t'inviter.

Je tousse légèrement, mal à l'aise.

– Oh, c'est Aurélia qui a insisté. Kristen… elle travaille ce soir.

Libby penche la tête, son regard malicieux me mettant aussitôt sur la défensive.

– Oui, Kristen travaille toujours beaucoup. Trop, même.

Elle marque une pause, et je sens son regard s'attarder sur mon visage. Ses mains dans les miennes, elle ralentit légèrement le mouvement, comme si elle cherchait ses mots.

– Kristen m'a parlé de toi, un peu, commence-t-elle doucement. Beaucoup…

Je relève un sourcil, me demandant où elle veut en venir. Libby n'a pas l'air d'être du genre à tourner autour du pot.

– Oh, ne t'inquiète pas, rien de compromettant. Juste qu'elle te trouve… différent des autres hommes qu'elle a pu croiser.

Je hoche la tête, incertain de la direction de cette conversation, mais elle continue, imperturbable.

– Kristen est une fille extraordinaire. Forte, mais avec un cœur immense. Elle donne toujours plus qu'elle ne reçoit. C'est pour ça que j'espère qu'un jour, elle trouvera quelqu'un qui saura la rendre heureuse.

Une vague de chaleur monte à mon cou, mais je garde un visage impassible.

– Je suis sûr qu'elle le mérite, dis-je prudemment.

– Oui, elle le mérite, répète Libby en me fixant avec une intensité déconcertante. Tu vois, Kristen a grandi entre deux mondes, entre la réserve et La Conner. Être métisse, c'est pas toujours facile. Trop « blanche » pour certains de sa tribu, trop « indienne » pour d'autres à La Conner. Elle a toujours dû prouver qu'elle avait sa place, qu'elle était assez… tout.

Je ne dis rien, mais mon cœur se serre.

– Si j'avais eu la chance d'avoir une fille comme elle…

Libby continue, baissant légèrement la voix, comme si elle me faisait une révélation.

– La vie ne l'a pas épargnée. Sa mère est une conne. Son père est tombé malade quand elle était ado, ensuite elle a eu Wynonah. Imagine, une gamine d'à peine 17 ans, un bébé dans les bras, dans cette petite ville où tout le monde connaît tout le monde.

Elle me regarde droit dans les yeux, et j'y sens une pression silencieuse.

– Kristen n'a pas besoin d'un homme qui va ajouter des complications à sa vie. Elle a déjà assez souffert, Xander. Ce dont elle a besoin maintenant, c'est de quelqu'un qui lui donnera enfin la paix.

Je me raidis légèrement. Son ton n'a rien d'accusateur, mais ses mots me touchent plus profondément que je ne l'aurais cru.

La paix ?

Moi aussi je la recherche, mais d'une autre manière.

– Je ne suis pas… ce genre d'homme, murmuré-je, la gorge serrée.

Je reste silencieux, incertain. Elle resserre légèrement sa prise sur mes mains, comme pour appuyer ses propos.

– Alors, que cherches-tu, jeune homme ?

Sa question me prend de court, et je tente de garder mon ton léger.

– Honnêtement, Libby, je ne cherche rien. Je suis juste ici pour mes études.

Elle plisse les yeux, scrutant mon visage comme si elle pouvait lire mes pensées. Ce que je n'espère pas, car elles sont bien trop sombres pour la vieille dame.

– Hmm. Juste pour tes études, hein ?

– Oui. Kristen et moi… on s'entend bien, mais il n'y a rien de… particulier, si c'est ce que vous insinuez.

Elle esquisse un sourire en coin, clairement pas convaincue.

– Tu sais, Xander, je ne suis pas née de la dernière pluie. J'ai vu comment tu la regardes. Et je ne parle pas seulement de ce soir.

Je me fige un instant, déstabilisé.

Que répondre à ça ? Je pourrais nier, mais ce serait un mensonge un peu trop évident. Alors, je tente une diversion.

– Kristen est une personne incroyable. C'est difficile de ne pas l'apprécier, vous avez raison. Mais je… je ne suis pas la personne qu'il lui faut. Je ne suis pas fait pour ce genre de vie.

Libby incline légèrement la tête, comme pour jauger mes mots.

– Alors, garde tes distances. Ne la laisse pas s'attacher. Kristen peut sembler forte, mais son cœur aura du mal à supporter encore des déceptions.

Je serre la mâchoire, pris entre l'envie de nier et celle de fuir cette conversation. Heureusement, la musique change, une mélodie plus rapide, entraînant un mouvement de foule sur la piste. Libby relâche doucement mes mains et tapote mon bras.

– Amuse-toi bien.

Elle s'éloigne vers le bord de la piste, me laissant seul au milieu de la foule, ses mots creusant mon esprit.

Puis, je prends une profonde inspiration, revenant à mon état normal.

Une heure, m'étais-je dit.

Juste une heure pour m'intégrer.

Mission accomplie. J'ai plus parlé en ce court laps de temps que depuis plus d'un an.

Je peux me casser et retourner à ma vraie vie.

Solitaire.

19

Kristen

Le soleil de fin de matinée brille à travers les sapins qui bordent la route vers la réserve. Mes mains crispées sur le volant, je sens mon estomac se nouer à l'idée de cette visite. Maman ne mâche jamais ses mots, surtout quand il s'agit de *ma* vie. Ou de celle de Wynonah. Raison pour laquelle j'évite de la voir trop souvent.

Je me gare devant sa petite maison en bois, nichée entre les cèdres et les sapins. Peinte de couleurs chaudes, elle ressemble à un cocon, mais je sais qu'à l'intérieur, tout est loin d'être paisible. Je n'ai pas mis un pied hors de la voiture que la porte s'ouvre déjà. Ma mère m'a probablement vue arriver depuis que j'ai pris l'allée qui mène ici. Elle voit tout.

– Maman ! crie Wynonah en courant vers moi, ses petites jambes trottinant avec enthousiasme. Mamie m'a appris une nouvelle chanson en lushootseed ! Tu veux l'entendre ?

Je m'accroupis pour la serrer dans mes bras, savourant un instant la chaleur de son étreinte.

– Bien sûr, ma puce, l'encouragé-je en souriant.

Avant qu'elle ne puisse émettre un son, une voix autoritaire s'élève depuis le salon.

– Laisse entrer Choolena avant de lui sauter dessus.

Je lève les yeux et croise un regard perçant. Ma propre mère se tient droite, comme toujours, les bras croisés et l'expression indéchiffrable. Sa robe traditionnelle accentue encore sa stature. Avec ses cheveux foncés, striés de gris, et son visage fier, elle dégage toujours cette force imposante, mêlée à une rigidité qui me fait vaciller, même à 22 ans.

– Bonjour, la salué-je en gravissant les marches.

– Bonjour ma fille, répond-elle d'un ton neutre en inclinant légèrement la tête. Entre, je t'ai préparé quelque chose à manger.

Wynonah me lâche et trottine déjà vers le salon, impatiente de retrouver ses coloriages. Moi, je la suis à pas mesurés. Chaque fois que je franchis cette porte, un mélange d'émotions m'envahit. Une partie de moi se sent chez elle. L'autre, plus rebelle, se débat contre la sensation d'étouffer en présence de ma mère.

À l'intérieur, tout est familier ; l'odeur du bois fumé, des herbes séchées accrochées au plafond, et celle du thé au cèdre qui infuse sur la table. Cet endroit me rappelle des souvenirs d'enfance, mais il m'écrase aussi parfois.

Maman s'affaire dans la cuisine, frottant un bol comme si sa vie en dépendait. Je sais que c'est juste un prétexte. Elle calcule toujours ses mots comme on échafaude une offensive.

– Wynonah m'a parlé d'un homme, dit-elle soudain en lushootseed, sans lever les yeux.

Je m'arrête net.

– Un homme ? Quel homme ? demandé-je, feignant l'innocence.

Maman pose le bol avec un soupir agacé, avant de se retourner pour planter son regard dans le mien et continuer dans sa langue natale.

– Ne fais pas semblant, Kristen. Elle m'a dit qu'elle le voit souvent. Qu'il est grand et qu'il est blanc…

Je sens mes joues s'enflammer. Pourquoi a-t-il fallu que Wynonah parle de Xander ?

– C'est un… ami, dis-je prudemment, pesant chaque mot. Rien de plus.

– Rien de plus ? répète-t-elle en arquant un sourcil. Rien de plus pour toi, peut-être. Mais les hommes comme lui… ils ne savent pas ce que c'est que d'aimer une femme comme toi.

– Une femme comme moi ? répliqué-je, piquée au vif. C'est-à-dire ? Une métisse ? Une mère célibataire ?

Elle claque la langue, agacée, mais garde son calme. Ce qui est pire, d'une certaine manière.

– Une Swinomish !

– Pourquoi tout doit toujours se résumer à ça ?

– Parce que c'est la vérité. Kristen, tu sais à quel point c'est difficile d'être une femme de notre nation. Des Premières Nations. Ne fais pas la même erreur deux…

Je ferme les yeux un instant.

– Je suis fatiguée d'avoir cette discussion encore et encore.

Elle secoue la tête, le regard lourd de reproches et de tristesse.

– Ce… Xander, il est peut-être attiré par tes yeux en amande et ta peau mate, mais il ne te comprend pas. Comme le père de Wynonah. Crois-moi, ce genre d'homme peut te briser sans même s'en rendre compte.

Ses mots me frappent où ça fait mal, parce qu'au fond, je sais qu'elle pourrait avoir raison.

– J'avais 16 ans…

Je veux défendre Xander. Lui dire qu'il n'est pas comme ça. Qu'il est… différent de John. Mais est-ce que je peux vraiment en être sûre ? Nous nous connaissons à peine. Je me fais peut-être des illusions sur ce que je pense percevoir chez lui. Et hier soir, comme à chaque fois, il est parti de la fête sans un au revoir.

– Je ne vais pas refaire les erreurs du passé, dis-je, la voix un peu tremblante. J'ai Wynonah. Tout ce que je fais, c'est pour elle.

Maman reste silencieuse, les bras croisés, et secoue la tête, pas convaincue.

– Bien. Parce que ta fille a déjà assez de mal à comprendre pourquoi son père n'est pas là. Elle n'a pas besoin d'un autre homme qui entre dans vos vies pour repartir aussitôt.

Une boule de feu traverse mon ventre et je laisse éclater ma colère.

– Moi au moins, je n'ai pas abandonné mon bébé !

Les mots franchissent mes lèvres plus vite que je ne le voulais, acérés et tranchants.

Elle accuse le coup, mais son visage reste impassible.

– Pourquoi ressasser tout ça ?

– Ressasser ? Nous n'en avons jamais parlé, répliqué-je, incapable de retenir l'amertume dans ma voix. Je veux comprendre, maman, comprendre pourquoi tu as choisi la réserve plutôt que moi.

– Ce n'était pas aussi simple, Kristen. La réserve est ma maison. C'est mon âme.

– Et moi, alors ? Je suis quoi ?

Son visage se ferme davantage, ses traits se durcissent. Je connais cet air buté. Elle refuse la confrontation.

– OK, je me casse, je refuse que tu me juges, que…

Elle avance, ses yeux brillants de colère et de tristesse.

– Oui, je te juge. Parce que je ne veux pas que tu reproduises mes erreurs. Avec cet homme…

– Mais c'est déjà fait, maman, dis-je dans un souffle.

Un silence lourd s'installe entre nous, et je vois dans son regard qu'elle voudrait répondre, mais les mots restent bloqués dans sa gorge.

Je me détourne, incapable de supporter davantage ce face-à-face.

– Wynonah !

Dès que je l'appelle, ma fille revient en courant avec un grand sourire et des dessins à la main.

– Tiens, je t'ai fait un cœur.

– Merci, ma chérie. Va chercher ton sac et ta poupée, on rentre.

– Je t'ai préparé…

Je coupe ma mère.

– J'ai terminé de travailler vers minuit. Je suis épuisée. Je rentre chez moi.

– C'est ici chez toi. Ne laisse pas un homme te détourner de tes racines.

Je serre les poings et préfère me mordre la langue que de répondre.

Qu'elle ait raison ou tort sur ma place dans ce monde, une chose est sûre, Xander est ici pour ses études.

Quelques semaines à peine, puis il repartira.

Je devrais garder ça en tête et éviter de le laisser coloniser encore plus mes pensées et mes veines.

20

Xander

Le bruit constant des conversations, mêlé au tintement des tasses et des cuillères, emplit la salle du Stompin' Ground. Je suis assis près de la grande baie vitrée, *ma* place – c'est fou ce qu'on prend vite des habitudes – mon ordinateur portable devant moi. La lumière du soleil filtre à travers les stores, projetant des reflets dansants sur les touches de mon clavier. Je n'arrive pas à me concentrer.

Kristen se déplace d'une table à l'autre avec son plateau. Nos regards se croisent, et elle me sourit, ce sourire timide et un peu distant qu'elle a depuis trois jours. Cette retenue, qui ne lui ressemble pas du tout, m'étreint la poitrine plus que je ne veux l'admettre. Je force mes lèvres à s'étirer en réponse, mais ça reste mécanique, à des années-lumière de ce que je ressens vraiment.

Depuis la fête des pompiers, quelque chose est différent. La soirée a été parfaite… Peut-être trop. Kristen et moi avons ri, partagé des moments légers, presque insouciants, et pendant quelques heures, j'ai quasiment oublié pourquoi je suis venu à La Conner.

Je me suis senti… Quoi ? Normal ? Pour une fois…

Au milieu de cette foule, entouré de rires, de discussions animées, de couples qui dansaient et d'enfants qui couraient dans tous les sens, j'ai ressenti un étrange pincement. Une sensation qui m'a pris par surprise, comme un excellent bonbon au chocolat qui finalement reste coincé en travers de la gorge.

Ce genre de rassemblement, ce genre de communauté me sont totalement étrangers.

Avec les Wolff, nous vivons – vivions – en marge du monde. Toujours sur nos gardes, toujours en train de surveiller, calculer, anticiper. Même dans les rares moments de détente, il y avait cette règle tacite : empêcher quiconque de s'approcher de trop près.

Je pense à Louise et à Noah.

La Française a percé la carapace de mon aîné. Oui, mais Louise est comme nous. Elle est faite pour mon frère.

Les autres, les gens ordinaires, n'ont pas leur place dans notre monde, et nous n'avons pas la nôtre dans le leur.

Maintenant, je me retrouve au cœur de cette ville où les gens semblent si connectés les uns aux autres, si attachés à des traditions, à des choses que je n'ai jamais vraiment comprises ou cherchées.

Ça remue des trucs à l'intérieur. Une part de moi les envie. Cette facilité avec laquelle ils partagent leurs vies, leur bonheur, leurs échecs. Une autre part me rappelle que je ne suis qu'un intrus, un imposteur.

Et Kristen, au centre de tout ça.

Elle brillait au milieu de la fête, comme si elle faisait partie intégrante de cette lumière collective. Et moi… Moi, je n'étais qu'une ombre.

Une ombre qui, contre toute logique, veut s'approcher un peu plus de cette lumière, même en sachant que ce n'est pas pour elle.

Libby l'a bien compris.

Libby avec ce regard perçant, qui voit à travers moi, jusque dans les tréfonds de mon âme.

« Garde tes distances. Ne la laisse pas s'attacher. »

Depuis, Kristen et moi… disons que… nous nous observons à distance. A-t-elle eu la même conversation avec la vieille femme ? C'est comme si elle aussi ne savait pas comment naviguer dans cette zone floue que nous partageons dès que nous sommes proches l'un de l'autre.

– Besoin de quelque chose ? demande soudain sa voix veloutée à ma droite.

Son ton professionnel masque mal une certaine retenue.

Je lève les yeux, capte son regard sombre et réponds :

– Non, merci. Tout va bien.

– Tu… Tu as avancé sur ton mémoire ? ajoute-t-elle.

– Oui, dis-je avec un mouvement de menton vers mon ordinateur. J'ai écrit plus de la moitié.

– Je pourrais le lire ?

J'avale difficilement ma salive.

– Oui, bien sûr.

– Super…

Elle hoche la tête, puis me fixe une seconde de trop, comme si elle voulait dire autre chose. Enfin, elle s'éloigne, et à peine a-t-elle parcouru trois mètres que le poids de son absence s'abat sur moi. Je repense à la promesse muette que j'ai faite à Libby ; ne pas compliquer la vie de Kristen.

Un frisson glacé me traverse.

Malheureusement, je ne vais pas pouvoir tenir cette promesse, car Kristen fait partie de mon plan.

Je ramène mon regard sur l'ordinateur et y découvre une notification. Le café devient un décor flou, un bruit de fond insignifiant, car mon attention est entièrement absorbée par ce que je viens de trouver.

Enfin.

Je viens de tirer le fil d'Ariane qui me mène à ce con de John Junior. En lançant mes recherches sur l'ex de Kristen, je ne savais pas exactement sur quoi je tomberais, mais j'étais certain qu'il avait des squelettes dans son placard. Les types comme lui, les abrutis imbus d'eux-mêmes, en ont toujours.

Je ne peux m'empêcher de chercher Kristen du regard. Je dois trouver quelque chose, n'importe quoi, pour qu'il ne puisse plus la faire chanter.

Et voilà.

Sur l'écran, les informations s'alignent.

Oh… je tiens un truc.

Des transferts bancaires étranges entre une société-écran basée en Californie et un comité de campagne local ; ça sent le blanchiment d'argent. Le nom de Junior figure dans certains e-mails, preuve qu'il a servi d'intermédiaire. Voilà ce que cache la belle façade de la famille Sandler ; corruption, abus d'influence… Le tout soigneusement dissimulé sous des couches d'avocats, de silence et de poignées de mains faussement amicales.

Un sourire froid étire mes lèvres.

Ces informations suffiraient à ruiner la carrière politique de Sandler *père* et à entacher la réputation du *fils*. La moindre fuite, et les journaux locaux se feraient une joie de tout déterrer. Quant à John, son statut de star locale du hockey serait instantanément réduit à néant. Plus d'occasions professionnelles. Plus d'avenir brillant. Juste une chute libre, brutale, et… méritée. Car un homme qui veut forcer une femme et profite de son statut pour écraser les autres n'est qu'une vermine.

Je déverrouille mon téléphone, lance une application de mon cru pour passer en mode *sans trace*, et y tape méthodiquement un message, prenant soin de peser chaque mot. Ce que j'écris doit être clair, direct. Une promesse silencieuse de chaos.

Junior,
J'espère que le gros con que tu es
sait lire et que ton cerveau limité
assimilera les documents
en pièces jointes.
Si tu tiens à ta carrière
et à celle de ton papounet,
tu ne LA contactes plus
et tu ne LA menaces plus jamais.
Si j'entends le moindre mot sur toi
qui LUI cause du tort, alors tout ceci
sera envoyé aux journaux.
Chaque détail.
Pense à ton père.
Pense à toi.
Et pense à ce que vous perdrez
si je lâche ces informations.
Ne teste pas ma patience.
Jamais.

Je relis le message une dernière fois, puis mes doigts hésitent au-dessus du clavier.

Pas à cause d'un doute. Je sais que c'est ce qu'il faut faire, même si ce n'est vraiment pas le moment de me faire un ennemi. Je me demande juste ce que Kristen penserait de ça.

Je relève la tête et la cherche de nouveau du regard. Elle discute avec Lisette Farington, l'adjointe au maire. Ses mains gracieuses volent autour d'elle, si expressives quand elle s'exprime…

Me détesterait-elle si elle savait que je viens de m'immiscer dans sa vie privée, que je manipule, menace, pour la protéger ? Peut-être, elle est si profondément bonne. Mais je suis prêt à prendre ce risque. Parce que Kristen le mérite et que personne d'autre ne peut le faire.

Comme si elle sentait que je l'observais, elle se tourne vers moi et m'adresse un petit signe.

D'un geste ferme, j'envoie le message et repose mon téléphone. Une tension que je ne savais pas avoir dans mes épaules se relâche légèrement. C'est fait.

– Xander ?

Je lève les yeux. Kristen se tient près de ma table, un plateau à la main. Elle est belle, même dans cet uniforme simple, ses cheveux ramenés en arrière, quelques mèches rebelles encadrant son visage.

– Tout va bien ? me demande-t-elle doucement, en posant un mug fumant devant moi.

– Oui, je réfléchissais, dis-je, adoptant un ton décontracté. Merci.

Elle hoche la tête, mais je devine qu'elle m'observe un peu trop attentivement. Ses yeux cherchent quelque chose, comme si elle pouvait deviner que je viens de franchir une ligne. Pour elle.

– Tu as l'air tendu, commente-t-elle.

– Juste un peu fatigué à force de bosser, mens-je en montrant mon ordinateur d'un signe de tête.

Elle hésite, puis semble accepter ma réponse.

Dans le fond de ma poche, mon téléphone vibre. Un message. Je l'extrais discrètement et lis la réponse.

Qui est-ce ?
Qu'est-ce que
tu veux, enculé ?

Pas besoin de faire
les présentations.
Sache juste que je
peux ruiner ta vie.

Une minute passe.
Puis deux.
Cinq.
Pas de nouveau message.
Je souris, un rictus glacial.
John a compris.

21

Xander

Assis sur le bord de mon lit, les rideaux tirés, je manipule le Colt avec précaution et le démonte avec une précision minutieuse pour la dixième fois en quelques heures. Le cliquetis métallique des pièces se détachant et le frottement du chiffon sur le canon sont les seuls bruits dans le silence de la chambre. À force de les reproduire, chaque mouvement est devenu un rituel, comme si j'égrenais un chapelet afin de me focaliser et d'oublier l'extérieur.

Comme l'effet qu'a sur moi la présence de Kristen à chacune de nos rencontres. Allongée à mes côtés sur l'herbe, son épaule frôlant la mienne. Assise sur le muret, sa cuisse réchauffant la mienne. Déambulant simplement dans le café, sa silhouette attirant toujours mon regard.

Allez, concentre-toi !

Je referme le barillet. Le bruit sec est comme une promesse. Je le rouvre, attrape les balles et les insère dans le revolver. Puis le vide.

Encore et encore.

Mettre les cartouches.

Retirer les cartouches.

Avec la répétition, mes pensées peuvent se focaliser sur les risques et les détails que je dois encore peaufiner. D'ailleurs, impossible de trouver le sommeil depuis trois nuits, j'analyse sans relâche afin d'anticiper chaque éventualité et surfe sur des sites illégaux. J'y suis presque. Encore quelques ajustements et quelques messages cryptés sur le dark Web, mon plan sera prêt à être exécuté.

Depuis quarante-huit heures, je fais courir la rumeur qu'une livraison de fentanyl est prévue dans les jours à venir à Mount Vernon. Vu les échanges sur les chats en ligne, j'ai réussi à ferrer les revendeurs. Ils me pressent de questions sur la marchandise et la date.

Je suis persuadé que parmi les pseudos se cachent des flics infiltrés. Ça ne m'inquiète pas, c'est même le but. La quantité de drogue annoncée n'est pas assez importante pour que les stups se mêlent de l'affaire, mais le bureau du shérif va envoyer ses équipes pour vérifier.

C'est là-dessus que je compte.

Mason Spears sera le premier sur les lieux, c'est certain, j'ai bien observé sa manière de travailler. Il ne rechigne pas sur les interventions. Comme un bon boy-scout. Comme un…

Un coup léger à la porte interrompt mes réflexions.

Merde… Qui vient me déranger ?

– Xander ? Tu es là ? demande Libby, d'une voix douce qui tranche avec la tension qui vient de me saisir.

Qu'est-ce qu'elle me veut ?

Je me lève avec une grimace, ramasse rapidement l'arme et la glisse sous le matelas. Je ferme également l'ordinateur posé sur la table, me forçant à enfouir mes spéculations des dernières heures au fond de mon esprit. Il est de plus en plus difficile de passer du Xander vengeur au Xander étudiant, celui que tout le monde pense connaître.

– J'arrive.

En ouvrant la porte, je découvre ma logeuse dans une robe à fleurs printanière. Son sourire, d'abord très chaleureux, se fane en me voyant. Je dois avoir une sale tête.

– Bonjour Libby.

Son regard incisif scrute mon visage avec une inquiétude que je ne peux pas ignorer.

– Je ne t'ai pas beaucoup vu depuis quelques jours. Comment vas-tu ?

– Bien, je finalise mes recherches.

En réalité, depuis la fête du week-end dernier, j'ai fait moins d'efforts pour me mélanger. Chaque regard croisé, chaque rire entendu me renvoie à un vide que je ne savais même pas porter.

Et pourtant… chaque matin, je finis par me rendre au Stompin' Ground. Même si je prétends que c'est pour me montrer – et pour travailler sur mon ordinateur –, je sais très bien pourquoi j'y vais. Kristen.

Libby me fixe toujours, attendant une réponse plus convaincante.

– Tu as l'air fatigué, observe-t-elle.

– Oui, je bosse jour et nuit.

Ce qui n'est qu'un demi-mensonge, vu que je sors chaque nuit continuer mes repérages à Mount Vernon.

Libby acquiesce.

– Kristen me dit que tu es un peu… distant depuis quelques jours. J'espère que ce n'est pas à cause de notre discussion durant la fête.

– Non, ne vous inquiétez pas. J'avais juste besoin de calme pour travailler.

– Très bien. Kristen m'a demandé de te rappeler que tu es invité au Pow Wow, aujourd'hui. Pour t'aider pour ton mémoire.

Elle jette un coup d'œil derrière moi.

– Ce serait une bonne occasion pour toi de comprendre un peu mieux les interactions entre la réserve et La Conner… et de te détendre.

Je hoche la tête, essayant de masquer ma réticence. Sortir de la cabane ne me fera pas de mal, je dois relâcher la pression. En plus, me rapprocher de Kristen reste toujours primordial, je vais bientôt avoir besoin d'elle.

– Oui, désolé, je suis tellement à fond sur mon mémoire que j'en oublie le reste. Je serai très heureux de me joindre à vous pour cette fête. Donnez-moi cinq minutes, je vais me préparer.

Libby hésite un instant. Ses yeux, plissés par la concentration, scrutent les miens avec une intensité troublante. Elle semble percevoir quelque chose de sous-jacent, une fissure dans mon masque.

Elle ouvre la bouche, comme si elle voulait parler, puis se ravise.

– Rejoins-moi à la voiture quand tu es prêt.

Je referme derrière elle et prends une profonde inspiration, cherchant à dissiper la tension qui s'est accumulée dans mes épaules. La vieille dame se doute-t-elle de quoi que ce soit ?

Avant de partir, je m'arrête devant le miroir suspendu dans l'entrée, un objet ancien aux contours dorés. Mon reflet me paraît distant, presque comme si j'observais un étranger. Je me reconnais à peine. L'homme face à moi a un visage marqué par des semaines de préparation rigoureuse et de nuits sans sommeil. Une lueur triste et sombre flotte dans les profondeurs de ses prunelles.

Ma vue se brouille. Je suis pris d'une sensation de dédoublement. L'idée de passer la journée avec Kristen et Wynonah est surréaliste, une distraction dans un monde parallèle. Non, pas seulement une distraction. Je dois vérifier deux ou trois choses dans la réserve, ce sera l'occasion.

Un soupir lourd m'échappe, résonnant dans la pièce silencieuse.

Je me mords la langue, le temps que la douleur estompe les doutes, et me dirige vers la porte.

Tout ira bien. Je peux donner le change, j'ai réussi à le faire durant des mois avec mes frères. Je pense à Noah et Liam quelques secondes – Cesseront-ils un jour de me manquer ? –, puis je rejoins Libby dans sa voiture.

Quand nous arrivons dans le village en fête, noir de monde, je passe la main sur ma nuque, tentant de dissimuler mon malaise. Est-ce que Spears est là, parmi tous ces visages ?

En fouillant l'assemblée, mon regard s'arrête sur une silhouette à quelques mètres, et mon pouls accélère.

Dans une robe traditionnelle faite de suède, décorée de perles colorées et de franges qui dansent à chaque pas, Kristen est resplendissante. La robe sable clair contraste magnifiquement avec sa peau et met en valeur ses courbes élégantes. Ses cheveux, tressés en deux longues nattes, ramenées sur sa poitrine, sont ornés de plumes blanches et de fleurs qui bougent doucement sous la brise. Elle semble irréelle, comme sortie d'un vieux conte.

Et je me dis qu'elle m'a manqué cette semaine.

Les sons du Pow Wow envahissent mes oreilles, les battements profonds des tambours résonnent à travers mon corps, synchronisés avec ceux de mon cœur. En fond, l'air est empli du parfum subtil de la sauge et du cèdre brûlant.

Percevant ma présence, Kristen tourne légèrement la tête. Son regard croise le mien, et pendant un instant, le reste du monde disparaît. Ses yeux sombres s'illuminent d'une émotion qui me serre la poitrine. Le plaisir qu'elle a de me voir me fait chaud au cœur. Je devine qu'il y a un truc en plus au fond de ses prunelles, que je ne parviens pas à saisir. Je n'ai jamais été doué pour lire ce genre de choses. Je la rejoins, incapable de m'empêcher de me sentir attiré par elle, comme un papillon de nuit vers la lumière.

– Je suis contente que tu sois venu, Xander, m'accueille-t-elle d'une voix hésitante, quand j'arrive à sa hauteur.

Elle incline légèrement la tête, ses yeux scrutant mon visage. Peut-être essaie-t-elle de comprendre pourquoi je me suis tenu à l'écart ces derniers jours alors que nous avions passé de si bons moments ensemble.

La vérité, c'est qu'ils étaient *trop* bons.

– Moi aussi, réponds-je, en essayant de ne pas paraître trop nerveux.

Une femme postée à sa droite me dévisage. Elle est indéniablement belle et ressemble énormément à Kristen, tout en étant radicalement différente. Elle a la même élégance, mais la douceur qui irradie de Kristen est complètement absente chez elle.

– Je te présente ma mère, Tama, dit Kristen, sa voix teintée d'une note de formalité.

Les yeux de Tama, d'un noir profond comme ceux de sa fille, sont empreints d'une froideur impassible qui tranche avec la chaleur et la vivacité dégagées par Kristen.

– Enchanté, madame, dis-je en essayant de rester détendu.

Elle me dévisage d'un regard acéré et me fait sentir comme un intrus.

Peut-être a-t-elle peur pour sa fille ? À l'instar de Libby, devine-t-elle que je cache quelque chose ?

Pourtant, je ne lui ferai aucun mal. Elle ne se rendra même pas compte que je me suis servi d'elle.

Je me racle la gorge et me force à repousser cette pensée.

En tout cas, il est évident que la joie de vivre et la chaleur de Kristen ne viennent pas du côté maternel.

– Ton père n'est pas là ?

– Il ne vient pas au village, il ne s'y sent pas à sa place.

Si Tama le reçoit aussi cordialement, je peux comprendre.

Nous avançons lentement dans l'enceinte où se déroule la fête, le sol poussiéreux craquant sous nos pieds. Partout autour de nous, des familles et des amis rient et partagent des histoires, souvent en langue tribale.

– Comme c'est ton premier Pow Wow, je vais t'expliquer le concept.

Elle attrape ma main, et un frisson parcourt mon bras. Wynonah, tout aussi excitée, tire sur mon autre main. Me retrouver si naturellement au centre, entre elles deux, me fait bizarre.

Je ne vais pas me mentir, cela m'a manqué cette semaine.

Nous explorons les différentes échoppes d'artisanat où des bijoux traditionnels et des œuvres d'art incroyables sont exposés.

– Dans l'ancien temps, les rassemblements célébraient le retour des guerriers victorieux. Aujourd'hui, ils renforcent nos lieux communautaires.

Kristen s'arrête devant un stand de nourriture et commande deux assiettes de frybread. Je prends une bouchée de pain frit, appréciant le goût riche et légèrement sucré.

– C'est vraiment bon, dis-je entre deux morceaux.

– Je savais que ça te plairait, répond-elle en souriant. Mes ancêtres s'en servaient de base pour leur plat, un peu comme des tortillas.

Alors que nous continuons à nous promener, mon attention

est attirée vers une compétition de canoës qui va bientôt commencer.

– Participe, Xander, participe, me lance Wynonah de sa petite voix aiguë.

Je secoue la tête, hésitant.

– Je n'y connais rien en canoë.

– Oh, allez ! C'est amusant, et maman va t'encourager.

La fillette me supplie de ses yeux brillants, pleins d'attente. Comment refuser ?

– D'accord, je vais essayer.

Kristen me lance un regard espiègle avant de me guider vers l'inscription.

– Quoi ?

Elle secoue la tête.

– Rien, tu verras.

– C'est une petite course pépère, non ?

– Hein, hein…

Le canoë traditionnel tangue sous mon poids quand j'y prends place, la pagaie entre mes mains.

– *Ay cha*, Choolena.

Un mec, les bras épais et musclés, s'approche et salue Kristen en lushootseed. Il lui adresse un sourire éclatant, ses yeux se plissant de complicité.

– *Hath dadatoo*[1], Tyee. Tu participes ?

Il m'observe quelques secondes et continue à parler dans le dialecte local :

– *Ay*[2].

La manière dont il la couve du regard ne me laisse aucun doute, il en pince pour la jeune femme. Je serre les dents, une pointe de jalousie très malvenue me mordant le cœur. Sensation nouvelle et désagréable.

Tyee s'installe dans la pirogue à ma droite et je comprends à sa façon de m'étudier que la course va être plus animée que prévu.

1. Bonjour.
2. Oui.

Le signal de départ retentit, et je plonge ma pagaie dans l'eau avec force et détermination. L'eau fraîche éclabousse autour de moi, et je me concentre sur le rythme. La compétition est féroce, les autres rameurs, pour la plupart natifs américains, sont rapides et expérimentés. Pourtant, je refuse de me laisser distancer.

Je suis un Wolff après tout !

Mon corps se tend à l'extrême, comme lors des entraînements avec mes frères, chaque muscle bandé, l'adrénaline inondant mes veines. Parmi les nombreux encouragements de la foule, ce sont les cris enthousiastes de Wynonah qui me donnent la force de continuer.

Cette gamine fait ce qu'elle veut de moi.

À chaque coup de rame, l'eau résiste puis cède, me propulsant vers l'avant. La ligne d'arrivée n'est plus très loin et je suis dans les premiers, mais du coin de l'œil, je vois Tyee se rapprocher dangereusement. Il essaie de me dépasser, sa détermination aussi féroce que la mienne. L'épreuve devient un véritable duel. Nos canoës se frôlent, la tension est à son comble. Je redouble d'efforts, mes bras en feu, quand soudain la pointe du canoë de Tyee me percute. Dans un mouvement brusque pour éviter la collision, mon embarcation se met à osciller. Je tente de la redresser. C'est trop tard. Elle se renverse et je me retrouve dans le canal.

Le froid mordant de l'eau me coupe le souffle. Je lutte pour remonter à la surface, mes vêtements alourdis. Quand j'émerge, je respire profondément et nage jusqu'à la berge où Kristen m'attend, entre inquiétude et hilarité.

– Ça va, Xander ?

– L'eau est gelée, dis-je en grelottant.

Elle s'approche de moi, son regard préoccupé.

– Elle ne dépasse pas les dix degrés.

Transi, je me mets à claquer des dents.

– Retire tes vêtements mouillés.

Elle regarde autour d'elle, cherchant un endroit où nous pourrions nous abriter. À quelques mètres, un grand tipi s'élève, son entrée ouverte comme une invitation.

– Viens te réchauffer, dit-elle en m'entraînant à l'intérieur. Wynonah, va chercher un chocolat chaud pour Xander, s'il te plaît.

L'atmosphère dans la tente est feutrée, presque intime, une véritable oasis de calme au milieu du tumulte du Pow Wow. Un petit foyer central, entouré de pierres pour contenir le brasier, diffuse une douce chaleur. Les flammes dansent tranquillement, projetant des ombres mouvantes sur les parois. Autour, des coussins et des plaids sont disposés, prêts à accueillir ceux qui souhaitent se reposer.

Kristen m'aide à enlever mon t-shirt trempé. Ses doigts glissent le long de ma peau, envoyant des frissons qui n'ont rien à voir avec le froid. Chaque contact est électrisant, comme une étincelle qui allume quelque chose en moi.

– Retire aussi ton pantalon.

Elle détourne les yeux quelques secondes.

– Viens ici, dit-elle doucement, en attrapant une grosse couverture en lainage épais.

Je me laisse envelopper dans le tissu. Pourtant, c'est la proximité de Kristen qui me réchauffe vraiment. Elle ne dit rien, mais son regard parle pour elle, un mélange de préoccupation et de quelque chose de plus profond, plus intime.

– Merci, murmuré-je, incapable de détourner les yeux d'elle.

Ses doigts effleurent ma peau, ajustant le plaid autour de moi. La tendresse dans son geste me touche plus que je ne veux bien l'admettre.

– Tu n'aimes pas perdre, hein ? dit-elle.

– Je voulais impressionner Wynonah, réponds-je sur un ton espiègle, en frissonnant.

Kristen rit doucement.

– Tu n'avais aucune chance. Tyee est notre champion depuis quatre saisons. As-tu encore froid ?

Je hoche la tête légèrement.

Sans hésiter, elle frotte mes bras avec énergie. Sa chaleur irradie à travers la couverture, et je me surprends à vouloir la sentir encore plus proche. Sa peau contre la mienne.

C'est cela que je veux. Il y a quelque chose dans ses yeux, une promesse non dite, une invitation qui me laisse croire qu'elle veut la même chose.

– Et là, murmure-t-elle, sa voix légèrement cassée.

Le silence dans la tente est total, comme si le monde extérieur avait disparu. Il ne reste plus que nous deux. Sans réfléchir, je l'attire lentement vers moi, sentant la douceur de ses cheveux contre mon visage.

– Un peu mieux.

Kristen se rapproche encore et nos regards se croisent, chargés d'une tension délicieuse. Je lève une main pour repousser une mèche qui s'est échappée de sa tresse. Elle ne recule pas, au contraire, ses bras se glissent sous le plaid, ses paumes trouvant leur chemin le long de mon dos, effleurant ma peau avec une douceur qui me fait tressaillir de plaisir.

Nos respirations emplissent l'espace, de plus en plus courtes. Je ne pense plus au froid, à l'eau glacée qui m'a transpercé, ni à la couverture qui nous enveloppe. Tout ce qui compte, c'est elle, si proche, et ses doigts fins qui suivent les muscles le long de ma colonne vertébrale. Le sol recouvert de peaux d'animaux, douces et épaisses, me paraît tout à coup très tentant.

– Je suis fière de toi, Xander, s'écrie une petite voix aiguë derrière moi.

Notre bulle d'intimité explose et Kristen recule vivement. Les applaudissements de Wynonah brisent le charme.

– Tyee a triché, s'exclame-t-elle en me tendant une tasse à l'arôme chocolaté. On doit se plaindre.

J'ai du mal à revenir dans la réalité, mon corps toujours connecté par des liens invisibles à celui de Kristen.

– Hum, hésite cette dernière avec un raclement de gorge gêné. Je vais chercher quelque chose pour te changer.

Avant que je puisse protester, elle sort du tipi.

Je fixe les flammes du feu central, essayant de retrouver mon calme et d'ignorer les battements désordonnés de mon cœur. Wynonah me fixe de ses grands yeux curieux, un sourire amusé aux lèvres.

– Tu es tout rouge, Xander. Tu as froid ?

– Hum, un peu, mentis-je, tâchant de cacher ma gêne derrière la tasse qu'elle vient de m'apporter.

Kristen revient rapidement, tenant dans ses bras une pile de vêtements. Elle me tend un pantalon de lin beige, brodé sur les ourlets, et une chemise en coton bleu clair, ornée de motifs traditionnels colorés le long des manches et du col.

– J'ai emprunté ça à Tyee. Il est un peu plus petit que toi, mais ça devrait aller.

Je hausse un sourcil, incapable de ne pas ressentir une pointe de jalousie.

– Le fameux champion ? Celui qui m'a éclaté à la course de canoës ?

Kristen grimace en haussant les épaules.

– Lui-même. Considère ça comme son geste d'apaisement après sa victoire écrasante.

Je prends les vêtements, même si l'idée qu'ils viennent de Tyee me dérange un peu. L'intérêt de ce type – athlétique, sûr de lui et Swinomish – pour Kristen ne m'a pas échappé.

Je fais un effort pour garder un ton neutre.

– Généreux de sa part, dis-je sans parvenir à retenir une petite pointe d'ironie.

Wynonah s'élance vers moi avec enthousiasme dès que j'ai passé les vêtements.

– Maintenant, tu es vraiment prêt à aller danser le Pow Wow !

Je jette un regard amusé à Kristen, qui secoue la tête en riant.

– Laisse-lui au moins une chance de se remettre de son bain glacé, s'interpose-t-elle. Allons à l'arène, Xander va s'installer près du feu pour se réchauffer, le temps que ses cheveux sèchent.

À l'extérieur, la cérémonie bat son plein. Des hommes, parés de plumes et de perles, se déplacent avec grâce autour de grands bûchers. Malgré mon trouble, je trouve le spectacle hypnotisant, presque surréaliste.

– C'est la danse de l'aigle, me précise Kristen en désignant un groupe de jeunes en costumes traditionnels. Une des plus anciennes. Elle symbolise la force et la liberté.

Les joues encore rosées de nos caresses, elle réussit à donner le change, comme si de rien n'était. J'ai un peu plus de mal, mon ventre et mon sexe durs comme de la pierre, au milieu de personnes que je ne connais pas.

– Leurs costumes sont superbes, parviens-je à répondre.

– Ce sont des régalias. Cette tenue spéciale est la façon dont chacun souhaite habiller son esprit, elle a une signification spirituelle.

J'acquiesce, fasciné par son enthousiasme et sa connaissance des traditions de sa communauté. Pour l'instant, malgré tout ce qui nous oppose, je veux savourer chaque instant.

Les danseurs bougent en parfaite harmonie avec les battements des tambours, leurs mouvements fluides et puissants. Kristen m'installe au milieu des spectateurs, avant qu'elle et Wynonah se joignent à un attroupement sur la droite, leurs rires et leurs sourires se mêlant à ceux des autres femmes.

La nuit tombe lentement, parant la réserve d'un voile étoilé. De nouveaux feux de camp s'allument, projetant des ombres ondoyantes autour de nous. J'ai récupéré et enfilé mes affaires sèches. Kristen me prend la main et m'entraîne vers un groupe de conteurs. Assis en cercle, nous écoutons les légendes et les histoires de la communauté, des récits de bravoure, de perte et de résilience.

Wynonah s'est endormi la tête sur mes genoux et Kristen est blottie contre moi, la couverture nous enveloppant, comme si nous étions coupés du reste de l'univers.

– Ça te plaît ? murmure Kristen.

C'est elle qui me plaît.

Je n'ai aucune idée de ce qui me trouble autant chez elle. Elle a un pouvoir magique. Juste en étant elle-même.

Je prends soin de décaler légèrement Wynonah, formant un coussin avec ma veste sous sa tête pour qu'elle puisse se reposer sur l'herbe, et je tourne mon visage vers Kristen.

– Oui, beaucoup.

Son regard croise le mien, et l'air vibre autour de nous. Nos bouches sont à quelques centimètres, son souffle chaud contre ma peau.

De nouveau, le désir brûlant lové dans mon ventre depuis des heures se réveille et monte le long de mes reins.

Ma raison est en train de perdre la bataille contre l'envie.

22

Kristen

– Ça te plaît ? demandé-je à Xander.

Nos regards s'accrochent. Le murmure des conversations des autres participants s'éloigne, formant une douce mélopée. À la lueur des flammes, le vert de ses iris s'est transformé en agate.

Pour mon peuple, cette pierre équilibre les énergies et signifie protection et amour.

– Oui, beaucoup, me répond-il.

Je ne sais plus s'il parle du Pow Wow ou de moi. De nous.

Ses doigts frôlent les miens sous la couverture, envoyant une décharge électrique à travers mon corps, et son regard passe de ma bouche à mes yeux. Chaque seconde s'étire, contenant une éternité.

Je me perds dans ses prunelles, attirée inexorablement vers lui. J'ai envie qu'il m'embrasse à nouveau, qu'il se laisse aller comme dans le tipi. Habituellement, il est dans la retenue, la réflexion, comme si tout devait être analysé. Pourtant, ce soir, il y a quelque chose de différent. Sa main se glisse plus fermement dans la mienne, ses doigts entrelaçant les miens. Une chaleur douce et puissante se crée en moi.

Il se penche légèrement, son souffle chaud caressant ma peau. L'espace qui nous sépare se réduit de plus en plus, et je sens le parfum de la canneberge dans son haleine. Nos fronts se touchent presque, et je devine le battement de son cœur, rapide et irrégulier, en écho au mien. Mon regard s'attarde sur ses lèvres, pleines et tentantes, puis remonte le long de son visage parfait.

– Xander… laissé-je échapper pour appeler la part au fond de lui qui résiste encore à cette attraction inexorable entre nous.

Ses yeux se ferment un instant, comme s'il savourait le son de son nom. Lorsqu'il les rouvre, je vois une flamme ardente et déterminée y brûler. Ses doigts tracent lentement une ligne invisible sur ma paume, remontant vers mon poignet, envoyant des frissons de plaisir sur leur passage.

Mon souffle se fait plus court, plus saccadé, alors que sa main monte à mon cou.

– Kristen, murmure-t-il, sa voix grave arrachant des vibrations à chacune de mes cellules.

Nos bouches se frôlent, s'attirent. Ses lèvres caressent ma joue, l'arête de mon nez, sans aller jusqu'au baiser. Il temporise.

Cette fois-ci, il ne peut pas prétendre abuser de ma faiblesse, je suis prête à me jeter sur lui tellement j'ai envie de sa peau contre la mienne…

Tente-t-il de me rendre dingue ou bien a-t-il des doutes ?

Je n'en sais rien, mais mon sang est devenu de la lave dans mes veines.

Quand il ramène un peu plus la couverture sur nos têtes, nous dissimulant du reste du monde, l'odeur de la terre et des pins, associée à son parfum, envahit mes sens. Me donnant très envie de faire l'amour à même le sol, au milieu de la nature.

Ses doigts s'enfoncent dans mes cheveux et il m'attire vers lui.

Quand sa bouche rencontre enfin la mienne, je n'ai plus qu'une idée, quitter la fête et l'emmener chez moi pour me perdre dans ses bras toute la nuit. Mes lèvres s'entrouvrent, prêtes à répondre à son baiser, quand une pensée me traverse l'esprit ; je vais devoir confier ma fille à ma mère !

Un doute surgit alors, glaçant. Je ne perçois plus la présence de Wynonah. D'habitude, je la sens toujours à la périphérie de ma conscience.

Je me détourne brusquement de Xander.

– Où est Wynonah ?

Il réagit immédiatement et se redresse, la sensualité cédant la place à une vigilance protectrice.

– Elle dormait juste à côté de nous, je ne l'ai pas sentie s'éloigner.

Je scrute la zone autour de nous. La minuscule silhouette de ma fille est introuvable.

– Wynonah ? appelé-je.

Elle ne craint rien ici, me rassuré-je mentalement. *Tout le monde la connaît dans le village.*

– Elle est peut-être avec ta mère ?

Je me lève précipitamment et tourne sur moi-même. Tama est auprès des anciens, à l'écart du cercle des conteurs. Ma fille n'est pas avec elle.

– Il faut trouver Libby, m'écrié-je, une petite angoisse commençant à s'insinuer sous ma peau. Je suis certaine qu'elle est avec elle.

Xander fronce les sourcils, remarquant mon inquiétude. Il se lève d'un bond.

– Wynonah ! crié-je, cette fois plus fort.

– Calme-toi, on va la retrouver, dit Xander, sa voix ferme et rassurante.

Nous cherchons autour de nous, interrogeant les gens que nous croisons, décrivant Wynonah et demandant si quelqu'un l'a vue. Personne ne sait où elle est. La tension monte, mon cœur tambourine dans ma poitrine, j'ai l'impression qu'il va exploser. Mon esprit est envahi de scénarios terrifiants, mais je refuse de céder à la panique.

Enfin, j'aperçois Libby. Je me précipite à sa rencontre, l'espoir et la peur se disputant en moi.

– Est-ce que… Wynonah est… avec toi ?

– Non. Je pensais que… commence Libby.

Je n'entends pas la fin de sa phrase. L'angoisse me submerge, chaque seconde est une torture.

– Je… Je suis nulle. Je ne l'ai pas surveillée… bégayé-je, la voix brisée par la culpabilité.

Xander prend ma main, la serrant fermement.

– Je passais mon temps à me cacher quand j'étais gosse, pour échapper à mes frères. Mes parents ont cru me perdre des dizaines de fois, tente-t-il de me rassurer. Ne t'inquiète pas, elle n'est pas loin. Nous allons la retrouver.

Son calme m'empêche de sombrer totalement dans la panique. La chaleur de sa main dans la mienne me donne un ancrage dans cette tempête émotionnelle.

– Libby, nous allons nous séparer, propose-t-il. Faites le tour du parking et des stands, s'il vous plaît. Nous allons demander à Tama de chercher dans le reste de l'arène.

– Oui, et nous allons faire un tour plus grand, dis-je, réussissant enfin à me concentrer. Elle connaît bien la réserve, peut-être s'est-elle éloignée un peu plus.

Nous pénétrons dans la forêt adjacente au village, l'ombre des arbres ajoutant à mon angoisse. Est-ce que mon bébé s'est écarté autant, alors que la lumière des feux de camp parvient à peine jusqu'ici ?

L'air frais de la nuit s'infiltre sous ma peau. Wynonah doit avoir froid… Je pince mes lèvres pour refouler les larmes.

Xander allume la torche de son téléphone, et nous avançons, nos pas précipités écrasant les brindilles sous nos pieds.

– Wynonah ! crie-t-il, sa voix résonnant dans le silence oppressant de la forêt.

Une branche craque quelque part à droite, et je me dirige instinctivement vers le bruit. La peur serre mon cœur dans un étau, chacun de mes muscles crispés à l'extrême. Pour me tranquilliser, je me répète que nous n'avons pas de gros prédateurs sur l'île, pas de loups, pas d'ours.

Oui, mais le canal. Un homme…

– Wynonah, où es-tu ? crié-je, ma voix tremblante d'angoisse.

Nous avançons prudemment, les yeux scrutant chaque recoin de la forêt. En dehors du fin faisceau de lumière, l'obscurité cherche à nous engloutir. Des images de ma fille seule, effrayée, me percutent.

Je m'arrime à la présence rassurante de Xander.

Il s'arrête brusquement. Il se penche et attrape un morceau de tissu accroché à une ronce. J'ai le cœur au bord des lèvres.

– C'est un fragment de sa robe, dis-je dans un souffle. Elle est passée par ici.

– Nous sommes sur la bonne voie, affirme-t-il. Nous allons la retrouver.

Nous continuons à nous enfoncer dans la forêt dense. Chaque seconde compte.

– Là ! dit Xander en pointant du doigt une cabane.

La vieille bâtisse en rondins se dresse au milieu d'une clairière. La lumière de la Lune révèle que la porte est entrouverte.

Mon cœur s'emballe.

– C'est l'ancienne maison de mes grands-parents, m'exclamé-je.

Je me mets à courir, guidée par l'espoir de retrouver Wynonah saine et sauve. Je trébuche, me relève. Je n'ose plus crier, je ne veux pas lui faire peur. Xander arrive avant moi et franchit le seuil sans bruit. Un air soulagé apparaît sur son visage et le poids sur mes épaules s'allège.

J'avance. Wynonah est là, recroquevillée dans un coin, ses mains sous sa tête en guise de coussin, et elle dort. J'entends son léger ronflement. Je m'accroupis à côté d'elle et je remarque des traces sur ses joues. Des larmes séchées.

– Ma chérie… Ma puce…

Elle ouvre les yeux, se redresse comme une somnambule et me tend les bras. Je la serre contre moi, sentant son petit cœur battre rapidement contre ma poitrine.

– Oh, mon Dieu, tu m'as tellement fait peur, murmuré-je en caressant ses cheveux, la texture douce et soyeuse apaisant quelque peu mon esprit tourmenté.

Xander pose une main réconfortante sur mon épaule.

– Calme-toi. Elle va bien.

Wynonah, les yeux endormis, se tourne vers lui.

– Désolée. Je voulais jouer à cache-cache, dit-elle d'une voix tremblante, le pouce encore dans la bouche. J'étais trop fatiguée. Alors, j'ai pensé à la maison des ancêtres. Elle est magique et secrète, tu sais, Xander.

– Ce n'est pas grave, lui répond ce dernier avec tendresse. La prochaine fois, dis-nous où tu vas, d'accord ?

Wynonah hoche la tête, se blottissant davantage contre moi. La cabane, bien que sombre et froide, nous offre un moment de répit. Je n'y avais pas mis les pieds depuis des années. La poussière recouvre chaque surface, adoucissant les contours des objets abandonnés, tandis que des toiles d'araignée font office de rideaux devant les fenêtres cassées. Je prends une profonde inspiration, tentant de calmer les derniers vestiges de ma panique. Une odeur de terre humide et de bois ancien imprègne l'air, renforçant l'impression de pénétrer dans un lieu figé dans le temps.

– Comment connais-tu cet endroit, ma puce ? lui demandé-je, surprise.

– C'est *kayè*[1] Tama qui me l'a montré. Elle m'a dit que ce serait ma maison quand je serai grande, répond-elle innocemment, ses yeux brillants de fierté et de fatigue.

Je souris, une émotion douce-amère me submergeant. Ma mère ne m'a jamais parlé de cet héritage.

Xander attrape la petite sous les aisselles et la soulève pour la porter, son geste sûr et protecteur. Ses muscles se tendent sous son t-shirt sec, soulignant sa force tranquille.

– Allez, tout le monde est épuisé. Nous allons rentrer, annonce-t-il.

Wynonah ferme spontanément ses bras menus autour du cou de son sauveur. Ces deux-là ont une connexion naturelle si touchante.

La Lune éclaire faiblement le chemin de retour, et chaque pas semble plus léger, ma terreur de perdre mon bébé se dissipant peu à peu.

– Merci, dis-je à Xander, pleine de gratitude.

Il me regarde avec intensité, comme s'il lisait les doutes et les peurs en moi.

1. Grand-mère.

– Tout va bien, Kristen. Elle dormait tranquillement. Tout va bien, répète-t-il, tel un baume apaisant sur mon âme enfiévrée.

J'acquiesce, retenant mes larmes. Je voudrais lui reprocher de m'avoir hypnotisée au point d'en négliger mon bébé. Pourtant, je suis la seule fautive. Ce ne sont que quelques secondes d'inattention, mais… Une existence sans ma fille est inconcevable.

– Elle est si précieuse pour toi, murmure Xander.

– Plus que ma propre vie, réponds-je, la voix éraillée par l'émotion.

Nous marchons en silence vers le village, le doux balancement de Wynonah dans les bras de Xander me rassure petit à petit.

Les sensations reviennent, mes pieds foulant le sol, les odeurs de cette forêt que j'aime tant se mêlant à l'air nocturne, créant une symphonie olfactive. Le froissement des feuilles, le craquement des branches sous nos pas ne me font plus peur. Cet endroit est mon élément, je n'aurais pas dû m'inquiéter autant.

Nous approchons du village, les lumières des feux de camp clignotent à travers les arbres comme des phares guidant notre retour. Wynonah s'est assoupie contre Xander, son petit corps s'accordant parfaitement à la courbe protectrice de ses bras.

Je serre les miens autour de moi, comme pour me protéger de mes propres pensées. C'est à cause de moi qu'elle a disparu, je le sais. Parce que j'étais… dans *ses* bras. Parce que j'ai laissé mes émotions, mes envies, me détourner de ce qui compte vraiment.

Je revois la scène, encore et encore. Les mains de Xander autour de ma taille, sa chaleur contre mon corps, ses lèvres sur les miennes. Mon cœur s'est emballé, ma tête vidée de toute pensée rationnelle. Le bruit autour de nous, les rires des enfants qui jouaient. Tout s'est effacé sous l'intensité de ce baiser. À ce moment précis, égoïstement, il n'y avait plus rien d'autre que *lui*.

Même Wynonah.

Oubliée.

Si John venait à entendre parler de ça… Je secoue la tête, comme pour chasser cette pensée.

Je lance un coup d'œil vers Xander. Il porte ma fille avec tant de douceur. Sa grande silhouette contraste avec le petit corps endormi de Wynonah, son visage paisible niché contre son épaule. Une boule de culpabilité m'écrase la poitrine. Xander a fouillé la réserve comme si Wynonah était sa propre fille.

Une vague d'émotions contradictoires me traverse. Gratitude, bien sûr. Mais aussi une forme de colère sourde que je ne parviens pas à nommer. Je m'en veux. Pas seulement pour mon inattention, mais pour le trouble qu'il sème en moi. Pour cette faille qu'il a ouverte dans ma carapace de maman dévouée, aux antipodes de ma propre mère.

Xander perçoit mon agitation. Il tourne légèrement la tête vers moi, son regard sombre capturant le mien.

– Elle va bien, dit-il doucement.

Cet homme est-il là pour ma perte ou mon bonheur ?

En franchissant la lisière de la forêt, je repère ma mère, qui nous attend près du cercle des conteurs. Son visage, éclairé par les flammes dansantes, est impassible, mais ses yeux sévères trahissent une inquiétude froide. Elle s'avance vers nous, son pas mesuré et son port de tête hautain m'inspirant un mélange familier de respect et d'appréhension.

– Où était-elle ? demande-t-elle d'une voix tranchante.

– Elle s'était cachée dans la cabane de grand-mère pour jouer, réponds-je, tentant de garder mon calme, malgré le tremblement dans ma voix.

Tama se tourne vers Xander. Une once de reconnaissance traverse son regard avant qu'il ne vienne se poser sur moi, cette fois avec une froideur accentuée.

– Cela prouve qu'elle comprend que sa vraie place est ici. Si tu vivais sur la réserve, cela ne serait pas arrivé, me reproche-t-elle.

Ses mots pèsent lourdement dans l'air.

Mon estomac se noue, la culpabilité et la colère se disputant l'espace dans ma poitrine. Xander, sentant la tension, se rapproche de moi. Son bras frôle le mien, une chaleur réconfortante dans ce moment où je me sens minuscule sous le poids des reproches de ma mère.

– Maman, je… je suis désolée que tu le prennes comme ça, balbutié-je. J'aime ma fille et je veux qu'elle connaisse le meilleur des deux mondes.

Tama hausse un sourcil, sa moue de désapprobation marquée.

– Être mère requiert plus que de l'amour, Kristen. Cela demande de la vigilance, du sacrifice, et de comprendre ses racines. Tu es une Swinomish, et ta fille devrait grandir ici, entourée de sa famille et de ses traditions.

Son reproche cingle comme un fouet, et je me ratatine intérieurement, incapable de soutenir son regard. Xander intervient d'une voix douce et ferme.

– Tama, c'était une simple erreur d'inattention. Wynonah est en sécurité. Tout va bien à présent.

Ma mère le fixe pendant un moment. Je devine ce qu'elle pense.

– Une erreur d'inattention ? aboie-t-elle.

Xander ne cille pas. Son regard s'ancre dans celui de Tama, et je remarque à quel point il reste calme, malgré la charge émotionnelle du moment.

– Avec tout le respect que je vous dois, madame, Kristen est une mère formidable, dit-il, sa voix plus basse, mais toujours ferme. Elle élève très bien sa fille, et il est évident qu'elle lui donne tout l'amour et les valeurs dont elle a besoin.

Je lève les yeux vers lui, mon souffle coupé par ses mots. Je ne m'attendais pas à ce qu'il me défende aussi ouvertement, et encore moins devant ma mère.

– Il est facile de parler quand on n'est pas concerné ! se rebelle Tama. Vous êtes un étranger.

– Certainement que je ne comprends pas pleinement ce que signifie être Swinomish, concède-t-il. Mais je sais ce que c'est que de perdre quelqu'un qu'on aime…

Ses traits se crispent.

– Kristen fait tout son possible pour équilibrer deux mondes. Et vos reproches ne l'y aident pas. Personne n'est parfait, mais je crois qu'elles méritent toutes les deux un peu plus de bienveillance.

Les mots de Xander flottent un instant dans l'air, lourds de sens. Le silence qui suit est presque assourdissant. Ma mère le fixe, ses traits indéchiffrables.

Je sens une vague de gratitude m'envahir. Xander a dit tout ce que j'étais incapable de formuler moi-même, il a pris ma défense à voix haute contre ma mère, ce que même mon propre père n'a jamais fait.

– Pour qui se prend cet homme ? se rebelle Tama. Je veux qu'il parte d'ici.

– Je te rappelle que mon père ne fait pas partie de cette tribu, m'emporté-je. Donc, à une époque, cela ne te dérangeait pas de…

– Kristen, m'interrompt Xander. Libby nous fait signe là-bas.

Je fronce les sourcils, énervée d'être coupée, mais comprends à son air désolé qu'il veut juste éviter que je prononce des mots que je pourrais regretter.

– Bonsoir Tama. Le Pow Wow était un moment merveilleux, ajoute-t-il pour clore le débat.

Il transfère Wynonah sur un seul bras et attrape ma main, me tirant à sa suite vers le parking.

– Rah… je la déteste tellement, je…

– Elle était très inquiète. Elle ne pensait pas ce qu'elle disait.

– Bien sûr qu'elle le pensait. Tu sais ce qu'elle a fait à ma naissance ? Elle est venue accoucher ici, sans prévenir mon père que le travail avait commencé. Alors que j'étais prématurée d'un mois et que c'était risqué de s'éloigner de l'hôpital. Tout cela pour que je sois inscrite sur les registres tribaux sous son nom à elle. Elle…

– Kristen !

– Quoi ?

Il m'attrape doucement par les épaules, ses yeux plongeant dans les miens.

– Tu es une maman incroyable. Ne laisse personne te convaincre du contraire.

Ces mots résonnent en moi.

Ses mots me donnent la force de croire en moi-même alors que j'ai eu si peur.

C'est tout ce que j'avais besoin d'entendre.

J'ai envie de lui sauter au cou et de l'embrasser.

Mais la réalité, comme toujours, vient éteindre l'élan.

Pourquoi doit-il partir dans quelques semaines ? Pourquoi est-il ici, dans ma vie, pour m'aider, me soutenir, puis disparaître ? Et surtout… est-ce que je suis en train de m'accrocher à une relation qui n'a aucun avenir ?

Je me contente d'un simple « merci », à peine un murmure.

Il installe Wynonah dans son siège et me propose de conduire. Nous démarrons et un silence s'installe entre nous, chargé de non-dits, de questions que je n'ose poser, de réponses que j'ai peur d'entendre.

Je me force à respirer profondément, à briser ce moment qui s'étire comme un fil tendu, prêt à se rompre.

– Xander… commencé-je, hésitante.

Il incline légèrement la tête, m'encourageant à continuer.

– Comment tu vois… les choses ? Ton avenir, je veux dire.

Je détourne les yeux après avoir prononcé ces mots, fixant la nuit par la vitre.

– Mon avenir ? répète-t-il.

Je hoche la tête.

– Tu es ici, à La Conner, pour… pour tes recherches, mais après ? Qu'est-ce qui t'attend une fois que tu repartiras ?

Ma question est vague, presque maladroite, mais elle contient tout ce que je n'ose pas formuler : Est-ce que tu resterais pour moi ? Vas-tu m'oublier en reprenant ta vie ?

Il reste silencieux un moment, et je finis par lever les yeux vers lui. Son expression est indéchiffrable, comme si la réponse à cette question était encore plus floue pour lui que pour moi.

– Je ne sais pas, finit-il par dire, sa voix basse, terriblement triste.

Mon cœur se serre.

– Tu ne sais pas ?

Il évite mon regard, et je sens qu'il y a des choses qu'il ne me dit pas, des ombres qu'il ne veut pas partager.

– Non, je ne sais pas, Kristen.

Cette réponse, honnête mais vague, me laisse déchirée. Une partie de moi veut se raccrocher à cette déclaration incomplète, y trouver un espoir. Une autre veut lui crier : « Mais ne vois-tu pas que nous serions géniaux ensemble ? » Et une dernière, la partie de moi qui a vu trop de rêves brisés, trop de promesses non tenues, me hurle de me protéger.

– Je vois, dis-je enfin, plus froidement que je ne le voudrais.

À cet instant précis, sa main se pose sur ma cuisse. Un geste simple. Non appuyé.

« Je ne sais pas, Kristen. »

Je me mords la langue, pour ne pas lui avouer que je suis en train de me noyer dans un mélange d'émotions que je ne comprends pas.

Que je suis terrifiée de ce qu'il fait naître en moi.

23

Xander

La Lune brille haut dans le ciel, éclairant doucement la route et les contours endormis de La Conner. Kristen est assise à côté de moi, le regard tourné vers la vitre, Wynonah endormie à l'arrière, sa respiration lente et régulière emplissant l'espace.

Mes doigts serrent légèrement le volant, non pas par nervosité, mais parce que je suis toujours en train de digérer ses mots. « Xander, comment tu vois ton avenir ? »

La question résonne encore, comme un écho qui refuse de s'éteindre.

Un avenir ? Non. Je n'ai jamais pensé au-delà de ma vengeance, depuis la mort de maman.

Après avoir rassuré Libby et promis que Wynonah allait très bien, je lui ai dit que je raccompagnais Kristen et la petite pour être sûr que ça allait et que je rentrerai ensuite à pied. C'était un prétexte. Une excuse. La vérité, c'est que je n'étais pas prêt à la quitter, pas après ce qui vient de se passer.

Les minutes où Wynonah avait disparu restent gravées dans ma mémoire, comme un cauchemar éveillé. Et pourtant, ce n'est pas seulement la panique qui me hante. C'est ce moment volé, ce baiser échangé sous la couverture, comme si le monde entier avait cessé d'exister. Pour la première fois depuis longtemps, je me suis senti vraiment vivant. Vraiment *là*. Dans le moment présent. Dans cet instant où nous étions protégés de l'extérieur par la couverture épaisse et où tout devenait plus vibrant.

Je n'étais pas l'ombre de moi-même.

Je jette un coup d'œil vers Kristen. Elle ne dit rien, mais je sens une tension dans sa posture. Est-elle encore en colère contre elle-même pour avoir baissé sa garde ? Contre moi ? Ou peut-être… peut-être pense-t-elle à ce qui s'est passé entre nous ?

Je ne sais pas.

Le silence devient presque oppressant, mais je ne trouve pas les mots pour briser la barrière invisible érigée entre elle et moi.

Quand nous sortons de la voiture, je récupère Wynonah endormie sur le siège arrière et marche à côté de Kristen. Chaque pas vers la maison intensifie mes émotions. Kristen, malgré la fatigue évidente, dégage une aura magnétique irrésistible. Je respire son parfum délicat, mêlé à l'odeur fraîche de la nuit. Nos doigts se frôlent parfois, envoyant des frissons le long de mon bras.

Arrivée devant la porte, elle ouvre sans bruit, essayant de ne pas réveiller sa fille. Je franchis le seuil à sa suite, ressentant un mélange d'envie et de doute. Elle se tourne vers moi, ses yeux brillants de gratitude sincère.

– Merci, Xander. Pour ton aide.

– Où est la chambre de Wynonah ?

Elle me précède et me montre une petite pièce peinte de couleurs vives. Je pose délicatement Wynonah dans son lit parsemé de peluches. Quand je me redresse, nos yeux se croisent. Une seconde. Deux. Je hoche la tête, incapable de détacher mon regard de son visage. De ses lèvres. Le besoin de l'embrasser est presque insupportable.

Pourquoi elle ?

Pourquoi maintenant ?

Je m'éclaircis la gorge et sors de la pièce, trop petite pour deux adultes.

Kristen couvre sa fille, avant d'embrasser ses cheveux dans lesquels est encore accrochée une feuille morte. Le tableau est magnifique. Tant de douceur et pourtant de force chez la même personne. Quand elle se redresse, elle me fait signe de la suivre et referme derrière elle.

– Pour une fois, j'espère qu'elle va bien dormir, dit-elle en se retournant.

Le couloir est si étroit que nous nous retrouvons face à face, sa poitrine frôlant mon torse. Nos regards s'accrochent, un silence chargé de tension s'installe entre nous, chaque seconde amplifiant l'attraction que je ressens.

– Kristen… murmuré-je, réduisant l'espace entre nous.

Elle incline la tête, ses yeux brillant d'une intensité nouvelle. Nos visages sont si proches, nos souffles se mélangent.

– Je… commence-t-elle.

Ses mots se perdent.

Je tends la main, effleure sa joue. La sensation de sa peau veloutée est à la fois suave et électrisante. Elle clôt les paupières, savourant ce contact, et ses lèvres s'entrouvrent. Voir le bout de sa langue humidifier sa bouche crispe mon bas-ventre et durcit mon sexe.

Merde, c'est bien le moment de te réveiller, toi !

Quand elle rouvre ses yeux superbes si expressifs, j'y devine une bataille. Ses prunelles sont si sombres qu'on ne distingue plus les pupilles au centre de son iris.

– Tu devrais rester… souffle-t-elle finalement.

Mon cœur rate un battement. Ce sont exactement les mots que j'espérais entendre de nouveau, l'envie de m'attarder auprès d'elle est écrasante. Pourtant, une partie de moi sait que je ne dois pas. La partie pas encore obscurcie par la haine. Kristen va me servir d'alibi dans les jours à venir. Je ne veux pas abuser davantage de sa confiance.

Tout mon être crie de la prendre dans mes bras, de céder à ce feu qui me consume. Malgré cette attraction, je recule, brisant à contrecœur le contact.

– C'est mieux que je parte, dis-je finalement, mon timbre rauque de désir retenu.

Kristen acquiesce, la déception dans ses yeux est évidente. Je me dirige vers la sortie, chaque pas me coûte un effort monumental. Je pose la main sur la poignée, mais mon corps proteste. J'ouvre la porte, l'air frais de la nuit m'enveloppe.

Je me retourne une dernière fois pour regarder la femme superbe qui m'a extrait de mon engourdissement, puis je franchis le seuil, fermant derrière moi.

Alors que je m'éloigne, je me surprends à m'imaginer ce que cela ferait de céder à cette attirance.

Pourquoi refuser ce que je convoite tant ? C'est certainement la dernière fois que je serai ce Xander-là. Un homme encore un minimum innocent.

À force de cohabiter avec ma peine, elle est devenue une partie de moi, toujours présente, à l'orée de ma conscience. Pourtant, aujourd'hui, durant des heures, je me suis senti bien. J'ai pensé à Kristen, j'ai pensé à Wynonah. Pas à ma perte ou à ma douleur.

Et là, une seule chose m'importe, son corps qui m'attire comme un pôle. La distance entre sa maison et la mienne paraît interminable. L'envie de faire demi-tour et de céder à ce que je ressens devient insupportable.

Je m'arrête au milieu du chemin, levant les yeux vers les étoiles. Un débat silencieux fait rage dans mon esprit. Je suis habitué à une vie de contrôle, à repousser les autres.

Ce soir, tout semble différent. Kristen n'est pas une simple tentation, elle est une promesse. Bien que je n'en connaisse pas la teneur.

– Tu es stupide, Xander, râlé-je pour moi-même. Rentre chez toi. Tu vas faire une connerie !

La cabane est là, à quelques mètres.

Mais, c'est trop tard !

Non… je ne dois…

Je tourne les talons et me mets à courir comme un dératé.

Quand j'arrive devant la maison de Kristen, à peine dix minutes plus tard, je frappe doucement, alors qu'un tambour martèle dans ma poitrine.

Elle ouvre la porte dans la seconde, comme si elle m'attendait. Elle est en sous-vêtements et ne s'en cache pas. Sa moue provocatrice me signifiant : « Ah enfin, tu te décides… »

– Oui ? me taquine-t-elle.

Je secoue la tête, incapable de trouver les mots. Je fais un pas en avant, comblant l'espace entre nous. Nos bouches se rencontrent dans un baiser ardent, et toute la tension accumulée se libère. Je la serre contre moi, sentant chaque courbe de son corps épouser le mien. La douceur de ses lèvres, la chaleur de son étreinte, tout en elle m'enivre. Nous nous embrassons avec une intensité dévorante, nos langues dansent langoureusement, oubliant tout. Je raffole de son goût. J'adore sa fougue.

Le monde extérieur disparaît, reste le moment présent, chargé de désir et d'émotions.

– Nous ne devons pas faire de bruit, murmure-t-elle contre mes lèvres, sa voix tremblante de passion. Wynonah…

Je la soulève et elle m'enlace, ses jambes enroulées autour de ma taille, ondulant légèrement son bassin, sans même s'en rendre compte.

Nous ne devons pas faire de bruit.

Mon sexe vibre contre le sien à l'idée de l'entendre crier mon nom.

Sauf que… la vérité me rattrape. Je ne sais pas comment… Enfin si… Je n'ai pas l'habitude…

Ma poitrine se comprime sous le poids de ce que je m'apprête à dire. Je prends une profonde inspiration, mes bras emprisonnant sa taille.

– Kristen, attends, temporisé-je.

Elle fronce légèrement les sourcils.

– Non, non, non, se rebelle-t-elle en embrassant mon visage avec ardeur. Ce n'est plus le moment de réfléchir, j'ai tellement envie de te sentir…

Mon ventre se crispe à cette pensée.

Moi en elle, son vagin autour de mon membre.

Je la pose au sol, mets un peu de distance entre nous et passe une main nerveuse dans mes cheveux, cherchant les mots justes. Que va-t-elle en penser ?

– Il y a quelque chose que tu dois savoir…

Elle reste silencieuse, ses yeux ancrés aux miens, plein d'interrogations.

– Je… Je ne suis pas… Enfin, je n'ai jamais… buté-je sur les mots, la vérité me brûlant les lèvres.

J'appréhende tellement qu'elle se moque.

– Tu n'es pas quoi ? m'encourage-t-elle, sa curiosité éveillée.

La manière dont elle papillonne des cils, ses petites dents blanches qui mordillent sa lèvre, ses paumes sur mon torse, toutes ces choses me rendent dingue. Seulement… elle doit savoir, je ne veux pas lui faire mal en étant trop brusque ou maladroit.

– Cette attraction, cette… intensité. Tu es la première, avoué-je finalement.

Kristen fronce les sourcils et secoue la tête d'incompréhension. Oui, c'est la première fois qu'une femme me donne réellement envie de la connaître et de partager cette intimité.

– Je suis vierge, lâché-je comme si c'était un aveu terrible.

Surprise, elle fouille mes prunelles.

Je décide d'être franc, enfin en partie.

– Car… je ne ressentais pas ce désir… comme aujourd'hui. Cette… connexion.

Ses traits se radoucissent, une tendresse infinie envahit son regard.

– Oh, Xander…

Je ne détourne pas les yeux. Je ne crains pas son jugement ou sa pitié. Je n'avais pas envie de me taper des inconnues en soirée, sans même connaître leur prénom. Point !

– Merci de me le dire, murmure-t-elle, sa voix pleine de sincérité.

– Vraiment ?

Sa main effleure mon cou.

– Vraiment, répète-t-elle avec un sourire tendre. Faire l'amour est une chose naturelle, une célébration de la vie et de l'am…

Elle s'interrompt et ses doigts sur ma nuque resserrent leur prise. Son autre main caresse délicatement mon buste. Elle se met sur la pointe des pieds et glisse son nez dans le creux de ma clavicule.

– Je vais te guider et tout viendra instinctivement.

Son assurance et sa compréhension dissipent mes appréhensions.

– Nous avons tout le temps, ajoute-t-elle. Il n'y a aucune pression.

Kristen attrape ma main et me guide vers sa chambre. Elle me pousse doucement sur le lit sur lequel je m'assois.

– Hum, je vais beaucoup apprécier de jouer à la maîtresse, avoue-t-elle.

– Moi aussi, n'en doute pas.

Elle défait mes boutons et fait glisser mon jean.

– Lève les bras, ordonne-t-elle.

Elle se positionne sur moi et me retire mon t-shirt. Ce sourire qu'elle m'offre, à califourchon au-dessus de moi en sous-vêtements, est une vision d'un érotisme fou.

Ses doigts sont légers, presque éthérés, pourtant leur passage sur mes abdominaux enflamme chaque nerf sous mon derme.

Je plaque mes mains sur ses reins et l'attire d'un coup contre moi. Pubis contre pubis.

– J'ai quand même quelques notions grâce aux conseils, plus qu'appuyés, de mes frères, dis-je avant de fondre sur sa bouche.

Notre baiser n'a plus rien de doux, le désir qui crépite autour de nous précipite nos gestes. D'une main fébrile, je me bats avec son attache de soutien-gorge, et de l'autre, je la colle à moi. Elle ondule le bassin, agaçant, excitant mon pénis qui n'en peut plus d'être à l'étroit dans son boxer blanc.

Ses doigts s'accrochent à mes cheveux, fouillent mes boucles, tandis que nos langues se cherchent et s'apprivoisent.

Quand elle se recule légèrement, je grommelle. Je veux sa peau contre la mienne.

– On se calme, jeune étalon fougueux, susurre-t-elle.

Je souris.

– C'est mon nom autochtone ?

Elle hésite, avec une drôle de moue craquante.

– À partir de maintenant, oui.

Elle pose ses paumes sur mes épaules et me renverse sur le matelas, m'offrant une vue superbe sur la peau plus claire de ses seins et de son ventre.

– Tu es si belle.

Elle rougit, sans toutefois se cacher. Elle doit apprécier d'être celle qui dirige les manœuvres, et moi, j'adore découvrir cette facette de sa personnalité. Ses doigts descendent jouer dans le fin duvet qui borde mon boxer, puis elle insère son index entre l'élastique et mon pubis. Je me cambre d'anticipation.

Elle pose un pied par terre et un genou sur le matelas pour faire glisser mon sous-vêtement le long de mes jambes et en profite pour déposer un baiser juste sous mon nombril, puis sur mon aine droite.

Oh, ça doit être incroyable d'avoir sa bouche autour de mon sexe.

Sans me quitter du regard, Kristen se lève complètement, puis retire sa propre culotte.

– J'ai tellement envie de toi que j'en ai mal, avoué-je.

– Jeune Étalon Fougueux va devoir se contrôler, sinon ça va durer deux secondes.

Je pince les lèvres avant de répondre :

– Sache que les jeunes étalons fougueux ont de la ressource. Je tiendrai *plusieurs* fois *deux* secondes.

Son rire s'élève dans la chambre, et ce son me stimule encore plus. Elle met sa main sur sa bouche, comme un bâillon.

– Chut, lui rappelé-je, tentant de l'attraper par les hanches pour diminuer la distance entre nous.

Kristen pousse mon épaule pour que je reste allongé et contourne le lit. Elle se fige légèrement, juste un instant. Une hésitation. Puis, elle détourne le regard et ouvre le tiroir de son chevet. Ses doigts tremblent légèrement lorsqu'elle en sort une boîte de préservatifs.

– Je… Je n'amène jamais personne ici, murmure-t-elle, les joues rouges. J'ai cette boîte depuis des mois. C'est au cas où…

Je me redresse sur les coudes. Kristen a beau sembler embarrassée, elle ne baisse pas les yeux.

– Tu n'as pas à t'excuser d'être une femme sensuelle et désirable, dis-je simplement.

Elle abandonne le préservatif sur le drap et revient sur moi. Nos deux sexes se pressent, tandis qu'elle se penche pour déposer un baiser sur ma joue, puis sur ma tempe. Mes poils se hérissent. Chacune de mes cellules devient érogène.

– Lèche mon sein, murmure-t-elle en mordillant mon lobe.

Oh, je vais jouir avant même de la pénétrer !

J'embrasse son épaule, le galbe de sa poitrine et donne un coup de langue sur son téton. Il pointe vers moi et la chair de poule apparaît sur son aréole. Je suis mon instinct, comme me l'a suggéré la déesse qui me chevauche, et commence à le suçoter. Doucement d'abord. Puis les gémissements de Kristen me rendent dingue et je tire plus fort.

– Oui, Xander, oui.

Elle frotte son sexe contre le mien, de plus en plus rapidement.

– Mets un doigt en moi.

Aïe, ses mots. Je suis foutu.

Je serre mes cuisses pour tenter de calmer la douleur dans mes testicules. J'insère mon index en elle. C'est moelleux. C'est humide.

– Hum, Xander. J'adore.

Je la découvre et je n'ai plus qu'une envie, que ma verge remplace mes doigts. Pourtant, je ne veux rien brusquer, c'est elle la cheffe. Je titille sa petite boule de chair rose, observant ses réactions. Je sens son clitoris gonfler et durcir.

– Oui, c'est bon. Un peu plus fort, gémit Kristen en se cambrant.

La voir prendre du plaisir sous mes caresses me rend dingue.

– Attends, Xander. J'ai trop envie de toi.

Je m'allonge et l'admire tandis qu'elle déroule le préservatif sur ma verge tendue vers elle.

Elle écarte bien les jambes, pose ses mains à plat sur mon torse et je ne loupe rien de sa lente descente le long de ma verge.

Oh, putain que c'est bon !

Elle l'avale millimètre par millimètre.

Hum…

C'est étroit. Doux. Chaud.

Je m'agrippe à ses fesses, rendues moites par l'effort.

J'ai une vue incroyable sur son corps, je peux me délecter de ses courbes et du mouvement de sa poitrine.

Ce moment-là vaut la peine de risquer tout le reste, non ?

Je l'attrape par les hanches et donne un rythme à ses va-et-vient. Je veux toujours aller plus profondément, me perdre en elle.

– J'adore ta façon de bouger.

Elle se penche en arrière, modifiant légèrement l'angle de pénétration. Mon plaisir est décuplé.

– Oh, oh, oui… laissé-je échapper.

Elle, au-dessus de moi, autour de moi.

Elle, ma première.

C'est…

Hum…

C'est parfait.

24

Kristen

Allongée sur le côté, ma joue calée sur mes mains jointes, je regarde Xander dormir depuis une trentaine de minutes. Habituée à mes interminables journées de travail et de cours, je me suis réveillée aux aurores, malgré ma nuit très agitée.

Hum, et quelle nuit !

La lumière filtre à travers les rideaux, elle joue sur la peau de mon amant et révèle des nuances dorées, créant une aura presque surnaturelle autour de lui. Sa poitrine se soulève et s'abaisse à un rythme régulier, apaisant. Son visage est détendu et serein, les traits adoucis par le sommeil.

Mon cœur se serre en le regardant.

Oh, par tous mes ancêtres, ce n'est pas possible qu'il soit si beau !

Comme sculpté dans du marbre. Ses muscles finement dessinés. Son menton ciselé. Sa bouche épaisse qui m'a donné tant de plaisir. C'est dingue qu'il soit aussi parfait. Et qu'il soit dans mon lit.

Je dois rêver. Pincez-moi !

Une fragrance de luxure, mélange du parfum des draps propres et de l'odeur naturelle de nos corps fiévreux, emplit mes narines, une combinaison enivrante qui me rappelle à quel point l'homme à ma droite est *réel*.

Les images des heures que nous avons passées ensemble m'assaillent.

Attentif, il a vite compris à quel moment les orgasmes montaient dans mes reins et à quel moment il devait me bâillonner de sa paume, pour que je ne réveille pas tout le quartier avec mes cris de volupté.

À cette évocation, mon entrejambe se crispe agréablement.

Pourtant, je suis épuisée. Les muscles de mes fesses et de mes cuisses sont endoloris. Car, Xander refusait que je m'endorme, comme si chaque seconde comptait ou était comptée… Il y avait dans ses gestes, dans la manière dont il me touchait, une urgence. Comme s'il craignait que ce moment ne soit éphémère, que le temps nous échappe. Ses baisers étaient à la fois tendres et désespérés, ses caresses empreintes d'une intensité qui trahissait une sorte de frénésie.

Peut-être, parce que j'étais la première ?

Sa première.

Une fierté insensée placarde un sourire idiot sur ma figure.

Ces quelques heures au creux de ses bras, ce n'était pas juste du désir ou de la passion. C'est quelque chose de plus doux, de plus sincère. D'ailleurs, n'ai-je pas failli lui dire que faire l'amour est une célébration de la vie et de l'amour ?

En détaillant ses traits, je me dis que je dois cesser de me mentir ; j'ai eu un crush pour cet homme dès que j'ai croisé le vert de ses iris, et j'en suis tombée amoureuse quand j'ai senti ses bras protecteurs autour de moi et de mon bébé.

Amoureuse ?

Cela me terrifie. Car il n'est pas de La Conner, et surtout, il cache des secrets. J'en suis certaine. De lourds et douloureux secrets.

Pourtant, quelque chose nous lie. Je ne sais pas quoi. Nous sommes-nous côtoyés à un moment, dans cette vie ou une précédente ?

Aucune idée de comment l'univers fonctionne, mais… merde… je suis folle de lui. Je l'ai laissé entrer dans la vie de ma fille, ce que je ne fais jamais, j'aimerais guérir ses blessures, celles que je devine quand je me perds dans ses prunelles, et je suis incapable de passer plus de cinq secondes sans penser à lui.

Wynonah dort encore dans sa chambre, un miracle en soi. Peut-être que le *Grand Tout* a conspiré pour m'offrir cette trêve, pour me permettre de comprendre ce que je ressens vraiment. Je ne veux pas que ce moment s'arrête. Je ne veux pas que cet homme disparaisse une fois réveillé. Je ne veux pas qu'il parte quand il aura terminé sa thèse.

Un soupir m'échappe.

Xander murmure quelque chose, un son à peine audible. Je devine que c'est mon nom. Incapable de me retenir une seconde de plus de le toucher, je me penche et dépose un baiser sur son front avec une délicatesse infinie. Il bouge légèrement, ses paupières papillonnent avant de s'ouvrir. Il reste un peu perdu dans les brumes de ses songes, puis ses lèvres s'étirent.

– Bonjour, murmure-t-il, sa voix encore rauque de sommeil.

Oh, là, là, ce timbre est une invitation à la débauche.

– Salut, réponds-je. Bien dormi ?

Il tend la main et effleure ma joue. Je frissonne sous ses doigts.

– Mieux que depuis très très longtemps.

À ces mots, une fierté irrationnelle bourgeonne dans ma poitrine.

Il se redresse sur un coude et ses lèvres frôlent les miennes. Sa manière de me regarder me rend toute chose.

– Ai-je été un bon élève ?

Je m'esclaffe.

– Pas mal.

– Pas mal ? répète-t-il avec une moue déçue.

Il saute sur ses pieds et un petit rictus déforme sa bouche.

– Pas mal, hein…

D'un mouvement vif, il capture ma taille et me soulève.

– Tentons un truc sous la douche, alors…

Sa peau contre la mienne réchauffe mon corps d'un coup et annihile toute tentative de protestation. Il attrape une protection qui traîne à côté du lit – Euh, avons-nous vidé presque toute la boîte de préservatifs cette nuit ? – et m'emporte vers le fond de la pièce où une porte coulissante donne sur ma salle de bains.

Il me pose délicatement devant la vasque et nos regards se croisent dans le miroir.

– Tu es magnifique, Kristen.

La scène reflétée est tellement excitante, moi nue, les seins tendus, lui, collé contre mon dos, son sexe qui grossit contre mes fesses. Je l'observe recouvrir mes épaules et ma nuque d'une myriade de baisers. Il s'empare de mes tresses malmenées par nos ébats et les défait avec lenteur avant de peigner mes cheveux à l'aide de ses doigts.

J'adore.

Il recule, ouvre l'eau de la douche et la laisse chauffer quelques secondes pour qu'elle soit à la bonne température.

– Pas mal, alors…

Je n'ai pas le temps de faire un geste qu'il m'enlace et m'entraîne sous le jet d'eau.

Xander verse du savon liquide dans sa main gauche et commence à me laver avec des mouvements lascifs. Le parfum vanille emplit la cabine. Je me tortille sous ses doigts habiles quand il me rince.

Ses boucles brunes sont collées à son front, sa bouche joue avec le lobe de mon oreille, descend jusqu'à mon sein et poursuit son parcours troublant jusqu'à mon nombril. Il s'accroupit. Je devine ce qu'il a en tête et les centaines de terminaisons nerveuses dans mon sexe se contractent déjà.

Quand sa langue rencontre mon clitoris, je dois caler mon dos contre la paroi pour que mes jambes ne me lâchent pas.

– Je… croyais… que tu étais… novice… réussis-je à dire entre deux gémissements.

Il relève son visage.

– J'ai eu le droit à des heures de laïus sans fin de mon frère sur ses meilleures techniques…

J'éclate de rire en imaginant Xander obligé d'écouter les récits épiques des orgies de son frère. Ils paraissent être très différents. Xander parle si peu d'habitude, il ne confie rien, laissant à peine échapper quelques bribes de son passé.

Ma gaieté se transforme en volupté dès que son visage revient entre mes cuisses. C'est tellement bon. Je m'agrippe à ses épaules pour ne pas glisser tandis que le plaisir monte lentement dans mes reins.

– Oh, Xander, oui… c'est…

Sa bouche abandonne quelques secondes mon sexe, le temps de mouiller son index et son majeur, qu'il introduit ensuite doucement entre mes lèvres.

– Hum…

Il suçote mon clitoris, tout en me pénétrant de ses doigts.

– C'est trop bon…

Un petit cri m'échappe, vite étouffé par le revers de ma main quand l'orgasme me traverse avec force.

Je ferme les yeux et rejette la tête en arrière, laissant l'eau caresser mon visage.

– Je veux être en toi, confesse Xander à mon oreille en se relevant.

Les vagues n'ont pas fini de déferler dans mes reins que mon amant m'attrape sous les fesses après s'être protégé et me soulève.

Je crochète mes jambes autour de sa taille tandis qu'il me pénètre. Je suis si humide de jouissance qu'il s'enfonce sans peine en moi. Je devine à ses traits contractés qu'il se délecte.

À la force des bras, il donne un rythme à mon corps au-dessus du sien, et les sensations s'intensifient quand son sexe tape au fond de moi, trouvant un point que je ne connaissais pas encore.

– Xander, j'adore… c'est…

Il donne un dernier coup de reins puissant dont la force se répercute dans tout mon bassin.

– Maman, j'ai faim… crie Wynonah depuis sa chambre.

En entendant ma fille, j'ouvre de grands yeux surpris. Trop tard. Un nouvel orgasme éclate sans que je puisse le retenir, et je plante mes dents dans l'épaule de Xander pour étouffer mes râles, mon être vibrant entièrement sous l'explosion de plaisir qui balaie tout sur son passage.

Les quelques secondes qu'il nous faut pour redescendre de notre septième ciel me paraissent des heures, tellement je crains que Wynonah vienne me chercher. Puis, prenant une grande respiration pour calmer mon cœur affolé, je me racle la gorge et réponds à ma fille :

– J'a… J'arrive, ma puce.

Je me détache à contrecœur de Xander, le laissant sous le jet d'eau.

– Finis de te doucher et habille-toi, je vais préparer son petit déjeuner à Wynonah, murmuré-je avant de quitter la salle de bains.

Il hoche la tête en signe de compréhension.

Je coulisse doucement la porte derrière moi et ferme quelques secondes les yeux, comme pour imprimer dans ma mémoire ce moment intime avec Xander, un souvenir fragile et puissant à la fois. Mon cœur bat encore un peu trop vite, et malgré moi, un sourire flotte sur mes lèvres.

Depuis sa naissance, Wynonah est mon monde, ma priorité absolue, et tout ce que je fais, je le fais pour elle. Jusqu'à maintenant, cela signifiait garder mes murs hauts et solides, ne laisser personne entrer. Oublier mes propres envies. Besoins.

Pour la première fois, je me surprends à envisager un avenir différent. À oser de nouveau rêver. À cette pensée, je m'arrête dans le couloir, la culpabilité me mord légèrement, une sensation familière, mais cette fois, elle ne me submerge pas.

Wynonah joue paisiblement dans son lit, entourée de ses dessins et de ses poupées. En la regardant, une pensée me traverse ; peut-être que ce bonheur inattendu pourrait me rendre encore plus forte pour elle.

Un pas après l'autre, Kristen, me dis-je. *Tu ne sais pas où cela mène.*

Non, mais je veux suivre mon instinct, et avoir le droit d'explorer.

J'ai le droit de ressentir. D'avancer.

Cette fois, je choisis de ne pas reculer.

– Bonjour ma chérie, dis-je en entrant dans sa chambre, espérant qu'elle ne lise pas sur mon front : « Maman vient de passer une nuit libertine. » Tu as bien dormi ?

Elle me sourit en se frottant les yeux. Quelle petite merveille j'ai créée.

– Oui, maman. J'ai faim !

– Je vais te cuisiner quelque chose de délicieux, lui promets-je en la soulevant de son lit.

Nous rejoignons ensemble la kitchenette, où je prépare le petit déjeuner. Les odeurs familières du lait chaud et des pancakes embaument la pièce, et Wynonah babille joyeusement à propos de ses rêves de la nuit.

– Et puis, maman, il y avait un grand loup dans mon rêve ! raconte-t-elle, les yeux pétillants.

Je ris doucement, essayant de rester présente pour elle, malgré mon esprit qui retourne sans cesse à Xander, encore sous la douche. La chaleur de ses mains sur ma peau, le goût de ses lèvres, tout me hante agréablement.

– Les loups sont gentils…

Soudain, un coup frappé à la porte me coupe dans ma tentative d'explication.

Mon cœur se serre, une pointe d'appréhension m'envahit. Qui vient si tôt ?

Je m'essuie rapidement sur un torchon et vais ouvrir. Mon père se tient sur le seuil, une expression préoccupée sur le visage.

– Hum, oh, euh, Papa ? bafouillé-je en le laissant entrer. Que fais-tu ici ?

– J'ai entendu parler de ce qui s'est passé hier au Pow Wow et je voulais m'assurer que tout allait bien, dit-il en tendant la peluche élimée à Wynonah qui la saisit avec un sourire reconnaissant. Je me suis dit que ça pourrait rassurer ta fille.

C'est fou comme les rumeurs courent aisément dans cette petite ville. Sûrement Libby qui se tracassait pour moi, après les minutes d'angoisse durant lesquelles j'ai couru à travers la réserve à la recherche de mon bébé et l'altercation avec ma mère.

– Merci, Papa, c'est gentil.

Alors que sa petite-fille lui saute dans les bras, je vois son air changer. Il fronce les sourcils et tend l'oreille. Son regard se dirige vers le fond de la maison.

– Il y a… quelqu'un dans la salle de bains ?

Mon estomac se noue. J'inspire profondément pour me donner du courage.

– Hein, hein.

J'ai l'impression d'avoir 15 ans et d'être prise en flag avec mon petit copain.

– Qui est-ce ?

Il fait un pas dans la direction du bruit. Je pose une main sur son avant-bras pour l'arrêter.

– Cela ne te regarde pas, papa.

Il lève un sourcil, surpris par ma réponse. Un silence tendu s'installe entre nous.

– Kristen, tu sais bien que je m'inquiète pour toi et Wynonah. Surtout après ce qui s'est passé hier soir et avec ta mère qui ne cesse de dire que tu devrais vivre au sein de la tribu…

Éternelle querelle entre mes parents !

– Papa, je suis une adulte, le coupé-je fermement. Je fais mes choix, et je prends soin de ma fille.

J'hésite un instant à lui dire qu'il aurait dû faire plus attention il y a des années, cela m'aurait évité de tomber enceinte à 16 ans. Mais ce serait méchant et inutile, il s'en veut déjà assez comme ça, et puis je ne regrette rien. J'aime trop ma fille pour cela.

– Fais-moi confiance pour gérer ma vie.

Il cherche ses mots, puis finit par soupirer et hocher la tête.

– Très bien, ma chérie. Je n'ai pas de doute.

– Merci, papa.

Il embrasse Wynonah sur la joue et se dirige vers la porte.

– Passe une bonne journée. Et toi aussi, ma puce, ajoute-t-il en souriant à sa petite-fille.

Une fois la porte refermée, je m'y appuie un instant pour reprendre mes esprits, soulagée. Je ne me sentais pas prête du tout à présenter Xander à mon père. Un peu tôt quand même. *Jeune Étalon Fougueux* aurait eu un choc.

Je note que je n'entends plus l'eau couler.

– Tu m'attends deux secondes, ma puce ?

– Mais, maman, j'ai tellement faim que j'ai un trou dans le bidon.

– Juste un moment.

Je retourne à la salle de bains. Xander se frictionne avec une serviette. Je remarque qu'il a retiré la montre noire qui ne le quitte jamais. Elle est posée sur le rebord du lavabo. Je m'approche et attrape une autre serviette pour essuyer ses cheveux dégoulinants.

– Ça t'ennuie si on dit à Wynonah que tu viens d'arriver, car ta douche est cassée chez Libby ? lui demandé-je.

– Non, pas du tout, répond-il en me fixant.

Ses yeux…

– Tu peux… déjeuner avec nous… si tu veux.

Alors qu'il passe sa main dans ses boucles épaisses, un fin tatouage à l'intérieur de son poignet attire mon attention. Je ne l'avais pas aperçu jusqu'à présent, car le bracelet de la montre me le cachait. Curieuse de connaître chaque partie de son corps parfait, j'attrape doucement sa main et la retourne. Malgré le tracé pas très net, comme si Xander l'avait dessiné lui-même, la date est facilement déchiffrable.

– 13 avril ?

Je n'enregistre pas immédiatement que Xander s'est crispé sous mes doigts.

– Cela représente quoi ?

Comme il ne me répond pas, je lève la tête pour le regarder. Son visage est complètement fermé. Sa bouche n'est plus qu'une fine ligne. Quelque chose le chiffonne.

– Xander ?

Il retire sa main d'un geste sec, attrape la montre et l'ajuste à son poignet.

– Je… Je vais y aller, annonce-t-il.

Pourquoi ce brusque changement d'humeur ?

– Xander…

Il enfile rapidement ses affaires et sort de la chambre.

– Bonjour Wynonah. Comment vas-tu ?

Sa voix est calme, mais en arrivant derrière lui, je vois ses bras trembler le long de son corps.

– Xander ! s'écrie ma fille.

Il se décale légèrement pour éviter qu'elle ne se jette dans ses jambes – le geste m'affecte énormément – et ouvre la porte d'entrée.

– Bonne journée à vous deux.

Son visage est livide. *Regard Triste* est revenu. Je n'ai pas le temps d'ajouter un mot, il a déjà disparu. Je me laisse tomber sur une chaise. Mon cerveau a beau tourbillonner, je ne comprends pas.

– Maman, on mange ?

– Oui, ma puce.

Je m'efforce de sourire à ma fille, tandis qu'une vague d'inquiétude et de confusion m'envahit. Xander est comme mon père, il ne se livre pas, ne parle pas de ses problèmes. Et cela a valu à papa de sombrer dans l'alcool durant des mois.

Je ne suis pas certaine d'être capable de supporter ces montagnes russes émotionnelles, même si je suis en train de tomber amoureuse de cet homme.

Mes pensées reviennent sur le tatouage. 13 avril. Qu'est-ce qui peut bien se cacher derrière cette date ? Et pourquoi semble-t-elle le hanter ainsi ?

25

Xander

La porte se rabat derrière moi, dans un odieux bruit sec, étouffant les bavardages joyeux de Wynonah et la présence magnétique de Kristen.

Après les heures fiévreuses dans ses bras, l'air frais du matin me frappe de plein fouet, sans parvenir à chasser le tumulte dans ma tête. La nuit passée aux côtés de Kristen a été un rêve éveillé, une parenthèse enchantée.

Je me rends compte que, pour un moment, j'ai oublié mon objectif. La vengeance.

Sous le bracelet en plastique de la montre noire, unique héritage de ma mère, les chiffres me brûlent. J'ai envie de gratter, de griffer et d'arracher la peau tendre sur laquelle est encrée cette date honnie. Le 13 avril. Le lendemain de mon anniversaire. Le jour fatidique où tout s'est effondré.

Je m'arrête au milieu de la rue déserte et tente de repousser les souvenirs, les paumes à plat sur les cuisses, à la limite du haut-le-cœur. Peine perdue, ils me submergent. Le visage de maman, ses yeux sombres comme ceux d'une biche, ses rires qui résonnaient à travers toute la chaleureuse maison décorée par ses soins, ses larmes de joie quand elle regardait ses fils grandir.

Contrarié, je passe nerveusement mes doigts dans mes cheveux, encore humides de la douche.

« Hum, Xander, j'adore. Plus fort. Encore. Oui. Encore. »

Cette fois, ce sont les images érotiques qui affluent. Les sensations. Le poids des seins de Kristen dans mes mains, son goût sous ma langue, ses gémissements dans mon cou.

Elle a presque réussi à me faire négliger la raison de ma présence à La Conner.

Seulement, quand elle a demandé « Cela représente quoi ? », en caressant de ses longs doigts fins les lignes que j'ai gravées dans ma chair, la colère a enflé en moi telle une tempête.

De nouveau, mon poignet me gratte. Je me souviens du jour où j'ai ressenti le besoin de marquer ma peau. J'avais trouvé une lame de rasoir en farfouillant dans la chambre de l'un des éducateurs spécialisés de l'orphelinat. Le bras posé au-dessus du lavabo du dortoir, j'ai fait de petites incisions superficielles formant les chiffres et le mois. Les coupures devaient être suffisamment profondes pour être visibles, mais pas trop pour ne pas atteindre une veine.

Je me souviens, ma main a hésité à entailler plus fort, pour en finir.

Être cloîtré dans cet endroit glauque. Faire des cauchemars nuit après nuit. Me sentir impuissant à cause des médicaments. Voir mes frères avancer tandis que je ne parvenais pas à exprimer ma peine. Tout cela pouvait cesser en quelques secondes…

Non, je devais vivre, pour la venger. J'ai donc entamé ma chair, millimètre par millimètre, puis j'ai cassé un stylo et répandu l'encre noire sur les plaies ouvertes.

Et j'ai bien fait, car ce matin, le tatouage m'a servi de rappel.

Kristen est une distraction dangereuse ! Chaque sourire échangé, chaque regard partagé est une menace pour ma concentration.

Alors, pourquoi je n'arrive pas à oublier la douceur de ses yeux, la chaleur de sa voix et cette sensation de plénitude quand j'étais au creux d'elle ?

Nous nous sommes donné tant de plaisir. Nous nous sommes aimés. Il n'y a rien de mal à cela.

Aimés ? Arrête de dire des conneries, Xander.

Peut-être, dans une autre existence. Dans un monde parallèle, c'est certain, cet être lumineux, si différent de toutes les autres personnes, aurait été la femme de ma vie. Sa douceur, ses sourires, sa force.

Cependant, ici et maintenant, je ne veux pas abandonner ma quête, ma raison de vivre. Mon esprit est une tempête de contradictions, pourtant une chose est claire : une simple rencontre ne doit pas bouleverser des années de plans soigneusement échafaudés. J'irai jusqu'au bout.

La pelote de haine dans mon bide, qui n'a fait que grossir depuis des années, s'effiloche. Et ça, je me l'interdis !

Je repense à mon alibi. Je dois revoir Kristen encore une fois, une toute dernière, car mon plan est de me servir d'elle si je dois justifier ma présence à La Conner, alors qu'un inconnu aura tué Mason Spears à des kilomètres de là.

Passer la nuit chez Kristen, mettre un somnifère dans son verre pour l'endormir, accomplir ma mission et revenir l'air de rien !

Qui douterait de la parole de cette jeune femme ?

Ce soir, je passe à l'acte et ensuite, je disparais pour toujours de la vie de Kristen. En douceur. Elle ne doit pas souffrir à cause de moi.

Tu veux la voir une dernière fois ! me susurre une petite voix au fond de mon cerveau en ébullition.

– Ta gueule ! maugréé-je.

***

J'ai passé la moitié de la journée à repousser les ondes sensuelles encore accrochées à ma peau et à aligner les pièces de mon échiquier mental.

Les dealers de Mount Vernon sont les pions.

Mason Spears, le roi.

Moi, le fou prêt à tout renverser.

Et la dame…

Je déverrouille mon téléphone et appuie sur le contact de Kristen, une boule en travers de la gorge. Une part de moi espère qu'elle ne décrochera pas, qu'elle refusera de me parler à la suite de mon départ précipité.

– Oui ? répond-elle après trois sonneries, sur un ton un peu distant.

Allez, c'est la dernière ligne droite. Vas-y, Xander !

– Excuse-moi pour ce matin…

Le silence qui m'accueille est oppressant. Je vais devoir jouer sur la corde sensible.

– J'ai parfois des blessures du passé qui ressurgissent, avoué-je.

– Veux-tu en parler ? demande-t-elle, pleine de sollicitude.

Kristen est si empathique, si attentionnée, qu'elle ne peut pas résister à quelqu'un en détresse. Comme prévu !

– Non, ça va déjà mieux.

Elle ne saura jamais rien de mes blessures ni de ma noirceur.

– Je… veux… voudrais te prendre dans mes bras, ajouté-je, ressentant réellement le besoin de la serrer contre moi.

Un soupir me parvient à travers le téléphone.

– Si tu pardonnes au gros débile que je suis, puis-je venir après ton travail ? insisté-je.

Elle ne réfléchit même pas, et son ton est si jovial quand elle me répond, que je me déteste de jouer avec ses sentiments.

– Oui. Je vais demander à maman de garder Wynonah.

Elle fonce droit dans mon piège, confiante. J'ai horreur de lui mentir. Ce qui se passera ce soir réduira à néant toute possibilité d'histoire entre nous.

Pourtant, je n'ai pas le choix.

– Merci, Kristen. À plus tard.

Je raccroche, ferme les yeux et serre les poings avec force pour ne pas taper de frustration dans le mur.

Le premier pion est avancé.

Je sors de la cabane, plaque un sourire factice sur mon visage et frappe à la porte de ma propriétaire.

– Bonjour Xander, me salue la vieille femme.

Sa gentillesse. Sa gaieté. J'ai envie de hurler.

– Libby, puis-je vous emprunter une bouteille de votre fameuse verveine ? Je vais regarder un film chez Kristen, ce soir.

Semer des petits cailloux pour mon alibi.

– Oh, bien sûr, mon garçon, avec plaisir.

Elle fouille dans son buffet.

– Kitty est une jeune femme tellement géniale, affirme-t-elle en me tendant la bouteille, son regard s'attardant un instant de trop sur moi. Je savais qu'elle finirait par te faire changer d'avis.

Changer d'avis ?

– Merci, Libby.

Devant mon sourire forcé, elle ne lâche pas la bouteille.

– Xander…

Je relève les yeux, surpris par la gravité soudaine dans sa voix.

– Promets-moi une chose ; ne joue pas avec ses sentiments.

Un frisson me traverse.

– Je ne joue pas, Libby, dis-je en me redressant.

Elle serre la liqueur une seconde de plus, comme pour s'assurer que ses mots ont bien atteint leur cible, puis la relâche.

Chacun de mes gestes est mécanique, je prends la verveine, remercie de nouveau Libby et rebrousse chemin.

Une fois de retour dans la chambre, je m'allonge sur le lit, les yeux scotchés au plafond. Après la nuit blanche, il faudrait que je dorme, pour être en forme, pour que ma main ne tremble pas ce soir, mais j'en suis incapable.

Les heures défilent.

Je devine la présence du revolver sous le matelas, comme un serpent lové sur lui-même, prêt à mordre.

Mon ordinateur n'arrête pas de biper. Des notifications des dealers qui souhaitent passer commande de ma marchandise imaginaire.

Le soir tombe, je me relève et me prépare à retrouver Kristen.

« Ne joue pas avec ses sentiments. »

Mon téléphone vibre.

Je pars du PubEat.

Mon pouce hésite quelques secondes au-dessus des touches.

Pressé de te voir.

Tellement pressé. Sentir son parfum. Admirer son sourire.

La mystifier. La droguer.

Rah… Ce n'est plus le moment d'avoir des états d'âme. Ce soir, je tue le meurtrier de ma mère. Justice sera enfin faite.

Quand elle m'ouvre la porte quelques minutes plus tard, Kristen m'observe, comme si j'étais un animal blessé qu'il ne faut pas trop brusquer.

– J'ai cru que tu avais entendu mon père ce matin, m'explique-t-elle, et que cela t'avait gêné ou fait peur ou…

Elle imagine que le problème vient d'elle. Elle doute…

– Non, non, ça n'a rien à voir avec toi. C'est moi, j'ai été nul.

Je l'enlace et dépose un baiser dans ses cheveux au parfum discret. Elle s'abandonne contre moi. Pourquoi ai-je tellement l'impression d'être exactement où je dois être ?

– Tu pardonnes toujours aux gens ? laissé-je échapper, presque énervé qu'elle soit si confiante, si naïve.

Elle me presse contre elle sans un mot. Mon cœur se serre. Me pardonnerait-elle si elle savait ?

– Libby m'a donné ça, annoncé-je en lui montrant la liqueur verte.

Elle sourit.

– Parfait avec des chips.

– Ne bouge pas, la stoppé-je, je m'en occupe. Installe-toi et relaxe-toi.

Quand je pose la bouteille de verveine sur le comptoir, mes doigts tremblent légèrement. Kristen est dans le coin salon, assise sur le canapé. Je me décale de telle manière que mon dos soit dans son champ de vision et qu'elle ne puisse voir ce que je fais.

Mon pouls accélère.

– Wynonah n'a pas arrêté de parler de toi, ce matin.

– Elle est adorable…

J'inspire profondément, tentant de calmer mes nerfs.

– Tu veux bien mettre de la musique ? lui demandé-je pour changer de sujet.

Je verse la boisson dans deux verres qui séchaient sur l'égouttoir à gauche de l'évier, mon esprit tournant à toute vitesse. Je sors la petite fiole de Zolpidem, un sédatif prescrit habituellement contre l'insomnie, de la poche intérieure de ma veste. L'ouverture du flacon émet un léger *pop*, un son qui semble se répandre dans la cuisine silencieuse comme un coup de tonnerre. Mais, un morceau de musique, au rythme lent, couvre le bruit.

– Super choix, dis-je en vérifiant du coin de l'œil qu'elle ne me rejoigne pas. C'est quoi ?

– Nirvana. *Something in the Way.*

La mélodie sombre et résignée colle parfaitement à mon état d'esprit. Kristen perçoit-elle la culpabilité qui me ronge ?

Je verse soigneusement quelques gouttes de Zolpidem, puis mélange discrètement en faisant tourner le verre entre mes doigts. La peur de doser incorrectement le somnifère m'étreint. Je ne veux pas faire de mal à Kirsten, juste l'assoupir pour qu'elle ne se rende pas compte que je m'absente de son lit durant quelques heures.

Je prends les verres et avance vers le salon, mes pas lourds sur le parquet.

– À nous, dis-je en lui tendant le sien.

Elle m'adresse l'un de ses sourires incroyables qui ont le pouvoir d'illuminer la pièce.

– Merci.

J'observe ses doigts effleurer le rebord, puis ses lèvres s'y poser délicatement.

Je peux encore lui arracher des mains et écraser ma bouche sur la sienne pour arrêter cette folie…

Je n'en fais rien.

Elle avale une gorgée, puis une autre, savourant le goût de la boisson. Une vague de culpabilité me traverse. Je n'en laisse rien paraître.

Poker face dirait mon père. Qui croupit en prison.

– Xander, je… je suis vraiment heureuse que tu sois là, murmure-t-elle, ses yeux se perdant un instant dans les miens.

– Moi aussi.

Elle passe ses bras autour de mon cou et nous entamons une danse lascive sur la voix triste de Kurt Cobain. Je pose une main dans le creux de ses reins et mon front contre le sien.

– Comment s'est passée ta journée ? lui demandé-je.

– J'ai pensé à toi. Tout le temps.

Kristen est si vraie, si sincère, c'en est déroutant.

– Moi aussi, affirmé-je d'une voix que j'espère assurée.

Elle recule légèrement la tête pour accrocher mon regard et je discerne de petites flammèches de désir dans ses pupilles dilatées. Elle tend son visage vers moi et m'embrasse. D'abord timidement, puis de plus en plus fougueusement. L'envie dingue de répondre à ses caresses me traverse.

Son corps chaud et délicat dans mes bras, ses formes épousant les miennes.

Pour éviter de profiter de la situation et de céder à l'attraction, je me force à calculer. Combien de temps pour que les somnifères agissent ? D'après la notice, le Zolpidem opère entre vingt et trente minutes après absorption. Les effets varient selon la personne et durent jusqu'à quatre heures. Largement assez pour ce que j'ai à faire.

– Tu veux un autre verre ? demandé-je.

Je vois ses paupières papillonner et sa tête dodeliner.

– Je… Je me sens un peu fatiguée, dit-elle en se frottant les yeux.

– Avec la journée que tu viens de passer, ça ne m'étonne pas. Peut-être devrais-tu t'étendre un peu ? lui proposé-je en la soutenant.

Elle acquiesce, vacillant légèrement.

– Oui, mais tu restes avec moi.

– Promis.

Je la guide jusqu'à sa chambre. Quand je m'apprête à

l'allonger, elle se pend à mon cou et je bascule avec elle sur le lit.

Elle éclate de rire avant de dire le plus sérieusement du monde :

– Tu as les yeux les plus merveilleux que j'ai vus de ma vie, Regard Triste.

Regard triste ?

– Je dois… Je dois te dire que pour moi aussi, c'était ma première fois… La première fois que je fais l'amour avec un homme de passage.

Elle secoue la tête.

– Je ne veux pas d'une histoire sans lendemain. Xander… tu n'es pas obligé de repartir dans l'Est. Je ne veux pas me retrouver seule.

Son euphorie et son inhibition sont certainement dues aux molécules dans son sang.

– Tu n'es pas seule. Tu as Wynonah.

– Oui… Non ! Ce n'est pas ça…

Elle soupire.

– Xander ? Je…

Elle s'endort presque instantanément, au milieu de sa phrase. Sa respiration devient régulière et profonde.

Je la regarde et mon cœur se brise un peu plus à chaque seconde.

Qu'allait-elle me dire ?

Je me penche et dépose un baiser sur son front, mes lèvres pressées contre sa peau douce.

– Je suis désolé, murmuré-je.

Quoi qu'elle ait voulu me dire, Kristen ne peut être plus qu'un chapitre éphémère, même si c'est le plus beau chapitre de cette histoire de sang et de haine.

26

Xander

J'observe Kristen dormir. Je devrais être parti depuis plusieurs minutes, pourtant, je ne parviens pas à détacher mon regard de son visage. Je pensais que ce serait simple. Que je pourrais tout bonnement m'éclipser après l'avoir droguée.

Or, ce n'est pas facile. Loin de là.

Une vague de doutes m'envahit.

Pourquoi maintenant ?

Parce que je commence à ressentir des choses pour cette jeune femme pleine de vie ? Car après toutes ces années de semi-coma, mon cœur engourdi se met à battre pour quelqu'un d'autre…

Non ! Hors de question.

Je fais appel à ma mémoire pour me donner de la force. Je visualise la pierre tombale en marbre blanc de maman sur l'une des collines du cimetière de Green Wood. Ses dates de naissance et de décès gravées en lettres délicates, et juste en dessous, l'épitaphe choisie par Noah : « Ici repose Paloma Wolff, une âme douce et aimante, désormais libre comme une colombe dans le ciel éternel. »

Comment pourrais-je avoir droit au bonheur alors que son corps, qui me berçait quand j'étais triste, se décompose sous des mètres de terre ?

Je me redresse avec lenteur, évitant de faire craquer le lit. Je ne peux m'empêcher de regarder encore une fois Kristen, mémorisant chaque détail de son visage. Ses cils reposent délicatement sur ses joues. La courbe douce de ses lèvres, légèrement entrouvertes. Je me penche vers elle, incapable de partir sans un dernier contact, comme si une force invisible essayait de me retenir. Mes doigts frôlent sa joue. Je m'attarde, puisant du réconfort dans sa chaleur. Ma bouche effleure son front, un geste de contrition désespéré.

– Je suis désolé, chuchoté-je, la gorge serrée. Je ne peux pas te laisser bouleverser mon monde.

Son parfum, un mélange de vanille et de fleurs sauvages, emplit mes narines, rendant chaque respiration douloureusement douce.

Personne n'a jamais eu cet effet-là sur mon corps. Et encore moins sur mon âme.

Elle est ma première et, selon l'enchaînement des événements de ce soir, peut-être la dernière.

Kristen mérite tellement mieux que ce que je peux lui offrir. J'espère qu'un homme, aussi tendre et radieux qu'elle, croisera sa route.

Mes ténèbres finiraient par étouffer sa joie de vivre.

– Sois heureuse.

La pluie s'est mise à tomber au moment où elle s'est assoupie et tambourine à présent contre les fenêtres, créant une mélodie morose. Des nuages épais cachent la Lune et plongent la nuit dans une obscurité presque totale.

Parfait pour ce que j'ai à faire. Pas de lumière pour trahir mes mouvements.

Je prends une profonde inspiration et attrape mon sac préparé plus tôt. Dedans, le poids de l'arme me rappelle mon but. La colère froide s'infiltre de nouveau dans mes veines.

Bienvenue à toi, amie de longue date.

J'ouvre la porte d'une main assurée, puis la referme derrière moi. Le pétrichor, cette odeur bien particulière de la pluie qui touche le sol au début d'une averse, chasse le parfum tentant de Kristen. Plus de doute. Je monte dans ma voiture, la démarre, et le moteur brise le silence de la nuit. La maison aux volets bleus disparaît dans le rétroviseur, et avec elle, la meilleure chose qui me soit jamais arrivée.

Bien sûr, je reviendrai. Si je suis toujours vivant. J'ai

besoin d'elle comme alibi. Seulement, quand tout sera terminé, je serai un meurtrier.

Et rien ne sera plus possible entre nous.

Je suis un homme avec un plan. Alexander Wolff est de retour, méticuleux, déterminé, et il connaît son but.

Vingt minutes plus tard, je traverse le pont qui enjambe la Skagit. Sur l'autre rive, un énorme parking hideux accueille les visiteurs de Mount Vernon et les jeunes qui squattent le long de la rivière pour fumer un joint ou se tripoter dans les voitures. Les rues sombres sont désertes à cette heure tardive. Seuls quelques lampadaires diffusent une lueur jaunâtre sur les trottoirs mouillés.

Je passe ma route, comme un conducteur lambda, et me gare plus loin avant de revenir à pied, me faufilant dans l'ombre des immeubles. Les hormones sécrétées par mon stress accélèrent mon rythme cardiaque, augmentent ma pression artérielle et me poussent à avancer toujours plus vite.

J'ai planifié ce moment pendant des heures, mais être ici, en train de le vivre, c'est bien plus intense.

Il est minuit trente.

La routine de Spears est bien réglée, et je m'accroche à cette prévisibilité comme à une bouée de sauvetage. Le détective va commencer sa ronde dans le quartier d'ici une heure. Grâce aux fausses plaintes déposées au commissariat indiquant des activités suspectes dans un entrepôt abandonné au bout de la rue, je sais qu'il passera dans le coin.

J'ai tout préparé avec une précision chirurgicale.

J'ai donné rendez-vous aux dealers à une heure trente. Les minutes s'égrènent avec une lenteur interminable. Chaque tic-tac de ma montre résonne dans ma tête comme un compte à rebours, un pas de plus vers un point de non-retour.

Sous le bracelet, le tatouage pulse, comme si ma peau venait tout juste d'être marquée au fer rouge.

Je m'accroupis derrière une vieille Buick toute rouillée, le souffle court. Je serre les poings, mes ongles s'enfonçant dans mes paumes. Des silhouettes fantomatiques passent, une demi-douzaine. Certainement, les petits magouilleurs de cette ville de province qui pensent arrondir leur fin de mois avec la marchandise dont j'ai fait miroiter la qualité sur le darknet.

Les phares d'une voiture approchent au loin.

Les flics ?

Non, juste une camionnette qui s'éloigne rapidement.

J'aperçois l'entrepôt à une centaine de mètres, ses fenêtres brisées et ses murs tagués témoignant de son abandon. Je me glisse à l'intérieur, trouvant une cachette derrière une pile de caisses en bois. Mon plan est simple : attendre que Mason Spears entre faire sa ronde, le surprendre et faire passer sa mort pour une énième perte due aux ravages de la drogue aux États-Unis.

Dommage collatéral, pensé-je avec aigreur.

Un craquement me fait tressaillir.

Respire, Xander.

Je suis habitué à planquer, à épier et à ne pas hésiter. J'ai plusieurs casses à mon actif, même si c'était toujours aux côtés de mes frères et même si je sais bien que Noah me réservait le rôle le moins exposé.

De longues minutes passent. Un nouveau bruit de moteur. Des phares s'arrêtent un peu plus haut sur le parking. Par un mur éventré, je distingue la voiture. Je devine la barre bleue et rouge sur le toit quand elle se gare. L'un des véhicules du bureau du shérif.

C'est trop tôt.

Pourtant, je sens au fond de moi que c'est *lui.*

Je glisse ma main dans mon sac et attrape le flingue, froid comme la colère qui guide mes pas. Il pèse lourd contre ma paume. Chaque pas que je fais m'éloigne un peu plus de mon ancienne vie. *Kristen, Noah, Liam...* Leurs visages me traversent l'esprit, mais je les chasse rapidement. Je ne peux pas me permettre de faiblir maintenant.

Une silhouette sort de la voiture de patrouille.

– Reste là. Je te fais signe si tu dois appeler des renforts.

Mon souffle se coupe, je reconnais le timbre un peu nasillard. Cela fait plusieurs semaines que je surveille cet homme nuit après nuit. Sa voix, sa manière de se déplacer, il n'a plus de secret pour moi.

C'est le moment. Tout ce que j'ai enduré ces derniers mois, mon choix délibéré de m'isoler, la distance imposée entre mes frères et moi, et mon refus catégorique de laisser Kristen percer ma carapace convergent vers cet instant décisif.

Je jette un dernier coup d'œil à l'arme. Mes doigts glissent sur la crosse froide. La sécurité est bien enlevée. Aucun retour en arrière possible.

Des pas résonnent sur le gravier à l'extérieur, les crissements hérissent mes poils. L'agent Spears entre dans l'entrepôt. Je retiens mon souffle et guette son avancée. Mon cœur bat à tout rompre, la haine et le stress se mêlant dans un cocktail explosif.

Je me déplace lentement, d'une ombre vers une autre, suivant ses pas. Il avance prudemment, sa lampe torche balayant l'obscurité. Mon regard reste fixé sur lui, chaque mouvement analysé, chaque pause interprétée. Je suis à l'affût, comme un prédateur suivant sa proie. D'ailleurs, ses épaules tendues indiquent une vigilance constante. Cette pensée me fait frémir, renforçant ma détermination. Le moindre faux pas, le moindre bruit pourrait me trahir.

Je me rapproche encore, à quelques mètres seulement derrière lui, le souffle suspendu. La lumière de sa torche éclaire les vieux conteneurs empilés dans un coin, le faisceau glissant sur la rouille et les toiles d'araignée. Je me fige à chaque instant où il s'arrête, mes muscles tendus à l'extrême, prêts à réagir. Son souffle est régulier, mais il sait que quelque chose cloche. Il le sent.

Soudain, il ne bouge plus.

Je l'imite, mes doigts serrés autour de la crosse du revolver. Spears tourne la tête, son regard cherchant quelque chose dans l'obscurité. Il est sur ses gardes. Un frisson parcourt mon échine tandis que je recule d'un pas, évitant de justesse le faisceau lumineux de sa lampe torche. Il avance à nouveau, plus lentement cette fois, droit vers moi.

La rage monte en moi, brûlante, incontrôlable. C'est le moment. Je suis sur le point d'accomplir ce pour quoi je suis venu, de mettre fin à cette quête. Éteindre cette flamme qui me consume de l'intérieur.

Une pensée furtive me traverse : et après ? Que deviendra cette coquille vide, *moi*, après cette nuit ?

Je secoue la tête. Je ne peux pas me permettre de me laisser parasiter l'esprit. Ce n'est pas le moment de faiblir. Pas maintenant. Tout se joue ici. Tout.

L'obscurité de l'entrepôt est percée par les rayons de la lampe torche du détective. Il s'approche de ma cachette, son faisceau de lumière passant à quelques centimètres de mes pieds. Il est seul, comme je m'en doutais. Sa coéquipière reste en retrait, comme souvent. Monsieur se la joue gentleman. Ou idiot ? Peu importe. Mon objectif est là, à portée de main. Seul.

Je m'agrippe au revolver. Où sont mes pions, les dealers ? Dois-je attendre qu'il y ait plus d'effervescence pour agir, comme prévu ? Mon cœur s'emballe, chaque pulsation amplifiée par l'adrénaline qui coule dans mes veines. Un tambour de guerre résonne dans mes tempes. Le goût métallique de la peur se mêle à ma salive, amertume et détermination.

Un nouveau mouvement de la torche éclaire son visage, et sa vue m'arrache un cri de rage.

– Spears ! hurlé-je, ma voix déchirant le silence comme un coup de tonnerre.

Il se retourne, surpris, et c'est à ce moment-là que j'agis. Avec une rapidité que je ne savais pas posséder, je bondis devant lui, les muscles tendus à l'extrême. Quand il voit le revolver pointé directement sur sa tronche, son expression passe de la stupéfaction à la peur. Pourtant, il dégaine d'un geste automatique, peut-être dicté par l'instinct ou ses années d'entraînement, et braque également l'acier brillant de son arme vers moi.

– Eh, calme-toi, mon gars, je suis policier, tente-t-il.

Il n'a pas dû entendre que je l'avais appelé par son nom de famille.

– Tu n'aurais pas dû la tuer, craché-je, haineux.

L'incompréhension s'imprime sur son visage.

– Écoute, je ne sais pas de quoi tu parles… On peut en discuter, d'accord ?

Il écarte les bras en signe de paix.

– Regarde, je pose mon arme, ajoute-t-il en l'abandonnant sur une palette à sa droite.

Sa réaction me surprend, je m'attendais à un être hargneux, abject. Mes doigts tremblent sur la crosse.

– C'est trop tard pour discuter, réponds-je.

Il tente de reculer, mais je suis sur lui et le pousse contre une caisse. Son flingue tombe à terre avec un bruit sourd, résonnant dans l'espace vide et amplifiant le silence oppressant.

– Ne fais pas ça, je t'en prie… supplie-t-il.

D'un rapide mouvement du pouce, je tire le chien en arrière pour armer le revolver.

Abats-le et barre-toi.

Le clic métallique qui annonce que le barillet se met en place m'arrache un frisson d'appréhension.

– Tu ne dois pas faire ça…

– Ferme-la, éructé-je.

L'espace d'un instant, le temps se suspend. Le doigt sur la détente, je n'entends plus que les battements de mon cœur.

– J'ai une famille. J'ai… J'ai une charmante petite-fille… qui m'adore, ajoute Spears.

Une famille ? Une petite-fille ? Impossible. Son dossier ne mentionne aucune attache. Je ne comprends pas…

Ne l'écoute pas, Alexander. À cause de lui, Paloma ne pourra jamais connaître ses petits-enfants.

Ma main se met à trembler et un voile de panique, de rage, et de tristesse me recouvre.

Dommage collatéral.

Putain, je n'arrive pas à passer à l'acte. Je le regarde droit dans les yeux, et pour la première fois, je vois un homme, un foutu grand-père, et pas seulement le monstre qui m'a enlevé ma mère.

Des larmes perlent à mes cils.

Allez ! Appuie sur cette foutue gâchette !

Mon esprit est en guerre contre lui-même. La colère et la douleur me consument de l'intérieur, et pourtant, elles ne suffisent pas à me transformer en celui que je dois être pour accomplir ma vengeance.

« Tu n'es pas un tueur, ai-je dit à Noah une fois. »

Il semble que j'en sois également incapable.

– Tuer quelqu'un... halète ma proie... est un acte qui te marque pour toujours, mon gars.

– Ta gueule, Spears ! hurlé-je, mon flingue à quelques centimètres de son visage. Tu as tué ma mère ! Et pourtant, tu vis ta meilleure vie, sale enfoiré !

Il ouvre grand les yeux. Cette fois, il m'a bien entendu le nommer. Peut-être même reconnaît-il les prunelles vertes si spécifiques de notre fratrie sous ma capuche.

Aucune idée, je profite de sa surprise pour le frapper de toutes mes forces à la tempe d'un coup de crosse. Il s'effondre comme un pantin désarticulé.

Maintenant...

Au-dessus de lui, j'hésite une dernière fois.

Non !

Le goût amer de la bile emplit ma gorge alors que je me détourne de son corps inerte et quitte l'entrepôt en courant. Des larmes de dégoût envers moi-même obstruent ma vue.

La pluie a détrempé les trottoirs. Je glisse, tombe à genoux, et le choc remonte jusqu'à ma mâchoire crispée. La tête baissée, je retiens un hurlement de frustration. Je voudrais rester au sol, me mettre en boule et ne plus bouger. De rage, mon poing s'abat sur le bitume. La peau sur mes phalanges explose.

Je suis une merde. Un incapable. Je me déteste.

Je me relève et cours de nouveau à perdre haleine pour rejoindre ma voiture.

Spears respire toujours.

Alors que j'étouffe de haine. Contre moi-même.

27

Xander

Un vrai déluge s'abat sur le pare-brise de la voiture, réduisant la visibilité à presque rien. Les phares des véhicules qui me croisent sporadiquement créent des éclats de lumière aveuglants dans l'obscurité. C'est à peine si je distingue la route détrempée et j'ai déjà failli me foutre dans le décor plusieurs fois depuis mon départ précipité de Mount Vernon.

Serait-ce la solution ?

Le revolver repose sur le siège passager, serpent enroulé sur lui-même, prêt à mordre, et surtout symbole de mon échec et de ma faiblesse.

J'ai tout fait de travers. Non seulement, j'ai été trop lâche pour tuer Mason Spears, mais en plus, il a certainement deviné qui je suis. A-t-il déjà envoyé ses collègues à ma poursuite ? Ai-je entraîné mes frères dans la tourmente ?

Quand je me gare devant chez Libby, mon cerveau tourne à vide, noyé sous un maelström de questions. Je suis paumé. Ma seule pensée cohérente est que je dois m'en tenir à mon plan. Enfin… ce qu'il en reste. Kristen est mon alibi et elle doit me trouver à ses côtés au réveil. Pas le choix !

Seulement, pour le moment, ma rage contre moi-même est trop envahissante pour que je puisse retourner auprès de la jeune femme endormie. J'ai besoin de boire un verre. Le somnifère dans ses veines devrait agir encore quelque temps, de quoi analyser les différentes options qui s'offrent à moi après ce fiasco.

C'est quoi, cette région paumée où il pleut non-stop et où les bars ferment à minuit ! À New York, j'aurais pu me rabattre sur l'un de ces endroits glauques ouverts vingt-quatre heures sur vingt-quatre qu'affectionne tant Liam.

Je me retiens de donner un coup de boule dans le volant. Je me déteste.

J'attrape l'arme à ma droite, son métal froid mordant ma peau brûlante, et sors de la voiture. Au lieu de faire le tour pour rejoindre directement ma location, je monte les quelques marches qui mènent au perron de la maison de ma propriétaire. Elle ne verrouille jamais ses portes.

J'ai repéré exactement où le parquet grince et l'évite facilement. Quand on vient d'une famille de cambrioleurs, on sait se faufiler partout et sans bruit. Déformation professionnelle !

L'intérieur, beaucoup trop paisible, contraste furieusement avec le chaos dans ma tête. Sans même me rendre compte que je me balade avec une arme à la main chez une vieille dame veuve, je me dirige vers le salon, où Libby garde les bouteilles d'alcool. Dans le buffet en bois, une étagère entière est dédiée aux spiritueux. Elle m'a expliqué que son mari adorait les alcools millésimés, vieillis en fût de chêne, et qu'à sa mort, elle n'avait pas pu se résoudre à les jeter. Certaines flasques ont plus de dix ans. Mon regard se fixe sur une bouteille de whisky et une de rhum, leurs reflets ambrés promettant un répit temporaire.

Mes doigts tremblent quand je glisse le revolver dans la ceinture de mon pantalon et attrape tout ce qui me tombe sous la main.

Je retourne à ma cabane, les bras chargés. En fermant la porte derrière moi, le monde extérieur disparaît, remplacé par une solitude écrasante. Je m'effondre sur le canapé, posant les bouteilles sur la table devant moi. Je débouche le whisky et verse une généreuse rasade dans un verre, le liquide scintillant à la lumière du plafonnier.

Oublier… Laissez-moi oublier.

Je porte le verre à mes lèvres et bois, la brûlure familière de l'alcool me rappelant des souvenirs que j'ai tenté d'enterrer. La première cuite avec mes frères me revient dans un flash.

Je voudrais tant pouvoir faire machine arrière.

Depuis, je ne me suis jamais senti aussi heureux, sauf dans les bras de Kristen. Je prends une autre gorgée, cherchant désespérément à retrouver cette sensation de réconfort temporaire. Rien n'y fait.

Plus je bois, plus les souvenirs se ravivent. Le sang entre mes doigts. La promesse faite sur la tombe de ma mère. « Je te vengerai, avais-je tenté de murmurer avant de ne plus prononcer un mot durant des mois. »

Cette promesse est devenue mon ancrage. Maintenant, cette ancre me tire vers le fond d'un océan sombre.

Spears était là, devant moi. Il suffisait que je presse la détente. Sa tête aurait éclaté comme une pastèque trop mûre.

« J'ai une charmante petite fille qui m'adore. »

– Enfoiré !

J'attrape une nouvelle bouteille ainsi que le revolver trempé d'alcool que j'essuie sur mon jean et je me positionne devant la fenêtre. Les lumières du village amérindien sont visibles de l'autre côté.

– À la tienne, Kristen !

Je bois le rhum à grandes gorgées, cherchant à me perdre dans l'ivresse, à échapper à la douleur qui me consume. Putain, ce n'est plus de la douleur, c'est de l'humiliation ! J'ai passé des semaines à préparer ce moment, des années à me convaincre que j'étais prêt à tuer le meurtrier de ma mère, mais au dernier instant, la rage s'est figée, remplacée par un doute paralysant.

Maintenant, tout ce que je ressens, c'est une honte dévorante.

Comment ai-je pu échouer si lamentablement ?

– Allez tous vous faire foutre, grommelé-je entre mes dents.

Je me laisse tomber à genoux sans savoir à qui s'adressent mes insultes.

À moi-même, car je m'aperçois que je ne vaux rien.

– Maman, tu me disais que j'étais fort et intelligent, et… engueulé-je la pénombre d'une voix cassée.

Qui croire ? Les démons en moi qui hurlent que je suis une sous-merde ? Mes frères, mes parents, Kristen ?

Quelle est ma valeur ?

Avec cette question, une chanson de Rihanna me revient en mémoire. *Russian Roulette.* La mélodie semble si réelle, j'hésite à me retourner pour vérifier si quelqu'un a allumé une radio.

Un vieux transistor qui grésille.

« Take the gun, and count to three. »

Je secoue la tête. Pas cette chanson !

Prends le flingue et compte jusqu'à trois.

Chaque note, chaque parole résonne en moi, amplifiant ma détresse, et l'arme dans ma main se rappelle à mon bon souvenir.

« So, just pull the trigger. »

Parier la valeur de ma vie sur un coup de chance.

Allez, appuie sur la détente.

Laisser le destin décider à ma place. Peut-être cela mettra-t-il fin à cette torture ?

« I know that I must pass this test » fredonne la chanteuse dans le creux de mon cou.

Passer un test ? Oui. Je regarde l'acier brillant – flou à cause de l'alcool dans mon sang – ouvre le barillet et vide les munitions sur le parquet défraîchi. Je récupère à tâtons une unique balle et la replace dans une chambre, referme le barillet et le fais tourner. Clic. Clic. Clic.

Est-ce la bonne ? Celle qui saura me dire ce que je vaux !

Je lève l'arme à hauteur de mon visage, la tenant fermement contre ma tempe. Les mains moites et le pouls battant à tout rompre dans mes oreilles.

Peur. Honte. La nausée remue mon estomac.

Je ferme les yeux, cherchant une ultime force dans les souvenirs de ma mère. « Paloma Wolff, une femme douce et aimante, désormais libre comme une colombe dans le ciel éternel. » Elle méritait mieux que le sort qui lui a été réservé. Et moi, je n'ai su ni la protéger ni la venger.

Le goût amer de l'échec me remplit la bouche, m'étouffant comme une bile épaisse.

Quelle est la dernière chose que je désire voir avant de mourir ?

Le verdict m'horripile : Kristen.

Ses yeux pétillants de vie, sa tendresse infinie. Elle ne sait rien de moi, mais elle ressent ma détresse. Elle me voit, moi.

Regard Triste.

Est-ce un surnom qu'elle m'a donné ? Sûrement ! Il faut dire que je m'enlise depuis près de sept années. Je n'arrive pas à voir le bon côté des choses. Je ressasse le passé. Malgré cela, Kristen m'a laissé entrer dans sa vie et celle de sa fille. Elle est la seule à m'avoir donné le goût de vivre depuis longtemps. Une lueur d'espoir dans mon univers sombre.

Ma lueur d'espoir.

Une sensation étrange s'empare de moi, un mélange de chaleur et de frustration.

Je suis tombé amoureux ?

Non ! Oui ? Non ?

Cette révélation m'emplit de confusion. Kristen m'a détourné de mon objectif, elle a adouci ma peine, brouillé ma détermination.

L'index sur la gâchette se crispe, j'entends le premier cran s'enclencher. Je suis terrifié. Pourtant, l'idée de mettre un terme à cette douleur incessante est tellement attrayante. Une dernière infime pression sur la détente, et tout sera fini.

Un cri déchirant monte du fond de ma gorge, un mélange de rage et de désespoir.

Je l'étouffe en mordant dans mon poing.

Je relâche lentement la gâchette et abaisse l'arme.

– Tu es trop lâche pour finir ce que tu as commencé, sifflé-je entre mes dents en renversant la chaise qui se trouve à ma portée.

Je me lève, pris d'une rage puissante. Je donne un coup de poing sur le dossier d'une seconde, explosant l'assise. Je suis essoufflé, je fourre les doigts dans mes cheveux sur lesquels je tire pour éviter de hurler. Je fais quelques pas en arrière jusqu'à buter contre le mur.

Bon sang !

J'ai besoin de ressentir cette vague nauséabonde de vengeance…

Je me laisse glisser contre le mur jusqu'à finir assis, mes genoux contre ma poitrine. J'observe le bordel que ma rage a engendré dans le chalet.

Qu'est-ce que je vais devenir ? Si je n'ai plus cette haine en moi qui me porte depuis des années, que me reste-t-il ?

De nouveau, le même visage s'impose pour seule réponse. Kristen.

L'alcool embrouille mes sens, mes idées, mes résolutions.

Je n'ai pas le droit de penser à Kristen. C'est une distraction dangereuse, une tentation vers une vie que je ne peux plus me permettre de rêver. Je me force à repousser son image, à réaffirmer ma détermination. Le visage de ma mère supplante le sien, ramenant avec lui toute la douleur et la colère qui me maintiennent en vie.

Et je n'ai pas le droit de mettre fin à mes jours, pas tant que Mason Spears respire encore.

À bout de forces, je titube jusqu'à la table. J'attrape une nouvelle bouteille et ouvre mon ordinateur. Si je ne peux pas le tuer moi-même – poule mouillée, s'insurgerait Liam – je trouverai quelqu'un qui le fera pour moi.

Ma tête bourdonne alors que je m'effondre sur la chaise. La lueur bleutée de l'écran est la seule source d'éclairage dans cette petite pièce. J'ouvre mon navigateur et me connecte au dark Web. L'interface sombre et anonyme me murmure des promesses sinistres. J'avale une rasade d'alcool, essayant de calmer mes nerfs.

Je circule parmi les forums, les sites clandestins sur lesquels des hommes et des femmes sans âme vendent leurs services. L'idée de laisser quelqu'un d'autre faire ce que je n'ai pas pu accomplir me remplit de dégoût. Cette fois, ma haine n'est pas seulement dirigée contre le policier qui a abattu ma mère. Elle est contre moi-même, contre ma propre faiblesse.

Je trouve enfin un profil. Un tueur à gages bien noté par des clients anonymes. Comme sur un site de commerce lambda. Cinq étoiles. Ignoble.

Son pseudonyme est KaraKurt. Un nom glaçant. J'hésite un moment, mon doigt suspendu au-dessus des touches. Je commence à taper un message :

NighthawkHex_J'ai un contrat pour vous. Sous 48 h, sinon annulé.

KaraKurt_ Cible ?

NighthawkHex_ Mason Spears. La Conner, État de Washington.

KaraKurt_ Conditions ?

Je fronce les sourcils, perplexe, puis je comprends sa question.

NighthawkHex_ Doit ressembler à un accident. Votre tarif sera le mien.

KaraKurt_250 000.

Deux cent cinquante mille dollars. Comment cet homme estime-t-il la valeur d'une vie ?

Quoique, à bien y penser, Spears gagne combien par an ? Dans les quatre-vingt-dix mille dollars, maximum. C'est donc le prix de la vie de ma mère. Je ferme les yeux, sentant les larmes couler le long de mes joues. La douleur est insupportable. Je suis prêt à tout pour qu'elle s'apaise.

Je tape « OK ». Ma main tremble au-dessus de la touche « envoyer ». Un nouveau message arrive.

KaraKurt_ No Stop.

Je ne comprends pas ce que veut dire le gars, mais si je ne me lance pas maintenant, je vais encore me dégonfler.

Allez, je suis un Wolff!

NighthawkHex_OK.

Deux lignes de chiffres apparaissent. Des coordonnées bancaires cryptées.

Je clique sur le lien et l'un de mes comptes offshores est débité instantanément de la moitié de la somme convenue.

**Virement effectué.
Voulez-vous prévenir le destinataire ?**

Je m'arrête, regardant ces mots à l'écran, comme s'ils étaient dans une langue inconnue. *Putain, je viens d'embaucher un tueur à gages!*

Je m'effondre sur le bureau, le visage caché dans mes bras, laissant enfin les sanglots éclater.

Après un temps infini, je parviens à me lever et me laisse tomber sur le lit.

J'ai la sensation que la pièce tourne.

L'alcool et l'épuisement finissent par avoir raison de moi.

L'obscurité lugubre et ses démons m'engloutissent.

28

Xander

Je poursuis ma proie.

Elle ne cesse de m'échapper.

À force de courir dans tous les sens, je me retrouve dans un espace obscur, pris au piège entre les ombres et la faible lumière de la Lune. Une sensation étrange m'envahit, une impression de force brute mêlée à une solitude écrasante. Un hurlement monte en moi, profond et primal, résonnant dans le noir. Je suis un loup. Un loup enragé et solitaire, que sa meute a abandonné.

La végétation autour de moi est épaisse, presque suffocante. Les arbres forment un mur impénétrable, leurs branches noueuses me griffent et tentent de m'emprisonner. Mes sens en alerte, chaque foulée me rend plus conscient de la solitude qui m'habite.

Je suis seul.

Non, pas seul, perdu. Je suis perdu dans la forêt dense de la réserve, perdu dans ma propre vie, traquant un but qui m'échappe constamment.

– Car il est impossible à atteindre, murmure une voix douce.

Je m'arrête net, mon cœur battant la chamade, ma gorge se serrant soudainement. Une silhouette apparaît, immobile au centre d'une clairière.

– Maman ?

Je la reconnais instantanément, même après toutes ces années. Paloma se tient là, aussi réelle que dans mes souvenirs les plus chers. Ses longs cheveux noirs flottent autour de son visage, ses yeux sombres brillent d'une affection que je pensais avoir perdue pour toujours.

Je reste figé, incapable de bouger, incapable d'émettre un son. Tout ce que je peux faire, c'est la regarder, une boule d'émotion montant dans ma gorge.

– Xander, m'apaise-t-elle de sa voix pleine d'amour, mi lobito. Cesse de te débattre.

J'avais oublié qu'elle me surnommait ainsi. « Mon petit loup. »

– Maman…

Enfin, je parviens à parler, d'une voix brisée, presque un soupir.

– … Je suis désolé… tellement désolé.

Elle secoue la tête, son sourire triste, mais réconfortant.

– Il n'y a rien à pardonner, mon fils adoré.

– J'ai échoué, soufflé-je, la honte me submergeant. Je n'ai pas su te venger.

Elle s'approche davantage, posant une main sur ma joue. Son toucher est aussi léger qu'une brise d'été, et pourtant, il me semble plus réel que tout ce que j'ai ressenti depuis qu'elle est partie. À part, peut-être, les baisers de Kristen.

– Alexander, mon amour, je suis si navrée que tu portes ce fardeau.

Elle sourit tristement, ses yeux voilés par une ombre de douleur.

– La vengeance ne me ramènera pas. Elle ne fait que te consumer, te transformer en quelque chose que tu n'es pas. Où est mi lobito ?

Je secoue la tête, refusant d'accepter la vérité dans ses paroles.

– Je ne peux pas… Je ne veux pas juste oublier.

– Oublier ? Non, mon chéri. Tu n'as pas à oublier tous nos bons moments, nos discussions, nos fous rires. Mais tu ne dois pas passer ta vie à courir après des fantômes. Je veux que tu sois libre, que tu trouves la paix.

Elle se penche et dépose un baiser sur mon front.

– Mais avant, tu dois corriger tes erreurs.

De quoi parle-t-elle ? Ai-je fait une bêtise ? L'ai-je fâchée ? Je n'arrive pas à me souvenir de ce que j'ai fait.

– Tu es fort, Xander. Tu as toujours été plus fort que tu ne le pensais.

Sa voix est pleine de conviction, chaque mot résonnant comme une vérité indiscutable.

– Et tu n'es pas seul. Tu as Noah, Liam… et cette adorable Choolena.

La douleur dans ma poitrine devient plus vive.

– Maman…

– Réveille-toi, Alexander, m'ordonne-t-elle, et règle le problème.

Sur cette injonction, sa présence s'éloigne, me laissant frigorifié.

Réveille-toi ! Maintenant !

J'ouvre très difficilement un œil.

Je suis tellement groggy que j'ai l'impression qu'une équipe de football américain m'a passé à tabac.

La pièce est silencieuse, à l'exception du bourdonnement de l'ordinateur.

Oh, merde, ma tête va éclater !

Qu'ai-je foutu hier soir pour me retrouver dans cet état de larve ? Ai-je suivi Liam dans l'un de ses *bad trips* légendaires ?

La chambre tangue. Mince, où suis-je ?

Je cligne des yeux, essayant de repousser la nausée, quand je reconnais la cabane. Et là, tout me revient en un flash brutal : ma défaillance, la roulette russe et le contrat avec le tueur à gages sur le dark Web.

Un poids s'abat sur ma poitrine ! Un frisson glacé parcourt ma colonne vertébrale, une crampe crispe violemment mon estomac et je me précipite aux toilettes pour y vider mes tripes.

« J'ai une charmante petite-fille. »

J'ai fait une grave erreur, je m'en rends enfin compte. La mort de Spears ne me ramènera pas ma mère et ne fera que causer de la peine à une autre famille. Cercle sans fin.

« Tuer quelqu'un est un acte qui te marque pour toujours, mon gars. »

Une fois mes entrailles vides, je me précipite vers mon ordinateur et le déverrouille d'une main tremblante. L'écran s'illumine, affichant la dernière page visitée sur le dark Web. Celle de ma banque offshore.

**Virement effectué.
Voulez-vous prévenir le destinataire ?**

Mon cœur bat à tout rompre dans ma poitrine. Je dois annuler ce contrat, arrêter cet assassin avant qu'il ne soit trop tard. Je lui dirai de garder l'acompte, je me fous de la thune.

Un tueur à gages ? Comment ai-je pu tomber si bas ?

Tout ça, cette folie, ce n'est pas moi. Ce n'est pas l'Alexander que je veux être.

Je me creuse les méninges, en me pinçant la lèvre inférieure entre le pouce et l'index. Quel est son nom ? KaraKurt… C'est ça. Malgré les limbes dans lesquels m'a plongé l'abus d'alcool, je m'en souviens très bien, car cela désigne une araignée et que, gamin, j'ai eu une période où je collectionnais ces bestioles, au grand dam de Liam qui en avait la phobie.

Je navigue fébrilement entre les pages, tentant de dénicher son profil, cherchant un moyen de communication. L'angoisse monte en moi comme une marée noire. Chaque seconde compte. Je lui ai ordonné d'intervenir sous quarante-huit heures. Six heures se sont déjà écoulées.

Quand enfin, j'identifie son pseudo dans un salon en ligne, je tape frénétiquement sur le clavier, envoyant des messages désespérés :

NighthawkHex_Annulez le contrat. C'est une erreur.

L'attente est insupportable. Les minutes paraissent des jours.

Quand sa réponse arrive, elle est lapidaire.

KaraKurt_ No Stop.

Voilà ce que signifie « No Stop ». Pas de retour en arrière.

NighthawkHex_ Gardez le fric. Je vous envoie même le solde. Le contrat est caduc.

KaraKurt_ No Stop.

Son pseudo disparaît du chat. Je rafraîchis frénétiquement la page, encore et encore, prêt à lui offrir le double. Rien. Néant. Le vide numérique est implacable.

Mon estomac se noue de peur et de regret. Je fais défiler les forums, cherchant désespérément une solution. Les témoignages sont tous les mêmes : une fois le contrat accepté par KaraKurt, il est irrévocable. Le tueur exécute sa mission avec une précision infaillible et se moque de faire des victimes collatérales. Tout le monde le sait.

Réminiscence de mon rêve, la voix de maman s'élève dans ma tête.

« Tu n'es pas seul. Tu as Noah, Liam… et cette Choolena. »

L'envie de revoir Kristen, de sentir sa présence solaire est si forte. Je donnerais n'importe quoi pour l'embrasser une dernière fois.

Non, je ne peux pas faire ça. Je ne peux pas l'impliquer davantage dans cette folie. Elle mérite mieux que moi, mieux que la colère qui m'a poussé à faire n'importe quoi. Je vais simplement disparaître de sa vie et de celle de Wynonah. Hors de question que je les mêle à cette histoire.

De toute manière, Kristen a dû déjà se réveiller. Mon alibi est foutu. Très bien, je dois assumer mes actes.

Quant à mes frères… Je ne vois qu'eux pour m'aider. Seulement, que vont-ils dire quand ils sauront dans quel pétrin je me suis fourré ?

Mes doigts tapotent nerveusement sur la table. Je ferme mon ordinateur. Je sais ce que je dois faire. Je dois prévenir Spears qu'il est la cible d'un tueur à gages à cause de moi.

Je sors de la cabane, hésitant à jeter le revolver dans le canal. Non, si l'assassin rôde dans le coin, j'en aurai peut-être besoin. Mon poing se resserre autour de la crosse froide, et je l'insère dans ma ceinture, invisible sous ma veste.

La route jusque chez Mason Spears semble interminable alors que je ne suis qu'à quelques rues de distance. Les phares de ma voiture percent à peine le rideau de pluie qui s'abat sur la chaussée et les essuie-glaces luttent en vain pour dégager ma vision.

Quand j'arrive enfin devant sa maison, je reste planté là, figé sur le trottoir. L'hésitation me ronge. Je déglutis difficilement, le goût amer de l'angoisse dans ma gorge. Il doit être sur le qui-vive après notre confrontation de cette nuit. Il ne me laissera même pas franchir le seuil.

Que vais-je lui dire ? Comment commencer cette conversation absurde dans laquelle je lui annonce qu'il est la cible d'un tueur à gages ? Va-t-il m'écouter ou, plus probable, me tirer une balle entre les deux yeux dès qu'il ouvrira ?

Je dois assumer mes actes, comme ma famille m'a appris à le faire. Je me force à avancer, une main déjà levée pour frapper à la porte. Les coups résonnent dans la rue déserte. Aucune réponse. Je frappe à nouveau, plus fort cette fois. Toujours rien. Pourtant, sa voiture est devant. Je connais le planning du détective par cœur et je sais qu'il a terminé sa nuit de taf à cette heure.

Une sourde panique commence à monter en moi. Une sueur froide glisse dans mon dos. Et si c'était déjà trop tard ? KaraKurt est peut-être déjà passé à l'acte.

Je tente la poignée, espérant qu'un miracle m'ouvre la porte. Elle résiste, bien sûr. Fermée à double tour. Pas question de laisser tomber. J'ai fait de la merde, je dois régler le problème.

Je contourne la bâtisse, scrutant chaque ombre, chaque recoin, à l'affût du moindre mouvement. Je repère deux fenêtres, deux accès faciles. Seulement, une alarme se mettra à hurler dès que je briserai une vitre. Je me rapproche et regarde à l'intérieur de la maison. La fenêtre donne sur le salon et l'entrée. Je vois un petit boîtier de contrôle fixé sur le mur à droite de la porte. Parfait.

Je sors mon téléphone et lance une application que j'ai créée il y a des années, un petit bijou de piratage capable de neutraliser ce genre de systèmes. Les lignes de code défilent sur mon écran et je me connecte au réseau local en moins de trois minutes. La sécurité est minimale.

Pas bien, Spears. T'es flic ou non ?

Quelques manipulations suffisent pour désactiver l'alarme à distance. Un petit bip de confirmation retentit. L'accès est libre. Je soupire de soulagement, puis me reconcentre. Spears gît-il dans l'une des pièces de la maison, agonisant…

Je retire ma veste et la plaque sur la vitre, avant de la briser d'un coup de coude sec. Ma veste atténue le bruit du verre qui explose. J'écarte les éclats restants, déchire ma manche dans la précipitation et enjambe le mur. Je tombe à l'intérieur, atterrissant sur le sol dans un bruit étouffé. Je me redresse, tendu et stressé.

Je voudrais appeler Spears, crier son nom. Non, je dois la jouer fine. Si le tueur est là, caché dans un coin, je ferais mieux d'y aller à tâtons. Je fais rapidement le tour des pièces. Personne. Tout est en ordre. Pas de trace d'effraction.

Sensation étrange que de pénétrer l'intimité de celui que je hais depuis tant d'années.

L'endroit est bien entretenu et rangé. La décoration est simple, pas de bibelots, pas de fioritures, juste quelques cadres photos sur les murs et des dessins colorés d'enfants punaisés dans la cuisine.

Une photo attire mon regard. Un portrait de famille, accroché au-dessus d'une cheminée.

Je m'arrête net, le souffle coupé.

« J'ai une charmante petite-fille. »

Un vertige m'envahit. Mes jambes vacillent sous moi, et je dois m'agripper au dossier d'un fauteuil pour ne pas tomber.

Cette photo… Non, ce n'est pas possible. Pas ça.

Sur les autres clichés, le même constat.

Je me passe une main tremblante sur le visage. La panique

prend le dessus. L'horreur de la situation me frappe de plein fouet. Comme dans mon rêve de cette nuit, je me sens pris au piège.

La réalité est que j'ai déclenché une chaîne d'événements que je ne peux plus contrôler, telle une avalanche.

J'ouvre la porte d'entrée avec tellement de force que le battant rebondit sur le mur dans un bruit puissant. Je saute dans ma voiture et mets moins de cinq minutes à arriver à destination. Je me précipite hors du véhicule et me jette sur la porte de la maison aux volets bleus.

Quel con ! Comment n'ai-je pas compris ?

Leurs sourires. Les mêmes.

Je tambourine.

Faites qu'il ne soit pas trop tard...

La porte s'ouvre enfin, et Kristen apparaît, ses prunelles sombres surprises et inquiètes.

Mon souffle se coupe devant tant de beauté. Elle est là, devant moi, si éblouissante.

– Xander ?

Je craignais qu'elle me hurle de dégager, mais elle m'offre un sourire rayonnant, comme un soleil dans la nuit.

Mon cœur se serre.

– Entre, entre, je veux te présenter quelqu'un.

Elle se décale pour me laisser passer – son parfum chatouille mon âme – et avant que je puisse dire quoi que ce soit, une silhouette familière se dessine derrière elle.

Mon sang se glace.

L'homme qui m'a pris ma mère, celui que je hais au point de devenir fou et que je dois à présent protéger, se tient là, un bandage autour de la tête et son regard stupéfait fixé sur moi.

Wynonah pendue à son cou.

– Papa, voici Xander.

Kristen vient d'appeler Mason Spears, *papa* !

Elle ne se doute de rien, le visage rayonnant de joie, et pourtant, tout bascule en un instant.

29

Kristen

Lorsque j'ouvre la porte, une vague de bonheur m'envahit, estompant un peu le fait que mon père soit arrivé il y a quelques minutes, stressé, un bandage autour du crâne, m'expliquant de manière évasive qu'il s'est blessé au travail.

Xander se tient là, devant moi, l'air encore plus torturé que d'habitude, mais si incroyablement beau.

Ce matin, quand je me suis réveillée, seule, la tête enveloppée dans un brouillard inhabituel, je me suis sentie paumée. Abandonnée. J'ai même sniffé son parfum sur le drap froissé.

Aïe, je commence à être vraiment accro.

Mon cœur bondit dans ma poitrine.

« Tu as les plus merveilleux yeux que j'ai vus de ma vie, Regard Triste. »

Je rougis, me souvenant que je lui ai fait une déclaration. Satanée verveine de Libby !

Il est revenu, chante une petite voix guillerette dans ma tête. *Il est revenu !*

Tout à coup, mon univers s'aligne parfaitement. Les deux hommes que j'aime le plus au monde sont là. Ainsi que mon bébé. Super !

– Xander ! m'exclamé-je, sans aucune retenue. Entre, entre, je veux te présenter quelqu'un.

Aux anges, j'ignore son pas en arrière et son froncement de sourcils. Il hésite, jette un coup d'œil rapide derrière moi. Je me décale et mon regard passe de mon père à cet étudiant dont je suis tombée éperdument amoureuse.

– Papa, voici Xander, m'exclamé-je, radieuse.

Mon euphorie est étouffée par l'échange de regards entre les deux hommes. Xander reste figé sur le seuil, ses yeux fixés sur mon père avec une intensité qui me met mal à l'aise. Mon père, quant à lui, scrute le visage du nouvel arrivant avec une concentration extrême. Il plisse le front, comme s'il essayait de se souvenir de quelque chose. Tout à coup, ses traits se décomposent, passant de la confusion à l'affolement.

– Kristen, recule, ordonne-t-il sur un ton professionnel de flic, en attrapant mon bras pour me tirer en arrière. Emmène Wynonah dans sa chambre.

Je résiste, incrédule. Même s'il n'apprécie pas les étrangers et veut me protéger, il exagère…

– Papa, qu'est-ce qu'il te prend ? Tu…

À ma gauche, Xander écarte les bras en signe de… paix ? De tentative de désamorcer une situation ? Quelle situation ?

– Kristen et Wynonah ne risquent rien, annonce-t-il d'une voix blanche que je reconnais à peine.

– De quoi parlez-vous ?

Ils m'ignorent et se toisent.

L'air dans la pièce devient lourd et chargé, comme avant un orage d'été.

– Es-tu armé ? demande mon père.

Oh, là ! Je viens de passer dans une autre dimension.

– Papa, arrête ça de suite ! C'est Xander, l'ami dont je te…

Ce dernier lève sa veste, dévoilant la crosse d'un revolver coincé dans son jean. Un frisson d'appréhension me traverse. Je ne comprends rien à la scène qui se déroule devant moi, néanmoins les armes me terrorisent depuis toujours. Un comble pour une fille de policier.

Instinctivement, j'arrache Wynonah des bras de mon père et recule avec elle dans le couloir.

– Si j'avais dû vous tuer, je l'aurais fait cette nuit, précise Xander en replongeant son regard dans celui de mon père. Je suis là pour parler.

Je secoue la tête, refusant de croire ce que j'entends.

– Je ne comprends pas, je…

Ma voix est geignarde, je suis complètement paumée…

– Kristen, emmène la petite dans sa chambre, me somme Xander.

– Mais, je…

– S'il te plaît, insiste-t-il avant d'adresser un sourire à Wynonah qui ne se rend pas compte de la situation. Ma puce, peux-tu me faire un dessin ? Je voudrais l'accrocher chez Libby.

– Tu veux quoi comme dessin ? s'enquiert ma fille, heureuse de faire plaisir à cet « ami » qu'elle apprécie tant.

– Un loup, propose-t-il en fixant mon père.

Même sans saisir les tenants et aboutissants de ce qui se déroule devant mes yeux, je devine qu'un message passe entre les deux hommes.

– Attends une seconde… murmure papa, presque pour lui-même. Non… ce n'est pas possible… Tu es le gamin… Alexander Wolff…

Alexander Wolff ? OK, OK, tout cela est juste une énorme erreur. Ouf !

– Papa, tu te trompes. C'est Xander Miller, il est étudiant et…

Xander serre les poings, ses articulations blanchissant sous la pression.

– Oui, c'était moi, me coupe-t-il, son timbre bas et tendu. *Je* suis le *gamin* qui tenait sa mère agonisante dans ses bras. Enfin, j'étais.

Mon père recule d'un pas, comme s'il avait été frappé. Je me tourne vers Xander – Alexander ? – et mon cœur se contracte à la vue de son expression douloureuse.

– Si vous ne m'expliquez pas tout de suite ce qu'il se passe, je vais me mettre à hurler et je ne pourrai plus m'arrêter.

– Vous êtes en danger ! se contente de dire Xander. Nous devons partir.

Je me mords les lèvres pour éviter que ma prémonition ne se réalise.

– Hors… de… question !

Ils me regardent, devinant au vibrato dans ma voix que je suis prête à exploser.

– Expliquez-moi. Maintenant !

– Il y a sept ans, commence papa en se triturant les mains, je… j'étais sur une opération, avec le SWAT et le FBI, qui a mal tourné. Nous étions sur la piste d'un des plus grands cambrioleurs américains.

Sept ans ? Nous vivions dans l'est du pays à l'époque. Vers New York.

– La femme du suspect… sa mère… précise-t-il avec un signe de tête vers Xander. Elle était là au mauvais moment, au mauvais endroit.

Xander entame un mouvement hargneux vers mon père, avant de parvenir à se retenir. La lueur meurtrière, que j'ai cru apercevoir dans ses pupilles dilatées, me paralyse.

– Un dommage collatéral… grogne-t-il entre ses dents.

– Je te jure que c'était un accident, se défend mon père en lui faisant face. Ton père a levé son arme, j'ai paniqué…

Les souvenirs pénibles de cette époque s'abattent sur moi comme un tsunami.

Papa qui rentre d'une intervention à Brooklyn, le regard éteint, et erre dans la maison durant des jours. Il refuse de m'expliquer, je ne suis qu'une adolescente. Je ne peux rien faire d'autre que le voir sombrer petit à petit. Il ne travaille plus, il en est incapable, et décide de tout lâcher et de démissionner de la NYPD pour rentrer chez nous, dans l'Ouest. L'alcool devient son meilleur ennemi et durant des mois, c'est moi, du haut de mes 16 ans, qui gère le quotidien.

J'ai le fin mot de l'histoire. Histoire si triste et cruelle. Il a tué une femme devant les yeux de son enfant et se le reprochait tellement qu'il a fait une dépression.

Je dois raconter cela à Xander, l'abattement de papa, la manière dont il restait prostré devant l'écran de télévision. Lui expliquer les mois de souffrance, peut-être qu'il comprendra…

Seulement, une idée terrible me traverse. Je me tourne vers Xander, les larmes brouillent ma vision.

– Je… Tu m'as utilisée… pour atteindre mon père. Tout ça… ce n'était qu'une énorme mascarade.

Mon cœur est écrasé dans un étau.

– Non, je ne savais pas…

Je me jette sur lui et le bruit de la gifle claque dans le salon.

– Tu ne… Tu ne savais pas ? Tu te fous de moi ?!

Il secoue la tête, fuit mon regard et se tourne vers mon père.

– Mason, vous devez prendre Kristen et partir immédiatement. Tous les deux, et… et Wynonah.

Sa voix est pressante, presque désespérée. Mon père fronce les sourcils, perplexe.

– Pourquoi devrions-nous fuir ?

– Vous devez me faire confiance et vous cacher.

– Comment veux-tu que je te fasse confiance ? Tu as pointé ton arme sur moi cette nuit !

Quoi ? Je perds pied.

– Tu dois nous donner plus d'informations, insiste mon père.

– J'ai…

Les mots ont du mal à sortir. Il baisse les yeux, le regard fuyant.

– J'ai placé un contrat sur votre tête.

La mâchoire de mon père tressaute sous le choc.

– Qu'as-tu fait ? questionné-je Xander, incapable d'assimiler ces informations invraisemblables.

– Je suis désolée, Kristen.

Mes poings se ferment et je martèle son torse avec toute la force dont je suis capable. Sans pouvoir m'arrêter. Il ne me repousse pas et me laisse passer mes nerfs sur lui.

– Je ne savais pas… Vous n'avez pas le même nom. J'ai découvert que tu étais sa fille en voyant une photo dans son salon.

Je ne sais pas combien de temps je le frappe. Je sais juste qu'à un moment, je n'ai plus de force et mes bras retombent le long de mon corps.

– Jamais je ne vous aurais mises, toi ou Wynonah, en danger intentionnellement, ajoute Xander.

Bizarrement, une part de moi a juste envie de poser

ma joue sur sa poitrine et de rester là à écouter son cœur meurtri, en oubliant les aveux, l'arme, les minutes qui viennent de s'écouler.

– Kristen, prends tes affaires, on part ! me secoue papa.

Vidée, je me traîne jusqu'à ma chambre et attrape quelques vêtements à la hâte. Mon esprit tourne au ralenti, tentant de comprendre la gravité de la situation.

Un tueur à gages… Ça n'existe que dans les films d'action, non ?

En les rejoignant dans le salon, je vois Xander ouvrir et fermer les rideaux, jetant des coups d'œil frénétiques à l'extérieur. Tout en ne le quittant pas des yeux, toujours sur ses gardes, mon père rassemble quelques objets essentiels pour sa petite-fille et moi, ses mouvements brusques trahissant son anxiété.

Nous sortons précipitamment. Xander nous conduit jusqu'à sa voiture garée un peu plus loin.

– Montez, vite ! ordonne-t-il, et nous obéissons sans poser de questions.

Tel un automate, je laisse mon père ceinturer ma fille sur le siège arrière et je m'installe près d'elle. Puis les deux hommes grimpent à l'avant. Xander prend le volant, et dès qu'il met le moteur en marche, il enfonce l'accélérateur.

– Où allons-nous ? demande mon père, brisant le silence tendu.

Xander tourne légèrement la tête et nos regards s'accrochent quelques secondes dans le rétroviseur.

– La maison des ancêtres de Kristen, dans la réserve, répond-il, sa voix étrangement calme, malgré la situation.

Je suis tellement en colère contre lui que j'ai envie de lui hurler mon désaccord au visage, même si c'est une très bonne idée. Presque personne ne connaît cet endroit. Et la réserve est une protection contre le monde extérieur depuis toujours. Rien de mal ne peut nous arriver là-bas.

– Je vous mets à l'abri. Ensuite, je m'occuperai de régler le problème.

Tandis que nous roulons à toute vitesse dans les rues de

La Conner, je ne peux m'empêcher de l'observer. Il serre le volant, les jointures blanchies, ses yeux fixés droit devant lui.

Sa beauté aimante mon regard, comme seul le charme d'un démon saurait le faire.

– Tu voulais tuer mon père ?

Il acquiesce sans quitter la route des yeux. Mon estomac se crispe.

– Je voulais venger ma mère.

Il respire profondément avant d'ajouter :

– Jamais… Jamais, je ne t'aurais fait du mal.

– Sale menteur !

Il rentre sa tête dans ses épaules, comme si je l'avais frappé.

– Tu as raison, Kristen, je t'ai menti et je me déteste pour cela. Quand tout sera réglé, ton père pourra me livrer à ses collègues. J'assumerai mes actes.

Je me suis plantée sur toute la ligne. Encore une fois.

Cet homme, dont je suis tombée amoureuse comme si c'était la chose la plus naturelle du monde, s'est servi de moi pour atteindre ma famille.

Je détourne les yeux pour regarder défiler la route et laisse enfin couler mes larmes.

J'ai l'impression d'entendre mon cœur se déchirer en deux dans ma poitrine, douleur vive, presque physique, comme si quelqu'un y avait planté une longue lame froide. J'inspire, mais l'air refuse de remplir mes poumons.

Je fixe la route, les larmes brouillant ma vision, mais je ne veux pas qu'il me voie pleurer. Je me mords la lèvre si fort que j'y goûte le fer du sang. Comment ai-je pu être aussi stupide ? Comment ai-je pu lui ouvrir mon cœur, lui offrir ma confiance, quand tout ce qu'il voulait, c'était atteindre mon père ?

Il a joué avec moi. Avec mes sentiments. Avec ma vie. Avec celle de ma fille.

30

Xander

Je fixe le mur en bois de la cabane, le regard perdu dans les veines noueuses du pin, comme si les réponses que je cherche désespérément pouvaient être gravées dans ces troncs centenaires. La pièce est plongée dans une obscurité étouffante. Nous ne pouvons pas allumer les lumières ou faire un feu dans l'âtre, le lieu doit paraître inoccupé.

Le silence est oppressant, ce genre de silence qui n'existe que dans des endroits reculés comme celui-ci, loin de la réalité. Cette même réalité qui vient de m'écraser d'un coup de massue. Kristen est la fille de Mason Spears. La cible que j'ai traquée, hanté par un besoin de vengeance qui a consumé tout le reste, tel un volcan en éruption.

Un rictus amer tord mes lèvres alors que je me passe une main tremblante sur le visage en regardant dans la direction de Kristen. Elle est assise en tailleur sur un canapé, la tête de Wynonah posée sur les genoux. Son père, quant à lui, observe les alentours par la fenêtre. À présent que je les vois côte à côte, je ne peux plus nier leurs ressemblances. Même port de tête, même sourire.

Spears a donc une famille.

Et, comme le sort a décidé de continuer à s'acharner sur moi, sa fille est la jeune femme merveilleuse dont je me suis épris sans même m'en rendre compte, petit à petit, me perdant dans sa lumière et sa douceur alors que les ténèbres s'ouvraient sous mes pieds.

Aucune trace d'elle dans les dossiers de la police que j'ai étudiés à propos du détective Mason Spears, car la mère de

Kristen a déclaré sa naissance au sein de la tribu Swinomish et l'a inscrite sur les registres de la tribu sous son propre nom : Quintasket. Il semblerait que même à l'époque du cent pour cent cloud, la transmission des informations entre les bureaux tribaux et l'État de Washington ne soit pas tout à fait au point.

J'aurais dû mieux chercher, j'aurais dû… ne pas me laisser aveugler par la haine. Cela m'arrangeait de croire que cet homme n'avait pas de proches.

Kristen et Wynonah sont en danger, et je suis le seul à blâmer. En voulant jouer avec le feu, les ai-je condamnées à brûler avec moi ?

Rah… Là, tout de suite, cette manie de m'autoflageller ne me mènera à rien.

Pour le moment, elles sont en sécurité.

En sécurité ? Dans tes rêves, Xander !

La vérité s'impose brutalement à moi, KaraKurt est un professionnel et il n'a plus qu'une idée en tête ; éliminer la cible que je lui ai indiquée.

Mason Spears.

De La Conner.

État de Washington.

Il ne s'arrêtera pas tant que sa proie ne sera pas morte, comme une araignée qui a pris une mouche dans sa toile, peu importe qui se mettra en travers de sa route.

Je ne peux pas l'affronter tel un loup solitaire.

Liam et Noah. Mes frères. Je les ai tenus à l'écart de tout ça, convaincu que c'était mon combat, mon fardeau. À présent, je n'ai plus le choix. Ils sont les seuls en qui je peux avoir confiance. Les seuls qui pourraient m'aider à sortir Kristen et sa famille de ce piège mortel.

Seulement, j'ai tellement honte de mes choix. J'ai pointé une arme avec l'intention de tuer, j'ai embauché un tueur à gages. Voudront-ils encore de moi ? Ne vont-ils pas me renier et ne plus jamais vouloir entendre parler de moi ?

Je consulte l'heure sur l'Ice Watch de maman. Treize heures. Je n'ai plus le choix, je dois les contacter. C'est devenu une course contre la montre. Je me lève brusquement et sors sur le perron, sans oser croiser les prunelles de Kristen. J'ai trop peur d'y voir du dégoût.

Tout autour de moi, la forêt nous observe, silencieuse et impassible.

Je me tiens là, sur le seuil de notre planque, le téléphone à la main, avec un sentiment d'urgence qui pulse dans mes veines.

Arrête de tergiverser, appelle-les, maintenant !

Instinctivement, je compose le numéro de mon frère aîné. C'est toujours lui qui a géré notre fratrie. Lui qui prend les décisions.

– Réponds, Noah… Allez…

Chaque sonnerie dans le vide, chaque seconde d'attente me plonge un peu plus dans l'angoisse. Je change de contact.

– Liam… décroche, bordel !

Rien. Pas un signe de vie.

Mon cœur bat à tout rompre, le silence de l'autre côté de la ligne me rend fou.

Que s'est-il passé pour que les deux numéros ne soient plus attribués ?

La panique s'insinue en moi, mais je ne peux pas me permettre de perdre le contrôle. Je dois agir.

En rentrant dans la cabane, je percute presque Spears et me rends compte que nous n'avons pas encore entendu les sirènes de la police.

– Pourquoi ? Pourquoi n'avez-vous pas contacté vos collègues pour me faire arrêter ?

– J'ai… Je t'ai privé de l'amour de ta mère. Je m'en suis voulu durant toutes ces années. Nous en sommes là à cause de moi.

Je reste coi devant ses révélations.

– De plus, je connais la réputation de la famille Wolff. Tu seras bien plus efficace que les agents du comté pour régler ce problème. Mes collègues ne sont pas des flèches…

J'acquiesce.

– Mes frères vont nous aider.

Je tente de paraître sûr de mon affirmation, alors que je me sens au bord du gouffre, en équilibre. Si je ne parviens pas à les joindre, comment pourront-ils nous secourir ?

Je me dirige vers mon sac à dos et en sors mon ordinateur portable, un outil qui m'a sauvé la vie plus d'une fois. Je me connecte rapidement au dark Web. J'ai des contacts, des clés pour déverrouiller des portes que personne ne devrait franchir. Si quelqu'un peut trouver mes frères, c'est bien moi.

Mes doigts tapent frénétiquement sur le clavier, les lignes de code défilant sous mes yeux. J'ouvre plusieurs fenêtres et active des protocoles de traçage, des algorithmes élaborés pour retrouver quelqu'un, même au bout du monde. Un outil que j'ai perfectionné au fil des ans. Il est conçu pour pister les transactions, dénouer les fils invisibles qui tissent la toile de la clandestinité.

Première étape, chercher la dernière identité connue de Liam, Liam Ulv. Ulv, comme « loup » en norvégien, son hommage discret à nos racines. Pas la moindre trace. Comme si Liam s'était évaporé depuis plusieurs semaines. C'est alors qu'un nouveau nom surgit sur mon écran, au détour d'un virement entre un compte bancaire à Dubaï et un notaire français : Willy Lobo.

Mon cœur se crispe. Lobo, qui signifie « loup » en espagnol. Ça ne peut pas être une coïncidence.

Je creuse, poussant mon exploration sur ce Lobo. Les détails commencent à se révéler, des transactions récentes pour acheter un bien immobilier à Tahiti. Je tape l'adresse dans la barre de recherche.

Un magasin de surf ?

Le nom de la boutique est Au vieux loup de mer.

Je souffle par le nez, de dépit… Liam ne changera jamais. Quel humour de merde !

Qu'est-ce qu'il fout là-bas ? Pourquoi Tahiti ? Il ne parle même pas français !

Je note le numéro de téléphone et appelle dans la foulée.

– Au vieux loup de mer, bonjour ! m'accueille une femme en français.

– Je dois parler à Liam Wolff, s'il vous plaît, dis-je en anglais.

Un silence.

– Je ne connais personne de ce nom, répond mon interlocutrice également en anglais, sa voix tout à coup crispée.

– Peut-être le connaissez-vous sous le pseudo de Willy ?

– Pardon ?

Elle a peur que je sois un flic. C'est normal. Je suppose que Liam a filé en Polynésie française, car il a fait une connerie et les fédéraux sont à ses trousses.

– J'ai vérifié avant de vous contacter, cette ligne n'est pas sur écoute. Passez-moi mon frère, c'est urgent. Je dois parler à William.

– Oui, je comprends. C'est pour toi, finit-elle par dire en s'éloignant du combiné.

– Hello ?

L'entendre m'arrache un tremblement et je dois cligner des yeux pour repousser l'émotion.

– Liam ?

Il ne répond pas.

– Liam, c'est Alexander.

– Xander. Mon Dieu, je… je suis si heureux de…

Je lui coupe la parole. Les mots se bousculent, je n'ai pas le temps, je dois parler à notre aîné. Il saura comment faire pour me sortir de ce bourbier.

– Liam. J'ai appelé Noah, son numéro n'est plus attribué. Et sur les caméras de surveillance, la maison est vide. Est-il avec toi ?

– Oui.

Merci ! Une vague de gratitude me submerge.

– Xander, beaucoup de choses ont changé durant ton absence.

Une hésitation…

– Comment as-tu eu ce numéro ?

Je n'ai pas le temps pour des questions. Chaque minute compte.

– Liam. J'ai fait un truc terrible.

Je me mords la langue pour contrôler mes émotions.

– J'ai besoin de votre aide.

Tout à coup, j'ai de nouveau 5 ans et mes grands frères doivent me protéger du monstre sous mon lit.

– Je vais affréter un jet privé pour vous, destination l'aéroport régional de Skagit. Il sera prêt à décoller d'ici deux heures maximum sur le tarmac de Papeete. Vous avez neuf heures de vol. Une voiture vous attendra au parking. Elle se déverrouillera avec ton téléphone.

– De quoi parles-tu ?

– Je t'envoie toutes les infos au fur et à mesure. J'ai besoin de vous maintenant !

– Explique-moi !

Son ton s'est durci.

– Dis d'abord à ton employée de contacter Noah pour qu'il te rejoigne.

– Elle s'appelle Kehlani et c'est ma petite amie.

Je pourrais tomber sur le cul, si je n'étais pas déjà assis. Liam en couple ?

– Dis à… Kehlani de contacter Noah !

Je l'entends marmonner, à l'autre bout du monde, puis il insiste :

– Raconte.

Sans reprendre ma respiration, je lui explique tout. Et plus je me confesse, plus je comprends l'absurdité de la situation.

– OK, je t'envoie tout de suite nos nouveaux numéros de portable et on te bipe quand on atterrit aux States, dit Liam quand j'ai terminé.

Pas de remontrance, pas d'hésitation. Pas de jugement.

– Merci.

Je raccroche et un mélange d'angoisse et de soulagement m'envahit. Ils viendront.

Ensemble, on a survécu à pire, non ?

J'entends un léger froissement de tissu derrière moi. Kristen est debout dans l'embrasure de la porte, ses longs cheveux bruns en bataille, ses yeux sombres cernés. Elle paraît épuisée, mais déterminée. Une intensité que je n'ai jamais vue auparavant émane d'elle.

– Tes frères vont nous aider ? demande-t-elle.

Je hoche la tête, incapable d'affronter son regard. Elle s'avance, et je sens sa présence devant moi, son souffle court, comme si elle luttait pour garder le contrôle.

– Je donnerais n'importe quoi pour revenir en arrière, avoué-je.

– À quel moment ? Quand tu jouais le gentil étudiant en sociologie ou quand tu m'as sautée alors que tu prévoyais de tuer mon père ?

Sa voix est froide, tranchante. Chaque mot est un coup, chaque syllabe me rappelle à quel point j'ai tout gâché. C'est mérité.

Je me redresse et plonge mes prunelles dans les siennes. J'aimerais faire passer ce que je ressens dans cet échange.

– Je n'ai pas…

… *voulu tout ça,* allais-je dire.

Non, c'est moi qui ai menti, acheté une arme et picolé comme un trou au point d'embaucher un taré sur un site Internet.

– Les moments auprès de toi étaient vrais, tenté-je, désespéré. Peut-être les seuls instants réels de ces dernières années.

Elle serre les dents, et je vois la lutte interne sur son visage. Sûrement se retient-elle de me gifler à nouveau.

– Comment veux-tu que je te croie ? lâche-t-elle.

– Tu es… la première, Kristen, la seule…

– Je t'interdis… s'écrie-t-elle, son index pointé vers moi, accusateur. Je t'interdis de parler de nous… de nous deux. Je viens t'aider pour ne pas devenir folle à force de tourner en rond, mais je ne te pardonnerai jamais.

Je ferme les yeux un instant, le poids de ses mots m'écrase.

– OK, dis-je finalement.

Je n'ai plus rien à lui cacher de toute manière, le passé nous a déjà rattrapés. Son père connaît ma famille, c'est lui qui a envoyé le mien en prison. De plus, l'épuisement me freine et mes neurones sont en surchauffe. J'ai besoin d'aide, même si c'est celle de la personne qui me déteste le plus au monde, car je l'ai trahie.

– Mes frères seront là d'ici une douzaine d'heures. En attendant, nous devons trouver le plus d'infos possible sur le…

J'hésite à prononcer le mot.

– … le tueur à gages que tu as engagé ! termine Kristen, sa voix pleine de dégoût.

Pas un début de justification pour ma défense. Que pourrais-je répondre ? Je me contente de décaler ma chaise et elle en rapproche une. Nous nous retrouvons épaule contre épaule devant mon ordinateur.

– Dis-m'en plus.

– Le… Le mec que j'ai embauché se fait appeler KaraKurt.

Elle grimace.

– C'est le nom d'une araignée venimeuse russe, précisé-je. Une veuve noire.

– On a donc affaire à un Russe ?

J'étais si obnubilé par l'urgence de les mettre à l'abri que je n'ai pas analysé ce détail. Cet indice !

– Sûrement…

Comme pour Liam, je vais tenter d'exploiter les coordonnées bancaires, celles utilisées pour le paiement de l'acompte, suivre les traces virtuelles de l'argent à travers un labyrinthe de comptes offshores et de fausses identités. Si ce KaraKurt échappe depuis des années aux forces de l'ordre, il doit être très bon. Pourtant, même les meilleurs finissent par semer des petits cailloux sur leur chemin.

– Combien ? lâche Kristen dans un souffle.

Pas besoin de lui demander de préciser le fond de sa pensée, je sais ce qu'elle souhaite connaître. Le tarif.

– Deux cent cinquante mille dollars.

– Deux cent cinquante…

Les mots restent coincés dans sa gorge.

– Deux cent cinquante mille dollars pour assassiner mon père ?

– J'avais bu, Kristen. Dès que je me suis rendu compte de mon erreur, j'ai voulu rompre le contrat.

– D'où sors-tu cet argent ?

– Ton père ne t'a pas parlé de nous ?

Elle secoue la tête.

– Il ne me parle pas de son travail. C'est plutôt un taiseux… comme toi.

Bam ! Prends ça.

– Mon père s'appelle Jakob Wolff. Il a pris trente ans de prison pour cambriolage. Il est… était le meilleur dans sa spécialité.

Le visage de Kristen se ferme encore plus, si c'est possible.

– OK, vous êtes pourris de père en fils.

Je reçois cette insulte – vérité – comme un uppercut.

– Je ne souhaitais pas prendre part aux affaires de mon père, je voulais une vie normale, avec une famille et…

Parler de mon père, de mon enfance, me déstabilise.

Soudain, Kristen s'incline vers l'ordinateur, son index pointant un détail sur les transactions qui défilent sur le moniteur.

– Attends, regarde ça, s'écrie-t-elle.

Je me penche également pour voir ce qui l'a interpellée. Nos mains se déplacent en même temps et nos doigts se frôlent brièvement sur l'écran tactile. C'est un simple contact, un geste accidentel, mais il suffit à augmenter la tension qui flotte entre nous. Un choc électrique me traverse, et je suis persuadé que Kristen l'a ressenti aussi. Elle recule aussitôt, comme si elle avait touché un fer brûlant. Pas assez vite cependant pour masquer le trouble dans ses iris sombres.

Son souffle s'accélère légèrement.

Elle détourne les yeux, se concentrant à nouveau sur les informations.

– Regarde… insiste-t-elle.

Je hoche la tête, tentant de focaliser mon attention sur le moniteur devant moi, mais l'émotion brute qui vient de me traverser rend chaque pensée brouillonne, floue. Je prends une profonde inspiration pour chasser le trouble.

PJSC Sberbank.

Le nom me frappe comme un coup de poing.

– Sberbank… C'est la plus grande banque de Russie, expliqué-je.

Je déglutis, l'adrénaline me fouettant soudainement.

Les chiffres défilent sous mes yeux, des colonnes de dépenses incessantes, des sommes astronomiques transférées entre des comptes anonymes, sans jamais la moindre trace de revenus. C'est comme un puzzle géant, avec des pièces manquantes, et au centre de tout, cette banque : PJSC Sberbank. Chaque transfert transite par elle, un passage obligé.

– Un nom… Il me faut un nom, prié-je pour moi-même à haute voix.

Je me penche en avant, mes doigts glissant nerveusement sur le clavier, parcourant chaque détail avec une application obsessive. Quelque chose doit faire surface. Quelque chose qui nous permettra d'avancer. Ces comptes sont tous rattachés à des entreprises ou des holdings obscures, disséminées aux quatre coins du globe. Une stratégie bien rodée pour masquer l'identité de celui qui tire les ficelles. Rien de tangible. Rien qui ne mène directement à un individu.

Je fixe quelques secondes les lettres sur le clavier. Mon regard passe de l'écran à mes doigts, puis retour au point de départ. Encore et encore. J'ai l'habitude de faire cela pour me concentrer, comme de l'autohypnose.

OK, je dois faire le lien entre tous ces fils.

Je code en quelques minutes un nouvel algorithme, un outil destiné à croiser ces données, à déceler la moindre similitude entre tous ces comptes et ces bénéficiaires.

J'appuie sur « lancer » et clos les paupières quelques secondes.

Quand je les rouvre, mon regard tombe sur un nom.

Igor Petrovitch Voronin.

Mon cœur rate un battement.

Le tueur à gages a commis une erreur. Une infime erreur qui clignote comme un phare au milieu de la nuit pour un hacker de mon envergure.

– Je te tiens, KaraKurt ! m'exclamé-je.

Je tape le patronyme dans une autre fenêtre de recherche. Igor Petrovitch Voronin. Est-ce son vrai nom ? Aucune idée. Pas de réseaux sociaux, pas de traces de lui sur les moteurs de recherche. Pourtant, il me faut une photo de cet homme. Je dois connaître son visage pour ne pas me laisser surprendre.

Une transaction récente sur la PJSC Sberbank attire mon attention. Il y a à peine vingt minutes. Un retrait en espèces à Seattle, avec une carte MIR, l'équivalent russe de la carte Amex.

Mes mains deviennent moites et je les presse l'une contre l'autre, essayant de calmer mes nerfs.

Seattle.

Le tueur se rapproche, et avec lui, le danger. Il sera à La Conner avant mes frères.

L'angoisse plante ses crocs dans mon cœur et y diffuse son poison, comme le ferait une araignée.

Cependant, malgré la panique, un visage oublié depuis des années s'impose à ma mémoire, celui d'une petite amie de Noah à l'époque où notre vie était simple. Tatiana. *Petite amie* n'étant pas vraiment le bon terme pour une femme aussi forte et puissante que celle-ci, propriétaire de clubs, et influente dans le « milieu » new-yorkais.

Qui dit tueur russe dit certainement mafia ou ancien membre du KGB, enfin FSB pour être moins *old school*. Est-ce que mon frère aîné est encore en contact avec elle ? Nous pourrions la solliciter pour obtenir des informations sur le tueur, elle était en affaires avec la pègre la dernière fois que je l'ai vue.

Hum… Louise ne va pas apprécier l'idée. C'est une lionne prête à tout pour protéger son territoire et son amoureux.

C'est regrettable, mais je n'ai pas le choix.

Les contacts de Tatiana pourraient nous fournir des pistes en échange de services ou d'argent. Du fric, ce n'est pas ce qui me manque. Je donnerai jusqu'au dernier centime pour effacer mes erreurs.

J'envoie un message à Liam via Telegram.

Xander_Contactez Tatiana.

Xander_Besoin infos Igor Petrovitch Voronin. Russe.

C'est le moment de passer à l'action.

– Spears ?

Le père de Kristen apparaît dans l'embrasure de la porte.

– Il n'est pas loin.

Le détective se redresse, aux aguets, son arme de service à la ceinture.

– Nous devons nous poster à des endroits stratégiques pour voir tous ceux qui approchent de la cabane et faire des rondes chacun à notre tour.

– OK, je prends le premier quart, répond-il.

Je flotte, l'espace d'un instant, dans une sorte d'ébahissement. Mason Spears et moi sommes partenaires alors qu'hier encore son nom me donnait envie de hurler.

Pour protéger Kristen.

Au moment où il s'apprête à sortir, Spears s'arrête devant moi et me fixe. C'est toujours aussi difficile de le regarder en face.

– Xander ?

J'aimerais l'ignorer, qu'il ne m'adresse pas la parole plus que nécessaire. La seule raison de ma présence est que je ne suis pas un tueur, et que je dois protéger Kristen et Wynonah.

– Xander, insiste-t-il. Ce n'est pas ta faute.

Je fronce les sourcils et le fixe. De quoi parle-t-il ?

– Pour ta mère, ce n'est pas ta faute.

– Je sais bien, dis-je, les dents serrées.

C'est sa putain de faute à lui.

– Non, tu ne sais pas. Ce-n'est-pas-ta-faute.

Il détache chaque mot et j'ai envie de lui sauter à la gorge.

– Je sais. Allons surveiller les…

Il secoue la tête et s'approche. Je recule, mais l'arrière de mes cuisses tape contre le rebord de la table à manger.

– C'est peut-être celle de ton père, et sûrement la mienne. Toi, tu n'y es pour rien.

S'il le répète encore une fois, je lui mets mon poing dans la tronche. Car c'est ma faute. Bien sûr que c'est ma faute.

– Arrêtez de dire ça.

Je n'aurais pas dû picoler pour mon anniversaire au point de ne plus savoir ce que je faisais. J'aurais dû hurler à papa de jeter son flingue. J'aurais dû…

– Ce… n'est… pas… ta faute.

Je le pousse de toutes mes forces et m'époumone :

– Fermez votre gueule !

Spears recule, tangue, puis assène encore sa satanée phrase.

– Xander, ce n'est pas ta faute.

Je voudrais… tellement… que maman ne soit pas morte à cause de moi. Je la tenais, pressée contre mon torse, sa joue contre mon épaule.

Je serre et desserre les poings. Spears fait un pas vers moi.

– N'approchez pas, je vais vous…

Il ignore mes menaces, écarte les bras et tourne ses paumes vers le haut en signe de paix. S'il tente de m'étreindre, je ne réponds plus de rien.

– Tu n'étais qu'un très jeune homme au milieu d'une lutte d'adultes qui ne te regardait pas, murmure-t-il à mon oreille en m'enlaçant.

Je me raidis sans pour autant reculer. J'étais un gosse. Juste un gosse.

– Pardonne-moi. S'il te plaît, pardonne-moi de te l'avoir enlevée, me supplie Mason Spears.

Les larmes montent. J'ai envie de mordre, de hurler, de me débattre. La seule chose que je suis capable de faire est de poser mon front sur son épaule. Un sanglot m'échappe. Puis, je me mets à chialer comme un gamin. Je ne peux plus m'arrêter. Une digue a lâché et mon cœur se déverse. Je m'accroche à Mason Spears, cet homme que j'ai haï durant tant d'années. Je me cramponne à lui avec la force du désespoir.

Il me laisse répandre ma peine sur lui sans un mot de plus. Je ne sais pas durant combien de temps je reste ainsi, des images de maman, de belles images, flottant sous mes paupières, mes larmes mouillant sa veste.

– Sache que je ne t'en veux pas, Xander. J'agirais peut-être comme toi si quelqu'un m'enlevait les êtres qui comptent le plus au monde.

Je m'accroche à lui. Il me donne son pardon alors que j'ai pointé mon arme sur lui. Que j'ai mis sa vie et la vie des siens en danger.

– Je ne t'en veux pas, répète-t-il.

Moi, je m'en veux ! Et je vais tout faire pour arranger les choses.

Quand je me redresse enfin, j'ai l'impression qu'une enclume a été retirée de mes épaules.

– Aujourd'hui, tu es un adulte. Fais les bons choix.

Il s'éloigne et prend un petit sentier à droite, pour faire le tour de la bâtisse.

J'essuie mes yeux d'un revers de la main et m'apprête à sortir pour me poster devant la maison.

Un bruit derrière moi attire mon attention et je découvre Kristen qui m'observe. Elle a dû assister à la scène.

– Je vais monter la garde devant, dis-je pour rompre le silence pesant.

Kristen murmure :

– Je suis désolée pour ta mère.

Je reste bouche bée, sans savoir quoi répondre.

– Et tellement triste pour toi.

31

Liam

« J'ai besoin de votre aide. »

Le poing serré sur mon téléphone, les mots tournent en boucle dans ma tête, telle une mélodie obsédante.

Vengeance. Contrat. Tueur à gages.

L'air semble se raréfier autour de moi, je peine à respirer. Xander, dans sa détresse, a franchi une ligne que même *moi*, avec toutes mes erreurs passées, n'aurais jamais imaginé. Je ferme les yeux un instant, cherchant à mettre de l'ordre dans mes pensées et à paraître relax pour ne pas inquiéter Kehlani.

La vérité, c'est que ça me fout les jetons.

L'idée que mon petit frère soit impliqué dans quelque chose d'aussi sombre me glace le sang. Non, ce doit être une erreur, j'ai mal compris. Xander ne ferait pas ça. Enfin, celui dont je me souviens. Pourtant, une voix au fond de moi me murmure que tout cela n'est peut-être pas si surprenant. Après tout, c'est celui qui a sombré le plus profondément après la mort de notre mère. Ses cicatrices sont bien plus profondes que ce que j'ai voulu admettre.

Kehlani devine mon trouble. Sa main se pose doucement sur mon bras, ancrant mes idées en vrac dans le présent. Son regard rempli d'inquiétude me transperce.

« J'ai peur, Liam. »

Peur. Le mot et le timbre de Xander résonnent en moi, me rappelant à quel point il est jeune, vulnérable. Mon frère a besoin de moi, et je ne l'abandonnerai pas, peu importent les risques.

– OK, dis-je à Xander. Je t'envoie tout de suite nos nouveaux numéros de portable et on te bipe quand on atterrit aux States.

Puis, je raccroche, laissant le silence envahir la pièce.

Kehlani resserre tendrement sa prise sur mon bras, un soutien silencieux, mais indéfectible. Je lui lance un regard qui dit tout ce que je ne sais pas verbaliser. Elle comprend. Les États-Unis. Seattle. C'est à des milliers de kilomètres d'ici, la Polynésie française, ce paradis ensoleillé où nous avons trouvé refuge. Je m'efforce de garder la tête froide, malgré le tourbillon d'émotions qui menace de me submerger.

Kehlani, à mes côtés, me fixe avec une intensité qui me fait frissonner.

– Je dois rejoindre mon petit frère aux alentours de Seattle, lui expliqué-je, après un silence pesant.

Son front se plisse légèrement, l'ombre d'une inquiétude passant sur ses traits dorés, si sereins depuis que nous vivons ensemble.

– Tu es censé être mort. Rentrer aux États-Unis est extrêmement risqué pour toi, répond-elle, nerveuse.

Je hoche la tête, conscient du danger. Être recherché par le FBI, Interpol et tous ces types ennuyeux en costumes noirs est effectivement un paramètre à prendre en compte.

Mais Xander passe avant ces considérations. Même avant moi.

Une vibration dans ma poche, puis le bip familier d'une notification. Je sors mon téléphone et jette un œil à l'écran. Un message Telegram vient d'apparaître.

Xander_Numéro de vol : PRV13VX6.
Xander_Départ : PPT (PAPEETE) 14 h 45 (heure locale).
Xander_Destination : MVW (Skagit Regional Airport).
Xander_Durée du vol : 9 h 25.
Xander_Compagnie aérienne : Solar Jet.
Xander_Signé Baby Wolffy.

Un sourire en coin se dessine sur mes lèvres. Ce petit con parvient encore à me faire marrer, même dans une situation pareille.

Jamais… Jamais je ne le laisserai tomber.

– On va trouver des solutions, me rassure Kehlani.

Elle n'a pas rencontré le benjamin de la fratrie et pourtant, elle s'inclut déjà dans l'équation. Je l'enlace et pose mon front contre le sien, puisant ma force dans ce contact.

– Baby Wolffy était le plus calme, le plus doux d'entre nous… Ce gamin ne levait jamais la voix, préférait les mangas et ses ordis aux bagarres, et il avait cette façon unique de voir le monde, différente de Noah et moi. Il était toujours celui qui essayait de me raisonner, de me ramener à la réalité quand ma colère menaçait de tout faire exploser. Comment en est-il arrivé là ?

– Il n'était pas armé pour affronter la perte de votre mère. Son cœur s'est brisé et il a sombré.

– Pourtant, j'étais là. Il aurait pu… me parler au lieu de plonger dans cette rage froide, méthodique. Ni Noah ni moi n'avons fait assez attention à lui.

Je m'en veux tellement.

– Vous étiez aussi des gosses, Liam. Occupés à gérer vos propres démons. Il n'y a pas si longtemps, tu préférais te battre à mains nues que d'affronter ta peine.

Pas faux.

– J'ai cru qu'il s'en sortirait, car c'est un Wolff.

Elle soupire, passe ses bras autour de ma taille et frotte son nez contre le mien.

– C'est juste un gosse qui a perdu ses parents.

Je me mords l'intérieur de la joue, le goût amer de la culpabilité envahissant ma bouche. Si nous avions été là pour lui, vraiment là, peut-être qu'on aurait pu l'empêcher de glisser sur cette pente. Peut-être qu'il n'aurait pas eu besoin de se tourner vers ces extrêmes pour apaiser sa douleur. Maintenant, il est trop tard pour les « peut-être ». Il ne reste plus qu'à réparer ce qui peut encore l'être, à rattraper les morceaux de notre famille brisée. Pour Xander. Pour nous tous.

– On l'a négligé.

Le regret me serre la gorge.

Noah et moi, nous avons trouvé les femmes de notre vie. Kehlani, avec sa force tranquille, et Louise, avec son esprit indomptable. Elles ont comblé le vide en nous qu'on traînait depuis des années. Nous nous sommes laissés emporter par ce bonheur, par cette chance inattendue de trouver l'amour au milieu du chaos. Sans se demander ce qu'il en était de Xander.

Nous l'avons laissé s'éloigner, s'effacer dans l'ombre, persuadés qu'il reviendrait vers nous quand il serait prêt.

– Vous étiez trois gamins à peine sortis de l'adolescence. Chacun gère son deuil comme il peut. À présent, tu vas rejoindre ton frère et le sauver.

Sa voix pleine d'une force tranquille parvient à calmer un peu la tempête en moi. J'enfonce mon visage dans ses cheveux, respirant son parfum. Embruns océaniques.

– Je t'aime à un point, Kehlani Ha'a Kahaunaele, tu ne peux même pas imaginer.

Je ferme les yeux un instant, me remplissant de sa présence.

Nouvelle vibration. Un autre message.

Xander_Contactez Tatiana.
Xander_Besoin infos Igor Petrovitch Voronin. Russe.

Je m'appuie contre le comptoir en bois de la boutique de surf avec une grimace. Aïe… Cette partie risque d'être la plus épineuse. Exiger de Noah qu'il se mette en rapport avec son ancienne maîtresse sans que Louise m'étripe me donne déjà des sueurs froides.

Quelques minutes plus tard, le son familier de la clochette de la porte résonne, et je lève les yeux pour voir mon aîné entrer, suivi de ma Française préférée.

Noah, avec son air sérieux et déterminé, ne perd pas de temps.

– Alors, c'est quoi le problème, frangin ? demande-t-il sans détour, tandis qu'il s'avance vers moi dans sa tenue décontractée.

Je le regarde droit dans les yeux, prenant une grande inspiration avant de lui donner les détails de l'appel à l'aide de notre benjamin. Ce n'est pas le genre de nouvelles – d'aveux – qu'on annonce à la légère.

– Xander a besoin de nous, dis-je, pesant chaque mot. Il voulait se venger du policier responsable de la mort de maman, c'est parti en sucette et il a engagé un tueur à gages pour l'éliminer.

Bien que le visage de Noah reste impassible, je peux voir la tension crisper ses mâchoires. Louise, à côté de lui, pose une main sur son épaule pour l'apaiser.

– Merde, je… souffle-t-il. Je n'y crois pas.

Je hoche la tête, comprenant son désarroi. C'est difficile à avaler, même pour moi.

– Le tueur refuse d'arrêter le contrat et Xander a décidé de rester là-bas pour protéger le gars.

Noah reste un instant silencieux, réfléchissant. Aucun de nous ne bouge. Puis, d'un ton qui ne laisse place à aucun doute, il prend les commandes.

– Quand part-on ?

Je lui explique pour le vol déjà réservé.

– OK, on organise ça comme un de nos coups. On récupère Xander, on règle cette histoire, et on rentre. Rapides et efficaces. Pas de dérapages.

J'acquiesce, prêt à exécuter les ordres. Même dans les moments les plus tendus, Noah a toujours su garder la tête froide et diriger les opérations.

Soudain, mon téléphone vibre de nouveau. Un autre message.

Baby Wolffy_Cabane dans réserve Swinomish, près de La Conner. Position 48°23'30 N 122°30'41 W.

Je montre le message à Noah.

– Parfait, dit-il. Prends un sac léger avec des affaires sombres. On doit être dans la voiture dans vingt minutes max.

– Attends, Noah. Il y a autre chose.

Je tends mon téléphone sous ses yeux et le laisse lire la demande précédente de Xander :

Xander_Contactez Tatiana.
Xander_Besoin infos Igor Petrovitch Voronin. Russe.

– Tatiana ?

J'acquiesce.

– Euh, OK. Aux dernières nouvelles, elle a vendu le X Factory pour investir dans l'immobilier et se refaire un casier vierge, réfléchit-il à haute voix. J'espère que son numéro est toujours le même.

Louise doit deviner quelque chose dans le ton employé par Noah pour parler de son ex.

– Qui est cette Tatiana ? demande-t-elle doucement, même si je peux percevoir de la tension dans son timbre.

Noah s'arrête, se tournant pour lui faire face. Il prend une grande inspiration, comme pour rassembler ses pensées avant de lui répondre.

– Tatiana Sergeïevna Morozova... commence-t-il, cherchant ses mots. Elle faisait partie du milieu de la pègre à New York. C'est... quelqu'un que j'ai connu à une autre époque.

Louise baisse les yeux un instant, et je peux deviner l'ombre de la jalousie passer sur son si beau visage.

– Une ancienne conquête ?

Noah acquiesce. Il ne lui ment jamais.

– Sérieuse ?

– Quelques mois.

– Comment ça s'est fini ?

– La nuit de l'arrestation de papa.

Le visage de Louise se ferme légèrement, ses yeux s'assombrissent.

– Sans ce drame, serais-tu toujours avec elle ?

Il s'approche d'elle, son expression devenant plus tendre.

– Je ne me suis jamais posé la question. Louise, mon

amour, compare ce qui peut l'être, poursuit-il, son timbre se faisant plus doux.

Il s'arrête un instant puis il empaume la joue de Louise, son regard s'ancrant dans le sien.

– Toi, tu es mon alter ego, ma partenaire, mon âme sœur. Il n'y a personne d'autre qui compte comme toi. À tes côtés, je suis moi-même.

Louise lève les yeux vers lui, et une émotion intense passe dans ses prunelles noires, cette vulnérabilité qui ne se montre que lorsqu'elle est avec Noah. Elle pose une main sur son ventre et une main sur celle de Noah, la pressant contre sa joue.

– Promets-moi que rien ni personne ne se mettra entre nous, murmure-t-elle, la voix légèrement brisée.

Noah hoche la tête, sans hésitation.

– Je te le promets, Louise. Rien ni personne ne viendra entre nous. Tatiana a des connexions dans les milieux russes. Elle n'est qu'un moyen d'obtenir des informations pour sauver Xander. C'est tout.

Louise se hisse sur la pointe des pieds pour déposer un léger baiser sur ses lèvres.

– Je te fais confiance, Noah, chuchote-t-elle avant d'ajouter : Je veux être là quand tu l'appelleras.

Je reconnais bien Louise. Mon frère sourit pour seule réponse.

Organiser un casse, déverrouiller un coffre-fort censé être inviolable ou même monter sur un ring de boxe sans aucune protection, c'est facile pour nous. Nous nous y sommes entraînés depuis des années. Mais un tueur à gages ?

Sans plus attendre, Noah sort son téléphone et compose un numéro. Il met le haut-parleur. Tatiana répond après quelques sonneries, sa voix familière au léger accent est assez distante.

– Oui ?

– Bonjour Tatiana, c'est…

– Noah ? le coupe-t-elle, surprise. Noah Wolff, ça fait longtemps.

– Tatiana, j'ai besoin de ton aide. C'est urgent, annonce-t-il sans détour.

– Ah, Wolff, tu sais bien que je n'ai jamais rien su te refuser.

Louise fait craquer ses doigts et pince ses lèvres.

– Je t'écoute.

Il lui explique rapidement la situation et en l'entendant, je me dis de nouveau que c'est la merde.

– Igor Petrovitch Voronin ? Je vais voir avec mes anciens contacts ce que je peux faire, dit-elle enfin. Donne-moi quelques heures. Je te rappellerai.

– J'ai peu de temps, ajoute-t-il.

– Je fais au plus vite, Wolff.

– Merci, Tatiana.

– *Ne za chto, moy prekrasnyy lyubovnik*[1] !

Noah se racle la gorge en raccrochant, sans regarder dans la direction de Louise. Je ne comprends pas le russe. Frenchy, quant à elle, est complètement bilingue.

– Bien, m'écrié-je pour détourner l'attention de ce sujet épineux, on fait quoi une fois aux States ?

Alors que Noah et moi discutons des détails de notre départ pour La Conner, l'énergie dans la pièce change, passant de l'inquiétude à la résolution. Le plan commence à se dessiner clairement dans nos têtes.

– Messieurs ? nous interpellent d'une même voix deux voix féminines après quelques minutes.

Je me retourne pour voir Louise et Kehlani, leurs regards déterminés plongés dans les nôtres.

– On vient avec vous, déclare Kehlani.

– Hors de question, réplique Noah avant même que je puisse ouvrir la bouche. C'est trop dangereux.

Louise croise les bras, le défiant du regard. Elle ne bouge pas d'un pouce.

– Ne prends pas ta grosse voix de mâle alpha avec moi, Noah Wolff. On ne vous laisse pas partir seuls, insiste-t-elle, inflexible. Xander est ma famille aussi. Il est inconcevable

1. « De rien, mon bel amant ! » en russe.

que je reste ici à attendre de vos nouvelles, sans savoir si vous reviendrez tous.

Je sens l'urgence dans ses mots, et une part de moi comprend. Cependant, l'idée de les exposer au danger me serre le cœur.

– Écoutez, commence Noah, plus calme cette fois, ce Russe tue certainement des mecs comme on change de chemise. Tous ceux qui se trouveront en travers de son chemin subiront le même sort. Je ne vais pas risquer de perdre l'une d'entre vous pour sauver ce gars que je ne connais même pas.

– Et vous croyez qu'on ne le sait pas que ce genre de type est sans foi ni loi ? rétorque Kehlani, son regard passant de Noah à moi. J'ai passé des semaines à Quantico, j'ai été formée par ce genre de profil. Un de mes instructeurs sortait du Mossad.

Elle se tourne vers moi et ajoute :

– Je sais comment ils fonctionnent. Tu ne te débarrasseras pas de moi comme ça.

Noah reste silencieux, cherchant visiblement une réponse qui puisse les convaincre. Louise ne lui en laisse pas le temps.

– Ne me rabaisse pas au rang de simple poupée de porcelaine qu'il faut protéger, Noah. Si cette Tatiana peut aider, je veux en faire de même, dit-elle avec sarcasme.

– Arrête d'être jalouse, s'amuse-t-il.

Elle fait un pas en avant, et c'est alors que je remarque une infime différence dans leur comportement. Le regard de Noah s'adoucit. Il hésite. Mon frère aîné hésite ? Puis, sans un mot, il pose sa main sur le ventre de la femme de sa vie. Son geste est tendre, presque révérencieux.

Je me fige, mes yeux passant de Noah à Louise. Les pièces du puzzle se mettent en place d'un coup. Leur décision hâtive de nous rejoindre à Tahiti, leur choix d'arrêter les casses… *Frenchy est enceinte.*

Oubliant un instant nos emmerdes, j'ai envie de la prendre dans mes bras et de la faire tourner en hurlant de joie. Le silence solennel m'oblige à me tempérer.

Noah, sans lâcher Louise du regard, murmure :

– Tu sais ce que ça signifie, n'est-ce pas ?

Elle hoche la tête, ses yeux brillants d'émotion.

– C'est pour ça que je veux être à tes côtés. Parce que je t'aime, Noah, et que je ne supporterai pas de t'attendre ici, seule, à m'inquiéter pour toi.

Noah inspire profondément, ses doigts caressant le ventre de sa douce.

– Et si quelque chose t'arrivait ? Si tu… Si vous…

Sa voix tremble, mais il se reprend vite. C'est rare de voir Noah perdre son sang-froid. Là, il est sur le point de le faire, et je le comprends. Ce n'est pas seulement Louise, c'est la mère de son enfant, leur *avenir* qu'il doit préserver. Ce besoin de protéger les autres est tellement ancré en lui.

Louise pose une main sur la sienne, son regard plongé dans le sien.

– C'est notre décision, Noah. Si tu pars, je pars avec toi.

Noah ferme les yeux un instant, comme pour s'imprégner de ses mots. Puis, il les rouvre, et je peux y voir une résolution sans faille.

– D'accord, souffle-t-il finalement. Seulement… tu écoutes tout ce que je te dis, c'est clair ?

Elle acquiesce, un sourire léger sur les lèvres.

– Je dois être à tes ordres, c'est ça ?

– Louise !

Elle se hisse sur la pointe des pieds et dépose un baiser sur ses lèvres, un geste plein d'amour, de promesses silencieuses.

Kehlani, quant à elle, se tourne vers moi, son expression adoucie par la scène à laquelle nous venons d'assister.

– Et toi, tu penses vraiment pouvoir m'empêcher de venir ? demande-t-elle, un sourire en coin.

Je soupire, passant une main nerveuse dans mes cheveux.

– Je savais que tu ne lâcherais pas l'affaire, dis-je, essayant de garder un ton léger, même si mon cœur pèse lourd.

Elle lâche un petit rire.

– Jamais, Liam. Je ne reculerai plus jamais devant une vague géante. On affronte ça ensemble.

Je n'ai pas le cœur à discuter. Quelque part, je sais qu'elle a raison. Le clan Wolff est plus fort quand il avance main dans la main. Et quoi qu'il arrive, on ira jusqu'au bout.

– Le jet décolle dans une heure, annoncé-je d'une voix ferme. Préparez-vous.

C'est à peine si je fais gaffe au trajet pour l'aéroport ou à notre installation dans le jet privé tant je suis concentré sur une seule idée ; l'espoir que le tueur russe ne trouvera pas Xander avant nous.

Quelques heures plus tard, alors que nous survolons le Pacifique avec uniquement l'océan à perte de vue et nos angoisses pour passer le temps, le téléphone de mon aîné sonne à nouveau. Il met sur haut-parleur.

– Noah, commence Tatiana d'une voix bien moins assurée que lors du premier appel, j'ai trouvé des informations et ce n'est pas bon. Forces spéciales Spetsnaz, guerre soviéto-afghane, missions clandestines en Tchétchénie, Igor est un maître du camouflage et de l'infiltration, capable de se fondre dans n'importe quel environnement. Ses méthodes sont expéditives et brutales. J'ai quelques photos, pas vraiment récentes, car depuis des années, c'est un fantôme. Je t'envoie ça.

– Merci pour ton aide précieuse, Tatiana.

– Noah… Ce gars est réputé pour être ultra-violent. Sur son dernier contrat, il a exécuté toute la famille de sa cible.

Noah scrute ma réaction, ses lèvres pincées formant une ligne.

Je hausse les épaules et hoche la tête.

On va le faire. On va sauver notre frère.

Je regarde par le hublot et la côte nord-ouest des États-Unis apparaît enfin.

L'adrénaline s'infiltre dans mes veines.

Chacune de mes cellules se prépare à ce nouveau combat.

Un combat à mort ?

Qu'importe.

Xander est en danger.

Rien ni personne ne nous arrêtera.

32

Kristen

Les nerfs à fleur de peau, je fais les cent pas dans la petite salle de séjour. Il n'est pas loin de minuit. Nous sommes là depuis quoi ? Dix ou onze heures ?

Chaque craquement du bois sous mes pieds résonne comme une alarme, amplifiant la tension qui noue mon estomac. Xander et mon père effectuent des rondes dans la forêt pour s'assurer que tout va bien.

Pourtant, ici, enfermée dans ce silence angoissant, je suis loin de me sentir en sécurité. De vieilles histoires me reviennent, remplies de créatures effrayantes, comme l'ogresse Coyote ou encore le monstre vorace Wendigo, et j'ai beau être adulte, j'ai aussi peur des recoins sombres de la cabane que quand j'étais une fillette.

Allez, Choolena, c'est la maison de tes ancêtres, c'est ta forêt. Les esprits des anciens vont te protéger.

Je jette un coup d'œil à l'horloge digitale de mon téléphone. Le temps se dilate, chaque minute s'étirant en une éternité. Où sont-ils ? Derrière la baraque, sur un sentier plus éloigné ?

Mon cœur a des ratés, tiraillé entre la peur pour mon père et celle pour Xander.

Je m'arrête un instant, les pensées embrouillées. Comment puis-je encore m'inquiéter pour cet homme après tout ce qu'il a fait ?

Après avoir découvert qu'il prévoyait d'abattre mon père, après avoir appris qu'il a engagé un tueur à gages pour accomplir cette vengeance insensée.

Je voudrais tellement pouvoir le haïr.

Seulement, plus j'essaie, plus les souvenirs des moments passés ensemble refont surface, plus intenses, plus douloureux.

Je me souviens de ses baisers, de la façon dont il s'est endormi après l'amour, en m'enlaçant tendrement, et en même temps fermement, comme s'il craignait que je disparaisse. Je sens encore au creux de mon ventre la chaleur qu'il fait naître en moi rien qu'en prononçant mon prénom. Ce n'est pas qu'une question d'attirance physique. Je pense surtout à son regard. Ce regard triste, chargé d'une douleur qu'il ne peut masquer.

Regard Triste, comme je l'ai surnommé dans ma tête.

Je ne me trompais pas, même si je ne me doutais pas à quel point il avait souffert. Comment imaginer ce que l'on ressent quand une personne qu'on aime profondément meurt sous nos yeux, dans nos bras ? Le décès de sa mère l'a brisé. Cette rage qui l'a poussé à vouloir se venger, elle venait de cette blessure béante. Ce n'était pas juste un désir de violence, c'était un cri désespéré, une manière de lutter contre l'impuissance qui le rongeait.

Comment puis-je le juger, alors que j'ignore ce qu'est une douleur aussi intense que la sienne ?

Malheureusement, comme je l'avais pressenti, sa part de ténèbres nous met en danger. Ma fille… mon bébé… j'ai si peur pour elle.

Xander ignorait-il vraiment qui j'étais ?

« Jamais, je ne t'aurais fait du mal. »

J'aimerais le croire, mais il a une fausse identité, s'est inventé une vie de toutes pièces, tout ce qu'il me disait n'était que mensonge.

« Quand tout sera réglé, ton père pourra me livrer à ses collègues. »

Indécise, je tangue entre mille émotions.

Xander aurait pu juste s'enfuir. Se laver les mains de ce qui allait arriver à l'homme qui a tué sa mère. Pourtant, il est prêt à tout pour nous protéger, à risquer la vie de sa famille, alors qu'il sait que ça ne peut que mal finir pour lui. Car, qu'il gagne ou pas contre le tueur à gages, il terminera son existence en prison.

« J'assumerai mes actes. »

Mon cœur se serre à cette idée. Je ne veux pas qu'il finisse sa vie derrière des barreaux. Parce que, malgré tout, je ne peux nier ce que je ressens encore pour lui.

Non, Kristen. Tu ne peux pas toujours tout pardonner !

La mort de sa mère n'est pas sa faute, comme lui a répété papa, mais tous les autres mauvais choix, si.

Et ma fille s'est retrouvée au milieu de tout ça.

Mon souffle s'apaise un peu en pensant à Wynonah, ce petit être innocent au milieu de toute cette noirceur. Je m'approche de la porte de la chambre dans laquelle elle s'est assoupie après avoir mangé une moitié de barre chocolatée qui traînait au fond de mon sac à main. Je vais devoir faire appel à ma mère pour qu'elle nous apporte des vivres et qu'elle voit avec les membres de notre communauté pour surveiller la réserve.

J'ouvre doucement pour contrôler que ma puce dort toujours paisiblement.

Je reste figée un instant, le cœur prêt à exploser.

Le lit est vide.

Non, c'est impossible. Elle était là, je l'ai couchée moi-même. Je m'avance, espérant qu'elle soit simplement cachée sous les draps.

– Non, non, non…

Je me jette à genoux pour vérifier sous le lit et la peau de mes paumes s'entaille. Des éclats de verre jonchent le parquet.

La fenêtre. Elle est brisée !

Une vague de panique m'envahit. Pas elle. Pas ma fille.

– Wynonah !

Ma voix se brise sur ce cri, étouffée par la peur.

Je me précipite vers la fenêtre et m'entaille plus profondément la main en l'ouvrant en grand. J'ignore la douleur et me penche pour scruter l'obscurité à l'extérieur. Rien. Seulement, la nuit noire.

Mes jambes tremblent, prêtes à céder sous le poids de ce que je comprends. On m'a pris ma fille. Ma vie.

– Xander ! hurlé-je.

Un tourbillon de panique et d'incompréhension me jette hors de la chambre, à la recherche d'aide.

– Xander ! crié-je encore, espérant qu'il m'entende, qu'il sache. Xander. Papa.

La porte d'entrée s'ouvre et Xander apparaît. Il m'attrape par les épaules.

– Que se passe-t-il ?

Je suis nulle. Je suis une mauvaise maman.

– Mon bébé.

– Que… Quoi ?

– Il a pris Wynonah.

À son tour, Xander se précipite dans la petite chambre. Vide. Désespérément vide.

– Pourquoi l'as-tu laissé faire ça ? hurlé-je.

Une horrible pensée me traverse.

– Oh, mon Dieu ! J'ai dit une fois que j'aurais voulu ne pas être tombée enceinte. L'univers me le fait payer !

Je deviens folle. Je me tire les cheveux, me griffe le visage.

– Wynonah !

– Arrête, Kristen. Arrête.

Xander me bloque les mains et m'attire contre son torse. Il m'enlace à m'en étouffer. Mes cris stoppent net. Une myriade de sensations me submerge : soulagement, peur, abandon, je ne sais plus lesquelles sont bonnes ou mauvaises.

– Je vais récupérer Wynonah, n'en doute pas un seul instant, affirme-t-il tout contre mon oreille.

Je devrais le haïr, mais être aux creux de ses bras exerce toujours le même effet sur moi, je me sens à ma place.

– Jure-le, le supplié-je en reculant pour mettre de la distance entre sa peau et la mienne.

Il plonge ses prunelles dans les miennes.

– Je te jure que je vais te ramener ta fille.

Il s'éloigne d'un pas décidé.

Le froid m'envahit.

Chaque seconde un peu plus.

Comme un poison insidieux.

33

Xander

Comment nous a-t-il trouvés aussi vite ? J'en reviens pas !

J'ai juré. Juré que je sauverai Wynonah. Juré que tout irait bien.

Encore des foutus mensonges ?

Car je dois bien l'avouer, je ne sais pas du tout comment m'y prendre, comment forcer cet homme à rendre sa prisonnière. Si je tente de lui arracher la petite, ne va-t-il pas juste nous abattre tous les quatre ?

Je tourne en rond, tandis que les pleurs de Kristen me parviennent depuis l'autre côté de la cloison en bois. Trois heures trente. Mes frères ne devraient plus tarder, j'ai reçu leur message d'arrivée sur le tarmac de Skagit Airport en même temps que le curriculum vitae d'Igor.

Ce mec s'est exercé à tuer dès son plus jeune âge, et il a plus de trente ans de guerre et de meurtres derrière lui. Je ne peux pas attendre que le clan soit au complet, je dois agir maintenant ! Seulement, le fait de savoir Wynonah aux mains de ce cinglé me fait perdre tous mes moyens. Mes neurones refusent de se connecter pour former des idées.

Putain, bouge-toi, Xander ! Toi aussi, tu es formé depuis l'enfance ! m'auto-engueulé-je.

C'est vrai. Il est temps que je laisse NighthawkHex prendre la main, un peu comme le double sombre du héros dans les films *Venom*[1].

1. Venom est un antihéros des comics Marvel, et des films depuis 2018.

J'attrape mon ordi, rentre mon pseudo et lance deux programmes. J'ouvre en quelques clics un compte à la PJSC Sberbank. Quelle bonne idée ces banques en ligne ! Enfin, bonne idée pour les hackers. Tellement plus simple de pirater leurs informations bancaires. Avoir un pied dans la maison me permet de contourner facilement quelques firewalls et autres protections sophistiquées de la banque russe.

Je tisse ma toile autour de KaraKurt, pour le toucher où ça fait mal. L'argent.

La trotteuse sur la montre de maman me répète : « Dépêche-toi ! Dépêche-toi ! »

Une fois que mon plan est en place, j'envoie les informations à mes frères. Je vais faire de mon mieux pour gagner du temps, afin qu'ils puissent nous rejoindre et extraire Kristen et sa famille de ce guêpier.

Enfin, je rentre dans les paramètres de mon téléphone et le déverrouille complètement. Plus besoin de code ou de Face ID.

Je me lève et respire à fond.

Puis, je sors et me poste sur le seuil, jambes écartées.

– Igor ! Igor Petrovitch Voronin, hurlé-je à plein poumon.

Pas de réponse. Pourtant, je suis certain qu'il n'est pas loin. Sa cible est Mason Spears ou le petit con qui souhaite rompre le contrat. Moi.

– Igor Petrovitch Voronin de la Spetsnaz, j'ai un deal pour toi.

Eh ouais, gars, je connais toute ta vie.

– J'ai bloqué ton compte à la Sberbank, ainsi que tous ses petits frères en Suisse et à Dubaï.

Je scrute les ténèbres de mon mieux. Le fin croissant de lune, caché derrière la cime des sapins, n'éclaire pas grand-chose.

– La petite n'a rien à voir dans cette affaire. Prends-moi à sa place.

Ma gorge me brûle à force de hurler.

– La jeune femme qui m'accompagne va garder mon téléphone portable. Quand sa fille et elle seront en sécurité, elle appuiera sur la touche et tes comptes seront comme neufs, avec un million de dollars en plus.

Pas de réponse. Mon instinct me dit pourtant qu'il est tout proche. Il réfléchit. Vérifie ses comptes. Et ses options.

– Tu m'auras moi. Une vie pour une vie, Igor.

Je me retourne pour rentrer dans la maison quand je découvre Kristen juste derrière moi, ses yeux agrandis par la terreur.

– Je ne peux… pas faire ça, Xander. Il va te…

– Seules toi et Wynonah êtes importantes.

Spears est derrière sa fille. Son arme à la main. J'étais tellement concentré sur le tueur que je ne l'ai pas vu nous rejoindre.

– Quand il apparaîtra avec Wynonah, vous ne tentez rien, lui ordonné-je. Les mercenaires dans son genre sont des tarés. Pourtant, la plupart du temps, l'appât du gain surpasse tous leurs autres instincts.

– Comment peux-tu en être sûr ? s'inquiète Spears.

– Je n'ai pas le choix.

Je tends mon téléphone à Kristen, mais elle secoue frénétiquement la tête.

– Tu dois le faire ! insisté-je. Dès que Wynonah est avec toi, vous grimpez dans la voiture. Ton père surveillera vos arrières. Une fois hors de l'île, il te suffira d'appuyer ici.

Je lui montre l'écran sur lequel est figée une page de la banque virtuelle.

– Que… va… va-t-il te faire ? Que va-t-il t'a… arriver ?

La panique la fait bégayer. Qu'est-ce qu'un ancien des forces spéciales russes va me faire ? Mal, très mal pour avoir osé lui tenir tête.

– Kristen, tu vas récupérer Wynonah, c'est tout ce qui compte.

– Mais toi…

Elle s'affole. Son inquiétude est comme un baume apaisant sur mon cœur malmené.

– Moi, j'assume mes actes et je protège ceux que j'aime.

– Il va te tuer, Xander. Il va…

Elle me serre contre elle. Je l'enlace certainement pour la dernière fois. Je respire ses cheveux et m'emplis de son odeur. J'ai trouvé celle auprès de qui je me sentais enfin heureux et j'ai tout gâché.

– Kristen, murmuré-je à son oreille, toi et Wynonah allez avoir une très belle vie. Tu vas réussir ton examen et vous irez habiter à Seattle, un joli petit appartement au-dessus de cette super boulangerie. Tu sais, celle qui fait des croissants à la française.

Elle secoue la tête. Je l'attrape par les épaules et la force à reculer.

– Sois forte.

– Je…

Je me penche et pose mon front contre le sien.

– Je…

Je tente de les retenir, ces trois petits mots. Je ne les ai dits qu'à ma mère. Ils peuvent paraître futiles, pourtant ils signifient tant de choses. Mais, c'est impossible. Impossible de les garder en moi. Ils me remplissent et me brûlent la bouche.

– Je t'aime, Kristen.

Elle presse ses lèvres l'une contre l'autre. Bien sûr qu'elle ne peut pas me retourner cet aveu, me répondre qu'elle aussi. Je suis la cause de tous ses tourments.

– Essaie de me pardonner.

Je recule et descends les marches.

À l'orée de la forêt, une silhouette massive apparaît. Igor, agrippant Wynonah par la main.

– Tu aurais fait un sacré espion du FSB, crie l'homme au fort accent russe.

Je ne réplique pas et avance. Il lève son arme et la pointe dans ma direction. Je ne ralentis pas. Je sais qu'il a vu Spears le tenir en joue également.

Une fois que j'ai parcouru la moitié de la distance, je dis :

– Wynonah, viens me voir ma chérie.

La petite renifle tout en serrant son doudou contre elle. Son visage ravagé par les larmes est à peine reconnaissable.

– Lâchez-la, commandé-je à Igor.

Il m'adresse un rictus empoisonné qui respire la haine.

– J'accepte ton deal, gamin, à une condition.

J'avale difficilement ma salive.

– Laquelle ?

– C'est toi et la jeune femme contre la fillette.

– Non ! hurlé-je sans réfléchir.

Il pose la gueule du flingue sur la tempe de Wynonah.

– Tu m'as vraiment énervé, gamin. Je veux deux vies à la place du contrat de départ. C'est non négociable.

– J'ai dit que… m'apprêté-je à refuser quand une main tremblante se glisse dans la mienne.

Je tourne la tête et découvre Kristen à ma droite.

– Seule Wynonah compte, me dit-elle.

Je devine à son ton que me rebeller ne servirait à rien. C'est une mère qui protège sa fille, comme une lionne.

– OK, répond-elle à ma place. J'ai donné le téléphone à mon père.

– Vous faites un très beau couple, s'amuse le Russe avant de lâcher la main de Wynonah.

La petite n'a pas la force de courir et elle met un temps infini à parcourir les quelques mètres qui nous séparent. Quand elle arrive à notre niveau, Kristen s'accroupit et la serre contre elle.

– Mon bébé d'amour. Tu n'as rien ?

Wynonah secoue la tête.

– Papi t'attend là-bas. Tu marches jusqu'à lui sans te retourner.

Wynonah lève la tête vers moi et me dit en reniflant :

– J'ai peur, Xander.

À mon tour, je m'agenouille à sa hauteur.

– C'est normal d'avoir peur. Mais tu es aussi forte et courageuse que ta maman, et ton papi est policier, tu ne risques rien.

– Wynonah, viens, l'appelle Spears depuis le perron de la cabane.

Je me positionne entre KaraKurt et eux, au cas où.

– Scapa, répond la petite en se précipitant vers son grand-père.

Quand elle arrive à lui, ils grimpent dans la voiture et démarrent.

– Dès qu'ils seront à l'abri, ton argent te sera rendu, répété-je.

– D'ici là, je vais pouvoir m'amuser avec vous.

Un frisson traverse Kristen, dont l'épaule est collée à la mienne, comme si me toucher la rassurait.

– Avancez, ordonne le tueur.

La forêt dense et noire nous avale. KaraKurt avance d'un pas ferme à nos côtés, ses doigts serrés autour de mon bras comme un étau. Le sol spongieux sous nos pieds le ralentit à peine.

J'ai parié sur le fait que l'ancien militaire me garderait en vie comme monnaie d'échange si son argent ne lui était pas rendu. À présent qu'il a deux prisonniers, il peut tout à fait en sacrifier un. Je dois gagner du temps.

Quand il décide que nous nous sommes assez enfoncés dans les sous-bois, il s'arrête brusquement, me poussant au sol avec une force brutale. Je ne me rebiffe pas, son flingue pointé sur Kristen empêche toute initiative. La rage gronde en moi, mais je sais que le moindre faux pas pourrait lui coûter la vie.

Mon impuissance me donne envie de hurler.

KaraKurt observe nos visages à la lueur de sa lampe torche, un sourire cruel étirant ses lèvres fines.

– Pas très ingénieux ce plan, NighthawkHex. À part si tu es suicidaire.

Suicidaire ? Non, cette idée ne me séduit plus du tout. En revanche, si sacrifier ma vie est le prix à payer pour que Kristen et Wynonah s'en sortent, alors soit.

– Hum, non… C'est pour l'Indienne que tu as agi comme ça.

Il lit en moi comme dans un livre ouvert, et c'est insupportable.

– Attache-la à cet arbre, m'ordonne-t-il en me jetant une corde au visage.

Je m'exécute, mes muscles tendus, chaque fibre de mon corps en alerte. Kristen est très pâle. J'ai peur qu'elle finisse par craquer et s'effondrer.

– Ça va aller, tenté-je de la rassurer dans un murmure. Mes frères ne doivent pas être…

– Arrêtez de faire des messes basses, crache le tueur en me donnant un coup de pied dans les côtes.

Je serre les dents.

– Si tu bouges ne serait-ce qu'un muscle… je lui fais sauter la cervelle, dit-il en appuyant son arme contre la tempe de Kristen.

Il se penche, rapprochant son visage du mien, ses yeux aussi froids et inhumains que le canon de l'arme qu'il pointe vers elle.

– En attendant le coup de fil de Spears, je vais faire *mumuse* avec la jeune fille et tu vas regarder.

Un frisson de dégoût me parcourt. Je vois la peur dans les yeux de Kristen, et je me maudis de l'avoir entraînée dans cette situation. KaraKurt se délecte de son pouvoir, savourant le contrôle absolu qu'il a sur nous.

– Fallait pas jouer au con avec moi, NighthawkHex.

Alors qu'il caresse les cheveux de Kristen et lui dit des trucs obscènes à l'oreille, un craquement de branches résonne dans la clairière.

KaraKurt n'y prête pas attention, trop occupé à terroriser sa captive.

– Comment nous as-tu localisés aussi vite ? le questionné-je pour qu'il se concentre sur moi.

– Pour brouiller les pistes, tu utilises des messageries cryptées, mais si quelqu'un avec qui tu corresponds utilise un appareil non sécurisé, t'es foutu !

Le téléphone de Liam ? Ou plus certainement de Tatiana ? Quel idiot !

– Par ricochet ?

– Eh ouais, je n'avais pas besoin de te pirater directement, seulement te localiser en accédant aux communications de tes proches.

Un second craquement. Puis un hurlement de loup retentit, m'arrachant un frisson. Pas un frisson de peur, non, non, non. Cette île n'a pas de gros prédateurs. Ni loup ! Ni ours !

Je baisse la tête pour que le Russe ne voie pas mon rictus. Quand nous étions gosses, Liam adorait me foutre la trouille. Son truc préféré était d'imiter le hurlement du loup. À force de s'entraîner, il est devenu vraiment un expert.

Mes frères sont là. Quelque part dans la pénombre.

Mes neurones bataillent dans mon lobe frontal. Mes sens s'aiguisent. Chaque détail de la scène se précise, chaque idée s'affine. Et coup de bol, le vent se lève, chassant les nuages qui voilaient la Lune.

Je dois me saisir de l'arme de KaraKurt pour leur permettre d'intervenir sans que Kristen soit blessée. Ou bien, attirer son attention.

– Va te faire foutre, Igor, je n'en ai rien à foutre de cette meuf, lâché-je avant de m'éloigner à toute vitesse.

Le Russe lève la tête, surpris. Je fonce. Un coup de feu retentit. La balle frappe un tronc à moins d'un mètre de ma tête, arrachant des éclats de bois. Je l'entends sprinter derrière moi.

Exactement le but recherché, même si je cours plus ou moins à l'aveugle, selon l'épaisseur des feuillages, alors qu'il a sa lampe torche. Je zigzague et évite des arbres à la dernière seconde, jusqu'à ce que je me prenne les pieds dans une racine et m'affale de tout mon long.

KaraKurt se positionne au-dessus et pointe son arme sur moi, un sourire cruel étirant ses lèvres.

– Fin de la route, NighthawkHex, halète-t-il. Tu as bien joué, mais tu as perdu.

Je ne laisse échapper aucun cri, aucune plainte. Je fixe le tueur avec un regard qui brûle de défi. Je ne lui donnerai pas la satisfaction de le supplier.

Au moment où il va tirer, une silhouette émerge de l'ombre, rapide comme une flèche. Liam. Mon cœur se fige dans ma poitrine. Mon frère percute le Russe et le fait reculer de deux mètres.

– Tu as touché à la mauvaise famille, enfoiré ! rugit Liam, ses yeux flamboyant de rage.

Noah surgit de l'autre côté, une expression déterminée sur le visage.

Ils sont là ! Mon Dieu, ils sont là !

KaraKurt est un professionnel, formé au combat rapproché, au cœur des plus sanglantes guerres dans le monde, et il analyse en un clin d'œil la situation. Il balance un coup de pied vers Liam, qui l'évite de justesse, mais part en arrière, et sa tête vient taper une branche basse. Il s'écroule, sonné. Le Russe en profite pour viser Noah, son doigt crispé sur la gâchette. Mon cœur s'arrête. Si je n'agis pas maintenant, l'un de mes frères va mourir.

Mon cerveau fonctionne à une vitesse vertigineuse. Une seule option. Je me précipite vers KaraKurt, le prenant par surprise. Le choc est brutal. Mes mains agrippent le canon, s'y accrochent, tirant de toutes mes forces. KaraKurt résiste. Un coup de feu part et frôle ma tempe.

Le son me vrille les oreilles. Pourtant, je continue de m'agripper à l'arme. Finalement, je parviens à lui faire lâcher le pistolet, et nous chutons. Je lutte comme un animal acculé, avec des mouvements rapides et brutaux dont je ne pensais pas être capable. Du sang coule dans mes yeux et ma bouche. KaraKurt prend le dessus et me plaque au sol. Ses paluches énormes enserrent ma gorge et tentent de m'étrangler avec une force monstrueuse.

– Tu croyais vraiment pouvoir me battre ? souffle-t-il, son haleine fétide fouettant mon visage.

La vie s'échappe de mon corps, mais en me débattant avec le peu de force qu'il me reste, mon regard croise la silhouette de Noah, adossé à un arbre, la main sur l'épaule. Mes deux frères sont blessés.

Si je meurs, qui va protéger Kristen ?

Dans un dernier effort, je lutte, ma main tâtonnant autour de moi. J'attrape un morceau de bois au sol et l'enfonce dans le flanc de mon assaillant, assez pour le faire hurler de douleur et desserrer sa prise.

Dans un éclair de lucidité, je me redresse et me précipite sur l'arme à terre.

KaraKurt se jette sur moi.

Je sens la crosse du bout des doigts.

Nous roulons au sol.

L'arme est dans la main du tueur à gages.

J'empoigne son bras et écrase mon corps sur le sien.

Un coup de feu part.

Puis un second.

Tout devient sombre.

34

Kristen

Xander n'a pas serré mes liens.

À force de me tortiller, je parviens à me détacher.

« Va te faire foutre, Igor, je n'en ai rien à foutre de cette meuf. »

Faux. Je suis certaine que c'était un mensonge. Il a menti pour attirer le tueur loin de moi.

Je me lève, essaie tant bien que mal d'ajuster les morceaux de mon t-shirt déchiré sur ma poitrine et tends l'oreille.

À présent, j'entends plusieurs voix. Papa est-il revenu ? Non, il a juré d'emmener Wynonah loin de cet enfer. Sûrement les frères de Xander.

Je me précipite dans cette direction et découvre une scène apocalyptique. Xander au sol, en train de se battre au corps à corps avec le tueur. Deux inconnus sont allongés à quelques mètres. L'un est à moitié dans les vapes et s'efforce de se mettre à quatre pattes. L'autre tient son épaule de laquelle coule du sang.

Je dois faire quelque chose. Je dois tenter de…

Une détonation me stoppe.

Le temps se fige.

Puis une seconde déflagration se perd dans la nuit.

Le silence retombe, lourd, presque assourdissant. Je reste là, tremblante à quelques pas des deux hommes immobiles.

– Xander…

Ma voix n'est qu'un souffle. Aucun des corps enlacés sur l'humus ne bouge.

– Xander ?

Les deux inconnus se précipitent, leurs visages déformés par l'inquiétude.

– Alexander ?

Le géant blond saisit le Russe à bras-le-corps et le jette sur le côté, dévoilant Xander. Le second frère se penche sur ce dernier et le secoue légèrement de son bras valide.

– On est là, petit frère. Ça va aller.

Petit frère ? Ce sont donc bien Noah et Liam.

Je me précipite à mon tour et tombe à genoux à côté de Xander.

– Il… est… Il est…

Je ne parviens pas à parler. Le visage de mon sauveur est couvert de sang, et au niveau de son ventre, une tache sombre s'élargit de plus en plus sur sa chemise.

– Oh, non, non…

Aucun de mes réflexes de future infirmière ne me revient. La panique m'empêche de lui prendre le pouls ou quoi que ce soit de sensé. Mon cerveau a bugué.

J'attrape juste son corps mou et le serre contre moi, dans une étreinte désespérée.

– Je t'interdis de mourir. Tu m'entends… Je te l'interdis.

Quelqu'un tente de me faire lâcher prise, mais je secoue la tête et m'accroche. Quand ma joue touche son torse, je ne perçois aucun battement.

Non, non, non.

Hors de question qu'il meure.

Un truc se déclenche en moi. J'allonge mieux Xander et m'agenouille à sa droite.

– Appelle le 911, ordonné-je à l'un des frères qui me surplombent. Et toi, compresse la blessure pour arrêter l'hémorragie.

Une voix nasillarde s'élève dans ma tête. Celle du professeur Wilson.

« Placez vos mains l'une sur l'autre, paumes vers le bas, doigts entrelacés pour former un poing. »

Ce sale raciste nous a donné des cours de réanimation il y a quelques mois.

Et la séance me revient claire et nette, comme s'il était devant moi.

« La position correcte se trouve à hauteur des mamelons. »

J'appuie mes poings sur le thorax de Xander, bras tendus, et comprime le sternum.

« Pratiquez des compressions très fermes. »

Je commence à compter.

Un, deux, trois…

À ma droite, le frère brun, presque un sosie en plus âgé de Xander, parle dans son téléphone sans que je saisisse un seul mot de ce qu'il dit.

Je dois continuer.

Dix, onze, douze…

Je vois apparaître deux femmes, comme sorties du néant. Je les ignore.

Vingt-huit, vingt-neuf, trente.

Je bascule légèrement la tête de Xander en arrière et positionne ma joue devant sa bouche. Rien, aucun souffle ne vient caresser ma peau.

– S'il te plaît, Regard Triste, ne me laisse pas toute seule. Reviens.

Le grand blond s'agenouille à mes côtés.

Je reprends le décompte.

Un, deux, trois…

35

Xander

J'ouvre les yeux, luttant contre l'engourdissement qui pèse sur moi. La première chose que je perçois est la lumière blafarde qui inonde la pièce depuis le plafond. Elle m'agresse et intensifie la douleur sourde qui pulse dans ma tête. Mes sens s'éveillent progressivement.

Un relent âcre de désinfectant flotte dans l'air. Il envahit mes narines et me ramène brutalement à la réalité. Je devine sans problème où je me trouve. L'hôpital. Odeur stérile, métallique, presque suffocante.

La pièce autour de moi est d'un blanc clinique, impersonnelle, dénuée de chaleur. Les machines à proximité émettent des bips réguliers et leur rythme mécanique contraste avec le chaos qui règne dans mon esprit.

Je tente de bouger, me redresser, mais une douleur vive me cloue au lit. Elle irradie de mon ventre et me coupe le souffle, comme si une enclume invisible m'écrasait.

– Doucement, Alexander, murmure une voix familière teintée de fatigue.

Je tourne la tête, véritable torture, et découvre Noah, assis à côté de moi. Son regard est intense, scrutateur, ses traits marqués par l'inquiétude. De l'autre côté du lit, Liam se tient debout, les bras croisés, la tension perceptible dans ses épaules voûtées. Un léger sourire flotte sur ses lèvres quand nos prunelles vertes se croisent. Pourtant, ses yeux trahissent l'angoisse qu'il tente de masquer.

– T'es à l'hôpital, continue Noah. L'ambulance t'a déposé aux urgences de l'Island Hospital, et les chirurgiens t'ont opéré pour stopper l'hémorragie. La balle est entrée juste sous les côtes, à gauche de l'estomac avant de se loger près de la colonne vertébrale. Tu as perdu beaucoup de sang. Ç'a été chaud… vraiment chaud.

Mon état ne compte pas. Une unique question occupe mon cerveau embrumé.

– Où… Où est-elle ? parviens-je à demander, chaque mot me coûte une énergie que je n'ai plus.

Où est Kristen ? Comment vont Wynonah et Spears ? C'est la seule chose importante et mes frères le comprennent immédiatement.

Liam se penche en avant, son sourire s'effaçant légèrement.

– Ils vont bien.

Je ferme les yeux et soupire.

– Kristen est restée auprès de toi durant des heures, continue-t-il. Elle a refusé de se reposer ou de partir tant que tu étais en danger. Elle était là, à te parler, à tenir ta main, chaque minute où t'étais entre la vie et la mort.

Les mots de Liam me frappent en plein cœur. Kristen est saine et sauve. Elle… m'a veillé, elle ne m'a pas abandonné. Ma voix est rauque, presque méconnaissable quand je demande :

– Voir… La voir.

Noah échange un regard rapide avec Liam avant de répondre, plus doucement cette fois.

– Quand les médecins ont dit que t'étais hors de danger, elle s'est éclipsée dans la seconde.

Je sens mon cœur se serrer douloureusement. Kristen est partie.

Mais, elle était là, elle a pris soin de moi quand je ne pouvais même pas me battre pour moi-même. Est-ce qu'elle a encore des sentiments pour moi ? Ou était-ce juste de la pitié ?

Le désespoir menace de m'envahir, pourtant, je la comprends. Rien n'est possible entre la fille adorée du détective Mason Spears et le fils de Paloma Wolff.

– Police ? baragouiné-je.

– Non. Le père de Kristen n'a pas prévenu ses collègues,

m'explique Liam. Il s'est même arrangé avec la communauté native américaine pour faire passer ta blessure pour un accident de chasse.

– Kara… KaraKurt.

– Dans le canal. Lors de votre corps à corps, et malgré tes lésions internes, tu as réussi à lui arracher son arme et à lui loger une balle en plein cœur.

Je ferme les yeux deux secondes.

– T'as plein de trucs à nous expliquer, p'tit con, ajoute Liam.

Je secoue la tête, incapable de répondre à leurs interrogations pour le moment. Tout ce que je ressens, c'est le vide, l'épuisement. KaraKurt est mort. Kristen est en vie. Mes frères aussi.

Et moi… Je suis encore debout, mais à quel prix ?

– Louise voudrait te voir, dit Noah.

J'acquiesce faiblement.

Liam va ouvrir la porte de la chambre et Louise entre, suivie d'une splendide brune au regard pénétrant.

– Alex ! s'écrie la Française en se précipitant vers moi, avant de se retenir à la dernière seconde et de déposer un délicat baiser sur mon front. Je suis tellement heureuse. Tu m'as tant manqué.

Une larme perle à mes cils.

– Baby Wolffy, je te présente Kehlani, annonce très solennellement Liam, avec un air si idiot sur sa tronche de blondinet que je comprends tout de suite qu'il est fou amoureux de la jeune femme.

– Bienvenue… dans la famille Wolff, réussis-je à dire.

Elle m'adresse un très joli sourire. Très doux. Pourtant, pas aussi lumineux et expressif que ceux de Kristen. Une vague de tristesse me submerge et je détourne la tête pour que mes frères ne voient pas ma détresse.

Jamais je n'éprouverai ce bonheur, leur bonheur, par ma faute.

Noah me connaît par cœur. Il s'assoit sur le matelas à ma droite et me dit :

– Je t'interdis de t'en vouloir.

Je m'apprête à protester. Il fronce les sourcils et je me tais.

– Si tu dois en vouloir à quelqu'un, c'est à notre père. Et à notre mère.

– Ne parle… pas… tenté-je de m'écrier, butant sur les mots. Ne… parle pas de… maman comme ça.

– C'est maman qui a prévenu la police.

Appeler les flics ? Pour qu'ils viennent arrêter papa ?

– Ferme-la, Noah ! croassé-je, refusant de le croire.

– Elle n'en pouvait plus que nous risquions notre vie. Elle l'a répété encore et encore à papa. Mais il n'écoutait rien. La vérité, c'est que nos deux parents sont fautifs. Pas toi.

Je secoue la tête, car ce ne peut pas être vrai. Toute cette folie ne peut être le résultat d'une trahison de maman…

– Noah et moi, on a échoué aussi. Nous n'avons pas su comprendre ta détresse. J'ai fait comme papa, j'ai donné des ordres sans prendre le temps de t'écouter, de voir au-delà de tes sourires forcés, de tes silences prolongés. Cette absence, cette négligence, a laissé la rage s'insinuer en toi. Je croyais que tu avais juste besoin de faire ton deuil. Alors que tu te perdais un peu plus chaque jour, car je reproduisais le même schéma que nos parents.

Je lève le visage vers lui et découvre que mon frère aîné, le chef de notre fratrie, pleure. Des larmes silencieuses mais lourdes qui coulent le long de ses joues.

– On aurait dû… J'aurais dû être là pour t'empêcher de sombrer. Au lieu de ça, je t'ai laissé seul, avec tes démons et cette douleur qui a fini par exploser.

J'observe le groupe. Mes quatre visiteurs ont les yeux qui brillent. Je perçois tant d'affection dans la manière dont ils me couvent du regard. Tous les quatre. Ai-je droit à tant d'amour ?

Liam, fidèle à lui-même, finit par briser la solennité d'un ton léger :

– Au fait, désolé de ne pas avoir de cadeau. Sérieusement, qui aurait cru que monsieur ferait exprès de se réveiller pile le jour de son anniversaire ?

J'écarquille les yeux, pris de court.

– Nous sommes le 12 ?

Noah pose une main ferme sur mon épaule, pour m'empêcher de me perdre encore une fois dans le chaos. Son regard intense croise le mien, et de nouveau, il ne me semble ni le grand frère autoritaire ni l'homme infaillible que j'ai toujours vu en lui. Il est juste… humain.

– Tu sais quoi, Alexander ? C'est peut-être le bon moment pour tourner la page.

Je baisse les yeux, sonné. Aujourd'hui, j'ai 24 ans. Je ne pensais pas voir cet anniversaire. Je n'en avais pas envie. Et pourtant, au bord du gouffre, même consumé par la colère, même grièvement blessé, je me suis battu pour rester vivant.

L'idée me déstabilise.

Pour la première fois depuis des années, depuis exactement sept ans, je m'autorise à envisager que je pourrais vouloir quelque chose de plus.

Louise avance et me tend mon téléphone.

– Envoie un message à cette jeune femme qui t'a sauvé la vie. Fais-toi ce cadeau.

Kehlani m'adresse un rapide signe de la main et s'éclipse pour ne pas déranger. Louise et mes frères me pressent délicatement dans leurs bras et la suivent hors de la chambre.

La porte se referme doucement derrière eux.

Me voilà seul.

Je serre l'appareil entre mes doigts. Mon cœur tambourine violemment dans ma poitrine, partagé entre l'espoir fragile et la peur. Kristen est partie. Peut-être que tout est perdu.

Je prends une très profonde respiration, qui m'arrache un râle de douleur. Je vais écrire ce que je ressens. Pour une fois, pas de mensonge, pas de non-dits. J'active la fonction « dictée » et commence à parler.

Si un jour tu trouves la force de me pardonner, contacte-moi à l'adresse NighthawkHex@darkmail.onion Je t'attendrai, aussi longtemps qu'il le faudra. Je sais que je t'ai blessée, que j'ai trahi ta confiance de la pire des manières. Je suis la somme des erreurs de mes parents, de cette vie que je n'ai pas choisie, dont je ne voulais pas. Toi... toi, je t'ai choisie. Pourtant, j'aurais dû être plus fort et résister à la haine. Kristen, chaque moment passé avec toi était réel, chaque sourire, chaque baiser. Tu m'as montré ce que c'était que d'aimer vraiment en te battant pour Wynonah. En te battant pour moi. Je me suis perdu dans ma propre douleur, dans cette rage qui m'a consumé, mais toi, Kristen, tu as été la lumière dans mon obscurité. Rien n'a de sens sans toi. Si tu me donnes une seconde chance, je te promets de passer ma vie à te prouver que je suis digne de ta douceur, de ta force, de ton amour. Même si tu ne peux pas me pardonner, même si tu choisis de m'oublier, sache que tu seras toujours dans mon cœur. Tu as été ma première et je ne veux que toi. Merci d'avoir partagé un peu de ta lumière avec moi. J'attendrai. Je t'aime, et je t'aimerai toujours.

Je ne me relis pas, je ne veux rien modifier. J'appuie sur envoyer, même si je sais que l'adresse électronique pourrait permettre à Interpol de m'expédier en prison pour plus de trente ans. Peu importe.

Alors seulement, je me remets à respirer.

L'amour.

C'est effrayant, déroutant, et pourtant, c'est l'unique bataille qui vaille le coup.

Alors, aujourd'hui, par amour, il ne me reste qu'une option.

Attendre.

36

Kristen

Assise dans l'herbe, je suis absorbée par l'observation des ombres projetées par le soleil couchant sur la pelouse.

– Maman, maman, regarde !

Wynonah s'amuse à faire la roue et le poirier.

– Scapa, tiens mes pieds !

Mon père la suit patiemment à travers le jardin pour éviter qu'elle ne se fasse mal avec sa nouvelle lubie, devenir acrobate dans un cirque. J'aimerais participer, rire avec eux, mais depuis quelques semaines, tout est terne, comme si le monde entier avait perdu sa couleur.

Depuis que j'ai quitté l'hôpital. Et Xander.

Pourtant, c'est moi qui ai décidé de ne plus le revoir.

J'étais avec lui dans l'ambulance, refusant de lâcher sa main, sauf quand le secouriste le choquait avec le défibrillateur. Je suis restée devant la porte de la salle d'opération, pendant les six heures qu'a duré l'intervention pour retirer la balle et réparer les dégâts. Je l'ai veillé jour après jour quand il était maintenu dans un coma artificiel, le temps que son état se stabilise. Sans parler à ses proches qui se relayaient à son chevet, je ne voulais aucun contact avec eux.

Il était allongé, inconscient, et les machines bipaient autour de lui. J'avais l'impression que si je m'éloignais, il pourrait mourir. Se laisser mourir.

Je me donne quand même une drôle d'importance !

Quand finalement, la chirurgienne urgentiste est venue me dire que tout irait bien, que Xander était sorti d'affaire, je me suis levée, sans un mot, et je suis partie retrouver ma fille et mon père.

Il était vivant, c'est tout ce qui comptait.

Même si cette histoire, notre histoire, était vouée à l'échec.

Je serre mes genoux contre ma poitrine, luttant contre les larmes qui menacent de couler, comme chaque fois que je pense à lui.

C'est à ce moment que j'entends des pas derrière moi.

– Ma chérie, puis-je m'asseoir avec toi ? demande mon père d'une voix douce, presque hésitante.

Je lève les yeux vers lui et acquiesce. Il prend place à côté de moi et durant quelques minutes, nous regardons Wynonah faire ses cabrioles.

– Alors, qu'est-ce qu'il se dit en ville ? tenté-je, pour détourner la conversation que je sens venir.

Depuis que les villageois ont appris que le jeune étudiant a pris une balle dans la réserve, des tas de bruits courent dans La Conner. Pourtant, aucun des habitants n'a assez d'imagination pour même *effleurer* la réalité. Seules ma mère et Libby en connaissent une infime partie, et elles ne révéleront jamais rien.

– Je vois bien combien tu es triste, insiste mon père, ignorant ma question.

Il marque une pause, comme s'il cherchait les mots justes.

– Je sais que tu l'aimes.

Je secoue la tête, têtue.

– Kristen…

Ses yeux fatigués fouillent les miens.

– … tu en as le droit.

Une boule se forme dans ma gorge et je ne peux que murmurer :

– Parfois, l'amour n'est pas suffisant.

Je pense au message que j'ai reçu. À son message.

« Même si tu ne peux pas me pardonner, même si tu choisis de m'oublier, sache que tu seras toujours dans mon cœur. »

J'ai tenté plusieurs fois de l'effacer, sans y parvenir.

Mon père soupire et pose une main réconfortante sur la mienne.

– Kristen, lors de mes réunions aux Alcooliques anonymes, j'ai appris qu'un des piliers de la guérison est l'absolution.

Il réfléchit.

– Xander a souffert énormément à cause de mes actions passées. Je ne suis pas un homme parfait, et j'ai commis des erreurs.

– Tu n'as pas voulu tuer sa mère…

– C'est vrai. Pourtant, mes décisions m'ont mené à ce drame, et je peux comprendre sa haine. Pourtant, Xander m'a pardonné.

Je secoue la tête, des larmes roulant sur mes joues.

– Papa, il souhaitait t'assassiner. Comment puis-je passer outre ça ?

Il essuie doucement mon visage, comme lorsque j'étais gamine.

– Parce qu'il ne l'a pas fait. Parce qu'il nous a sauvés au péril de sa vie. Parce qu'il a changé.

Je ferme les yeux et tente d'échapper à sa logique.

– L'amour peut transformer les gens. Et je vois en toi la force de le comprendre. Xander n'est pas le même homme qu'il était quand il est arrivé. Il est tombé amoureux de toi, et cet amour l'a métamorphosé.

Je prends une profonde inspiration, tentant de contenir mes émotions.

– Je pense… qu'il est juste redevenu celui qu'il était au fond de lui. Celui d'avant le drame.

– Je le crois aussi, oui.

Ses yeux brillent de sincérité.

– Surtout, j'ai foi en toi, ma fille. Tu as toujours eu un cœur immense, capable de lire en chacun. Si tu aimes cet homme, c'est qu'il mérite d'être aimé.

– Oui, je… l'aime… tellement.

Ma voix se casse sur cet aveu.

– Alors, ne laisse pas la peur te priver d'une chance d'être heureuse. N'abandonne pas, comme nous l'avons fait ta mère et moi.

Papa se lève et me tend mon téléphone avant de s'éloigner.

– Viens, Wynonah, je vais te lire une histoire.

Je reste silencieuse.

Tandis que le soleil disparaît derrière l'horizon, je me permets de croire, ne serait-ce qu'un instant, en un avenir dans lequel Xander et moi pourrions surmonter les ténèbres du passé.

Je déverrouille mon téléphone et ouvre son message.

> Si un jour, tu trouves la force de me pardonner, contacte-moi à l'adresse NighthawkHex@darkmail.onion Je t'attendrai, aussi longtemps qu'il le faudra.

Je clique sur l'adresse et ma messagerie électronique s'ouvre.

De : Kristen.Quintasket@icloud.com
À : NighthawkHex@darkmail.onion
Objet : Invitation remise de diplôme
PJ : Invitation.pdf

37

Kristen

Les gradins du gymnase du campus de Skagit Valley College sont bondés et vibrants d'excitation. Les proches et les amis sont assis, applaudissant et prenant des photos. Le directeur de l'école, un homme en costume impeccable, se tient derrière un pupitre en bois poli, son regard scrutant la foule avec une gravité solennelle.

– Mesdames et messieurs, diplômés et familles, c'est avec une immense fierté que nous nous rassemblons en ce 1er juin pour célébrer l'accomplissement remarquable de ces jeunes femmes et jeunes hommes qui ont surmonté des défis et se sont distingués dans leur parcours académique pour devenir infirmiers et infirmières dans l'État de Washington. Nous sommes ici pour leur rendre hommage et pour reconnaître leurs efforts et leur détermination.

Un tonnerre d'applaudissements résonne, et le directeur prend une profonde inspiration très théâtrale avant de continuer. Il étale une feuille de papier devant lui, puis il proclame :

– Nous allons maintenant vous appeler un par un.

Il parcourt les noms sur la liste, dans l'ordre alphabétique. Mon pouls s'accélère alors que je me prépare à entendre le mien. Les étudiants défilent, beaucoup trop lentement. Puis, finalement :

– Kristen Choolena Quintasket.

Mon cœur bondit dans ma poitrine. Je me lève, les jambes tremblantes d'émotion, et fais de mon mieux pour avancer avec assurance. Papa, Wynonah, ma grand-mère d'adoption,

Libby, mais aussi ma mère et une partie des membres de la tribu se tournent vers moi, et je devine une fierté immense dans leurs regards. La lumière des projecteurs m'éblouit alors que je monte les marches.

– Félicitations, Kristen. Vous terminez major de promotion, avec des notes quasiment jamais réalisées dans cette école. C'est remarquable, s'exclame le directeur.

Je lui adresse un sourire radieux en prenant le certificat, et je me tourne vers la foule. Mes yeux balaient l'assemblée à la recherche de ma fille, j'ai envie de hurler : « Je l'ai fait, ma puce. »

Bien sûr, je *le* cherche lui aussi.

Malheureusement, il n'est pas là.

OK, je dois me concentrer sur ce moment que j'espère depuis des années. J'attrape le pompon de mon *mortarboard*, le chapeau traditionnel de diplômée, et le fais glisser sur la gauche, en serrant les dents pour contenir mes larmes de joie. Et de frustration.

Xander n'est pas venu.

En redescendant les marches, mon Saint Graal pressé contre ma poitrine, mes yeux croisent ceux du professeur Wilson, qui se tient en retrait. Les traits marqués par une expression de surprise et de mépris à peine voilé. Il me dévisage. Ma première idée est de lui crier : « Ça t'en bouche un coin, hein, que la petite métisse réussisse ? » Pourtant, mes lèvres s'étirent en un sourire plein de victoire, et je lui adresse un clin d'œil complice. Sans lui révéler que c'est sa voix nasillarde qui m'a permis de sauver l'homme que j'aime.

À cette pensée, une lourde mélancolie s'installe en moi.

J'ai un mot gentil pour chaque personne, je remercie ceux qui me félicitent, mais mon cœur n'y est plus.

Je scrute une nouvelle fois chaque visage dans la foule, espérant apercevoir les prunelles émeraude qui hantent mes nuits.

– Félicitations, maman d'amour ! s'exclame Wynonah en se jetant dans mes bras avec enthousiasme.

Je la serre contre moi, trouvant un peu de réconfort dans son étreinte.

– Merci, mon trésor, dis-je en caressant ses longues tresses châtain.

Dès que je la repose, elle se met à sauter partout. J'admire cette facilité qu'ont les enfants à passer à autre chose. Elle a rapidement oublié la peur ressentie quand le « vilain monsieur » l'a enlevée dans la cabane. Elle ne fait aucun cauchemar. Mais elle demande souvent où est Xander et pourquoi il ne vient plus la voir.

Papa me regarde avec une expression de compréhension silencieuse. Il sait que j'ai décidé de pardonner et que j'ai envoyé une invitation via le dark Web à Xander.

– Tu es une infirmière maintenant, Kristen. Je suis le plus fier des pères, dit-il.

J'acquiesce, essayant de retenir les larmes.

– Merci, papa.

Je soupire.

– Maman, on va à la fête foraine ? demande Wynonah, les yeux brillants d'excitation. T'as promis, si je me tiens sage, on va à la fête.

Je force un sourire.

– Oui, bien sûr, ma chérie. Allons-y.

Nous quittons l'école, et je sens une tristesse pesante m'accompagner tout le long du trajet qui dure une vingtaine de minutes. Dès mon arrivée, les lumières et les rires des enfants atténuent un peu ma peine. Wynonah tire sur ma main, impatiente de monter sur les manèges.

– Viens, maman ! Regarde le grand huit ! s'écrie-t-elle en pointant du doigt l'imposante structure.

– Non, j'ai trop peur pour le grand huit.

Et elle est bien trop petite.

– Là, là, maman.

Le petit train des sept nains. Aucune sensation forte. Pourquoi pas.

Alors que nous avançons lentement dans la file, je perçois un mouvement à ma droite. Une présence magnétique.

Mon cœur rate un battement, et je n'ai même pas besoin de tourner la tête pour savoir qu'il est enfin là.

Je devine sa présence, son regard sur mon profil, et le soulagement monte en moi comme une vague.

– Où étais-tu ? murmuré-je, la voix cassée par l'émotion.

– Perdu, avoue Xander.

– Et à présent ?

Je me tourne vers lui, nos regards se croisent. Je plonge dans un océan, brillant et profond, comme mon amour.

– Je t'ai trouvée. Et je me suis retrouvé.

Il glisse doucement sa main dans celle de Wynonah qui ne paraît même pas surprise. Comme si elle aussi l'attendait.

Les larmes que j'ai retenues tout au long de la journée commencent à couler.

– Tu m'as tellement manqué.

– Tu as occupé chacune de mes pensées, Kristen.

– Ne me mens plus jamais, Xander.

Il fait non de la tête.

– J'ai voulu te détester, vraiment, j'ai fait de mon mieux.

– Et ?

– Impossible. Depuis le premier instant, tu t'es infiltré dans mes veines. Je t'aime beaucoup trop.

Il tangue vers moi, comme si nos corps étaient aimantés, avant de s'accroupir devant Wynonah et de lui dire doucement :

– Dis à ta maman que je l'aime comme un fou et que plus jamais je ne la quitterai.

Wynonah, les yeux brillants, répète :

– Maman, il dit qu'il t'aime comme un fou et qu'il ne te quittera plus.

Je ne peux qu'acquiescer en silence, sinon je vais fondre en larmes.

– Et moi ? demande Wynonah, ses petits doigts posés sur la joue de Xander.

– Toi, tu es ma récompense. Mon lutin. Mon cadeau inattendu.

Il la serre contre lui, puis se relève et me regarde dans les yeux.

– Kitty, je ne sais pas…

Je souris, car c'est la première fois qu'il utilise mon diminutif.

– Je ne sais pas si c'est bon pour toi que je sois là, mon cœur est toujours en miettes.

– Je ne vais pas chercher à te réparer, Xander. Je vais t'aimer comme tu es. Abîmé.

Je me jette contre lui, et il m'étreint à me couper le souffle. Il me transmet sa chaleur, sa force, mais aussi sa fragilité. Je remarque que la manche de son bras gauche est légèrement remontée, découvrant son poignet. Mon souffle se coupe en apercevant l'encre, un dessin magnifique, à la fois doux et complexe. Je contemple les détails du tatouage. Sous la délicatesse d'une multitude de fleurs noires, la date apparaît toujours. Le 13 avril. Plus haut, les pétales se transforment en une superbe colombe au plumage lisse. Paloma. Sa mère. Et juste en dessous, comme protégée par le premier, un second oiseau, plus petit.

Je lève les yeux vers lui, troublée.

– C'est… C'est moi ?

Il hoche la tête, un sourire timide sur les lèvres.

– Oui, c'est toi. Choolena.

Cette marque qu'il porte désormais sur sa peau m'ébranle plus que je ne l'aurais cru.

Il glisse son nez dans mes cheveux.

Les manèges tournent autour de nous.

Mon monde se résume à ses bras.

Nous restons là, enlacés, au milieu de la fête foraine, entourés par les éclats de rire et les lumières clignotantes.

– Je ferai ton bonheur, Kristen, murmure-t-il contre mes cheveux. Et, toi et Wynonah, vous êtes le mien.

Je le serre plus fort, mes lèvres trouvent les siennes et nos larmes se mêlent.

Wynonah, toujours accrochée à la main de Xander, nous regarde avec un sourire radieux.

– On peut monter sur le manège maintenant ? s'impatiente-t-elle.

Xander et moi éclatons de rire, un son clair et joyeux qui chasse les derniers vestiges de tristesse.

– Oui, mon trésor, dis-je en essuyant mes joues. Allons-y ensemble.

ÉPILOGUE

Xander

Assis dans le lit à baldaquin, dos au mur, je souris à Kristen.

– Tu te souviens que tu ne dois pas crier, lui rappelé-je.

– Hein, hein…

Elle est sur moi, à califourchon, ses jambes crochetées dans mon dos. Nos sexes pressés l'un contre l'autre.

– Pourquoi, au fait, je ne dois pas crier ? Wynonah est à l'école.

– Tu es trop expressive, ma reine. Les fenêtres sont ouvertes et les voisins vont finir par se plaindre.

Elle ondule sur moi, faisant grimper notre excitation.

– Si toi, tu ne cries pas, me taquine-t-elle à son tour, je ne jouirai pas trop fort non plus.

– OK.

Je l'observe, splendide de nudité au-dessus de moi. Une déesse de la nature, quand les terres n'étaient pas encore polluées par les hommes.

Ma déesse à moi.

Nous louons un joli appartement dans le centre-ville de Seattle, que parfume toute la journée la boulangerie française juste en dessous. J'aurais pu l'acheter comptant, même l'immeuble en entier d'ailleurs, mais j'ai fait don de tout l'argent présent sur mes comptes offshores à des associations caritatives.

J'ai fait table rase du passé.

La vie de cambrioleurs décidée par mon père n'a jamais été faite pour moi. Elle ne m'a apporté que peine et colère.

– Hum, Xander, j'ai très envie de sentir ton sexe en moi.

– Patience, ma belle. Nous avons tout notre temps.

J'empoigne ses seins et les malaxe doucement, titillant ses pointes durcies par l'excitation. Elle lâche un petit râle de plaisir.

Comment ai-je pu me priver de ces sensations aussi longtemps ? Sûrement, car je l'attendais *elle*. Maintenant que je connais ce plaisir, je pourrais passer mes journées et mes nuits à lui faire l'amour.

Malheureusement, nous devons travailler.

Je suis une sorte de détective privé et je mets mes compétences de hacker au service des autres. J'aide des familles à trouver des informations cruciales sur des personnes disparues. Kristen aussi a trouvé sa vocation. Elle aide les femmes natives américaines à accoucher de manière traditionnelle dans l'hôpital central de Seattle. Mélange de tradition et de modernisme. Chaque naissance qu'elle assiste est un nouveau début, un symbole de vie et d'espoir.

D'ailleurs, ne m'a-t-elle pas aidé à renaître moi aussi ?

– Baby Wolffy, à quoi penses-tu ? s'inquiète-t-elle en accrochant mon regard.

– À toi, comme toujours, et rien qu'à toi ! la rassuré-je en l'attrapant par la taille et en nous faisant basculer sous mon poids.

Avec un sourire, elle écarte un peu plus les jambes et ma verge se retrouve à l'entrée de son sexe.

– Hum, c'n'est pas trop tôt.

Un bip attire mon attention. Mon téléphone sur le chevet tressaute.

– Si tu décroches, je demande à ma mère de te jeter un sort.

Pour toute réponse, je me cambre un peu plus et la pénètre avec une lenteur calculée.

– Oh… Xander…

L'appareil maudit continue à vibrer sur le bois. Je fais de mon mieux pour l'ignorer et entame des va-et-vient entre les cuisses de Kristen.

Oh, oui, c'est bon. Mon membre est bien au chaud, bien serré dans…

Une nouvelle vibration de mon téléphone.

– Oh, je vais le tuer…

Je le frappe de la paume, mais au lieu de le faire taire, je le déverrouille. Juste au moment où l'orgasme monte dans mes reins.

– Xander ? Xander ?

La voix de Noah s'élève. Bien plus aiguë que d'habitude. Je presse les lèvres pour éviter de gémir trop fort.

– Xander ? Eh, t'es dans la forêt ou quoi ? Je ne t'entends pas.

Kristen plisse les yeux et je devine qu'elle va éclater de rire.

– Xander. Tu es papa…

Quoi ?

– Non, pardon, tu es tonton… Tu m'entends ? Tu es tonton. J'ai eu… Louise a eu… une petite fille.

Je me fige. Kirsten ouvre de grands yeux. Noah continue son monologue.

– Purée… Je suis papa. Ta nièce s'appelle Paloma Rose.

Je me redresse, quittant avec regret la chaleur accueillante de Kristen et m'assois sur le bord du matelas, le téléphone collé à l'oreille.

– Paloma Rose ? réussis-je à répéter en me raclant la gorge.

– Oui, comme notre mère et celle de Louise.

– Je suis tonton ?

– Oh, la, la, la, la… elle est merveilleuse. Avec des tout petits doigts. Et elle ressemble à Louise, avec les yeux des Wolff.

Parfait combo.

– Oh, je te laisse. Elle pleure… Pourquoi, pourquoi tu pleures, ma douce ?

Je n'ai pas le temps de le féliciter qu'il a raccroché.

– Je suis tonton !

– Tu vas être un super oncle, me dit Kristen en s'installant près de moi. Nous irons les voir souvent et ils pourront venir quand ils veulent.

J'embrasse le sommet de sa tête, mes lèvres effleurant ses cheveux et mon nez se remplissant de son parfum fleuri.

– Ils doivent te manquer.

– Oui, ils me manquent. Mais toi, tu es mon refuge, Kristen. Je ne pensais pas possible de trouver une paix comme celle-ci, quand je suis au creux de toi, au creux de tes bras.

Je l'attire contre moi, la serrant à l'étouffer, et nos lèvres se rencontrent dans un baiser doux et lent, un mélange parfait de tendresse et de passion.

Kristen pose sa tête contre ma poitrine. Elle fait souvent cela, pour écouter les battements de mon cœur. Comme pour se rassurer.

– Je t'aime, Xander. Toi et Wynonah, je vous aime plus que tout.

– Je t'ai tellement attendue, espérée, murmuré-je contre sa tempe. Enfin, je peux décider de ma vie ! Et, c'est toi que je choisis, Kristen.

Nous avons survécu. Nous avons reconstruit.

Maintenant, il est temps de vivre.

Pour la première fois depuis longtemps, je suis prêt à le faire. Parce que je sais que, quoi qu'il arrive, je ne suis plus seul. Je ne le serai plus jamais.

Et ça, c'est tout ce dont j'ai besoin.

NOVA FAMILIA

Xander

Le soleil commence tout juste à décliner, plongeant la plage de Toaroto dans une lueur dorée. Le ciel prend des teintes rosées et les vagues se brisent à quelques mètres de nous dans un doux murmure apaisant.

Je prends un instant pour respirer cet air pur, m'imprégner de la chaleur du sable sous mes pieds et du rire de Wynonah qui court vers moi, une pelle en plastique à la main.

– Xander ! On fait un château ?

Elle me fixe de ses grands yeux lumineux, curieuse, innocente, et je me sens envahi d'une chaleur douce, celle de cet amour qui m'a pris par surprise. Wynonah est un cadeau inattendu dans ma vie.

Kristen arrive juste derrière elle, un sourire éclatant aux lèvres, et glisse sa main dans la mienne avant de caler sa tête sur mon épaule.

Ma famille.

L'image est si parfaite qu'elle me serre le cœur.

– Ça va, mon amour ? s'inquiète Kristen.

Elle n'a jamais besoin de mots pour comprendre ce que je ressens, et à cet instant précis, elle devine mon émotion.

Je lui souris et dépose un baiser sur son front :

– Oui. Je suis entouré de ma famille ! Tout va très bien.

De *toute* ma famille.

De l'endroit où je me tiens, adossé à un cabanon peint en jaune, j'observe les miens : Noah, Liam, et notre père.

Aujourd'hui, assis dans son fauteuil roulant, il paraît

tellement vieux, si fragile. Les années de prison et la maladie ont fini par graver leurs empreintes sur lui. Mais surtout, les regrets. Pourtant, son sourire n'a rien perdu de sa chaleur, en particulier quand il est avec ses petits-enfants. Sur ses genoux, la petite Paloma Rose gazouille, ses minuscules doigts accrochés à l'une des mains usées de son grand-père. Noah est à ses côtés. Il couve sa fille d'un regard tendre et concentré, au cas où elle fasse des mouvements trop brusques et glisse de sa position.

Noah a toujours son côté hyper protecteur, cette force qui le rend inébranlable, mais avec Paloma Rose et Louise à ses côtés, il a l'air… comblé.

– Papa ! babille la fillette qui fête ses un an.

Je vois l'émotion passer dans les prunelles de mon aîné, et Louise, assise tout près, tend la main pour replacer une mèche rebelle sur le front de l'homme qu'elle aime. Ils échangent un sourire complice.

– Maman, tente Louise.

– Papa, répète ma nièce.

– Maman ? insiste Louise en tendant un gâteau sec à sa fille.

– Ne soudoie pas ma fille, s'amuse Noah.

Où est passé le cambrioleur inarrêtable, sans peur ?

Oh, il est toujours là, quelque part sous cette couche de Chamallow, j'en suis certain. Seulement, en présence des siens, il est un père, un fils et un frère. Rien d'autre.

– Eh bien, petit frère, tu comptes rester planté là ou tu viens nous prouver que t'as appris à boire autre chose que du lait ? m'interpelle Liam, fidèle à lui-même.

Je me tourne vers lui et secoue la tête, amusé. Calamity est allongée à ses pieds. La chienne n'est jamais très loin de lui. Mon frère avec un animal de compagnie… Incroyable.

– Fais attention, Liam. Je pourrais te surprendre autour d'une bouteille *d'eau de feu* !

Il m'adresse un grand sourire et y ajoute un doigt d'honneur, pour faire bonne mesure.

– Sérieusement, les garçons, vous ne changerez jamais !

nous sermonne Kehlani en fronçant les sourcils.

Elle le taquine d'un coup d'épaule, et je vois le regard attendri de Liam posé sur elle. Elle dégage une énergie solaire qui éclaire mon frère d'une manière nouvelle. C'est elle qui a fait de Tahiti leur *chez eux*, et elle qui a su l'aimer pour ce qu'il est, sans vouloir le changer. Ici, avec elle et dans cette maison lumineuse, il a enfin trouvé la paix et l'équilibre. Comme si elle avait calmé toutes les tempêtes en lui.

D'ailleurs, l'idée de tous nous rassembler ici pour l'anniversaire de Paloma Rose vient d'elle. Nous sommes là pour plusieurs jours, et dès notre arrivée, Kehlani nous a fait promettre de nous voir ici deux fois par an.

– Dire que je suis en maillot de bain sur une île paradisiaque alors qu'il fait à peine dix degrés à Seattle, s'exclame Kristen.

– Et je préfère ce maillot de bain, très échancré, à ta doudoune violette, lui murmuré-je à l'oreille.

– J'adore cette doudoune.

– Violette ! insisté-je.

Elle glousse et m'offre un sourire adorable. Wynonah vient se blottir contre moi, et je sens son petit corps chaud contre ma jambe. Parfois, je suis encore surpris par l'intensité de cet amour que je ressens pour elles. Kristen a chamboulé mon existence de manière inattendue, et Wynonah… Wynonah m'a appris ce que cela signifiait d'être un père, bien que je n'aurais jamais cru en être capable. Le jour où j'ai signé les papiers de l'adoption, grâce à l'amie avocate de Libby, mon cœur a failli exploser de joie.

Pour leur bonheur, je parviens même à croiser de temps en temps Mason Spears. Nous ne serons jamais amis, mais c'est un bon père pour Kristen et un excellent grand-père. Il fera toujours partie de la vie des deux personnes que j'aime le plus au monde, donc je fais de mon mieux pour accepter sa présence.

À cette pensée, je me tourne vers celui que j'ai refusé de voir durant des années, mon propre père. Quand il pose son regard sur Paloma Rose et Wynonah, j'y lis un mélange de fierté et de tristesse. Je m'assois à côté de lui et pose une main sur son épaule fatiguée.

– Ça te rappelle des souvenirs ?

– Oui… Des souvenirs, et bien plus encore.

Sa voix est un murmure, comme une prière que seul le vent emporte. Il sait que malgré ses erreurs, et les épreuves, ses fils ont tous trouvé leur place.

Pour la première fois, depuis mon dix-septième anniversaire, je ne ressens plus ni la colère ni les doutes. Je comprends que je peux enfin lui pardonner pleinement, que ce n'est plus un poids pour moi. Je ne vois plus le père exigeant de mon enfance, mais un homme qui pensait bien faire, avec ses propres démons et ses failles.

Je lui souris, et il me renvoie un regard empreint de reconnaissance, comme s'il sentait mon absolution sans que je dise un mot.

J'ai même pardonné à ma mère. Je suis persuadé que son esprit est quelque part en train de penser à nous, à ses trois fils qui sont enfin apaisés.

Plus de colère.

Juste de la gratitude pour ces secondes précieuses, ici, ensemble, à Tahiti.

Liam arrive à grands pas, éclatant d'un rire sonore.

– Eh bien, si tout le monde a décidé de devenir sentimental, il va falloir que je mette un peu d'ambiance. On parie combien que je peux vous impressionner en montant en haut de ce cocotier ?

Kehlani soupire, exaspérée mais souriante.

– Les noix de coco sont dix fois plus dangereuses que les requins. Par pitié, évite de te casser quelque chose.

Liam lance un clin d'œil vers Noah, qui secoue la tête.

– Arrête de jouer les casse-cou, Liam.

Notre père rit faiblement, et c'est un rire sincère, libre, comme s'il avait enfin l'autorisation de se réjouir.

– Les grillades sont prêtes, annonce Louise.

– Je n'y crois pas que notre Frenchy sache cuisiner, la

taquine Liam avant de se précipiter sur une assiette de poisson.

– Plus les moyens d'aller au Ritz toutes les semaines, lui rétorque-t-elle.

Nous savourons les plats de mahi-mahi qu'elle a préparés, et Liam, bien sûr, en profite pour nous raconter des anecdotes hilarantes, ponctuées par les rires de l'assemblée et les regards complices de notre père.

– Maman aurait adoré cette soirée, glissé-je à Noah qui se contente d'acquiescer avec un faible sourire.

La nuit s'installe autour de nous, le crépitement du feu réchauffant l'air marin. Les discussions se sont calmées, et une paix tranquille s'étend entre nous. Kristen, blottie contre moi, me lance un regard tendre, tandis que Wynonah dort paisiblement sur mes genoux. Chacun est perdu dans ses pensées, savourant la simplicité de l'instant.

Je laisse mon regard glisser vers mes frères, ces hommes qui, comme moi, ont traversé l'ombre et la lumière pour bâtir quelque chose de beau, quelque chose de solide.

La vérité est là, simple et douce : notre héritage, l'héritage des Wolff, n'a jamais été une histoire de cambrioleurs ou de millions de dollars.

Sous les étoiles de Tahiti, je réalise enfin que nous avons hérité de l'amour, de la force d'être ensemble et de cette famille indestructible que nous avons su construire malgré tout.

Et je sais, dans mon cœur et au plus profond de mon âme, que je suis enfin à ma place.

INFORMATIONS IMPORTANTES

Trigger warnings

Ce roman traite de sujets pouvant heurter la sensibilité de certains lecteurs ; il s'agit notamment des scènes explicites, de violences physiques, violences morales, de langages grossiers et de dépression.

Numéros d'urgence

SOS Racisme : 01 40 35 36 55

SOS Amitié offre à tous ceux qui choisissent d'appeler la possibilité de mettre des mots sur leur souffrance et, ainsi, de prendre le recul nécessaire.
Numéro d'appel : 09 72 39 40 50
Site Internet : https://www.sos-amitie.com

Suicide-écoute, accueil et écoute des personnes confrontées au suicide, 24h/24, 7j/7.
Numéro d'appel : 3114 ou 01 45 39 40 00
(prix d'un appel local).
Site Internet : https://www.suicide-ecoute.fr

Écoute-famille : cette ligne d'écoute créée par l'Unafam est destinée aux familles ayant un proche en souffrance psychique. Des psychologues conseillent et orientent les familles.
Numéro d'appel : 01 42 63 03 03 (prix d'un appel local)

REMERCIEMENTS

Depuis quelques années, je comprends mieux la profondeur et l'importance du mot *sororité*. Ce terme signifie bien plus qu'une simple solidarité féminine, c'est un lien puissant qui unit les femmes dans une démarche collective de soutien, de respect et d'entraide. Malheureusement, la rivalité entre femmes est trop souvent ancrée dans notre psyché, notre culture, et particulièrement dans la mienne. Dès l'enfance, les stéréotypes commencent à se former, nourris par des contes et légendes peuplés de méchantes belles-mères et de sœurs rivales. Ces histoires façonnent notre imaginaire et perpétuent des schémas destructeurs. Par ailleurs, il faut se souvenir que, pendant longtemps, et cela demeure le cas dans certaines régions, les femmes sans terre ni biens étaient contraintes de passer par le mariage, et donc les hommes, pour obtenir un statut.

Aujourd'hui, je prends conscience à quel point il est essentiel de cultiver la solidarité entre femmes. Il est temps de briser ce cycle de jugement pour construire une véritable union. En dépit des défis imposés par notre société, j'ai eu la chance d'être entourée de femmes formidables qui incarnent cette sororité au quotidien.

C'est pourquoi je dédicace ce roman à ma mère et à toutes les femmes. À toi, maman, qui m'as toujours poussée à partager mes écrits et à ne jamais douter de moi. À mes filles, qui ont dû me partager pendant des mois avec des dizaines de personnages imaginaires. À mes amies et cousines, qui ont été les premières à acheter mes romans, même lorsqu'elles n'étaient pas des lectrices assidues. À mes copines autrices, qui m'ont prodigué des conseils précieux sans attendre quoi que ce soit en retour. Cette trilogie ne serait jamais sortie si certaines ne m'avaient pas poussée et donné de leur temps. À mon éditrice, qui m'a accueillie dans l'équipe Addictives. Aux lectrices qui font entrer mes personnages dans leur vie et aux blogueuses qui les mettent en lumière.

Chacune de vous représente une facette de cette sororité qui m'est si chère, et c'est en grande partie grâce à vous que je suis arrivée où je suis aujourd'hui.

Je vous en remercie du fond du cœur.

Pour suivre mon actualité, rejoignez-moi sur les réseaux sociaux :

@elodie_solare pour Instagram

@elodiesolareauteure pour Facebook

@elodiesolare pour TikTok

Et pour recevoir des chapitres gratuits ou des news inédites, abonnez-vous à ma newsletter en écrivant à solareelodie@gmail.com.

Pour ne rien manquer
des éditions Addictives, suivez-nous
sur les réseaux sociaux.

Autrice : Élodie Solare

Edisource – Éditions Addictives
1 bis, avenue de la République – 75011 Paris
Imprimé par CPI Firmin Didot
16, rue Firmin Didot, 27650 Mesnil-sur-l'Estrée
Dépôt légal : mai 2025 – Achevé d'imprimer : avril 2025
N° d'impression : 182760
ISBN : 978-2-37126-743-5
Contact sécurité produit : conso@multimediapress.com
Réf. contrat : ZDER_001